Chapitre premier

W0216159

Lila Black était assise dans le bureau de sa psychiatre, le docteur Williams. Les données de sa dernière mission se téléchargeaient à travers ses canaux Wi-Fi ; des traits clés triés par son IA pour l'analyse de Williams, des statistiques pour les équipes médicales, des paramètres cybertroniques pour les experts en ingénierie, des performances de ses armes et de son armure pour ses maîtres d'armes.

Le docteur Williams lisait les informations à mesure qu'elles défilaient sur son écran plat. Lila jouait avec un antique Rubik's Cube. Cela faisait deux jours qu'elle était rentrée après le quasi-désastre de sa première mission de garde du corps pour la rock star la plus connue d'Otopia. Bon, trois jours en fait, mais elle n'était pas prête à admettre qu'ils avaient passé douze heures ensemble, seuls, dans une chambre d'hôtel luxueuse. C'était privé et elle l'avait donc effacé de la mémoire de son IA.

Il y avait beaucoup d'autres choses qu'elle aurait aimé effacer. Le meurtre de sang-froid d'un ami était tout en haut de sa liste, à côté de la vision des visages horrifiés de sa famille qui la hantaient… tels qu'elle les imaginait si jamais ils découvraient ce qu'elle avait fait, ce qu'elle était devenue : le premier agent cyborg de l'Agence de Sécurité d'Otopia. Ils pensaient qu'elle avait disparu en mission en Alfheim, l'univers elfique.

À cette époque depuis longtemps perdue de l'innocence, Lila s'y était rendue en tant que secrétaire d'un diplomate. C'était un poste génial car Alfheim était l'un des royaumes les moins visités et n'était ouvert qu'au corps diplomatique. Elle avait fait partie des premiers humains autorisés à y séjourner. Mais les rencontres en vue de forger un traité permettant des activités transfrontalières n'avaient pas débouché sur un accord. Lila ne savait rien de plus précis, mais elle avait accepté d'espionner pour le compte des services secrets d'Otopia, ce qui promettait la plus excitante des aventures. Sa mission consistait à rapporter ce qu'elle observait au cours de ses occupations normales.

Puis elle avait rencontré un autre espion, Vincent, et avait pénétré dans l'arrière-pays profond pour vérifier les rumeurs d'étranges commerces magiques : des artefacts de combat entrant en contrebande au cœur d'Alfheim. Lila et Vincent avaient été arrêtés par les agents des services secrets elfiques, le Jayon Daga. Vincent était mort. Lila avait à peine survécu, son corps gravement abîmé par une attaque magique. On l'avait renvoyée chez elle à l'état de morceau de viande, en guise d'avertissement pour Otopia. Les services secrets l'avaient ensuite transformée en héroïne qui valait plusieurs milliards de dollars. Et ce n'était que le début.

Pour la première fois, Lila était heureuse que sa famille n'apprenne jamais la vérité. Elle était heureuse que les profils psychologiques dévoilent sa honte et sa révulsion parce qu'elle ne se pensait pas capable d'en parler.

— *Ce luxe de l'autorécrimination n'est pas pour toi*, lui dit une voix familière quelque part près de son cœur. *Nous sommes déjà esclaves de notre devoir, et nous devons résister et continuer à avancer.*

— *Tu ferais mieux d'être discret*, répondit Lila dans le silence de ses pensées. *Je ne sais pas à quel point l'IA peut te détecter.*

Elle soupira et Williams se tourna vers elle. Lila haussa les épaules et hocha la tête à l'intention de la vieille femme aux cheveux blancs, sachant que la substance de son rapport était suffisante pour excuser quelques soupirs. Le fait qu'elle transportait un elfe « mort » dans sa poitrine n'était certainement pas une conclusion à laquelle le bon docteur arriverait tout de go.

En réaction à ses paroles, Tath se ramassa en une bille d'énergie verte tournoyant lentement. Son corps *andalune* était tout ce qu'il restait de lui après que le collègue momentané de Lila, l'agent elfique Dar, l'avait assassiné. Tath était un nécromant et donc le seul parmi les elfes à pouvoir faire changer d'hôte son être æthérique. Son *andalune* – le corps magique de tous les elfes – avait sauté de son cadavre dans le corps de Lila quand elle avait embrassé son visage par pitié.

— *Tu le regrettes ?*

— *Quand on gagne, on se tait*, suggéra Lila.

Elle savait très bien que sa survie et les rares succès qu'elle avait connus étaient en partie imputables à Tath. Les deux jours qu'il lui avait fallu pour l'effacer des souvenirs de l'IA concernant la mission le lui avaient prouvé. Elle ne pouvait s'empêcher de penser à toutes les incohérences, à toutes les erreurs qu'elle avait pu commettre et qui risquaient de dénoncer la présence de Tath. Bien sûr, en bon agent et en fille loyale, qui devrait être reconnaissante d'être toujours vivante, elle aurait dû tout dire. Mais elle n'était plus tout à fait sûre de faire confiance aux services secrets d'Otopia, même si elle faisait confiance aux amis et collègues qui travaillaient dans son équipe. Elle en avait trop entendu en Alfheim et elle devait faire attention. Elle détestait cela. Elle voulait retrouver les jours d'avant, quand tout semblait clair et honnête, quand tout le monde semblait mériter sa confiance et que Lila Black rassemblait héroïquement des informations pour la sécurité de l'espèce humaine.

Elle fit de son mieux pour se retenir d'éclater de rire, allant jusqu'à se mordre la langue. Comme elle en avait envie ! Les larmes menaçaient. Tath grognait à l'intérieur, comme une vibration contre les parois de son cœur, et son impatience comme cette sensation de chatouillis provoquèrent le rire.

Le docteur Williams leva les yeux d'un air très sérieux.

— Qu'y a-t-il de si drôle ?

— Désolée, répondit Lila. C'est de l'hystérie.

Le regard du docteur disait qu'elle n'en croyait pas un mot, mais Williams revint à son analyse. La porte s'ouvrit et deux autres membres de l'équipe technique de Lila entrèrent dans la pièce.

Lila se leva pour accueillir son conseiller æthérique, l'elfe Sarasilien. Puisque les humains étaient incapables de sentir ou d'utiliser la magie, Alfheim l'avait détaché auprès du service dans le cadre d'une autre dispute diplomatique. Il servait l'OSA depuis les premiers jours de la découverte des autres royaumes, cinq ans auparavant, et il avait aidé Lila à survivre à sa transformation en organisme cybernétique. Elle le serra dans ses bras malgré la situation et la réserve naturelle de l'elfe. Alors que l'être physique de Sarasilien restait formel elle sentit le contact d'eau fraîche de son *andalune* qui la touchait avec tendresse.

— *!* signala Tath, qui avait peur que Sarasilien pénètre plus profondément et le voie.

Il devait faire d'immenses efforts pour rester dissimulé et, chaque fois qu'ils rencontraient un autre être æthérique, c'était la panique.

— *Tout va bien*, lui dit-elle, et elle s'échappa à regret de l'étreinte paternelle de Sarasilien.

— *C'est dangereux*, la corrigea Tath. *Il ressent de l'affection pour toi et son* andalune *est puissant. Nous aurons du mal à nous cacher de lui longtemps.*

En reculant, elle vit un soupçon de sourire au coin de la longue bouche de l'elfe plus âgé, un signe que la plupart des humains auraient raté à moins d'être très familiers de son espèce. Ses longues oreilles dont les pointes arrivaient à la même hauteur que le sommet de son crâne s'inclinèrent légèrement vers l'avant. Elle sentait l'odeur résineuse de ses longs cheveux de soie qui couvraient ses épaules avec des tons automnaux d'auburn et de blanc. Les symboles æthériques brodés sur sa veste étincelèrent.

Ses yeux en amande cillèrent lentement.

— C'est bon de te voir si bien, Lila.

Y avait-il une signification particulière derrière ses mots ? Savait-il quelque chose sur elle et Zal ou sur elle et Tath ? Pouvait-il le sentir sur elle ? Elle était horrifiée à cette idée.

Derrière lui, la chef d'équipe, Cara Delaware, sourit froidement à Lila et lui fit un signe de tête. Cara n'était jamais très sociable. Lila lui rendit son sourire. Ils s'assirent en attendant que Williams ait terminé son étude.

Lila finit son puzzle cubique pour la troisième fois et referma l'archive automatique de sa mémoire pour recommencer. Des actions cyborganiques qui avaient été au début incroyablement maladroites, ennuyeuses et énervantes, étaient désormais comme une seconde nature pour elle. Elle leva les yeux vers les trois personnes qui l'observaient calmement et soupira, reposant le cube. C'était pire que d'affronter ses parents après avoir fait le mur.

Au premier regard, le docteur Williams était une adorable vieille dame, comme la grand-mère du Petit Chaperon rouge, mais en blouse blanche ; Sarasilien était une présence étrange aussi immobile qu'une statue se tenant loin des champs magnétiques des machines et de Lila elle-même ; Cara Delaware portait un costume trois-pièces de Langley et semblait être née avec une chemise blanche et un pantalon de marque. Mais aucun d'eux ne trompait Lila.

Elle savait que Williams était un interrogateur sans merci et retors, Sarasilien un maître æthéricien (pourquoi les humains ne pouvaient-ils simplement pas dire « mage » ?) et Cara… eh bien Cara était l'Agence personnifiée. Une jeune femme ambitieuse s'aventurant dans un tout nouveau monde composé dorénavant de six univers, prête à se faire des amis et à influencer des gens, prête à tout pour obtenir des informations sur l'apparition soudaine de cinq nouveaux groupes de voisins dimensionnels : les elfes, les démons, les faes, les élémentaux et les non-morts.

Lila était leur instrument. Bon, d'accord, elle valait un peu plus que ça, mais elle s'était récemment rendu compte (à peu près au moment où elle avait poignardé son ami, l'agent elfique Dar) que cinquante milliards de dollars dépensés en recherche et en ingénierie et le fil du rasoir des relations interdimensionnelles avaient acheté des parties d'elle qu'elle ne savait pas être à vendre. Elle était donc là, en partie employée, en partie volontaire, en partie esclave, en partie amie, un petit peu fille, avec un gros morceau de ressentiment, en train d'expliquer à ces sommités les sinistres détails de sa dernière mission.

Lila fit de son mieux pour le raconter à sa manière, même s'ils avaient tous bénéficié de son téléchargement.

La mission avait globalement été un succès. Zal avait été sauvé d'un destin pire que la mort et donnait en ce moment même des concerts géants dans les stades des États atlantiques. Mais les découvertes et événements périphériques étaient de mauvais augure.

Zal n'était pas seulement un elfe taré qui aimait jouer du rock mode-X, même si cela aurait suffi à en faire un traître pour Alfheim tant une telle attitude défiait les croyances profondes de la civilisation elfique. Zal était bien plus que cela. Quand il était agent pour le Jayon Daga en Démonia, il avait d'une manière ou d'une autre changé d'allégeance æthérique et était devenu… eh bien, même Lila ne savait pas exactement quoi. Un elfe avec des tendances démoniaques ? Pas vraiment un mélange moitié-moitié, mais changé de manière si radicale qu'il disposait aujourd'hui des magies opposées d'Alfheim et de Démonia. Il résultait de cela – et de sa défection ultérieure au profit de la scène musicale d'Otopia – qu'il était devenu l'un des artefacts magiques les plus prisés de ceux qui ont une réelle ambition.

Arië, une des dirigeantes de l'étrange gouvernement monarchique d'Alfheim, était du nombre. Elle avait pris sur elle de l'utiliser pour un sort qui devait complètement séparer les royaumes. En arrachant Zal à ce sort, Lila avait causé la destruction d'une grande partie de la classe dirigeante d'Alfheim et, indirectement, la mort d'Arië elle-même. À présent, Alfheim était en pleine guerre civile.

Et encore, c'était bien pire que cela.

Elle avait tué un ami pour en sauver un autre. Elle ne l'avait pas mentionné dans son rapport.

Elle n'en avait pas l'intention.

Elle avait un elfe nécromant dans la poitrine.

Elle n'avait pas l'intention d'en parler non plus.

Elle ne ressentait aucune loyauté, assise dans cet endroit. Elle ne savait pas ce qu'elle ressentait, mais ce n'était pas bon. Elle avait pourtant espéré que… eh bien, elle avait cette idée idiote que subir le debriefing serait comme une confession qui l'absoudrait. Ce n'était pas le cas. Vraiment pas. Elle avait envie de revenir quarante-huit heures en arrière et de se retrouver au lit avec les rideaux fermés, le corps nu et endormi de Zal dans ses bras… Quand elle se foutait de tout et que tous les fusibles dans l'immeuble avaient sauté et qu'il n'y avait aucun moyen ni personne capable de la retrouver.

— Lila ? lui demanda le docteur Williams.

— Eh bien, Arië a été engloutie par un dragon d'eau, puis…

— Qu'est-ce qu'il a fait après ?

— Je n'ai rien vu, admit honnêtement Lila. D'après ce que je sais, il peut très bien être toujours dans le lac. Donc, miam. Ce qui était une chance pour moi parce que, sinon, je ne serais probablement pas ici. Miam. Puis nous sommes tombés dans le lac, tout s'est écroulé. Le palais tout entier s'est effondré quand elle est morte. Des tas de gens se sont noyés. J'ai attrapé Zal, je l'ai ramené à la surface en un seul morceau et nous nous sommes frayé un passage hors de Sathanor puis jusqu'ici. Quant à Arië, j'ai vraiment cru un moment que son sort pour séparer les royaumes fonctionnait, mais je ne sais pas si c'était le cas.

Cara feuilleta les notes sur ses genoux.

— De très fortes secousses sismiques ont été enregistrées à cet instant précis en Otopia. On a déclaré que c'était dû à un changement de la pression tectonique consécutif aux mouvements de plusieurs plaques unies à la fois. De petits raz de marée. Il n'y a eu que quelques centaines de morts. Rien de plus depuis que tu es rentrée.

Lila la regarda fixement, se demandant de quel genre de statistiques Cara avait l'habitude pour que de tels chiffres lui semblent de la petite bière.

— Arië a été aidée par des mages de tous les royaumes, y compris de celui-ci.

Cara hocha la tête.

— Une équipe de spécialistes a été envoyée pour tenter de récupérer ou au moins de prouver la mort des Otopiens impliqués.

— Très bien, dit Lila. On était à près de deux cents mètres de profondeur. C'était plutôt le bordel. Ils se sont très probablement noyés. Je ne crois pas qu'ils aient pu survivre.

— Il y a eu une onde de choc æthérique, intervint Sarasilien. Conforme à ta description. C'était difficile à rater. (Il grimaça.) Tous les autres royaumes nous ont envoyé des informations sur les effets qu'ils ont perçus. Nous sommes convaincus que les efforts d'Arië auraient été fructueux si Zal avait continué à faire office d'axe du sort. Il faut te féliciter d'un résultat aussi positif.

— Merci, dit Lila en se demandant si elle n'aurait pas eu l'air plus enthousiaste s'il l'avait invitée à un enterrement.

Oui, elle aurait été beaucoup plus enthousiaste pour des funérailles.

Le docteur Williams prit d'autres notes sur son écritoire. Lila zooma sur ce que la psychiatre était en train d'écrire, mais il s'agissait d'une sténo en minuscules pattes de mouches, et sur du papier intelligent en prime, qui dissimulait le message jusqu'à ce qu'on lui demande expressément de le révéler. Elle ne pouvait donc rien lire. Williams s'en aperçut et en prit note. Lila fronça les sourcils.

— En l'état actuel des choses, dit Cara, ce qui nous intéresse le plus est le lien entre l'enlèvement de Zal et les preuves concernant la faille due à la Bombe Quantique en dessous de Bay City que Malachi et toi avez découverte.

— Il y a un lien ? demanda Lila.

Elle sentit un tremblement dans sa poitrine alors que Tath s'agitait à l'écoute de ces nouvelles. La lueur verte et calme de sa présence s'épanouit comme une fleur étrange.

— Nous pensons qu'Arië n'était pas la seule à vouloir obtenir la séparation absolue des royaumes. Les enregistrements que tu as trouvés du côté du studio de Bay City étaient effectués par des agents faes pour leur service de renseignements. Même si nos relations avec eux sont trop récentes pour être fiables, ils sont prêts à reconnaître qu'ils poursuivent de telles investigations dans tous les royaumes. Ils refusent de dire ce qu'ils recherchent, mais nous pensons que c'est étroitement lié aux lignes de failles créées par la Bombe Quantique en Otopia. Comme tu le sais, les faes nient la Bombe-Q comme les autres royaumes.

— Il est donc très étrange qu'ils s'intéressent à des preuves la concernant, non ? demanda Lila en se souvenant que les faes avaient été la clé de l'enlèvement de Zal.

— Oui. Et nous savons aussi que les efforts de Zal ne se limitent pas à faire de l'argent et de la musique en Otopia.

Comme tu l'as dit dans ton rapport, ton informateur du Jayon Daga…

—Dar. Il s'appelait Dar.

—Oui. Il a dit que ce que Zal chantait et où il le chantait n'étaient pas un accident. Qu'il était l'un des plus grands défenseurs d'Alfheim avant de « retourner sa veste » en Démonia.

—Les usages æthériques elfiques et démoniaques sont très différents, dit doucement Sarasilien. Leurs cultures ont été élaborées autour de ces différences. Les elfes utilisent le langage pour mobiliser et donner forme à l'énergie æthérique. Les démons utilisent la musique. Nous soupçonnons Zal d'être un adepte d'une forme de contrôle æthérique hybride. Il est possible qu'il ait été transformé en ce sens par des agences démoniaques et qu'il agisse pour leur compte, ou qu'il ait été délibérément impliqué dans ce sort d'Arië…

—Impossible, dit Lila.

—Nous te donnons pour mission de découvrir exactement ce qui est arrivé à Zal en Démonia, dit Cara. Nous avons besoin de savoir comment, quand et pourquoi il a été changé, et ce que cela signifie pour les elfes, les démons et tous les autres du bloc æthérique.

Sarasilien grimaça. Lila savait que c'était à cause des paroles de Cara. La maladresse et l'imprécision dans le langage étaient presque physiquement douloureuses pour les elfes. Elle était surprise que Delaware ne le remarque pas.

—Zal n'est pas un passant innocent, dit Sarasilien, et Lila eut envie de le tuer pour cela, alors même, bien sûr, qu'elle savait qu'il avait raison.

Williams prit une note.

— Tu pars pour Démonia sous prétexte académique, poursuivit Delaware. Tu as l'immunité diplomatique, mais tu t'y rends pour étudier la culture et la tradition démoniaques, pour découvrir secrètement ce qui est arrivé à Zal et pour rapporter autant d'informations que possible concernant l'intérêt ou non des démons pour les failles de la Bombe-Q, quels que soient les noms qu'ils leur donnent. Sarasilien a organisé ton voyage avec une de tes amies qui en vient. Il t'expliquera tout avant ton départ. (Delaware se leva, regardant sa montre qui affichait des tableaux et des emplois du temps en couleur.) Si vous voulez bien m'excuser, j'ai d'autres réunions… (Elle serra la main de Lila avec une vigueur formelle.) On dirait une vraie, dit-elle avec un sourire encourageant.

— Ouais. (Lila cilla en libérant la main de Cara de la poigne de sa peau synthétique. Depuis son séjour en Alfheim, elle oubliait systématiquement que ses bras et ses jambes étaient essentiellement des prothèses. Elle avait l'impression qu'ils faisaient partie d'elle, désormais.) De l'intérieur aussi.

Delaware leva les yeux sur elle, révélant une intelligence bien plus aiguisée en cet instant que de toute la journée. Lila secoua la tête, évitant de s'expliquer.

— Bonne chance, dit Delaware.

Sarasilien se leva après son départ.

— Je dois partir moi aussi et me préparer à notre réunion de cet après-midi, quand notre visiteur démoniaque sera avec nous. (Il tendit la main vers Lila qui la serra, se sentant stupide jusqu'à ce qu'elle se rende compte que c'était une excuse pour la toucher. Son corps *andalune* courut sur sa main et sur son bras. Il tint sa main dans les deux siennes et leva un sourcil dans une invitation à la complicité qui ne lui ressemblait pas.) J'attends avec impatience (il baissa les yeux sur la poitrine de Lila) d'entendre plus de détails sur ta visite de ma belle terre natale.

Tath jura.

Lila hocha la tête.

— Bien sûr, plus tard.

Elle avait envie de le serrer dans ses bras, de le prévenir, de lui dire de ne rien révéler de ce qu'il pouvait voir mais, en levant les yeux vers son regard puissant, elle sut qu'il n'allait pas la dénoncer. Pas encore, du moins. La pointe de son oreille droite s'agita comme un sourire silencieux.

Il la laissa seule avec le docteur Williams, la personne avec laquelle Lila n'avait aucune envie de parler, mais, puisque toutes les questions d'information avaient été abordées, elle ne pouvait rien faire pour l'éviter.

— Bonjour Lila, dit le médecin avec un doux sourire. Comment vas-tu ?

— Je vais bien.

Williams soupira et revint avec son écritoire. Elle tapota le papier avec le bout de son crayon, l'activant. Il révéla à Lila que ce qu'elle avait pris pour de la sténo était des dessins de personnages. Ils étaient réunis en groupe, en train de crier et, au centre, il y avait un personnage avec des bras et des jambes robotiques dont les mains étaient pressées contre les oreilles. Il était entouré d'un large cercle de ténèbres gribouillées.

— Tu as envie de me parler de quelque chose en particulier ?

Lila réfléchit.

— Dar, l'agent elfique qui a failli me tuer, celui qui chassait Zal. Eh bien, j'ai failli le tuer et je l'ai sauvé… en Alfheim. Il m'a sauvée. J'avais vraiment des problèmes avec tout mon métal. Comme la dernière fois que vous m'avez vue, tout cela était trop puissant pour mes os. Je me faisais mal continuellement. Mais, après que nous avons pratiqué ce soin en Alfheim, tout allait bien. Mieux que bien. Zal dit que j'ai des élémentaux fusionnés en moi et que c'est Dar qui en est la cause. Je ne sais pas. Nous... Dar et moi... nous travaillions ensemble...

— Pas en ennemis ?

— Non ! Non, pas du tout. Nous avons travaillé ensemble pour libérer Zal. Mais notre couverture a été grillée et j'ai dû le tuer rien que pour conserver une chance de finir le... de sortir Zal et d'arrêter Arië. Il est mort. Je pense que c'était un vrai ami, même s'il y a eu plein de moments où il... (Elle s'interrompit. Elle voulait expliquer comment les loyautés envers les amis et l'État, la famille et elle-même étaient tellement mêlées. Mais, dans sa position, ce n'était pas la chose à dire en ce moment, et peut-être ne serait-ce jamais le moment, puisqu'on ne pourrait voir cela que comme une faiblesse de sa part.) C'est marrant comme on finit toujours par parler de Dar.

— Pas vraiment. Sans Dar tu ne serais pas ici.

— Non, dit Lila. Je serais toujours un cow-boy de bureau aux Affaires étrangères avec tous mes bras et mes jambes et ma famille, et je ne l'aurais jamais rencontré, ni Zal ni vous... Je peux y aller ?

— Oui, si tu réponds à une seule question.

Lila regarda le visage doux et sympathique du docteur Williams.

— Quoi ?

— Ce que tu as fait en Alfheim, c'était bien ou mal ?

Chapitre 2

Lila regarda longuement le médecin.

— Tout ce que j'ai fait était bien.

Williams hocha la tête, l'encourageant à poursuivre.

— Au moment où je l'ai fait, dit Lila en détestant rajouter ce bémol.

— J'ai conseillé à Delaware de ne pas te renvoyer immédiatement en mission, dit le médecin d'un air las. Mais elle n'aime pas m'écouter. Je ne doute pas que ta journée est déjà remplie jusqu'aux yeux de briefings et de tout un tas d'autres vérifications avant qu'on te laisse partir. Alors tu ferais mieux de cracher le reste pendant les cinq prochaines minutes.

— Il n'y a pas de reste, insista Lila.

— Tu abuses tant de ta dérivation Neutralisation émotionnelle volontaire que les logistiques me conseillent de te la faire retirer pour le bien de ta santé mentale.

Lila haussa les épaules.

— Enlevez-la.

— Je vois aussi que le Guerrier automatique ou quel que soit le nom ridicule qu'on lui a donné ces derniers temps a fonctionné comme il fallait.

— Ouais. Le bouton « off » a finalement marché cette fois.

— Je suis heureuse de l'entendre. Parle-moi de Zal.

Ce changement de sujet qui n'était pas accompagné de la moindre modification de ton ou de rythme fit presque vaciller Lila. Elle hésita.

— Il est très énervant.

— As-tu une relation avec lui ? Comme ils aiment dire quand ils voudraient dire « L'aimes-tu ? ».

— Ce ne sont pas vos oignons.

— Félicitations. Tu peux y aller.

— Vous savez ? dit Lila en se levant. Vous pensez peut-être tout connaître de moi, mais ce n'est pas le cas.

Son propre infantilisme la surprit.

— *Tais-toi quand tu perds !* intervint Tath avec une pincée de suffisance.

— Appelle-moi, dit Williams gentiment.

Lila était tellement furieuse qu'elle sortit sans répondre. Dans les couloirs chaleureusement éclairés, ses collègues l'accueillirent avec amitié, respect ou condescendance, leurs regards exprimant que chacun d'eux pensait connaître les détails de sa dernière mission. Elle brancha la Neutralisation émotionnelle volontaire et leur fit face avec une politesse intéressée. Une fois qu'elle eut atteint les toilettes des femmes, elle débrancha le shunt et vomit sa rage dans l'une des cabines avant de se laver la bouche au lavabo.

Elle s'observa dans le miroir en se séchant le visage avec une serviette en papier. Des cheveux écarlates, des yeux d'argent. Elle regarda ses mains tordre la serviette et la jeter. Leur peau synthétique semblait normale. Elle envisagea de l'enlever.

— *Pourquoi prendre cette peine ? Tu as l'air suffisamment bizarre comme ça. De toute manière, cela ne te permettrait pas d'obtenir ce que tu veux.*

— *Oh ? Et c'est quoi ?*

Une autre femme entra pour remplir un récipient d'eau pour les plantes et afin de retoucher son maquillage. Elle jeta un coup d'œil nerveux à la cyborg, qui dit :

— Salut.

Lila ajusta sa chemise et s'en fut.

— *T'intégrer et être normale*, dit Tath.

— *Je peux te faire extraire d'un mot, tu sais. Je ne sais même pas quoi dire à Sarasilien.*

— *Tu connais son long nom, comme c'est intéressant. Il doit n'avoir aucune valeur. Je me demande pourquoi. Vos experts humains en magie ne soupçonnent rien ?*

— *Peut-être est-ce une preuve de confiance mutuelle*, grogna Lila.

Une secrétaire portant des papiers et du café se plaqua contre le mur à son passage.

— Désolée, dit Lila tout haut en essayant de ralentir.

— *Si c'est le cas, ce serait bien la première fois. Nous devrions découvrir la vérité.*

— *Non. J'ai confiance en lui. Si tu sais ce qui est bon pour toi, n'essaie même pas de dire du mal de lui.*

— *Ne lui révèle pas ma présence*, insista Tath. *Il a peut-être remarqué quelque chose, mais ce n'était pas le fait de ma présence.*

— *On a déjà parlé de ça.*

Lila trouva la porte de sortie vers le jardin du personnel, un carré clos de murs au cœur du bâtiment principal. Elle sortit dans le soleil et l'air frais et prit plusieurs longues inspirations. Elle doutait qu'il lui soit possible d'avoir une pensée intime ou une sensation que Tath n'intercepterait pas, mais elle n'osait pas y penser plus d'une seconde parce que, lorsqu'elle le faisait, la sensation d'être envahie et violentée devenait trop importante. S'il avait un mérite – un mérite infime –, c'était de rester silencieux quand il le fallait. Elle pensait savoir lorsqu'il se retirait vraiment : sa signature énergétique changeait et les schémas électromagnétiques autour de lui étaient différents.

Mais l'effet opposé se déclencha quand elle traversa le jardin vers les deux orangers et s'appuya sur l'un d'eux. Tath s'étendit et se répandit jusque dans l'arbre. Elle lui offrit quelques minutes. Cela ne ressemblait en rien à un arbre d'Alfheim, à la démesure naturelle qui rendait le monde des elfes unique, et cet arbre d'Otopia n'avait pas d'aura magique, mais son contact avait un effet calmant et régénérant sur lui. Elle savait qu'il devait défendre son petit coin contre elle, parce qu'il était tellement vulnérable en Otopia. L'opposé avait été vrai en Alfheim, et cela pourrait se produire de nouveau.

Lila se connecta sur son IA et passa sa pharmacie interne au crible. Il n'y avait rien d'utile là-dedans. Tout avait été utilisé en Alfheim. L'IA déroula à sa demande la liste de réunions de la journée – une suite de briefings, de debriefings et de réapprovisionnements – par-dessus la vision des couleurs pâles du jardin. Un instant, Lila s'imagina les sécher tous.

Un flash bleu clignota comme un feu follet au-dessus d'un yucca, et elle prit l'appel, la connexion s'effectuant directement sur ses centres auditifs.

—*J'espère que j'interromps quelque chose d'important.*

—*Zal!*

Lila faillit sursauter de soulagement au son unique de sa voix, douce et flûtée comme n'importe quelle voix elfique, mais aussi profonde que celle d'un démon. Elle répondit de sa voix interne pour que personne ne remarque qu'elle était en ligne.

— *Où es-tu ?*

— *Bohème. Ce n'est pas intéressant sans toi. Je n'ai aucune idée de ce à quoi ça ressemble. Comment vas-tu ?*

— *Parfaitement. Les gens de l'OSA ont été durs avec toi ?*

— *Tes collègues sont un modèle d'interrogateurs ennuyeux. La prochaine fois, demande-leur de me passer à tabac. Je suis vieux jeu pour ce genre de choses. C'est difficile d'avouer ses secrets sans véritable douleur. J'ai l'impression de tricher, alors que je suis plutôt fair-play.*

Lila sentit le claquement et le sifflement de la magie sauvage crépiter dans l'air autour d'elle, et elle sut que le Jeu s'emparait d'elle. Le Jeu entre Zal et elle, un lien magique aux règles atroces et aux enjeux dangereux.

— *Ce serait un grand jour. Que leur as-tu dit ?*

— *Je m'en suis tenu à l'histoire sur laquelle nous nous étions mis d'accord, même s'il aurait fallu quelques années pour que la colle recouvre bien tous les trous. Ta remplaçante, en tant qu'épine dans mon pied, est un ancien mannequin aragonais. Je pense qu'ils espèrent qu'elle me fera parler sur l'oreiller.*

Le visage de Lila la picota, une odeur puissante d'agrume monta dans son nez. Loin de haïr le Jeu qui les liait de ses pointes de désir mutuel, elle découvrit qu'elle éprouvait de la tendresse.

— *Comment vont Poppy et Dia ? Elles te parlent encore ?*

— *Il est facile de me pardonner*, répondit Zal. *Je parie que tu vas en Démonia.*

— *Continue à deviner, ô elfe auquel je ne suis pas supposée parler. D'autres prédictions ?*

— Ils vont pirater ce cryptage dans trente secondes. Quand tu y seras, fais attention à la mafia. Les plus grandes familles sont les Cassieli et les Solasin. Oh, et les Ahrimani.

— Les tiens.

— Souviens-toi que la mafia démoniaque accorde une grande valeur à la loyauté, comme celle d'Otopia. Mais elle n'a rien à voir sur d'autres aspects. Les mafias sont acceptées en tant que partie du gouvernement démoniaque. La loi est un concept en mutation, selon qui l'applique et pourquoi.

— En qui puis-je avoir confiance ?

— Personne, évidemment. Ah, une dernière chose. Les Mephistopheli sont impliqués dans une vendetta avec les Ahrimani qui date de trois cents ans et ils ont particulièrement envie de me voir mort. Une longue histoire. S'ils découvrent que tu me connais, ils te mettront sur la liste et si jamais un démon sent la trace de Tath ils seront après toi pour toutes sortes de raisons intéressantes dont tu ne veux rien savoir.

— Les démons n'aiment pas les elfes ?

— Ils les aiment comme tu aimes le chocolat. Tath te mettra au courant. Notre temps est écoulé. Envoie-les en enfer.

— Zal ?

Il avait disparu. Trois messages clignotaient en rouge. Elle était en retard mais la conversation, et ses avertissements sinistres, l'avait remise d'humeur ensoleillée.

— Il faut qu'on y aille, Tath.

Avec réticence, l'elfe revint dans sa cachette.

— Vos arbres sont à peine vivants. Ils ont l'énergie æthérique d'un caillou mort. Tu te rends compte que les racines ne servent pas seulement à les connecter au sol, n'est-ce pas ? Quel genre d'idiot plante des arbres dans du béton et s'attend à éprouver du plaisir à leur contemplation ?

— *Ça suffit avec les compliments, très cher*, dit Lila en rentrant.

Elle s'excusa de son retard auprès des techniciens de microrobotique. Ils s'extasièrent sur le fait que tout avait si bien tenu malgré les charges portées. Ils ne trouvèrent pas grand-chose à réparer, ils se contentèrent donc de tout vérifier avant de lui accorder un rapport de santé mécanique parfaite.

L'équipe médicale ne parvenait pas à comprendre ce qui était arrivé aux jonctions où les prothèses se liaient à son corps. Ils voulaient la garder pendant la nuit pour des tests mais n'en avaient pas l'autorité.

— Est-ce là le genre de choses que l'intervention æthérique peut faire ? demanda l'un des membres de l'équipe. Nous devons commencer les échanges immédiatement. Regardez ça ! Les tissus et le métal se mêlent parfaitement. Le métal se change de cristallin à cellulaire et ces cellules de métal ont leur propre biologie. Et puis, ce métal… Regardez ça ! Je croyais que nous l'avions construite en alliage de titane, mais ceci est une structure encore plus efficace et ç'a l'air… je ne sais pas, comme si cela changeait de structure quand c'était nécessaire, un peu comme les os réagissent au stress. C'est vraiment bizarre ! (Le médecin leva les yeux sur Lila pour la première fois et la regarda directement.) Souffrez-vous du moindre inconfort ces temps-ci ?

— Rien de rien, dit Lila.

Ils remplirent son kit médical, puis elle rejoignit les ingénieurs nucléaires qui lui apprirent que son réacteur continuerait à fonctionner sur son carburant actuel pendant encore bien trente ans. Elle s'arrêta à l'armurerie et récupéra ses armes.

— Uniquement les armes dissimulées, dit le sergent. Et tu es limitée aux munitions qu'on peut cacher. Ce qui veut dire pas grand-chose. Et, d'après ce qu'on sait, les démons sont très résistants. On n'a pas fait beaucoup de recherches, mais il faut une sacrée veine pour les abattre avec une arme à feu.

Lila vérifia les deux flingues qui se rangeaient dans ses cuisses et referma les ouvertures de son jean. Les armes dans ses avant-bras étaient toutes fonctionnelles. Elle les rechargea et sortit en déroulant ses manches. Au bout du couloir, derrière une isolation spéciale contre les ondes électromagnétiques, le bureau de Sarasilien l'attendait.

Elle se sentait plus lourde à chaque pas, parce qu'elle allait devoir lui mentir et qu'elle n'en avait aucune envie. Elle souhaitait son approbation mais elle ne la méritait pas. C'était plus facile quand elle était une épave coincée au lit et qu'il était le seul à pouvoir l'atteindre, quand son contact léger était le seul qu'elle supportait. Elle frappa à la porte. Il n'y eut pas de réponse. Elle l'ouvrit.

Le seul avertissement vint de Tath. Il se déplia alors que la porte s'ouvrait, une sensation grandissante, scintillante et agitée sous ses côtes. Il n'avait pas besoin de l'appeler. Elle sentait son « non » comme une secousse glacée, mais il était trop tard.

Son élan la porta dans la pièce, son IA se synchronisant avec elle. Lorsque son pied retomba, elle se retrouva au milieu d'un champ énergétique æthérique installé pour occuper toute la pièce, un cercle magique enveloppant tout le bureau. Passer à travers un mur de sort tel que celui-là était comme laisser le monde derrière soi, quel que soit le monde dans lequel on se trouvait. L'autre côté aurait pu être n'importe où, si le sort était un portail, mais ce sort-ci était un cercle : une sphère d'espace et de temps, temporairement détachée et soumise aux conditions du lanceur du sort.

De l'autre côté de cette barrière, c'était toujours le bureau de Sarasilien, mais les couleurs y semblaient saturées et les fines vrilles de l'æther sauvage se déplaçaient étrangement autour des étagères d'équipement magique. Sarasilien était assis dans un sofa neuf de design étrangement baroque, couvert de somptueuses tapisseries et de peaux de mouton blanches. Il était grand et droit, le visage sévère, concentré sur les minuscules pieds qu'il tenait dans ses mains. Les pieds terminaient de longues et belles jambes qui prolongeaient le derrière rebondi et célèbre de Sorcha, la sœur de Zal. Celle-ci était allongée, appuyée sur l'autre bras du sofa. Sa robe était vaporeuse et dessinée pour tout révéler sans rien montrer. Elle mangeait du chocolat, sa peau d'un noir écarlate scintillant de paillettes framboise, et faisait semblant de fouetter de sa queue fourchue les épaules solennelles de l'elfe.

— Plus fort, grogna-t-elle d'une voix qui aurait fait fondre des pavés.

Sarasilien fronça les sourcils et enfonça ses doigts dans les pieds de la belle avec une concentration nouvelle. Lila remarqua le lustre de la sueur sur son front et, dans ce monde æthérique, vit clairement son corps *andalune* : une lueur bleu-vert tout autour de lui. Le bout de la queue de Sorcha en attrapait la substance derrière le dos de l'elfe et la pétrissait comme de la pâte, l'étirant et la laissant revenir en place comme un élastique.

L'elfe leva les yeux, remarqua Lila, les referma brièvement et faillit trembler, et ses oreilles s'aplatirent contre son crâne dans l'équivalent d'un haussement d'épaules embarrassé et impuissant.

Sorcha frémit de plaisir et tourna paresseusement la tête pour rencontrer le regard ébahi de Lila.

— Salut ma chérie, dit-elle. Bienvenue en Démonia.

Chapitre 3

— Salut, dit Lila d'une voix faible. Je… euh… Elle ne savait pas quoi dire.

Sorcha n'avait pas ce genre de problèmes.

— Viens t'asseoir et laisse-toi aller. (Elle se redressa et offrit à Lila l'espace situé juste derrière elle en tapotant le divan de la main. À Sarasilien, elle se contenta de murmurer :) Vas-y bébé, continue comme ça.

Lila n'en croyait ni ses oreilles ni ses yeux. Elle regarda son superviseur tandis qu'il massait les pieds de la démone, son corps æthérique dégageant occasionnellement une étincelle rose lorsque la peau impeccablement lisse de Sorcha le touchait. Les étincelles aggravaient le froncement des sourcils de Sarasilien, mais Lila sentait qu'il était loin d'être malheureux, à part qu'elle en soit témoin. Elle s'assit où Sorcha l'avait indiqué, la petite démone agile s'appuyant contre elle.

— Dieux, j'avais oublié que tu es métallique ! s'exclama-t-elle. Que t'est-il arrivé ? Qui t'a repeinte en æthérique ? J'espère que tu n'as pas été trop infidèle à mon frère. Du moins pas plus d'une fois par jour. (Sorcha se tortilla pour trouver le confort contre l'épaule de Lila et lui offrit une bouchée de sa barre chocolatée.) Tu peux la finir. Il faut que je garde de la place pour le banquet.

— Le banquet ? demanda Lila en flottant dans cette étrange absence de réalité.

Elle prit le chocolat et le renifla. Ce n'était pas une marque otopienne. Elle en croqua un morceau. C'était paradisiaque.

— Ton entrée dans la société démoniaque semble prendre plus d'importance que ce que nous avions originellement prévu, dit Sarasilien sans détourner le regard des orteils de Sorcha.

— Ah ça, dit Sorcha avec désinvolture en léchant le chocolat fondu sur ses doigts. Rien que nous ne ferions pas pour un visiteur. Ce n'est pas comme votre reine de la frontière collet monté qui ne lui a servi que des feuilles et toute cette merde. Même les tueurs étrangers qui viennent nous assassiner se voient offrir un repas décent avant qu'on leur arrache la peau et qu'on les donne aux chiens. Elle vient en tant que ma groupie otopienne.

— Ta groupie ? répéta Lila.

Sorcha était un phénomène pop, autant que son frère était un phénomène rock, mais leur relation n'était pas connue en Otopia et, même si Sorcha était inhumainement belle et très talentueuse, Lila ne se sentait pas vraiment d'humeur groupie.

Sorcha renifla.

— D'accord : amie. Mon amie geek et érudite venue pour assimiler notre culture au profit des pays d'Otopia, prête à écrire une série d'articles sur les glorieuses réalités de la vie dans le monde parfait, pour les magazines et les médianets glamour.

— Écrire ?

— Tu vas devoir réaliser des chroniques pour les journaux, des reportages et des communiqués de presse pour toutes sortes de médias, dit sèchement Sarasilien. Et d'autres pour l'office du tourisme démoniaque.

—Vous avez un office du tourisme?

Le sentiment d'irréalité de Lila atteignit de nouveaux sommets. La douce chaleur des flammes écarlates des cheveux de Sorcha léchait son menton, joueuse.

—Bien sûr, ma chérie, ronronna Sorcha. Nous nous apprêtons à recevoir les Otopiens pour des week-ends, des retraites à la campagne et de longues vacances d'aventure. Démonia offre les plus cordiaux des échanges commerciaux libres et... Bon, ce sera le cas dans quelques mois. Et tu vas nous aider à tout préparer. En échange, moi, mes estimés contacts, relations et amants, anciens amants, fans énamourés et quelques organisations multinationales te fourniront des informations soigneusement sélectionnées mais importantes pour tes merveilleux services secrets, afin de promouvoir l'harmonie interdimensionnelle et un esprit de coopération et de confiance qui nous permettra de faire du bel argent ensemble. (Elle agita son pied dans la main de l'elfe.) Encore!

—Alors tu es aussi un agent des services secrets? demanda Lila. Qu'est-ce que c'est? Une entreprise familiale?

—Moi? Non, ma chérie. Je ne suis que moi-même. Mais, pour l'instant, j'agis en tant que représentante de Démonia, et dans mon propre intérêt, et surtout, surtout, dans celui de Zal... parce que tu es sa chérie, bébé, et que tu auras besoin de quelqu'un comme moi pour défendre ta cause. Quelqu'un d'intelligent et de populaire qui sait des choses sur toi. Alors on m'a recrutée.

—Qui?

Sarasilien leva les yeux.

— Je pensais que c'était pour le mieux.

Lila lui dédia un regard écarquillé plein de sous-entendus, qui passa de son visage à ses mains occupées puis retour.

— *Quoi ?*

La pointe des oreilles de l'elfe rougit.

— Je croyais que les elfes et les démons avaient des magies opposées et ne s'aimaient pas.

— C'est le cas, c'est le cas, soupira Sorcha. Tu as déjà couché avec un elfe ? Qu'est-ce que je dis ? Bien sûr que oui. Regarde ça ! (Elle étira une fois de plus l'*andalune* de Sarasilien.) Ça nous fait mal à tous les deux. Mais c'est aussi plutôt agréable. Comme d'arracher une croûte prête à tomber. Tu vois ? C'est pétillant. Les magies s'attirent toutes les deux mais, quand elles se rencontrent, « poum ! » Ça ne va pas ensemble et, quand elles se touchent, il y a une réaction et… aïe ! Délicieux. Vraiment, vraiment agréable. Et puis, tu fais ça… (Elle pénétra la lueur bleu-vert de Sarasilien avec la pointe de sa queue et frissonna de délice.) C'est comme de gratter la démangeaison la plus intense… siiiiii booooooooon ! Mais… (Elle retira sa queue.) Il faut arrêter, sinon on commence à saigner et ça brûle. Aaah ! Et on sait que dans dix secondes ça chatouillera comme c'est pas permis.

Lila ne pensait pas qu'elle devait écouter, regarder ou savoir tout ça.

— Miss Sorcha essaie d'expliquer qu'il y a bien plus dans nos différences que de vulgaires réponses alchimiques ou de simples réactions æthériques. Culturellement, nous sommes…

— Bref, tu les connais, l'interrompit Sorcha. Capitaine Coincé et ses Coincettes. Si sérieux et sain et pur et chiant comme la plus chiante des choses.

— Et je te connais, dit Sarasilien sans bouger un sourcil. Ô exemple de la plus exquise des gâteries. Et tu sais que les démons disent toujours cela des elfes… (Il fit quelque chose à son pied et elle glapit.) C'est parce que vous aimez vous moquer, mais vous ne le pensez pas vraiment.

Sorcha se détendit et reposa sa tête dans le giron de Lila.

— On le pense vraiment. À la maison les elfes ne sont pas considérés comme très amusants. C'est tout. Maintenant il faut qu'on te trouve de meilleurs vêtements et on pourra y aller. Oh, et ton homme, là, doit terminer mon massage, bien sûr. Ça fait partie du deal.

— *Éloigne-la de là !* supplia Tath.

Lila sentait son anxiété et un certain dégoût. Il s'aplatissait et ce n'était pas seulement par peur d'être découvert.

Sorcha, qui n'avait rien remarqué, adressa un regard de conspiratrice à Lila et ajouta dans un murmure :

— Cette tête de pioche a mis bien dix minutes à accepter. Tu peux croire ça ? La plupart des hommes m'offriraient leur héritage pour faire ce qu'il est en train de faire et pourtant j'ai dû *discuter* avec cet idiot !

Lila éclata de rire.

Sarasilien leva les yeux vers elle et sourit.

— Tu vois ? Je savais qu'elle serait parfaite pour toi.

— Ah ! piailla Sorcha, son visage prenant une expression d'adoration. Ne l'aimes-tu pas à mort ? Toute cette arrogance elfique et ces ordures patriciennes, mais, en même temps, tout ce qui compte c'est toi. C'est-y pas cool ? Tu montes dans mon estime, ma belle. Alors que ta cote était déjà bien haute. Tu as déjà baisé mon frère à mort ? Je n'ai pas encore reçu de message me disant qui avait gagné notre pari.

Ce fut au tour de Lila de rougir.

— Euh... pas encore de gagnant. Notre Jeu continue.

— Oh ! Dans ce cas, dis-moi que tu ne te l'es pas déjà fait. Si ? Tu ne sais donc rien de rien ? Il était bien mûr, ma chérie. Il aurait payé, c'est sûr. Maintenant, ça va être beaucoup plus difficile. Mais je pense toujours que tu vas gagner, même si, pour ça, tu devras lui briser le cœur. Bon, qu'est-ce que tu dirais qu'on partage celui-ci ? Ce n'est qu'un apéritif, je sais, mais c'est tout ce qu'on aura de ce côté-ci de la frontière. Ma fille, cet endroit est un *désert* du plaisir. Je n'apprécie vraiment pas ces discussions sérieuses et ces bla-bla diplomatiques...

— Partager ? (Cette fois, Lila était sûre de comprendre Sorcha.) C'est obscène !

— N'utilise pas ce genre de langage avec moi, dame ! dit sèchement Sorcha en se redressant.

Elle attrapa le bout de la barre chocolatée dans la main de Lila et en mordit un morceau, montrant ses dents blanches et pointues.

— *Oh, merci*, dit Tath avec ferveur.

Les mains adroites de Sarasilien ne s'arrêtaient pas.

— Sorcha n'offre pas ses faveurs à la légère, dit-il calmement comme s'il parlait de diviser un morceau de pain. Même s'il est habituel en Démonia de minimiser les grandes offres. Vous devez excuser Lila, princesse des délices. Elle ne connaît quasiment rien aux démons.

— Ah, mais j'en suis consciente, dit lentement Sorcha en poussant sur l'abdomen de Sarasilien avec ses pieds. Écoute-le m'appeler « princesse » comme s'il pensait que je ne voyais pas clair dans son jeu.

Mais le compliment lui avait fait plaisir.

Lila mit cela à profit pour se lever.

— Si je dois réunir quelques affaires…

— Pas toi, débile ! (Sorcha retira ses pieds de la prise de Sarasilien et se leva.) Toi et cette créature frigide devez avoir une longue et ennuyeuse conversation, apparemment. Je vais y aller et m'occuper de tes affaires. Ne t'inquiète pas.

Elle pivota et s'assit sur les genoux de Sarasilien pour remettre ses chaussures : une paire de hauts talons très beaux et presque dépourvus d'attaches. Elle sourit avec douceur et, en une seconde, la fausse mauvaise humeur disparut au profit de la séduction. Elle posa ses lèvres sur celles de l'elfe, ses mains sur ses épaules, et l'embrassa longuement avant de sauter sur ses pieds, aussi légère qu'une plume, et de s'éloigner en balançant des hanches sans un regard en arrière. La porte claqua derrière elle.

Lila regarda Sarasilien. Pendant ces quelques instants, tout avait changé dans leur relation. Elle ne l'avait jamais considéré comme un être sexué, et ce n'était plus le cas. Elle n'avait jamais eu à penser à lui en d'autres termes que ce qu'il signifiait pour elle : la sécurité, la fiabilité, la force parentale, un protecteur, un collègue. Désormais, elle découvrait qu'il était une vraie personne. Sa propre arrogance la stupéfia.

L'elfe inspira profondément par le nez et expira très lentement entre ses lèvres avant de croiser son regard.

— Cara Delaware a été convaincue par ses conseillers démoniaques que tu seras capable de te débrouiller avec cette histoire de journalisme et d'enquête en Démonia. C'est parce qu'aucun humain n'a jamais mis les pieds en Démonia : ils sont tous formés à percevoir ce que Démonia pense être bon pour eux. Bien sûr, c'est vrai de nous tous. Le matériel de briefing qu'elle m'a donné pour toi (il s'interrompit et tendit la main vers une liasse de papiers) est parfait et d'une recherche exquise, mais il ne te servira à rien. (Il laissa tomber la liasse.) Il est absolument impossible pour toi d'entrer et de rester en Démonia de manière anonyme, ou de t'infiltrer là-bas. Tu dois y aller en tant qu'invitée de Sorcha ou pas du tout. Et, puisqu'on parle d'infiltration, peut-être pourrais-tu m'éclairer sur la nature de cette signature æthérique que tu as récemment acquise ?

Lila dut lutter pour éviter de se tortiller.

— *Il parle des éléments métalliques*, murmura presque imperceptiblement Tath.

— Je ne parle pas des élémentaux de métal fusionnés dans cet alliage que les elfes sombres fabriquent dans les fonderies de la nuit, même si ce cadeau est une révélation surprenante. Mais nous n'avons pas besoin d'en parler maintenant, ni de remettre en question l'histoire selon laquelle ils t'ont été offerts par Dar, ce qui ne peut être, n'est-ce pas ? Sinon Arië aurait traité avec toi de manière très différente, ajouta calmement Sarasilien. (Il désigna l'espace autour de lui de ses deux mains.) Tu peux me parler librement, comme à un ami, Lila.

— *Fais gaffe*, murmura Tath, effrayé.

Lila regarda la pièce, comprenant que Sarasilien insistait sur le fait que son bureau ne faisait plus partie d'Otopia. Ils étaient en Démonia. Ce qu'il ne dirait jamais en Otopia, il le dirait ici, y compris des critiques concernant Cara. Et il…

— Sarasilien n'est pas ton vrai nom, laissa-t-elle échapper, à peine consciente de ce qu'elle allait dire avant que cela sorte.

— Non, admit-il, et Lila sentit ce qui restait de ses convictions concernant les loyautés de chacun se dissoudre sous elle. Mais ici, au moins, je suis libre de te le dire.

— Que souhaites-tu me dire d'autre ? demanda-t-elle, les larmes aux yeux alors qu'elle faisait de son mieux pour les refouler.

— Que je suis toujours ton ami, même si je me rends compte que cette journée semble sauter d'une trahison à une autre. C'est comme ça que ça se passe dans notre boulot. C'est grâce à ça que je peux croire en ton amitié avec Dar et, en même temps, comprendre parfaitement comment les choses se sont passées entre vous à la fin.

— *Qui est-il ?* s'interrogea Tath, comme un grattement à l'intérieur des pensées de Lila.

Elle ne lui répondit pas.

— Tu veux dire que tu me tueras si tu y es obligé ?

— Non, dit l'elfe. Il est dans notre intérêt à tous que tu voyages en sécurité et que tu reviennes vivante de Démonia.

— Est-ce une cabale autour de « notre intérêt » ? demanda Lila, le cœur battant comme s'il avait été frappé par une pioche. Qu'est-ce que tu penses de tout me dire avant que je te déballe ce qui te dérange à mon propos ? Et puis, on s'en fout. Comment as-tu pu faire ça ?

— Faire quoi ? Te dire la vérité ?

— C'était ça ?

— Lila. (Le grand elfe s'approcha d'elle et posa passivement ses mains dans son giron, laissant leur dos reposer contre ses jambes.) La nationalité, l'État, ces formations d'identité de masse sont toutes de fausses idolâtries. En Alfheim, le déclarer est une hérésie, mais, oui, je suis en accord avec Zal et ceux du parti de Dar qui disent que la seule identité est l'esprit intérieur – une définition controversée dont je serais ravi de discuter avec toi une autre fois – et que la seule relation intéressante est l'amitié entre égaux. Si je pouvais te révéler mon nom et qu'il ne soit pas pour toi une charge, parce que sa connaissance t'accorderait un pouvoir que d'autres tenteraient de te dérober, je te le donnerais maintenant. Mais je ne vais pas le prodiguer de façon imprudente, pour toi et pour moi. Je ne peux rien te révéler de concret pour ancrer ma foi dans ta confiance, sinon le gage de quelques informations. Je suis inquiet que tu aies déjà révélé beaucoup trop à un autre. Me parleras-tu de cet *andalune* autour de ton cœur ?

— Si tu me dis comment je peux empêcher quiconque de s'en apercevoir.

L'elfe dont elle ne connaissait pas le nom dit :

— Le mieux que je puisse t'offrir est une protection talismanique.

— Je prends, et si tu me roules…

— Si « je te roule », comme tu le dis avec tant d'éloquence, tu ne le découvriras que trop tard. (Sa voix était calme, mais il souriait avec délicatesse.) Malheureusement, tu vas devoir me faire confiance pour découvrir si je vaux ton investissement.

Il se leva et traversa la pièce jusqu'à une sorbonne. Sous le couvercle de verre de son extracteur, une très vieille commode soutenait une plaque de marbre. Il libéra les attaches qui retenaient la plaque, la fit glisser sur le côté et enfila la main dans un compartiment étroit. Il revint près de Lila avec une délicate chaîne d'argent au bout de laquelle pendait une guirlande de roses faites de minuscules pierres précieuses.

— *Des améthystes*, dit Tath. *Efficaces contre les démons et quatre-vingt-dix pour cent de la population elfique, ce qui veut dire qu'il appartient aux dix autres. Ce qui signifie qu'il est de famille noble. Donc, je dois le connaître. Donc, outre que tu ne connais pas son nom, tu peux être certaine que tu ne connais pas son vrai visage.*

— Ce n'est pas ta couleur, dit Lila tout haut à son mentor.

Elle tenta d'alléger son humeur, de trouver quelque chose qui la ramènerait à l'endroit où l'idée de partager sa sphère de conscience serait bonne, retrouvant la solidité qu'elle avait l'habitude de voir en lui, comme s'il faisait partie de ses meubles.

— Je n'en ai pas besoin. Ce genre de choses ne m'affecte plus, pour le meilleur ou pour le pire, dit-il. Je l'ai enchanté pour…

— Quand ? s'exclamèrent Lila et Tath en même temps.

— Pendant que je le sortais de son rangement.

— *Mauvaise nouvelle. Je n'ai rien remarqué. Aucun mot. Rien de rien. Il doit être un synæthète.*

— *Un quoi ?*

— *Ils n'ont pas besoin de médium pour accéder au pouvoir æthérique. Ils sont extrêmement rares, un sur un milliard. Si c'est le cas, ce n'est peut-être même pas un elfe.*

— *Arrête ! Je ne peux pas gérer ça maintenant.*

— *Comme tu veux. Sois sur tes gardes. Peut-être la démone avait-elle raison sur un point. Il te révèle sa nature et cela devrait t'honorer ou t'effrayer car aucun être avec un tel pouvoir n'a besoin de se révéler à autrui.*

Sarasilien – elle ne pouvait pas penser à lui autrement – plaça le collier autour de la gorge de Lila et enclencha le fermoir.

— *Je me demande ce qu'il y a d'autre sur ce truc,* s'inquiéta Tath.

— Merci.

— *Il pourrait tout aussi bien mentir, bien sûr.*

— L'elfe mort dans ma poitrine pense que tu me mens à propos de ce collier.

— Alors c'est un allié de valeur. J'imagine que, si tu voulais t'en débarrasser, tu te serais débrouillée ou tu aurais demandé. Ton secret est sauf avec moi. Mais je me demande quelles sont tes raisons. Tu luttes si âprement pour accepter ton changement en machine, pourquoi aller encore plus loin et devenir une pension pour fantômes ?

— J'aime la variété ?

L'elfe sourit, puis rit doucement.

Chapitre 4

Lila était assise dans la grande bibliothèque de Bathshebat à mâchonner le bout de son crayon. Elle était dans une tourelle privée, installée à un bureau semi-circulaire exquis, entourée de rouleaux et de livres ouverts. De leurs pages et de leurs runes s'échappait une légère brume de couleur et de parfum qui s'élevait en un joli voile. À travers celui-ci, Lila distinguait les arches pointues des belles fenêtres de la tourelle et, au-delà, les tours de la cité, les parapets, les pinacles, les dômes, les minarets, les flèches et les toits. Les tuiles colorées et vernies ressemblaient à des bijoux d'une beauté éblouissante sous le ciel saphir. C'était une débauche de beauté.

Le crayon avait un goût de citron. Les notes de Lila – toutes manuscrites parce qu'il n'y avait pas d'électricité en Démonia et parce qu'elle devait bien avoir quelque chose pour ressembler à une érudite – bruissaient doucement dans la brise tiède et se seraient envolées sans le joli presse-papier bleu sombre qui les maintenait sur la table. Il était fait d'une pierre lisse que Lila aimait toucher, sculptée en forme de chat endormi. Elle se sentait très satisfaite en le caressant distraitement du doigt et laissait la tension quitter ses épaules. Cette mission en Démonia ressemblait à des vacances, très différente de l'épreuve qu'elle avait redoutée.

Le vert doux des murs de la bibliothèque offrait un cadre parfait pour le ciel jaune et abricot, pensa-t-elle en contemplant un coucher de soleil spectaculaire. Les formes æthériques des démons volants, ressemblant à des oiseaux ou à des chauves-souris, glissaient dans l'air, et les jolis éventails en papier des étranges voitures mono ou biplaces flottaient comme des bateaux dans les courants, leurs propulseurs vrombissant doucement. Le coucher de soleil orange mettait en valeur les tons magnifiques de la cité, si vivement qu'elle semblait vibrer, et, entre les bâtiments, les canaux tissaient de leur bleu aigue-marine la couleur complémentaire parfaite.

C'était tout le problème avec Démonia : la ville était d'une beauté à couper le souffle. Chaque vue était une carte postale, chaque rue un tableau, chaque magasin une caverne d'Ali Baba, chaque café une corne d'abondance de sucreries, de parfums et de potions divines. Il y avait bien trop d'œuvres d'art en Démonia, et elles étaient superbes, contrairement à celles d'Otopia qui flirtaient souvent avec le médiocre. Et, pour ceux qui ne pensaient pas que la beauté était le but même de l'art, ou de l'évolution, il y avait des rues entières, des mouvements, des théâtres, des districts, des sociétés, des clubs, des guildes et des gangs dévoués à l'exploration de philosophies alternatives. En fait, Lila avait commencé à se demander si, en faisant le tour de Démonia, elle trouverait une seule niche de tradition politique, intellectuelle, artistique, scientifique ou æthérique qui n'ait pas au moins une maison de thé, quelques galeries, un forum régulier ou une secte dévouée. Et ce avant même qu'elle s'intéresse au tourbillon social de soirées, dîners, petits déjeuners, veillées, productions théâtrales impromptues, rassemblements musicaux, oraisons, premières, expositions, duels, fêtes, projections, manifestations, expériences publiques, concerts, récitals, improvisations spontanées, courses, combats, démonstrations d'ingénierie et autres javas de toute sorte qui avaient lieu nuit et jour, et jour et nuit.

En fait, c'était un soulagement d'être assise là à admirer les offrandes du jour du bibliothécaire, qui avait été réservé à son intention par la famille de Sorcha, après huit jours de fêtes ininterrompues, des « préliminaires » pour célébrer son introduction dans la société démoniaque. Aucune débutante n'aurait pu être aussi totalement épuisée par les bavardages, la danse, la nourriture, la boisson et le plaisir des belles choses… et elle disposait de l'énergie d'un réacteur nucléaire. Mais ces derniers jours, elle avait plutôt l'impression de fonctionner aux petits fours et au champagne, à la bière et aux bretzels ou au thé et aux gâteaux.

Bien sûr, les démons eux-mêmes savaient qu'abuser d'un plaisir le transformait en corvée, donc, avant de commencer son étude, Sorcha et elle avaient été envoyées dans une station thermale pour une semaine de relaxation et de détoxication. Évidemment, c'était un plaisir en soi, qui avait été prolongé jusqu'à en devenir un tourment, mais cette gloutonnerie elle-même avait une raison : *eualusia*, « le bel ennui ». La recherche du moment parfait d'*eualusia* était l'un des jeux les plus importants parmi les millions de jeux auxquels les démons s'adonnaient sans cesse.

Lila ne doutait pas de trouver un jour le point eualusique de la bibliothèque, mais cela prendrait du temps. Elle retourna à la page où elle tentait de décrire les impressions d'un touriste de base sur la culture démoniaque.

Les enfants démoniaques sont sérieux, studieux et très concentrés. Démonia est gouvernée et administrée, pour les affaires civiles, militaires et économiques, par des adolescents de moins de dix-neuf ans. Ils naissent avec une mémoire héritée, pleine d'informations collectées par leurs ancêtres génétiques et æthériques. Cela les équipe pour la maîtrise des affaires intellectuelles dès l'âge de dix ans. On attend d'eux qu'ils se consacrent de manière monastique à leurs devoirs académiques, civils ou militaires jusqu'à leur majorité (dix-neuf ans) quand, inévitablement, ils dérivent vers des intérêts plus égoïstes ; au moins une heure par jour est dédiée à l'un des arts.

Une liste de ce que les démons considèrent comme de l'art serait si longue qu'elle en serait impubliable. Toute entreprise ou tout projet est élevé au statut d'art par l'énergie, la dévotion et le talent avec lesquels il est conduit. Le démon qui se démène le plus complètement et qui atteint la grandeur dans n'importe quelle sphère est considéré comme un véritable artiste. Ceux qui vivent leur existence dans sa plus grande expression jusqu'à la fin de leurs jours sont considérés comme des « Maha Anima » (grands esprits) et possèdent le plus de pouvoir.

Les démons adultes sont difficiles à cerner. Ils atteignent l'âge adulte complet à vingt-cinq ans ; ensuite, leur intérêt pour ce qui nécessite un sacrifice, comme le gouvernement, décline. Les démons considèrent que le gouvernement, la jurisprudence et les affaires administratives de leur monde sont considérablement ennuyeux, même s'ils sont essentiels. Il est de leur devoir de servir neuf ans de dévotion complète à la pratique correcte de ces affaires, après quoi ils ne s'en soucient plus jamais. Ils deviennent beaucoup plus indépendants, voraces et sexuellement actifs. (En Démonia, le sexe est considéré comme un art, bien sûr, un art social autant que personnel et physique. Et, même si les démons peuvent se reproduire sexuellement, ce n'est pas leur seul moyen de le faire, et la procréation n'est pas considérée comme une fonction importante du sexe.)

Avec l'âge, les démons deviennent de plus en plus capricieux, égoïstes et sournois. Le taux de mortalité le plus élevé touche ceux qui ont dépassé les deux cents ans, au cours de duels et de meurtres pour des disputes insignifiantes. Plus elles sont insignifiantes, plus elles deviennent vicieuses. Ces querelles ont consumé des familles entières et il est inhabituel qu'un démon adulte ne soit pas impliqué dans la moindre vendetta. Les enfants sont exclus de ce type d'obligations : ils ont un monde à gouverner.

Lila avait conscience, en écrivant cette dernière ligne, de l'intérêt de Tath. Profitant d'une minute ou deux de calme et de sa distraction, il s'était laissé couler doucement dans ses membres et prenait prudemment contact avec l'air.

— Fais attention, murmura Lila. Ne me glamourise pas.

— *Je fais attention*, dit Tath, qui rôdait au niveau de sa peau. *Et il serait difficile d'ajouter quoi que ce soit à ton costume. La sœur de Zal a vraiment un goût exécrable. Presque autant que les faes.*

Lila baissa les yeux sur son accoutrement. Elle portait ce qui, en Otopia, aurait été considéré comme une robe pour danser le tango. Elle était ouverte jusqu'ici, fendue jusque-là et moulait sa peau par enchantement. Là où elle la touchait, elle était givrée de paillettes qui remontaient le long de ses bras et de ses jambes nus. Ses bras semblaient forts et bronzés. Ses jambes avaient l'argent métallique de leur composition naturelle à partir de mi-cuisse. Sorcha avait insisté sur le fait que Lila ne trouverait jamais de bottes plus sexy que ses jambes nues. À travers les épaisseurs de voile turquoise, les sous-vêtements de Lila paraissaient bleu foncé. Elle avait les yeux suffisamment maquillés pour faire la fierté d'une goth. Le maquillage était collant, Lila devait résister pour ne pas se frotter les yeux.

— Laisse-moi deviner, dit-elle en apercevant une minuscule tache d'*andalune* vert mousse jouant avec un morceau du tissu de la robe avec mépris. Tu refuserais qu'on te voie mort là-dedans.

— Et tu as la repartie assortie ! Personne ne t'a jamais expliqué que les accessoires coordonnés indiquent un manque de style ?

Lila eut la sensation – pas la sienne mais un débordement de Tath – qu'il s'amusait comme un fou.

— Tu pourras la porter plus tard, promit-elle.

— Oh… merci, répondit une voix aussi sèche que des feuilles mortes, derrière elle.

Avant qu'elle puisse se retourner, quelque chose fusa devant son visage et fouetta son cou. C'était étrangement lisse et violet, pour un garrot.

Le temps se ralentit, comme il le faisait dans ces moments-là, quand seule l'action a de l'importance, assisté dans son obéissance par les processeurs de Lila qui accéléraient sa pensée et ses mouvements au-delà des capacités humaines. Avant que le long et fin ruban ait le temps de mordre la peau, elle avait déjà les doigts de sa main droite entre elle et lui et se rendait compte que ce n'était pas un ruban ordinaire mais une étrange chair flexible. Il avait été déployé avec tellement de force que ses articulations furent rapidement pressées contre sa gorge. S'ils avaient été de chair, ses doigts auraient probablement été coupés en deux. Mais ils ne l'étaient pas et ils ne cédèrent pas à la pression décapitante de son prétendu assassin. Sa peau délicate devint aussi dure que le métal autour du point de contact et agrippa fermement le garrot. Puis, avec une férocité joyeuse au centre de la poussée de toutes ses réponses de bataille, Lila tira sur le ruban.

Un froid cinglant perça son épaule gauche.

Au même instant, elle sentit Tath se retirer pour n'être plus qu'une teinte vert fantôme dans sa poitrine. Il murmura, aussi faiblement qu'un dernier souffle :

— *Du poison, le coup cherche la mort. Ce n'est pas un jeu. Tu ne dois montrer aucune merci.*

Il avait l'air effrayé.

Le ruban se détendit soudain sans avertissement et la main de Lila retomba d'un coup, violemment, fendant le bureau et éparpillant les notes et les livres sur le sol. Durant la seconde qu'il lui fallut pour se relever et se retourner, elle fut poignardée trois fois de plus dans la partie supérieure gauche du dos. Un engourdissement naquit des blessures et s'élargit, pas vraiment froid mais gris et épais, comme du brouillard.

Sa cuisse droite s'ouvrit automatiquement. Elle en sortit le flingue, toujours chargé, qu'elle conservait dans le vide qu'aurait dû occuper un os. Elle tira plusieurs fois avant que son assaillant ne devienne plus qu'un flou de couleurs bleu et lilas. Sur les conseils de Zal, elle utilisait des munitions en métal, rarement fatales pour les démons. Puisque les duels étaient banals et que les pièges étaient souvent employés, elle ne voulait pas abattre accidentellement quelqu'un ne souhaitant que la blesser légèrement. Peu de choses étaient plus contre-productives qu'une riposte excessive. Ainsi, les tirs ne servaient qu'à gagner du temps.

Elle laissait déjà tomber l'arme alors que le démon se redressait. Il était grand et ressemblait plus à un chien sur ses pattes arrière qu'à un humain. Dans sa patte droite, le long poignard qu'il avait utilisé contre elle gouttait de rouge. L'engourdissement du corps de Lila ralentit lorsque les contre-mesures d'urgence furent libérées par son phylactère. Elle recouvra l'équilibre et vit clairement son attaquant.

Son long museau grognait, montrant de grandes dents voilées par une moustache de morse. Ses yeux jaunes brillaient depuis d'étroites ouvertures de chaque côté d'une longue tête où une collerette d'épines cliquetait de façon menaçante dans une profusion orange. La queue brisée du démon fouettait en tous sens, projetant des gouttes de sang bleu qui fumaient et crépitaient.

— C'était quoi, ça ? exigea-t-elle.

Elle se balançait d'avant en arrière, en équilibre sur la pointe des pieds, laissant son IA calculer la probabilité d'une attaque. Elle était prête à se battre à mains nues, mais, alors que son assaillant agitait ses bras et ses mains – il y en avait, de manière déconcertante, quatre – avec des gestes hypnotiques de serpent, elle tira une lame de son armurerie de hanche gauche. Un liquide chaud coulait dans son dos, et elle dut passer le couteau à sa main droite, la gauche s'engourdissait.

Pour toute réponse, le démon se contenta de grogner. Elle feinta, il recula, attendant que son poison fasse effet. Ses yeux ne cillaient pas. Lila paniquait à l'idée que son introduction dans la société démoniaque commence par un meurtre. Il lui fallut un instant pour digérer l'analyse de ce qui courait dans ses veines. D'après la station d'épuration dans son foie, son IA goûtait les molécules complexes d'un venin de serpent. L'information se rua dans son esprit comme un bataillon d'assaut : le poison était mortel en une minute pour un métabolisme humain et il était très difficile de synthétiser un antidote adéquat… Lila ne tint pas compte du reste. Elle savait tout ce qu'elle voulait savoir. Elle tituba.

Convaincu que son attaque était parvenue à la paralyser, le démon s'accroupit et bondit en grognant. Lila utilisa l'assistance des systèmes hydrauliques lourds de ses hanches et fit glisser son torse dans un mouvement que personne, dont les jambes ne représentaient pas plus des deux tiers de la masse corporelle, n'aurait pu effectuer. La lame du démon, sa main et son bras, la frôlèrent dans un souffle qui souleva le voile délicat de sa robe. Elle baissa le bras gauche et le plaqua contre son flanc avec une détermination féroce. Le démon, surpris, se retrouva contre elle, épaule contre poitrine, et leurs yeux se rencontrèrent. Lila le fusilla du regard et projeta violemment la tête en avant, frappant du front le crâne du démon. Sa peau avait l'odeur du soufre et du pin, elle était humide, comme celle d'une grenouille. Lila releva la lame et en pressa la pointe dans la chair molle sous l'orbite. Un instant, elle regarda dans la fenêtre de cet œil.

— *Ce n'est pas vraiment une bonne idée*, murmura Tath, mais il se cachait en une boule si petite que sa voix ressemblait à une pensée fantomatique.

Le regard du démon était fascinant. Dans le puits sombre de ses pupilles, Lila vit un étrange tourbillon. C'était lent, sinistre et beau.

— *C'est de la magie, idiote. Au nom de tout ce qui est sacré, arrête ! Ce traître de Sarasilien ne t'a donc rien appris à l'école des espions ? Frappe ou sois damnée !*

Dans ses veines, le poison et son métabolisme se combattaient. La douleur trouble la ralentissait, mais ses parties machiniques, qui n'étaient pas atteintes, restaient fortes. Le démon tenta de se libérer, mais elle le frappa vivement, enfonçant le couteau dans sa chair. La lame fut recouverte de sang bleu et laissa échapper une fumée pâle. Lila en était si proche qu'elle ne put s'empêcher d'en inspirer un peu. Elle perdit un instant ses repères.

Une flèche d'ombre s'échappa de l'œil du démon et pénétra dans le sien. Elle était froide et elle alla directement au cœur.

— *Merde !* jura Tath, découvert.

Le démon prit une énorme et rapide inspiration et son bras libre frappa Lila sur la tête avec la force d'un marteau. Elle tint bon, malgré une douleur brûlante qui traversa son crâne renforcé. L'ombre dans son cœur commença à s'étendre, douce comme un crépuscule. Elle se sentit ensommeillée et triste. Le démon se débattit en la pilonnant de coups de pied sans effet dans ses jambes blindées. Le mélange de poison et d'ombre donnait à Lila l'impression de nager dans de la boue, mais sa prise sur la créature était si puissante que le démon ne pouvait se libérer. Elle plongea le couteau dans la gorge de son agresseur, l'enfonçant sous la mâchoire avec force. Un jet bleu, comme une explosion d'encre, l'aspergea. De chauds nuages s'en échappèrent et l'aveuglèrent. Elle sentit des dents pointues s'enfoncer dans son épaule. Quelque chose s'injecta dans sa chair, c'était pesant et douloureux. L'ombre commença à ralentir son cœur.

Elle entendit Tath psalmodier des mots étranges. L'ombre disparut dans son énergie verte puis naquit le fourmillement presque familier de la magie, comme une ligne de force émeraude s'étendant depuis la forme spirituelle de Tath à travers elle, par ses yeux et dans le sang du démon. Celui-ci couina de douleur, gargouilla et cracha. Lila eut la sensation d'un voyeurisme ignoble tandis que Tath, qui utilisait son corps, suçait la vie par la blessure du démon. Elle sentit l'énergie de Tath augmenter en pouvoir et en densité. Elle le sentit changer…

— *Qu'est-ce que tu fous ?*

— *Il m'a vu. Les démons ont une âme. Un esprit. Si celui-ci atteint le royaume des morts avec la connaissance de ma présence, il y a de nombreux nécromants qui lui arracheront cette histoire pour la répandre dans le monde des vivants. La Mort n'est pas silencieuse.*

Le sang l'aspergeait. La fumée tourbillonnait. Le démon hurlait tandis que son corps s'affaissait, comme s'il se dégonflait. Toute son énergie furieuse parcourait Lila. Celle-ci pouvait la voir et la sentir, mais l'énergie ne lui appartenait pas. Elle allait en Tath. Lila était horrifiée et révoltée. Tath mangeait l'âme du démon.

Ce n'était pas comme une activité cliniquement expliquée dans un livre. C'était une frénésie, la destruction de quelque chose d'unique, de beau, de fragile. Même si le démon avait eu l'intention de la tuer et qu'elle l'aurait tué, ou plutôt essayé, c'était une atrocité pire que ce qu'ils souhaitaient l'un et l'autre. De plus, elle sentait la réaction de Tath à son propre pouvoir occulte : il le ressentait comme une abomination insupportable, mais, parallèlement, il s'en glorifiait. Il s'immergeait dans l'être du démon tout en le transformant en æther pur, et il ressentait un plaisir orgasmique intense en absorbant cette énergie. Tath gonflait, sa présence en Lila s'intensifiait. Sa surprise, sa fureur et sa haine de soi la remplissaient.

Elle laissa tomber le corps sans vie du démon avec un bruit de viande. Les poisons, réels, émotionnels et psychiques l'inondaient. Tath sentit sa réaction et s'évasa de colère et de haine. Pour la première fois elle sentit qu'il était facilement capable de la tuer, qu'il l'avait toujours été.

Il y eut un flash.

Elle cilla pour chasser le sang de ses yeux. Sur l'appui de fenêtre, un petit démon violet tenait un appareil photo.

— Ne bouge pas, chérie ! dit-il d'une voix perçante.

Il y eut un autre flash.

— Parfait ! (Il sourit avant de dire :) Ouf…

Il disparut. Lila l'entendit protester en tombant et vit un autre démon sur le balcon. Il était grand et bleu avec une allure de dragon et un visage long et chevalin. Il avait des cornes, des vibrisses, des yeux féroces et jaunes. Ses sourcils, ses bras et ses jambes étaient couverts de plumes blanches à la place des poils, certaines saupoudrées de violet, d'autres unies. Une crinière de plumes blanches partait de la tête, courait le long de la colonne vertébrale et se terminait sur une explosion de plumage iridescent au bout de sa queue. Il était mince, puissamment musclé et nu. Son cuir bleu brillait comme du vinyle poli et ses ailes angéliques et poudrées produisirent un son grinçant lorsqu'il les referma dans son dos. Il sauta de la balustrade dans un mouvement très fluide et s'avança vers elle sur ses pattes arrière, souriant, soudain presque humain d'aspect. Un charisme chaleureux et sensuel en irradiait. Comme un animal, il s'accroupit, en équilibre sur la pointe des pieds, et renifla le désordre de papiers et la flaque de sang. Son visage était mobile et expressif. Il haussa les sourcils et sa bouche enchaîna une série de grimaces de surprise. Il pencha la tête et baissa les yeux sur le démon mort.

— Azarktus, mon frère, dit-il avec douceur et désapprobation. Idiot impétueux ! (Une larme roula de son œil et tomba sur le corps. Lorsqu'elle entra en contact avec le démon mort, il y eut comme un soupir et quelque chose de pâle, presque invisible, s'éleva du cadavre et s'envola, spectral, par la fenêtre.) Je te tuerais moi-même si tu n'étais déjà mort.

Puis, la créature se releva et tendit sa main élégante, souriant et montrant toutes ses dents pointues de tigre.

— Je suis Teazle, dit-il avec un accent démoniaque prononcé. Ravi de vous rencontrer.

Chapitre 5

— Bien sûr, poursuivit le démon sur le ton de la conversation tout en regardant sa main tendue, comme une invite, maintenant que vous avez assassiné mon frère, ma famille est en guerre contre vous et je me dois, par une régression quasi infinie de mes liens et de mes devoirs, de sceller votre destin mortel aussi vite que possible, cependant… (Le démon s'interrompit, baissa les yeux sur la main que Lila n'avait pas prise avant de la fermer doucement puis de changer brusquement d'avis, de sourire et de la lui offrir de nouveau.) Cependant, il me semble extrêmement inopportun de m'y résoudre, et je pense continuer à considérer les choses ainsi presque indéfiniment… Ce qui n'est pas un crime, même si cela viole la loi. Mais qui se soucie de la loi ? Et j'aimerais que vous preniez ma main parce que je commence à me sentir idiot.

Lila, hébétée par le poison, irritée par la douleur et de très mauvaise humeur, se contenta d'observer la main puis les yeux jaunes du démon. *Paille et or*, se dit-elle, ennuyée.

— *Attention…*, murmura doucement Tath. *Attention à la…*

— *… magie ?* demanda Lila.

Elle en avait assez des avertissements de Tath et de ses propres souvenirs d'être tombée dans le panneau si facilement. Elle ne sentait pas la décharge de parfum d'agrumes des flots de magie sauvage qui pouvaient l'enchaîner à un pacte involontaire.

Elle laissa tomber la lame, tendit sa main ensanglantée et serra celle du démon. Le contact était fort et confiant. Le démon sourit joyeusement et ses yeux s'étrécirent en rides de plaisir.

— Enchanté, murmura-t-il en penchant la tête de côté. Ç'a l'air tellement réel.

Lila retira sa main.

— C'est réel !

— Mais bien sûr. (Le démon fit jouer les articulations de sa main, se souvenant de sa prise.) Pardonnez mon imprécision, il n'y a pas longtemps que j'ai quitté le gouvernement et je dois avouer que le langage politique est lent à me quitter. Je voulais dire qu'elle semblait tellement charnelle quand on considère qu'elle ne l'est pas du tout.

Lila baissa les yeux.

— Vous n'avez pas l'air... très triste.

Le démon regarda brièvement le cadavre et haussa les épaules.

— Il n'est plus. Il n'y a rien que je puisse y faire. Ce que je n'ai pu apprécier de lui, par ma négligence, alors qu'il était vivant, est ma seule faute, mais cela aussi n'est plus. Ceci (il retourna le cadavre du bout du pied) est pour les éboueurs. Regardez, son visage a l'air furieux, au moins n'est-il pas parti pour le dernier rivage dans un état d'apitoiement sur lui-même. Vraiment, notre mère en sera heureuse. Ce qui me rappelle qu'on m'a envoyé pour vous inviter à une fête. (D'un geste brusque, il arracha une plume de son aile.) Brûlez ceci ce soir à 19 heures et suivez la fumée. Je resterais bien pour vous aider dans ce que vous avez à faire, mais il faut que j'aille distribuer le reste des invitations et ma mère se transforme en horreur quand ses fêtes se déroulent mal. Le bibliothécaire enverra quelqu'un ramasser le corps si vous l'appelez. C'est vraiment dommage pour votre robe, tout ce sang l'a gâchée. Vous avez de beaux seins.

Il lui décocha un grand sourire aux dents de tigre avant de sauter une fois, deux fois, sur le balcon puis par-dessus la rambarde.

Lila se redressa lentement. Le cadavre fumait. Une légère brise fit voler les pages éparpillées, piétinées et salies, de ses recherches. Derrière elle, un bruit de pas s'insinua dans la pièce. Il y eut un soupir impatient et un léger grognement de colère.

— Combien de fois devrai-je le répéter ? entendit-elle marmonner le bibliothécaire. Pas de duels dans les salles de lecture !

— Je…, commença Lila en voyant le vieux démon avancer en s'appuyant sur sa canne. Il tapota la grande plaque de cuivre accrochée au mur à côté de la porte.

Lila ne l'avait pas vraiment remarquée. Elle indiquait : « Duels interdits. Invocations interdites : diablotins et autres manifestations d'éléments potentiellement dangereux pour les livres, y compris les élémentaux, feux follets, lutins, afrits, gobelins, vilaines filles, embouteillés, basprats, toofigs, magshalums, elokin, rejetons mineurs, majeurs et inférieurs, sorcières. Prières interdites. Jurons interdits, sauf pour le personnel. La bibliothèque est fermée les jours fériés. Les donations sont bienvenues. »

— Je…, essaya de nouveau Lila, d'une voix faible.

— Pas vous, grinça-t-il, furieux. Cet idiot ! (Il donna un coup de sabot au cadavre et grogna de douleur.) J'ai de l'arthrite dans les genoux. Le concierge fulmine déjà à cause des arrangements funéraires imprévus. Son boulot ne vaut pas ce tracas, on ne le paie pas à transporter des cadavres, il pense à fonder un syndicat… Sois maudit, freluquet ! (Ses mots scintillèrent et pétillèrent. Il offrit à Lila un regard torve.) On ne peut pas maudire les morts, bien sûr… J'imagine que je devrais vous féliciter, mais cela me semble être un sarcasme un peu dur, ma chère, quand on considère que vous vous retrouvez dans une vendetta avec la famille Sikarzi. Ils sont importants dans cette ville, vous savez. L'un de leurs fils est l'assassin le plus fructueux de Bathshebat à Zadrulkor, peut-être même de toute l'histoire de Démonia… Je dis ça au cas où ce bâtard serait caché quelque part derrière les étagères. (Il frotta son genou avec une main à sept doigts et regarda le démon mort d'un air lugubre.) Pas celui-ci, bien sûr.

— Non, dit Lila en baissant les yeux, nauséeuse et fiévreuse, alors que son sang empoisonné surchargeait brièvement son foie. Bien sûr que non.

— Non, répéta le bibliothécaire avec une satisfaction méchante. Celui-ci était l'avorton de la famille, aucune erreur. S'il y avait une justice dans le monde, ils enverraient un autre fils pour vous épouser, vous leur avez rendu un sacré service. (Il mima le fait de trancher puis de découper, un geste courant en Démonia pour indiquer l'importance de se débarrasser des faibles.) Mais, au lieu de ça, ce sera sans doute une guerre sans fin, enfin ça dépendra du temps qu'il leur faudra pour tuer toute votre famille. (Il leva les yeux vers Lila et opina, appréciateur.) Faible et stupide, mais il était le préféré de sa mère. Elle l'adorait. Elle adore tous ses fils, bien sûr, mais celui-ci plus qu'un autre parce qu'il était faible et qu'elle ne pouvait supporter la honte de l'avoir mis au monde ; elle disait que c'était dans son caractère et qu'il faisait partie d'une race expérimentale pour se rapprocher des humains – beaucoup de bravade mais pas de couilles – sans vouloir vous offenser, mademoiselle. Elle avait décidé que sa mission dans la vie était de l'aider à se développer. Il était tout son monde. Comme il devait la haïr ! Et vous voici, ambassadrice humaine et parfaitement bizarre en plus. Tout ce qu'il n'était pas et ne pouvait pas être. Comme une sorte de Némésis, un doppelgänger envoyé pour le tourmenter, n'est-ce pas, mademoiselle ? Bref. Il aurait été heureux de vous avoir, vous voyez ? Votre mort publique aurait pu être la seule chose à lui apporter un peu de respect. Maintenant, il va vers les ténèbres sans qu'on le pleure, comme l'âne qu'il était.

» Mais vous ne pouvez pas vous promener dans ma bibliothèque couverte de sang. Je vais vous renvoyer à vos circonstances…

Il agita son bras en l'air. Une lueur bleue apparut autour d'eux.

— Mais…, commença Lila.

Elle se retrouva dans sa chambre, dans la maison de Sorcha.

Le vieux démon mâle qui s'occupait de libérer les pièces de toute magie vagabonde pendant la journée était en train de rassembler les essences errantes qui passaient par les fenêtres et de les siroter dans son bol magique. Il leva un sourcil épineux.

— On dirait que vous avez eu une bonne journée, mademoiselle.

Lila avait froid, se sentait écœurée et poisseuse. Elle avait envie de vomir, mais ce n'était rien par rapport à son nouveau statut d'assassin d'un fils préféré, sujette à une vendetta et future victime du plus grand meurtrier d'un monde de meurtriers. Et elle devait aller à une fête et sa robe était foutue.

— J'imagine, dit-elle.

— *Prends l'air heureux*, dit Tath. *Selon leurs termes, tu viens d'atteindre l'élite. Tu devrais organiser ta propre fête et dépenser tout ton héritage tant que tu le peux encore.*

— *Je n'ai pas d'héritage*, lui répondit Lila en se dirigeant vers la douche.

— *Arrête !*

— *Que je m'arrête ?* Lila commença à tourner le robinet.

— *Tu dois y aller comme ça. Garde le sang.*

— *Non.*

— *Si ! Ce serait le signe d'une immense couardise de le laver.*

— *Ça pue.*

— *Tu survivras.*

On aurait dit une promesse. Tath lui assura que c'était le cas. Fatiguée, elle éloigna la main du robinet.

Zal restait devant la fenêtre de la suite de l'hôtel *Beautiful Palms*, maussade ; il regardait les vagues lécher le sable de la plage. C'était un jour magnifique. Il faisait un temps magnifique. Tout était absolument parfait. Il était de mauvaise humeur, à cause de ce qu'avait dit le fae derrière lui. Des mots qui résonnaient toujours à ses oreilles à la manière irritante de ce qu'on n'avait pas envie d'entendre…

— Parle-lui de ta dépendance, avant que ça dépasse les bornes et qu'elle s'en rende compte autrement.

Puisque la journée, si belle soit-elle, ne lui offrait aucune échappatoire, Zal se retourna, s'assit dans l'un des fauteuils et foudroya Malachi du regard. Mais cela ne fonctionna pas non plus. De vagues fantasmes d'une bagarre spectaculaire avec la créature féerique lui passèrent par la tête, mais d'une part le fae était un ami de Lila et, d'autre part, il n'avait pas tort.

Dans l'autre fauteuil, Malachi lui rendit son regard furieux. Il y avait un bouquet de fleurs entre eux sur une table ronde en verre. Zal plaça ses jambes loin de Malachi et posa son regard sur les fleurs. Il avait envie d'étirer son *andalune* dans l'espoir d'endormir Malachi : les corps æthériques des elfes agissaient sur les sens æthériques des faes et causaient une sorte d'overdose qui déclenchait un profond sommeil protecteur.

— N'y pense même pas, dit le fae.

Zal grinça des dents.

Malachi sourit, ce qui n'était pas exactement plaisant. Il profitait de l'inconfort de Zal et celui-ci se sentit puni.

— Reviens à tes questions, dit Zal. Je préférais ça.

— Comme tu veux.

Malachi trouva une position plus confortable et croisa les jambes. Comme tous les faes, il aimait s'habiller de manière voyante mais, alors que la conception fae du costume était extrêmement bizarre aux yeux d'étrangers, Malachi avait choisi, pour sa forme humaine, d'adopter un style humain d'une élégance discrète et très onéreuse. Son costume immaculé de soie couleur chameau drapait sa silhouette haute et puissante d'une grâce insouciante. Avec cette couleur chaude, l'encre sombre de sa peau et de ses cheveux brillait légèrement de ce que le nez de Zal reconnaissait comme de l'Onction, un produit magique rare et cher qui se portait sur la peau. L'Onction conférait des dons magiques, dont la clairvoyance, protégeait le porteur et hydratait la peau tout en la faisant briller.

Malachi irradiait aussi deux attitudes contrastées, de manière typiquement féerique : une frivolité pleine de bonne humeur et une assurance mortellement sérieuse. Il interrogeait Zal d'une manière plus ou moins officielle au nom de l'organisation de Lila, l'OSA, et il adorait ça.

Zal se sentait aussi examiné en tant que soupirant de Lila, comme si Malachi était le frère ou le père de celle-ci, et cela l'irritait autant que d'imaginer Malachi avec Lila pendant les heures de travail. Ce qui le conduisait à penser à Lila seule en Démonia. Alors il contemplait les fleurs et se contraignait au calme.

— Ce que nous voulons vraiment savoir c'est pourquoi quelqu'un comme toi se retrouve dans un endroit comme celui-ci à chanter des chansons, Zal. Et que signifie être à la fois elfe et démon ? Tu dois comprendre que ta présence ici est presque intolérable pour les autorités. Les voix elfiques s'étendent vers des longueurs d'ondes inaccessibles à l'ouïe humaine et touchent des domaines dont les humains ne soupçonnent même pas l'existence. Toi et moi – malgré notre prétention de leur venir en aide – nous n'avons pas expliqué la moitié de ce que nous savons l'un sur l'autre.

— Tu restes discret et je reste discret, dit Zal.

— Exactement, dit Malachi. Chez les marchands de secrets, l'honneur est tout. Il n'y a aucune raison de détruire l'équilibre délicat établi depuis des millénaires pour calmer les anxiétés humaines. La confiance se gagne avec le temps et la prudence. Et il y a tant de choses avec lesquelles il faut rester prudent…

Zal fronça les sourcils. Malachi commençait à divaguer à la manière des faes de son espèce. Non que Zal ait déterminé de quelle espèce le fae faisait partie, mais, d'après ses vêtements et son discours, l'elfe supposait que Malachi était puissant. Il existait des moyens d'en découvrir plus…

— Et si on jouait aux cartes en discutant ?

— Je pensais que tu ne le proposerais jamais.

Le fae plongea la main dans sa poche intérieure et en sortit un paquet de cartes scellé. Il déchira l'emballage plastique du pouce et fit glisser les cartes d'un geste fluide. La boîte se retrouva sur la table en verre, le plastique dans sa poche et les cartes dans ses mains sans que Zal ait vu exactement ce qui se passait. Malachi leva les yeux vers lui, dans l'expectative. Un léger nuage de magie sauvage, invoqué par les ailes invisibles du fae, se glissa entre eux. Sa présence était une garantie qu'ils seraient capables tous deux de détecter toute forme magique de tricherie.

— Poker sans limites, Texas Hold'em, dit Zal en se penchant en avant.

Il commençait à apprécier davantage la situation, à présent qu'il était dispensé de cette ridicule habitude humaine de faire la conversation. Il fit jouer les muscles de ses mains et les trouva raides. Cela faisait trop longtemps qu'il n'avait pas joué pour un enjeu qui en valait la peine.

— Questions contre réponses. Une question par manche. Les enjeux selon la règle de mesure de la Poisse…

— Tu as la Poisse ?

Sinon, Zal serait obligé d'en chercher une.

— Toujours, mec, l'assura Malachi d'un sourire en produisant une petite poignée d'herbe récemment coupée.

De ses doigts agiles, le fae façonna une poupée grossière avec les brins d'herbe. Il tira un cheveu de sa tête et Zal fit de même, de manière que les deux cheveux soient enchevêtrés avant que Malachi en entoure encore et encore les brins d'herbe pour former la séparation créant la tête et le torse, le cou.

— Ça devrait aller, dit Malachi en posant la poupée sur la table à l'ombre d'une marguerite.

Il souffla sur un de ses doigts et en tapota la tête de la poupée. Il y eut une légère bouffée d'odeur de vieux champs de bataille couverts de sang boueux. Une toute petite voix déclara :

— Ne trichez pas, ne mentez pas ou j'aurai votre œil.

— Cool, dit Zal, approbateur.

Quoi qu'il soit d'autre, le fae était un bon Faiseur et la Façon était un des arts magiques les plus difficiles. Zal regarda le fae noir mélanger les cartes. La minuscule poupée Poisse s'assit.

Malachi mélangea les cartes, ses doigts bougeaient dans un brouillard de mouvements, les cartes passaient comme de l'eau, en avant, en arrière, au milieu. Il tira deux cartes et posa le paquet sur le côté. Zal examina ses cartes d'un air nonchalant. Reine de pique, roi de carreau. Le fae regarda les siennes et attendit.

— Impersonnel sans intérêt, dit Zal, débutant avec la mise obligatoire de la question de moindre valeur.

— Impersonnel intéressant, répondit instantanément Malachi, levant les mises de deux.

Le fae regardait intensément Zal.

Zal haussa les épaules et bâilla.

— Impersonnel intéressant, dit-il, égalisant.

Malachi tira deux cartes découvertes sur la table. Trois de trèfle. Neuf de pique.

Zal ressentit un sentiment d'échec, mais s'acharna à s'en distancier. Il savait que tout le monde se trahissait, mais les menteurs expérimentés ne se trahissaient que pour l'œil aguerri qui les connaissait, et Malachi ne le connaissait pas si bien que ça.

— Impersonnel sensible, dit-il.

— Impersonnel sensible, égalisa Malachi.

Il tira silencieusement une troisième carte.

— Impersonnel critique, lança automatiquement Zal, toujours prêt à prendre des risques.

Il regarda la carte après coup, dix de cœur.

— Impersonnel critique.

La sixième carte apparut.

Zal soupçonnait le pire. Ils montrèrent leurs cartes.

— Tu n'avais rien, dit Malachi avec satisfaction en montrant un dix et un neuf : deux paires. Donc, penses-tu que nous devrions informer les humains à propos des Autres ?

— Nan, dit Zal en ramassant les cartes avec un soupir et en les mélangeant.

Ce faisant, il examina le fae avec considérablement plus de curiosité. Il était étrange que Malachi aborde un tel tabou dès le premier jeu… et quelque chose d'aussi peu lié à leur affaire présente, en apparence. Zal ajouta, avec conviction :

— Cela ne ferait que les inquiéter inutilement et ils éprouvent déjà beaucoup d'inquiétudes rien qu'à nous connaître sous notre forme la moins angoissante. N'allons pas si loin tout de suite.

— Hmm, dit Malachi gravement. Je suis d'accord. Service.

Zal distribua les cartes avec soin et se demanda si Malachi serait fidèle à sa parole. Dans le monde des faes, n'importe lequel de ses ambassadeurs pouvait user des pouvoirs diplomatiques de la Reine. Malachi ne parlait pas seulement en son nom propre, mais au nom de l'univers entier qu'il représentait, même dans ses relations avec un ex-agent mineur comme Zal, et ses paroles avaient force de loi. Pour Zal, c'était un arrangement merveilleusement stupide de la part d'une tyrannie capricieuse, mais c'était comme ça. Dorénavant, les faes ne révéleraient rien des Autres aux humains. Zal n'était pas sûr que les humains comprenaient cette particularité ; ils ne traiteraient pas si facilement les faes comme des citoyens ordinaires s'ils le savaient. Il fallait toujours faire attention.

Ils jouèrent une nouvelle partie, prudemment. Zal demanda à Malachi s'il existait des codes d'activation à distance pour les capacités d'IA de Lila, des codes qui pourraient outrepasser sa propre volonté. Il s'inquiétait beaucoup à ce propos, surtout depuis qu'il avait commencé à comprendre à quel point Lila en savait peu sur la manière dont elle avait été construite. À sa grande irritation, elle semblait ne pas s'en faire alors qu'il brûlait de soupçons.

Malachi s'étira dans son fauteuil, faisant nonchalamment passer un torrent de cartes d'une main à l'autre.

— Je ne sais pas, mais il me semble bien que quelque chose comme ça doit exister.

— Lila n'a pas été refaite pour lui sauver la vie, déclara Zal, et le fae hocha lentement la tête. Et si je l'avais construite, je me serais assuré sur mon investissement. Tu sais pourquoi elle a vraiment été fabriquée ?

La Poisse soupira et dit :

— Violation des règles. Tu crois vraiment que cela vaut la peine, elfe ? Œil gauche ou œil droit ? Dépêche-toi, je ne vais pas durer toute la journée.

Malachi sourit largement et dit :

— On le joue ?

— Bah ! dit la poupée, déçue.

Zal soupira. Ils jouèrent de nouveau. Zal reçut un cinq et un neuf au premier tirage et les choses ne s'améliorèrent pas. Malachi avait misé « Impersonnel, importance extrême ».

— Qu'est-ce que tu essaies de faire aux gens de ce royaume, à travers ta musique ? demanda-t-il.

— Pas de circonlocutions, intervint la poupée, toujours ennuyée. Je peux détecter les tergiversations et les dissimulations à quarante pas.

— Ce n'est pas impersonnel, dit Zal.

Malachi regarda la poupée de brins d'herbe.

— Malheureusement, il a raison, confirma la Poisse en frémissant. Et tu as perdu ton tour.

— Donc, ce n'est pas une question d'État, pas une affaire du Daga…, dit Malachi en regardant Zal ramasser les cartes.

Il éliminait une longue liste d'agissements possibles que le Jayon Daga, les services secrets elfiques, aurait pu entreprendre par l'intermédiaire de Zal. Depuis le début de la guerre civile en Alfheim, les allégeances de chacun étaient un mystère. Malachi avait toujours douté que Zal ensorcelle son public par sa voix, mais il se demandait à présent pour quel autre motif l'elfe chantait. L'argent ? La gloire ? Quoi ?

Les questions suivantes demandèrent trois heures de jeu.

Zal gagna un « Impersonnel critique ».

— Pour qui mènes-tu vraiment l'enquête sur moi ?

— La Sécurité humaine et les intérêts féeriques. Et je sens que je dois aussi m'occuper des intérêts de Lila, au sein de l'Agence, par rapport à sa famille, à ses partenaires… (Malachi braqua son regard sur celui de Zal.) Je ne pense pas que tu sois le meilleur choix. Tu fais sans doute vibrer toutes les fibres de Lila. Mais, s'il y a un personnage moins digne de confiance dans les sept royaumes, je ne peux me souvenir de son nom. Tu n'es pas ce qu'on appelle un soutien.

Zal sentit ses poils se dresser. Il ne savait pas si Malachi le défiait ou s'il était personnellement intéressé par Lila, mais il était certain que celui-ci pouvait utiliser son influence au sein de l'Agence pour faire incarcérer ou exiler Zal. Il n'aimait pas cette menace.

— Reste en dehors de ça.

— Aucune chance, dit le fae en distribuant les cartes.

Malachi gagna un « Personnel, mineur ».

— Tu l'aimes ?

— Ce n'est pas mineur, dit Zal.

Malachi regarda la Poisse.

— Deuxième essai, dit la poupée.

— C'est de la triche, s'insurgea Zal. Je viens de donner une réponse critique à une question mineure et il a un deuxième essai ?

— Fais-moi un procès ou offre-moi un de tes membres, rétorqua la poupée d'un ton irrité.

— Es-tu réellement de nature démoniaque ?

— Oui, répondit froidement Zal.

La Poisse se leva et commença à scintiller de pouvoir.

— Et non, termina Zal, qui sentait une douleur vive dans son œil droit.

La poupée se rassit.

Malachi leva un sourcil.

Il gagna de nouveau.

— Quel sera ton prochain single ?

— *Disco Inferno*, dit Zal sans la moindre ironie.

— Tu ne penses pas que tu te vends à l'ennemi ?

— Je suis quoi, là ? De la roustampane ? pépia la Poisse. Pas d'extra ! Les yeux de faes sont aussi bons que ceux des elfes... meilleurs même pour certaines choses. Ils durent plus longtemps avant de pourrir.

Zal sourit à moitié. Malachi n'aima pas tellement le résultat.

— Je fais ça avec ma sœur, ajouta Zal d'un ton ambigu.

— Les brownies m'avaient dit cela, dit Malachi en douceur. Mais je n'y avais pas cru.

Zal distribua. Zal gagna.

— Combien de failles profondes ambiantes avez-vous trouvé en Faeric depuis la bombe humaine ? demanda Zal.

Le visage noir charbon du fae se renfrogna et, un instant, ses traits fins et séduisants et ses angles lisses se transformèrent en quelque chose d'animal et d'étrange. D'après son style et ses manières, Zal soupçonnait que Malachi était une sorte d'esprit-chat, mais ce ne fut pas ce que l'elfe vit dans la silhouette qui se révéla un instant sous l'effet de surprise. Il n'aurait pas pu dire ce qu'était Malachi, les faes faisaient toujours semblant, pour le plaisir, ce qui l'énervait comme toujours. Il écouta la réponse de Malachi avec mauvaise humeur.

— Il y en a six, dit le fae.

— Un nombre instable, remarqua Zal.

Malachi hocha très légèrement la tête.

Zal haussa les épaules.

— D'après ce que je sais, il y en a neuf en Alfheim. C'est encore moins stable.

La Poisse tenta de secouer la tête de dégoût et tomba sur le côté en rebondissant légèrement en silence.

Malachi conjura un lutin vespéral d'un geste du doigt et l'envoya à la recherche de micros et autres mouchards. Quand le lutin revint et disparut, le fae ajouta :

— Démonia en a huit. Et cette bonne vieille Terre chanceuse en a cent neuf. Essentiellement mineures. Jusqu'à présent. On n'a pas fini de compter.

Zal était abasourdi, mais ne le montra pas.

— Elles poussent comme de la mauvaise herbe ici. Elles grouillent comme les rides sur le visage d'une vieille sorcière quand vient l'hiver et, pendant ce temps, dans nos bons vieux pays, elles avancent, lentes comme le gel, mais elles avancent quand même en cherchant le murmure de la nouvelle terre qui parle de déchirure, de pourriture et de l'abandon des choses au chaos. « Sssss », la toile des mondes se défait comme de la soie qui glisse et rien encore n'est entrepris pour l'arrêter, dit le fae d'un ton détaché, tout en ramassant les cartes, les mélangeant et les distribuant.

— C'est indigne, putain ! couina la Poisse. Vous ne comprenez ni ne respectez mes pouvoirs, imbéciles !

Si elle avait eu un poing, elle le leur aurait montré.

Malachi la redressa et elle frémit de sentiments inexprimés.

— Ça n'a rien de personnel, lui dit Zal.

— Garde ça pour quelqu'un qui ne s'en fout pas, siffla la poupée. Je sèche.

Zal traversa la pièce jusqu'au bar, ouvrit le réfrigérateur, trouva la glace, en versa dans un verre qu'il remplit de whisky et le posa sur la table. Il souleva la poupée par la tête et la mit dans le verre.

La poupée ricana et s'installa comme s'il s'était agi d'un Jacuzzi.

— Prenez votre temps, les mecs.

Cette fois, Malachi ramassa les cartes et les mélangea mais ne distribua pas.

— Je m'inquiète pour Lila, dit-il. Je crois qu'elle craque.

— Elle allait bien, dit Zal, sur la défensive tout en pensant la même chose à présent que Malachi l'avait dit. Très bien. (Le fae regarda l'elfe.) Peut-être irai-je faire une petite visite en Démonia.

Malachi hocha la tête et Zal se sentit à la fois manipulé et reconnaissant.

— Chette fois ch'est pour vos têtezzzz, piailla la poupée avec jubilation.

Zal tendit la main par-dessus la table sans quitter Malachi des yeux, ramassa la poupée et la fourra tête la première dans le whisky, entre les glaçons.

— Si toi ou ta bande de tarés faites quoi que ce soit même par accident, omission ou stupidité, pour blesser Lila de quelque manière que ce soit, je vous ferai tous espérer n'être jamais nés !

— Même chose, acquiesça le fae en souriant.

Ils se dévisagèrent pendant que l'herbe dans le verre se délitait lentement en brins.

Malachi y jeta un coup d'œil avec regret.

— Je ne peux prendre aucune responsabilité là-dedans. Tu devras peut-être payer pour cela.

— Je paie toujours, dit sinistrement Zal. Et je ne me vends à personne.

Chapitre 6

Sorcha fut enchantée d'apprendre la situation de Lila quand elle rentra de sa répétition. Ses appartements jouxtaient la chambre de Lila et, pareille à elle-même, elle se baladait entre les deux, prenant son temps pour se déshabiller, buvant du thé chaud, entrant ou sortant d'un bain, se vêtant ou se maquillant pour la soirée. Aucune de ces occupations ne l'immobilisa, à part le bain pendant lequel elle insista pour que Lila lui tende éponges, loofas, savons, serviettes et tasses de thé ou de cordial qu'elle prenait pour entretenir sa voix. Après le bain, elle se sécha longuement et ne montra aucune intention de remarquer l'heure qui s'approchait inexorablement de 19 h 30. Elle cessa d'interroger Lila sur les détails de sa journée, envoya sa longue crinière noire derrière ses épaules d'un mouvement de tête et sourit, approbatrice.

— Je savais que tu ne nous laisserais pas tomber.

Lila se sentit un peu plus déprimée. Elle se surprit à imaginer de bonnes raisons pour retourner sur son propre monde, tout en restant là à puer le sang démoniaque séché et grésillant sur sa peau.

— Je suis seule face à ce problème, dit-elle. Ta famille n'est pas concernée.

— Hmmmm, fredonna Sorcha tout en enduisant sa peau d'huile parfumée. Tu es mon invitée, chérie. Et nous ne laissons pas les invités mourir. Pas dans notre maison en tout cas. Tu es en sécurité ici. Autant que possible.

Lila tenta d'avoir l'air réconforté. Par la fenêtre ouverte de la salle de bains, elle voyait les derniers rayons du soleil sur le lagon. Des bateaux de fête et des flottilles de bateaux de plaisance parsemaient les eaux de belles couleurs et de lumières pétillantes. Dans les airs, des tacots volants, des ballons individuels et des silhouettes ailées voletaient de-ci de-là. Plus près de la ville, les canaux étaient éclairés de lanternes et les bâtiments esquissés par des guirlandes électriques aux couleurs de l'arc-en-ciel. Des statues se découpaient sur toute la ligne d'horizon. L'air humide était empli du bourdonnement fanfaron de la nuit, sur un fond sonore d'insectes sauvages vrombissant, du chœur des crapauds buffles et d'autres créatures habitant le vaste delta derrière la ville. De temps en temps, la pulsation de toute cette vie était interrompue par les cris perçants d'une mort inattendue.

Lila se détourna de la vue.

— Vous n'avez nulle part des mots affichés en lumières. Juste des lumières partout.

Elle pensait que le changement de sujet était le bienvenu.

Sorcha jeta tout ce qu'elle avait utilisé ou ce qui lui déplaisait dans la baignoire en train de se vider et enfila un ensemble blanc quasi pudique constitué d'une minijupe et d'une blouse. Elle plaça un diamant sur la pointe fourchue de sa queue et l'y colla fermement.

— Nous n'avons pas besoin de mots. La couleur dit tout. Comme sur nous.

Elle s'inspecta dans le miroir et sourit, satisfaite. Ses cheveux de flammes vivantes se déplaçaient d'eux-mêmes au ralenti et ses yeux brillaient comme deux charbons ardents écarlates. Là où sa peau accrochait la lumière, elle scintillait d'un cramoisi doux alors que, ailleurs, elle était d'un noir nacré. Pour Lila, elle faisait superficiellement penser à Malachi, ce qui lui rappela qu'elle devait l'appeler pour prendre des nouvelles.

Lila coula un regard vers l'un des nombreux miroirs de Sorcha et se vit comme un automate. Le métal chromé de ses jambes était taché de traînées de sang et sa peau synthétique semblait aussi cendreuse et cireuse que si elle avait été réelle. Les taches sur son visage et ses cheveux aux endroits où elle avait été magiquement scarifiée contrastaient avec le bleu-vert du sang de démon qui l'avait éclaboussée de la tête aux pieds. Ses deux bras étaient couverts de serviettes et de vêtements abandonnés par Sorcha ; chacun dépassait, rigide, comme une tringle à rideau. Elle ressemblait à une femme de chambre robot démente. Elle laissa retomber ses bras et tout glissa au sol.

— Que disent mes couleurs ? demanda-t-elle, se souvenant vaguement d'une visite au grand magasin avec sa mère et d'une femme qui parlait de couleurs.

Cela avait quelque chose à voir avec ce qu'on devait porter. Le monde des démons était saturé de couleurs et tout avait une signification. Ce n'était pas ce qu'on portait. C'était ce qu'on était.

Sorcha la détailla, critique, de haut en bas.

— Tes couleurs disent : « Voici une salope dangereuse. » (Elle rit et glissa ses petits pieds élégants et griffus dans une paire de mules rubis à hauts talons.) Cela ne te fait pas sourire ?

Lila y réfléchit.

— Que disent tes couleurs ?

— Mes couleurs disent que je suis une force de la nature brute et créative : c'est la déclaration de l'empâtement, les couleurs primaires, toujours. Le noir est la couleur du Vide, le final et l'éternel, les rythmes toujours levant et toujours tombant de la vie et de la mort. Mais je ne suis pas que noire, il est rare de n'être que d'une seule couleur. J'ai ce lustre rouge qui représente la chance et l'amitié. C'est un rouge sombre qui dénote beaucoup de passion, mais c'est tout de même rouge donc je suis la reine civilisée de tout ce que je contemple et non une barbare au cuir vert. Mes cheveux sont le feu du jour, qui montre mon humeur. C'est ma balise, dans laquelle on peut me décoder, lire le menu de Sorcha aujourd'hui, comment je vais me comporter… Ça change tout le temps. Certains démons en ont sur le dos, sur les ailes, n'importe où, mais il faut les montrer pour qu'on puisse les voir et savoir, n'est-ce pas ? Et je porte du blanc pour informer cette mère démone que je suis désolée que son fils soit mort, même s'il n'était qu'une petite merde au foie jaune du fin fond des chiottes même pas digne d'essuyer mes chaussures. (Elle termina en insistant sur son mépris, puis ajouta modestement :) C'est la moindre des politesses.

— Tes yeux sont rouges.

— J'ai une inclination intellectuelle, dit fièrement Sorcha. Je suis une érudite.

Lila décida de ne pas mentionner que, pour les humains, les yeux rouges signifiaient des intentions maléfiques insatiables, même si cela la faisait réfléchir.

— Qu'en est-il des plumes ?

— Elles comptent comme empâtement… le portrait de l'être æthérique. Mais on peut porter ou peindre des couleurs secondaires pour en dire plus sur soi : vert acide, indigo, ce genre de choses. Et ces couleurs se retrouvent toujours dans la balise… (Sorcha mit un collier violet.) Pour la force de mon esprit, dit-elle. Ne t'inquiète pas. Personne ne s'attend que tu sois capable de lire la palette. Ils te diront ce que tu dois savoir.

— Si le rouge n'est pas la couleur du danger…

— Blanc, dit Sorcha sans hésitation. Méfie-toi toujours des démons en blanc. C'est aussi la couleur du chagrin, d'où ma tenue. Mais tu y vas comme tu es. Tu es prête ?

Super! pensa Lila. Elle tira la plume que Teazle lui avait donnée.

— Allume ça.

Sorcha tendit une main impérieuse et tira la petite chose de celles de Lila. Elle l'inspecta soigneusement, la renifla et la lécha.

— Elle est blanche, dit Lila pour aider.

— Je vois ça, répondit doucement Sorcha. (Ses cheveux s'étaient changés en un orage inquiétant de flammes bordeaux, illuminés d'éclairs d'un bleu alarmant.) Tu n'as pas mentionné que c'était ce frère-ci qui était entré par la fenêtre. Qu'a-t-il dit ?

Lila le lui raconta.

— Tu sais pourquoi le blanc est si difficile ? Parce que le blanc est toutes les couleurs en une. On ne sait pas ce qui se passe avec les blancs, tout ce qu'on sait c'est qu'ils peuvent être ce qu'ils veulent, qu'il n'y a rien qu'ils ne feraient pas, aucun pouvoir dont ils ne se serviraient pas. Le blanc c'est l'aveuglement. Le blanc est le déploiement de pouvoir qui cache tous les motifs, tous les gestes. (Sorcha parlait avec une aversion froide dont Lila n'aurait jamais imaginé qu'elle faisait partie du répertoire de la démone.) L'assassin qui t'inquiétait tant… ceci lui appartient. (Son ton devint pensif.) Mais il ne comporte aucun enchantement maléfique. Je ne sens que l'invocation. C'est exactement comme il l'a dit. Une invitation à une fête. Quand même, c'est bizarre de retirer un truc pareil de son cul.

— De son bras… sous son aile…

— Qu'importe.

Sorcha sourit et, de sa main libre, enclencha un briquet invisible. Une flamme jaune jaillit de la pointe de son pouce. Elle se rapprocha de Lila pour qu'elles se touchent à la hanche et aux épaules et approcha la plume du feu. Celle-ci s'éleva dans un nuage blanc et bleu, le monde cilla, et elles se retrouvèrent toutes deux en haut d'un grand escalier.

La salle de bal était immense. Une caverne naturelle éclairée de cristaux, de torches, de feux follets dansant et de globes de lumière faes voletant doucement. Des cristaux givrés dans le plafond de roche et sur les branches de la forêt pétrifiée, qui servaient de colonnes à cette cathédrale naturelle, scintillaient et se reflétaient partout. Une immense table s'étendait sur près d'un kilomètre, festonnée de guirlandes, couverte de sculptures de glace, de fruits et d'autres produits nourriciers. Le champagne et d'autres boissons jouaient dans les fontaines et jaillissaient en cascades. Une musique dansante sublime démangeait les jambes et Sorcha rebondit lentement sur le rythme contagieux. L'endroit était plein de démons élaborés, saturés, incroyablement colorés et décorés, de toutes formes, de toutes tailles. Il y avait aussi des faes, leurs ailes spectrales étaient visibles dans l'æther épais de Démonia. Lila et Sorcha se trouvaient sur une estrade par laquelle tous les arrivants devaient passer. Une queue se formait derrière elles, entre deux statues de plâtre représentant des dragonniers héraldiques nus… quand une très belle voix de baryton entonna :

— Bienvenue à la Magnifique Sorcha Azlaria Ahriman, Diva des Neufs Divinités du Groove Fondamental de Mousa. Bienvenue à l'Ambassadrice d'Otopia, Lila Amanda Black, Amicide, Amante d'Azrazal Ahriman de la Race Maudite, Assassin d'Azarktus le Fils Bien-Aimé de notre Glorieuse Hôtesse la Principessa Sikarzi !

La salle devint totalement silencieuse. Chaque visage, chaque corps se tourna vers Lila. Chaque mouvement se figea, à part la lente danse de Sorcha qui continuait à onduler comme si rien ne s'était passé, parangon du plaisir détendu et de la fierté aux côtés de Lila.

Sorcha murmura avec une assurance sensuelle :

— Nous sommes les reines de la soirée, ma chérie.

L'IA de Lila prit une photo de la foule immobile.

— *Tu es célèbre !* murmura Tath, bien caché dans son cœur, replié sur lui-même autant que la magie le lui permettait.

Cela ne réduisit pas le sarcasme dans sa voix.

Le démon qui l'avait prise en photo à la bibliothèque était là, tentant de s'enfuir entre d'autres silhouettes que Lila reconnut comme étant des gardes et des serviteurs. Avant qu'il puisse aller bien loin, il fut rattrapé et, sous les yeux incrédules de Lila, démembré par deux gardes rouges. Ils feulèrent et se crachèrent l'un sur l'autre pardessus le petit corps, avant de laisser tomber les morceaux sanguinolents du cadavre et de se battre comme des chiens pour l'appareil photo.

Juste au moment où Lila se retournait pour chercher confirmation de ce qui venait de se passer, les sentiments réprimés de la foule se déchaînèrent sous la forme d'une grêle de missiles, tous dirigés sur elle, comme s'ils avaient été libérés par cet instant de punition sauvage. Son IA déclencha ses capacités complètes. Le temps sembla ralentir pour lui donner la possibilité de se détendre, en position de défense. Elle pivota pour faire face à la menace, son bras gauche propulsant Sorcha pour la pousser au sol. Son bras et sa main droits s'ouvrirent et activèrent un déflecteur d'urgence. Un bouclier énorme s'ouvrit, fait de minces filaments de diamant qui, comme l'airbag d'un véhicule, lui fournirait la protection adéquate quelques secondes, avant de s'effondrer. Ses jambes basculèrent en mode combat. Elle devint plus grande. Elle devint plus forte. Dans un brouillard métallique, ses systèmes de défense et d'assaut s'armèrent, se verrouillèrent sur les cibles des adversaires les plus probables et lui offrirent un extraordinaire assortiment d'armes. Des hormones envahirent son sang pour qu'elle se sente aérienne, surhumaine, omnipotente. Sa main gauche saisit le flingue dans son holster sur sa jambe.

Il y eut un bruit, comme celui d'une inspiration brusque et profonde, puis le crépitement de nombreux objets tombant sur l'estrade de pierre tout autour d'elles. Le bouclier-filet de diamant de Lila devint aussi souple qu'une toile d'araignée, se répandant au-dessus d'elle comme du pollen. Un moteur bourdonna et le rembobina, prêt à l'activer une deuxième fois.

Un millier de flashs explosèrent dans tous les coins de la salle, suivi d'un tonnerre d'applaudissements et de huées. Lila resta figée, prête à se défendre, avant de se rendre compte qu'on l'ovationnait.

— *Quelle image charmante, le grand héros défendant la jolie fille à ses pieds*, dit Tath avec un profond mépris et une petite trace d'envie.

— *La fille c'est moi*, objecta Lila.

— Aïe, dit Sorcha, joliment affalée dans l'ombre titanesque de Lila. (Elle sourit et posa pour les photos avec délectation, éparpillant autour d'elles les fléchettes empoisonnées, flèches, balles, bijoux, os, charmes et sous-vêtements qui les entouraient.) Aow, aow, aow…

— *Dégoûtant !*

Lila détecta une trace d'autres sentiments chez Tath, mais il se retira complètement avant qu'elle puisse renifler plus loin. La musique reprit. Des ombres grises vinrent ramasser et nettoyer le cadavre du diablotin paparazzi. Les conversations reprirent ; tous ces mots n'étaient pas faits pour ses oreilles, la plupart sonnant comme d'autres voix accompagnant la musique, constituant un chœur sans chef d'orchestre. Lentement, l'attention s'éloigna, d'une manière gracieuse, même si de nombreux regards étaient toujours rivés sur elle. Doucement, Sorcha se redressa et se tortilla à quatre pattes, ramassant des objets ici et là dont elle tendit deux poignées à Lila.

L'une contenait de petits parchemins.

— Défis en duel.

L'autre des os attachés par ce qui ressemblait à des cheveux.

— Et demandes en mariage.

Lila rangea son flingue.

— Garde-le dans la main, murmura Sorcha. Ça rend bien.

Lila le laissa où il était mais ne désactiva pas son mode défensif. Si cela pouvait empêcher cette incroyable horde de créatures obsessionnelles et obsédées de s'approcher d'elle, cela lui convenait. Sorcha lui remit les poignées de témoignages.

— Qu'est-ce que j'en fais ?

— On s'en fout ! (Sorcha éblouit d'un sourire un grand démon vert dans une moitié de smoking qui lui offrait sa main.) Dansons.

— Sorcha…, commença à protester Lila, mais sa guide descendait déjà les marches.

— Faites place ! dit une voix derrière elle alors qu'un démon d'une magnifique forme de guépard doté d'ailes de papillon s'avançait et que l'aboyeur faisait son office…

Lila hésita à faire un pas de côté pour le laisser passer, mais elle savait que, si elle s'écartait, tout le show de sa retentissante entrée n'aurait servi à rien, à moins que rien. Elle secoua la tête et repoussa le guépard, comptant sur son IA pour s'assurer qu'elle resterait calme en marchant. Elle était terrifiée, elle ne savait pas ce qu'elle allait faire en atteignant le pied de l'escalier. Comment l'avait appelée l'aboyeur ? « Amicide » ? Elle manquait de souffle. Elle espérait que sa peur ne se voyait pas sur son visage ni ne transparaissait dans son odeur ou dans quoi que ce soit que les démons pourraient remarquer.

— *Ils aiment les titres*, dit Tath. *Particulièrement s'ils sont réels. Ils adorent les noms.*

Elle regarda autour d'elle à la recherche d'un ou deux visages connus : Sorcha, loin dans la foule, était courtisée par une demi-douzaine d'individus… et Teazle. Il l'avait invitée, il devrait être là, non ? Mais elle atteignit la dernière marche sans voir le moindre signe de sa silhouette emplumée. Elle vit quelqu'un qui lui ressemblait, mais sans les cornes…

La masse de démons s'écarta doucement pour la laisser passer. Elle continua à s'enfoncer dedans parce qu'elle ne savait pas où aller ni quoi faire. Elle entendait des murmures distincts couvrir le fond musical… des amis de la famille qui lui souhaitaient une longue et douloureuse mort… malédictions de faiblesse… appel à ses faveurs… déclarations anonymes d'admiration… invitations explicites pour du sexe, une chasse, une aventure, de l'art, un dîner… Ce qui lui rappela soudain les moments passés devant la cour de la Dame des elfes en Alfheim et les déclarations silencieuses de leur mépris, de leur dédain, de leur haine. La différence ici était que même ceux qui espéraient voir sa tête exposée dans une vitrine à trophées ne montraient aucune trace de mépris. Ils lui faisaient connaître leurs mauvaises intentions avec le plus grand respect. Et ceux qui l'aimaient bien… leur adoration n'avait pas de limites. Il était clair qu'aucun d'entre eux n'éprouvait d'apitoiement.

Un étrange sourire s'épanouit sur ses lèvres et elle se sentit grandir alors que ses pouvoirs de cyborg ne la soulevaient plus.

— *Droguée !* murmura Tath.

— *Jaloux !* rétorqua Lila.

La magie moussait doucement autour de la table, comme un flot de bulles dans un bain chaud. Les invités plongeaient leurs mains dedans et elle semblait les attraper pour les guider vers une destination choisie par elle. Beaucoup d'entre eux le faisaient sans réfléchir, comme s'ils s'arrêtaient pour attraper un verre ou un petit four.

S'approchant de la table, Lila fit semblant de détailler ce qu'elle offrait, alors que cela faisait longtemps qu'elle avait appris à se méfier de la nourriture. Comme si elle savait ce qu'elle faisait, elle trempa la main dans la mousse et se sentit tirée.

— *C'est parfait,* grogna Tath. *Une magie que tu ne connais pas, vas-y, touche-la…*

— *Si tu ne peux pas être constructif...*

Mais alors Lila vit où ils allaient tous et le regretta.

Le givre magique l'attirait doucement mais inexorablement vers une alcôve éclairée par des boules-torches de liquide brûlant avec un trône en son centre. Gravé de nombreuses créatures et du sceau de la maison Sikarzi – un serpent et une licorne –, le trône était occupé par la grande et mince silhouette d'une médusoïde turquoise et or. Ceux qui se dirigeaient vers elle, l'hôtesse de la fête, lui offraient des cadeaux et la remerciaient.

— *J'ai besoin d'un cadeau*, dit-elle à Tath, désespérée. (Puis, prenant conscience de sa situation :) *J'ai besoin d'une armée...*

— *Ne montre aucune peur*, dit-il avec une conviction soudaine. *Et aucune honte. T'es dans leur monde à présent.*

Lila enclencha sa dérivation émotionnelle.

— *Non. Ils le sentiront. Ils lisent les émotions. C'est un de leurs arts. Tu dois être vraie. Le monde fonctionne ainsi ici. Quelle que soit la bêtise qu'ils manigancent à ton égard, il faut que tu sois sincère, sinon cela ne compte pas.*

— *Je ne peux pas faire ça !*

La queue pour présenter ses respects diminuait rapidement et la méduse l'avait vue : Lila sentait son attention comme s'il s'était agi d'un projecteur dans un monde de ténèbres.

— *Même s'ils pensent que c'est trivial...*

— *Ce n'est pas le cas, je te l'assure.*

— *Tu ne m'aides pas.*

— *Sois vraie. Sois forte.*

Lila chercha Sorcha des yeux, mais celle-ci était loin. Son tour arriva. Le démon devant elle s'écarta gracieusement dans un tourbillon de fourrures et de perles. Lila se tenait devant la mère de sa victime, couverte de son sang. Elle ne s'était jamais sentie aussi perdue. Sa vie dépendait de sa capacité à ne pas merder. Elle pensa à Zal. Elle imagina ce que Zal ferait.

La Principessa Sikarzi considérait Lila de ses yeux jaunes de serpent ; son magnifique visage féminin était aussi froid et inexpressif que s'il avait été taillé par une main de perfectionniste. Ses cheveux se constituaient de vipères dorées, toutes dressées, leurs langues orange pointant vers Lila. Toute chaleur et toute joie avaient quitté la démone. Elle était concentrée sur Lila comme s'il n'existait rien d'autre dans l'univers. Sa queue s'était immobilisée. Lila sentait son temps s'amenuiser…

Lila la dévisagea en retour. Elle invoqua Zal dans sa mémoire de toutes ses forces, tentant de reproduire sa confiance en soi, son arrogance… parfaitement certaine que, en tant que Lila Black, elle était incapable de supporter l'idée d'avoir assassiné le fils de son hôtesse, mais que, sous couvert de Zal, elle assumait pleinement ses actes…

Elle s'inclina profondément, les yeux fermés, les bras écartés, affichant un respect qu'elle abandonna rapidement, en se redressant. Les yeux s'étrécirent-ils ? Elle n'en était pas sûre. Il régnait une sorte de calme autour d'elle et beaucoup observaient. Sans hésitation, le bras mû par l'assurance de Zal, elle attrapa sa robe légère à l'épaule et l'arracha. Elle avait souhaité n'en déchirer qu'un morceau, mais toute la robe vint, la laissant en sous-vêtements. Elle laissa tomber la robe sur les genoux de la Principessa.

— Il a failli réussir, dit-elle aux yeux jaunes qui attendaient. Mais il n'a pas décroché le pompon.

Elle se retourna sans ajouter un mot, laissant tous ses systèmes de défense se désactiver alors qu'elle s'éloignait.

Sa peau nue brûlait tandis qu'elle attendait l'inévitable assaut. Elle atteignit la salle principale dans un brouillard de terreur, qui devait ressembler à de la fierté hautaine, et chercha désespérément des yeux un visage familier.

— Joli comme spectacle, dit une voix derrière elle.

Elle se retourna, mais il n'y avait personne. Puis, la statue de dragonnier près du mur ouvrit les yeux et pencha la tête de côté, la regardant avec un doux sourire de crocodile.

— Le respect pour la famille, un cadeau très révérencieux vu que c'est la seule chose de lui qu'elle récupérera jamais, et une belle preuve de force pour finir. On jurerait que vous avez toujours vécu ici.

— Teazle ? demanda Lila à la statue aussi blanche que la neige, ailée, musclée et nue, qui rétrécit, se détacha du piédestal dans le mur et s'avança à quatre pattes.

Son long cou lui permettait de la regarder dans les yeux, malgré sa position et alors que ses épaules n'atteignaient que les hanches de Lila.

— Je l'ai déjà dit et je le répète, dit Teazle, beaux seins.

Il battit des ailes.

— C'est vous, n'est-ce pas ? dit Lila qui sentait la chaleur émanant du corps souple de Teazle se tenant à côté d'elle comme un grand chien. Vous êtes l'assassin dont tout le monde parle.

— Maintenant que je suis avec vous, personne d'autre n'essaiera de vous atteindre. Brûlez aussi ces défis stupides. Quiconque vous touche devra m'en répondre. Même votre elfe, si jamais il se montre. Vous voulez boire quelque chose ? Je suis asséché.

Il s'avança à pas de velours vers la table principale et attendit qu'elle le rejoigne. Sa queue de plumes se balançait comme celle d'un léopard, lourde et douce.

— Comment ?

Lila le suivit, elle se sentait étrangement réconfortée par…

— *Ah, s'il te plaît !* dit Tath. *Pas la lueur de l'attirance. Même toi tu ne peux pas être assez stupide pour…*

Lila ne lui prêta pas attention.

— Nous ne sommes pas amis, dit-elle alors qu'elle atteignait Teazle, qui s'était dressé sur deux pieds devant la table pour remplir deux coupes à une fontaine de vin.

Il lui tendit le verre et engloutit le contenu du sien d'un seul trait avant de jeter la coupe dans la foule.

— Vraiment ? C'est bien dommage. J'avais comme l'impression que vous vouliez savoir quelle route votre amant elfe avait prise pour devenir l'un des nôtres. Mais si vous êtes sûre de ne pas avoir besoin de mon aide…

Lila regarda durement le démon et, pour la première fois depuis son arrivée en Démonia, elle sentit une vraie conviction gonfler en elle.

— D'accord, dit-elle en posant son verre et en plaçant ses mains sur ses hanches. Je sais que vous aimez les Jeux, tout comme les elfes… (Teazle fit une grimace mais écouta, ses oreilles de vache penchées vers elle) mais j'en ai plus qu'assez de ces charades…

Elle fut consciente du danger au même instant que Teazle. La flèche en vol était si rapide qu'elle provoqua l'enclenchement des senseurs de Lila qui la forcèrent à se baisser à l'aveuglette. Contrastant avec son mouvement défensif, le démon blanc bondit de ses jambes puissantes, ouvrit une aile et pirouetta au-dessus de Lila. La flèche le frappa à l'endroit où les plumes laissaient la place à la peau et traversa la chair et les muscles. Perdant de la vitesse, elle tomba sur l'épaule de Lila, sans dommage, tandis que les longues jambes et les longs bras de Teazle atteignaient une stalactite et s'y accrochaient. Il utilisa cette prise pour se relancer et survoler la table, ailes ouvertes, frôlant les têtes des convives et renversant une sculpture de glace représentant une princesse fae. La silhouette de glace s'écrasa, éclaboussant de nourriture tous ceux qui en étaient proches, tandis que Lila se relevait, la flèche à la main. Le projectile était gluant de sang bleuâtre. Lila eut juste le temps de voir Teazle frapper du pied les têtes de deux fêtards, qui hurlèrent de douleur et de protestation, avant d'enrouler son corps soudain étroit et sinueux autour de la balustrade du balcon sous le toit. Il disparut à la vitesse d'un rat dans un tunnel. La moitié de la salle avait suivi ses cabrioles du regard, et se contenta de hausser les épaules avant de retourner à ses amusements. Lila observa la flèche dans sa main.

À sa surprise, le projectile était gravé de petits glyphes elfiques. Son IA les scanna et l'informa qu'il ne s'agissait que d'une version phonétique de son nom. Lila leva les yeux vers le balcon. Pourquoi un tel geste pour la sauver ? Elle ne doutait pas de l'endroit où il allait. Il suivait le tireur. Bon, elle en avait plus qu'assez des fêtes. Elle recula de quelques pas et, d'une grande enjambée, franchit la table, en prenant appel dessus, pour un bond qui requit toute sa puissance. Elle agrippa la balustrade à deux mains et se balança vers le haut pour la franchir et se retrouver dans un couloir étroit, sombre et bondé. Après le passage forcé de Teazle, certains étaient encore au sol, d'autres plaqués aux murs. Lila remonta la piste des indignations, des plaintes et des visages abasourdis le long d'une série de pièces qui s'achevait par une grande ouverture sur la nuit.

C'était la plate-forme d'atterrissage. En quittant la structure où se tenait la fête, Lila vit Bathshebat s'étendre devant elle, loin en dessous. Ses lumières scintillantes et sa splendeur se reflétaient sur les eaux, entre les ombres d'énormes dirigeables et de ballons stationnés au-dessus. Les reniflements et grattements de créatures vivantes trahissaient la présence d'une écurie sur sa droite. Un gazouillis la força à se retourner. Près d'elle, dans l'obscurité relative, elle aperçut un démon humanoïde en uniforme. Elle n'avait besoin d'aucun diplôme en culture démoniaque pour reconnaître un voiturier.

— Quelle direction ont-ils prise ?

Le démon pointa la ville du doigt, mima vaguement un battement d'ailes pour signifier qu'ils volaient et haussa les épaules, considérant qu'elle serait incapable de les suivre. Lila courut jusqu'au bord de la plate-forme et se lança, bras écartés, dans l'étreinte froide du vent nocturne qui venait de la mer. Des ailettes s'ouvrirent à ses avant-bras et à ses hanches. Ses senseurs trouvèrent facilement sa cible dans la nuit. Les propulseurs dans ses pieds s'allumèrent sans anicroche.

Il faisait juste incroyablement froid.

Chapitre 7

Malachi quitta la suite de Zal en choisissant la manière facile, par la porte-fenêtre et par-dessus la balustrade. Il flotta lentement jusqu'au sol tout en réfléchissant et en regardant le réseau de la ville pour vérifier l'état du trafic. Zal le mettait très mal à l'aise. Il avait une énergie étrange – ce qui n'était peut-être pas surprenant – et le facteur supplémentaire de ce qui n'était pas une simple dépendance compliquait encore la perception que Malachi avait de lui. Si on y ajoutait ses problèmes personnels, ce qui restait en Alfheim pour le tourmenter et le harcèlement constant de la maison de disques, Malachi était convaincu que Zal était aussi fiable qu'un pookah-singe. Ce qu'il avait dit devant la Poisse tenait, mais Malachi n'était pas convaincu que Zal ne soit pas une sorte d'adepte… Qui savait de quoi il était capable ? Il avait eu les couilles de noyer la poupée donc, soit il cachait un talent particulier pour la sorcellerie, soit il prenait déjà le genre de risques que Malachi aurait préféré qu'il évite jusqu'au retour de Lila.

Malachi atterrit et se mit à marcher sur le trottoir. Même une utilisation aussi minime de la magie, dans ce monde qui en était fondamentalement dépourvu, avait fatigué ses ailes. À son grand déplaisir, personne ne fit de commentaire. Il y avait désormais suffisamment de faes dans le coin pour qu'on ne lui accorde pas un regard.

Malachi défroissa sa veste et ajusta la manière dont elle tombait sur ses épaules. Que les Autres aient été mentionnés le rendait nerveux. Il avait même transpiré.

Il récupéra sa voiture et vérifia la liste de suspects qui avait été dressée à partir du balayage scientifique du vieux tas de ferraille que Lila avait découvert près du studio d'enregistrement de Zal quelques jours auparavant. Cette liste ne correspondait pas aux faes non identifiés qui avaient conduit les camions ayant facilité le kidnapping de Zal, et Malachi ne les reconnaissait pas non plus. Vu les talents pour le glamour dans son monde, il avait peu d'espoir qu'une photo puisse l'aider, et les véhicules avaient été détruits par le feu, ne fournissant aucun indice. Néanmoins, la liste des suspects relative au mécanisme d'écoute contenait des noms qu'il connaissait. Mais son esprit refusait de se concentrer pour déterminer où leurs propriétaires se trouvaient. Il ne pouvait s'empêcher de penser à la vitesse à laquelle Lila était partie pour Démonia, comme s'il s'était agi d'une fuite, à peine le temps de récupérer ses mises à jour et le simulacre de couverture qui faisait d'elle une ambassadrice. Il aurait parié la totalité de son salaire qu'elle n'avait pas lu l'essentiel du matériel sur Démonia. Ses références indiquaient à quel point elle était diligente, son attention pour les détails… Malachi ne la reconnaissait pas dans cette description. À l'évidence, elle ne gérait pas les événements douloureux, mais les glissait sous le tapis, or le tapis ne serait bientôt plus assez grand.

Ce genre d'informations était toujours utile à un fae dans sa situation, pour qui fouiller les poubelles à la recherche de la vérité était une préoccupation essentielle, une obsession, une démangeaison perpétuelle de curiosité qui ne connaissait pas la peur ni les limites. Beaucoup de gens étaient comme Lila, mais aucun d'eux ne se baladait avec des armes de haute technologie en plein milieu des affaires sensibles au niveau interdimensionnel. Sur ce point, il était entièrement d'accord avec la psychiatre de Lila : le docteur Williams. Mais le médecin elle-même et le mentor de Lila n'étaient pas à la hauteur face à la détermination de l'Agence et son penchant pour l'action expéditive. Il faudrait un désastre spectaculaire pour que cela change, mais, grâce à la chance et au manque de discernement de bien des parties, on venait d'éviter une telle catastrophe de justesse. Les elfes insurgés cherchant à divorcer d'un continuum dangereux avaient été contrecarrés, Zal avait été sauvé et toutes les choses déplaisantes qui auraient pu en résulter avaient été oubliées, alors que les elfes se lançaient dans leur plus grande guerre civile, un conflit de classes, d'espèces, d'hérédité, de magie et d'à peu près tout ce qui concernait le pouvoir, tant et si bien que même des espions aussi méticuleux que les agents de Faerie pouvaient à peine suivre. Cela dit, Malachi était bien plus intéressé par le tapis de Lila que par la guerre elfique.

La combinaison d'elle et de Zal était, à tout le moins, malavisée quand on considérait le caractère crucial de leurs activités et l'instabilité de leurs personnalités. Et, bien sûr, Zal n'avait pu s'empêcher de mentionner la question qui dérangeait le plus Malachi : Lila faisait partie d'Incon, sauvée par loyauté, disaient-ils, mais il était indéniable qu'elle avait été aspirée dans un boulot dont elle ne percevait pas les arcanes et subtilités, qu'elle avait été défigurée de manière hideuse et qu'elle aurait très bien pu être mise à la retraite avec une pension d'invalidité. Cela était déjà arrivé. Mais on avait préféré la transformer en armée d'un seul soldat, sans parler d'autres aspects troublants de sa situation au-delà des technologies mises en œuvre. Le mot « victime » lui revenait à l'esprit comme les hurlements lointains d'une bacchante.

Il décida d'aller rendre visite à Calliope Jones.

Calliope était une femme de fissures, ou, comme on les appelait en Faerie, une voyageuse des failles, une personne capable de vagabonder au bord des mondes. Même parmi les voyageurs des failles, Calliope était insolite, parce qu'elle avait été fabriquée, elle n'était pas née avec son talent. Sa vie avait commencé comme celle de Lila, humaine, innocente. Mais, contrairement à celle-ci, Calliope avait été fabriquée par accident et, jusqu'à présent, elle était la seule humaine à avoir vu l'un des Autres. Ainsi, aujourd'hui, Malachi avait deux raisons d'aller la trouver.

Le corps blanc de Teazle était facile à suivre jusqu'à ce qu'il disparaisse dans les airs au-dessus d'un large canal qui courait entre la côte et les divers îlots et barres de sable de Bathshebat, précisément sur un fond sombre d'eaux dégagées reflétant le ciel nocturne. Au même instant, toute trace de lui s'évanouit des senseurs de chaleur et du radar de Lila. La proie du démon continuait à fuir, un point clignotant augmenté par la vision de l'IA, mais, en plein vol, sans motif apparent, elle piqua directement dans l'eau. Il y eut une grande éclaboussure pour marquer l'endroit où elle tomba et, quelques secondes plus tard, un corps se balança sur les vaguelettes.

Lila ralentit sa descente et se tint droite sur ses propulseurs. Grâce à la vitesse et à sa nudité, elle était gelée à présent et, même si beaucoup de démons ne portaient quasiment rien, elle se sentait mal à l'aise et vulnérable. Elle enclencha son mode défensif. Celui que Teazle avait poursuivi était enchevêtré dans un filet argenté qui scintillait de magie. Ses sens humains n'étaient pas capables de définir si un objet enchanté était hostile ou amical et elle n'avait pas envie d'y toucher. La personne emprisonnée se débattait sans succès, puis se calma quand elle parvint à sortir la tête de l'eau.

Donc, elle a besoin de respirer, au moins, se dit Lila en cherchant une trace du démon.

Un souffle chaud et humide frôla sa nuque. Elle scanna. Rien, apparemment, mais Tath murmura :

— *Caméléon...*

Parvenue aux mêmes conclusions, elle ne bougea pas. Indétectable même pour ses senseurs, doué du pouvoir blanc nébuleux... elle comprenait pourquoi Teazle faisait partie des combattants les plus efficaces de son peuple. S'il avait voulu la tuer, elle serait déjà morte, alors au lieu de s'ennuyer avec la peur, elle demanda en désignant l'eau :

— Qui est-ce ?

Ses propulseurs ronronnaient doucement, transformant la zone à côté du captif flottant en un brouillard d'écume blanche et fumante.

— Ton prisonnier, vint la douce réponse. Tes règles. Je te laisse choisir son destin. (Il y eut alors une hésitation.) Si tu décides de le tuer pour l'insulte, je te demande de le faire à la fête, pour ma mère. Cela la rendrait tellement heureuse.

Aussitôt, Lila inspira pour donner son opinion sur une telle idée, mais il y eut un craquement, comme un coup de tonnerre mais sans éclair ; Teazle s'était dématérialisé. L'air se précipitait pour prendre sa place.

— *Pitoyable, abominable barbarie*, dit Tath avec un réel venin. *Excroissance dégoûtante de stupidité intolérante !*

Sa soudaine explosion de haine pour l'espèce démoniaque et tout ce qu'elle représentait était chaude et effrayante dans la poitrine de Lila. Elle fut de courte durée. Tath se reprit l'instant d'après et rétrécit de nouveau jusqu'à être quasi indétectable ; ne subsistait qu'un lustre résiduel de répugnance.

— Il se téléporte, dit-elle pour elle-même, avec une consternation considérable.

Son prisonnier se débattait encore dans l'eau, Lila entendit même quelques halètements étranglés. Elle dévida un rouleau de fibre depuis un moulinet dans son avant-bras droit, d'un compartiment de jambe tira une tige dont elle fit un crochet, fixa soigneusement celui-ci à la ligne avec quelques nœuds de chaise et accrocha le filet avec sa ligne improvisée. Puis elle souleva sa prise et s'éleva jusqu'à ce qu'elle puisse approcher les toits en toute sécurité.

Elle décida de ne pas revenir à la retraite montagnarde où se tenait la fête et se dirigea vers le pont d'atterrissage du manoir de la famille Ahriman. Au bout de sa ligne, le prisonnier, un poids plume relatif de soixante-quinze kilos, tournoyait et gouttait en silence. Puis une vibration avertit Lila qu'il tentait de couper la ligne. Plusieurs dizaines de mètres sous eux s'étirait un labyrinthe de rues minuscules et de canaux encore plus étroits, d'allées et de squares couverts. La chute était risquée, mais le jeu en valait la chandelle. Lila serra les dents de déplaisir, se redressa sur ses propulseurs et tira furieusement sur le câble.

Le filet et son contenu grimpèrent rapidement à sa hauteur. Elle assura une prise ferme sur le corps froid et mouillé à travers le filet, exerça une forte pression et eut la satisfaction d'entendre les poumons de son prisonnier se vider d'un coup. Avec un rugissement et des manœuvres prudentes, Lila déposa le filet et le prisonnier sur la surface d'atterrissage du toit.

Les lampes brillantes qui éclairaient la zone donnaient assez de lumière pour qu'elle puisse voir sans augmenter sa vision, mais, quel que soit l'ajustement, elle ne pouvait pas distinguer son prisonnier. Le filet était transparent, mouillé, fin comme une toile d'araignée ; il scintillait de minuscules étincelles d'enchantement. Le corps ne brillait pas. Il était grisâtre et mat comme une ombre.

— *C'est un elfe sombre*, dit Tath avec surprise et mépris. *Les suceurs d'æther...* (Son ton devint encore plus dégoûté.) *Comme Dar, mais celui-ci est magique et lui l'était... moins. Il reste dans l'ombre. Si tu le libères du filet, il disparaîtra dans le vent.*

— *Il me semble bien solide*, objecta Lila.

De vue, il ne semblait exister qu'en deux dimensions mais, au toucher, il y en avait bien trois. C'était extrêmement désorientant. Le vent venant du lagon changea, et elle eut soudain froid. Elle regretta de ne pas avoir porté ses vêtements ordinaires au lieu de cette stupide robe démoniaque, et elle s'en voulut de la grandiloquence qui lui avait fait jeter son habit.

— *De toute façon, pourquoi es-tu si hostile ? Je croyais que tous les elfes appartenaient à la même fraternité.*

— *Nous sommes une espèce divisée. Zal et moi sommes de type diurne. Celui-ci est nocturne. Nous cueillons l'æther. Ils le chassent. Ce sont les vampires d'Alfheim. Je pensais que tu savais tout ça, puisque tu es l'humaine favorite d'un elfe aussi important que Sarasilien.*

Il prononça le nom du mentor de Lila avec sarcasme.

— *Soudain, la complexité de votre guerre civile prend son sens*, lui dit Lila, s'irritant de ce racisme désinvolte. *Dar était donc détesté pour sa caste* et *son type ?*

— *C'est exact. Détesté uniquement à la cour de la Lumière, bien sûr. Mais il n'était pas grand-chose pour la cour de l'Ombre non plus, parce qu'il ne leur appartenait pas vraiment. Les gens comme Zal et Dar n'ont aucune valeur pour personne, car ils ne sont loyaux qu'envers eux-mêmes. Voilà pourquoi Zal ne pourra jamais retourner en Alfheim.*

— *Je savais qu'il y avait une bonne raison de te tuer*, soupira Lila.

— *Ce n'est pas une bonne idée d'être puissant et pourtant sans valeur*, dit sèchement Tath. *Je suis surpris que l'école de sciences politiques, économiques et diplomatiques te laisse sortir toute seule.*

La tension frémissante entre eux disparut. Lila admit qu'ils étaient à peu près à égalité.

— *Qu'est-ce que je fais, alors ?*

— *Ça ne dépend que de toi. Mais si tu n'as pas l'intention d'abattre ton meurtrier, tu auras besoin de le neutraliser d'une manière ou d'une autre.*

— *Tu pourrais lui parler.*

— *Je le pourrais, mais ce serait lui fournir une arme contre toi en lui donnant la possibilité de me trahir auprès de n'importe qui. Le savoir est le pouvoir et, quoi que tu saches d'autrui, tu ne devrais l'utiliser que lorsque cela peut être mortel. Il faut peser sa valeur. Tu serais stupide d'offrir une information sans raison ni contrepartie. Il faudra te débrouiller toute seule.*

Lila grogna, elle en voulait à Tath pour son ton de maître d'école et elle détestait qu'il ait raison.

— Hé, toi ! dit-elle à l'elfe de l'Ombre. Quel est ton nom ? (Elle ne s'attendait pas à une réponse et n'en obtint aucune.) Super. Et, pendant que tu y es, ne me remercie pas de t'avoir sauvé de la noyade alors que tu voulais m'abattre. En parlant de ça, pourquoi m'as-tu tiré dessus ? Non, ne dis rien. Je ne veux pas savoir. Ça n'a pas d'importance. Mais si tu as la moindre idée d'un endroit où tu serais en sécurité avant que la moitié des démons décident de te rôtir pour le dîner, ce serait pratique.

L'elfe inspira lentement, en tremblant, et prononça un mot. Le monde devint tout noir et silencieux. Lila ne desserra pas sa prise. Le filet tint. Le prisonnier jura.

— *Bannissement de lumière et de son*, dit Tath. *Cela demande beaucoup d'æther. Tiens le coup. Il se fatiguera avant toi. Il y a au moins un avantage à ton absence de magie.*

Elle était presque sèche à présent, mais elle avait encore plus froid dans le noir absolu. Elle ferma les yeux et, quand l'elfe remua, elle resserra sa prise jusqu'à ce qu'il ne puisse qu'à peine respirer. Après un long moment, les lampes de la plate-forme recommencèrent à briller, légèrement, à moins que ce soit son imagination, puis la nuit de Bathshebat revint, douce et pleine du bruit des insectes et de toutes sortes de musiques.

— *Si tu veux tes réponses, attends l'aube.*

Mais Lila en avait assez d'attendre. Elle utilisa le filet pour ficeler fermement l'elfe, ne prêtant aucune attention à son apparence, puis, une main prise dans les mailles, elle tracta le filet vers la porte. La zone d'atterrissage étant couverte de pierres plates et lisses, ce ne serait pas trop douloureux pour son prisonnier. Avant d'atteindre la porte, elle se rappela qu'elle n'avait nulle part où l'enfermer. La maison ne possédait pas de cave, puisque bâtie sur pilotis, et même si elle était équipée du cachot traditionnel, où les ennemis de la famille pouvaient attendre justice,

Lila doutait qu'il soit sage de laisser un elfe aux mains capricieuses d'un nid de démons. Elle était perdue dans ses pensées, contemplant l'autre côté du lagon, lorsqu'elle remarqua les fumées colorées qui s'élevaient du souk d'Yboret où avait lieu le commerce æthérique. Quelque part là-bas devait se trouver un démon æthériquement doué qui vendait des sorts.

Quand Tath vit l'idée se former dans l'esprit de Lila, il bouillonna d'appréhension, mais elle n'en tint pas compte.

— *C'est une bonne idée*, dit-elle, ennuyée d'être sur la défensive.

— *C'est une idée exécrable*, dit-il. *La simple idée de s'y rendre est exécrable, l'une des plus mauvaises de l'histoire terrifiante d'idées exécrables que tu as eues depuis que je te connais. Naturellement, puisque tu n'as aucune conscience magique et quasiment aucun sens de la culture démoniaque, tu vas te balader dans la zone hautement sensible des affaires æthériques et provoquer un duel d'esprits avec certains des mages les plus puissants et sans doute les moins scrupuleux de ce monde. Tu as beaucoup à cacher, à commencer par moi, donc il est évident que nous devons foncer là où nous serons le plus facilement découverts parce que tu es incapable d'attendre deux heures que le soleil se lève et démasque ce baladeur des ombres, pour qu'il t'avoue qu'il est loyal envers une faction inconnue en Alfheim déterminée à se venger de la personne considérée comme le catalyseur de la guerre. Nous n'avons même pas besoin de poser la question. Contente-toi de le balancer dans le canal, qu'on en soit débarrassés. Rien qu'en termes d'honneur, tu lui rendrais service.*

— *Exécrable*, dit Lila en entrant dans la maison avant de soulever le filet sur son épaule pour descendre jusqu'à ses appartements. *Écoute-toi. Tu me ressembles de plus en plus chaque jour !*

Elle pensait qu'il avait raison. Il avait toujours raison, l'enfoiré, et elle ne pouvait l'admettre, du moins pas assez pour changer d'avis. Peut-être même agissait-elle ainsi pour ne pas sentir que Tath prenait les décisions majeures. Oui, cela touchait un point de fierté, elle sentit les muscles de sa mâchoire se tendre. Mais elle ne pouvait pas revenir en arrière parce que ce serait une double faiblesse.

L'elfe gagna soudain du poids et Lila faillit tomber. Il laissa échapper un gémissement qui parvint à être à la fois furieux et terriblement apitoyé sur lui-même. Lila aurait voulu que la marche jusqu'à sa chambre ne finisse jamais. Tant qu'elle bougeait, tout allait bien, elle n'avait pas à faire face aux doutes gênants quant à son entêtement et à l'embarras qu'il provoquait. Parvenue à la chambre, elle n'eut toutefois pas un instant d'hésitation avant de laisser tomber l'elfe sur le sol et de le laisser se débattre dans le filet pendant qu'elle se lavait et s'habillait. Pour conserver le contrôle, il ne fallait pas s'arrêter de bouger, donc elle s'activait sans cesse. Car elle était consciente que si jamais elle arrêtait son mouvement, quelque chose attendait l'occasion pour la submerger.

Zal foira la neuvième version de sa lettre et la lança dans la poubelle. Elle tomba à côté, mais il s'en foutait. Il avait déjà mal visé pour les huit premières. Il regarda le bloc-notes de l'hôtel avec aversion et le jeta dans la poubelle où il s'écorna dans le fond, l'accusant de gaspillage, d'égoïsme et de couardise. Il traversa la pièce, le récupéra et le remit sur le bureau, ouvrit un tiroir, en sortit un livre religieux qu'il jeta dans la poubelle. Il réprima l'envie de l'en retirer et, à la place, regarda vers le coin où Poppy, Viridia et Sand jouaient aux cartes. Ils utilisaient des jeux de tarot mélangés et, après plusieurs tentatives pour comprendre le jeu, il s'était rendu compte que les faes changeaient tout le temps de règles, que les règles changeaient selon la personne qui était en train de gagner ou selon les enjeux, ou alors les deux. Comme ils jouaient essentiellement en silence ou ne communiquaient qu'à travers un æther auquel il n'avait pas accès, Zal ne trouvait pas très intéressant de les regarder, même si le jeu les absorbait tous les trois pendant des heures. C'était comme ça que Poppy perdait l'essentiel de son argent et gagnait sa poudre de pixie. Elle avait de mauvaises habitudes… Zal grimaça en pensant aux accusations de Malachi concernant les siennes.

Oui, il avait sincèrement expliqué à Lila que sa conjuration de Zoomenon était nécessaire à sa santé depuis qu'il était exilé d'Alfheim. Mais il avait esquivé la relation exacte et, à présent, sa tête était pleine d'explications qui ressemblaient à des excuses. Il avait commencé quand il était en Démonia. Cela lui semblait si lointain. Il n'avait aucune idée de ce qui arriverait s'il arrêtait vraiment. Le fait d'y penser rendait l'idée de Zoomenon soudain très importante, vitale, même. C'était ce qu'il détestait le plus. Les drogués ne voulaient jamais penser que leurs préférences avaient une prise sur eux, mais c'était ainsi que le contrôle fonctionnait toujours le mieux. Zal serra les dents et renvoya cette pensée avec ce qu'il avait tenté d'écrire dans la lettre, avec ses aveux de faiblesse. Il avait voulu parler à Lila de son séjour en Démonia, mais c'était l'expérience la plus inexplicable de toutes.

Il était sûr qu'Incon l'y avait expédiée pour découvrir les mécanismes de sa transformation à lui. Ils lui avaient posé la question et il avait refusé de répondre. Elle n'avait rien demandé. Cela l'agaçait légèrement. Il avait l'impression que, pour une raison ou pour une autre, elle préférait être séparée de lui par au moins une dimension et que de toute façon elle n'aurait pas cru son histoire. Il ne pouvait pas critiquer son instinct, dans ce cas précis. Même s'il avait été un grand écrivain, cela aurait été difficile à mettre en mots et cela l'aurait poussé à parler des Autres. Zal, comme Malachi, avait confiance en l'ignorance humaine sur ce point et, puisque aucun de ceux qui aimaient à penser qu'ils savaient quelque chose sur le sujet ne connaissait en fait quoi que ce soit, une conspiration du silence était naturelle. Il était tellement habitué au subterfuge qu'il pouvait presque se convaincre que c'était dans l'intérêt des humains.

Il posa son stylo et abandonna. La journée qui commençait était pleine de petites corvées désagréables : interview pour un magazine, duplex avec une radio, répétition, du temps qu'il réservait pour écrire des chansons mais n'utilisait jamais. Heureusement que Sorcha lui avait offert un duo sur son dernier morceau, sinon il n'aurait rien à faire. En fait, le manque de stimulation et l'attention obsessionnelle du fan-club, avec des millions d'adolescents humains qui rêvaient d'être des elfes, le distrayaient. Il avait besoin d'une pause. Il devrait aller à l'endroit où la musique vivait, pour se retrouver. Alors il se foutrait même de Zoomenon. Oui, c'était la seule chose à faire.

Il appela Jolene, la manager du groupe.

— Je vais prendre quelques jours.

— Ce n'est pas possible. Tu as réservé le studio après-demain pour le morceau de Sorcha et il y a un concert le jour suivant.

— Tu peux décaler ça à la semaine prochaine. Ça peut attendre.

— Non, Zal. Tu fous toujours le bordel dans le programme. Essaie de tenir pendant…

Il faisait mine de ne pas entendre la plaidoirie désarmée dans sa voix.

— Je serai de retour dimanche. Tout ira bien.

— Jelly va péter un câble !

Jelly était le propriétaire de la maison de disques de Zal. Il n'y avait aucun doute qu'il ferait une crise, mais Zal n'aurait pas à y faire face. Jolene s'en prendrait l'essentiel dans la tronche et la personne qui se trouverait alors à côté d'elle prendrait le reste. Jelly avait une grande gueule mais c'était surtout du vent et du bruit.

— Je lui revaudrai ça. J'écrirai des chansons.

Il y eut un instant de silence tendu.

— Où vas-tu aller ?

— Démonia.

— Mais, tu ne peux pas…

Zal s'excusa de gâcher ses plans, honnêtement, et raccrocha. En lui, des sensations de contrariété, d'inquiétude et d'inutilité généraient le désir de fuir, de sauter, de chanter ou de faire passer les meubles par la fenêtre, sous la forme d'un feu intérieur qu'il se contenta de regarder. Les sensations finirent par s'évanouir et le feu se transforma en lueur. Il alla calmement à sa chambre, vérifia ses affaires, informa les faes de ses projets et sortit par l'issue de secours.

Chapitre 8

Les balises des démons combattant avec les éléments éclairaient de nombreuses couleurs le nuage d'aube au-dessus de Bathshebat et leur vacarme retentissait depuis les lointains Terrains de Jeux en vibrations qui faisaient trembler les pièges à lumière en cristal autour des lampes. La femme elfe, bien prise dans le filet mais avec la tête et les jambes libres, était assise contre la tête de lit, les yeux fermés ; Lila était installée au pied, les poignets sur ses genoux pliés et les mains détendues. Cela faisait un certain temps qu'elles étaient ainsi.

L'elfe ne ressemblait à aucun autre que Lila ait rencontré. Sa peau était bleu-gris, ses cheveux très noirs. Elle avait le même genre de traits que Dar, typiques de l'Ombre, son visage semblait avoir été étiré depuis le bout de son nez et de son menton, ses oreilles penchées en arrière comme celles d'un cheval de mauvais caractère. Elle portait des vêtements pauvres et déchirés et était tachée de suie et de terre ocre dont la majorité avait fondu dans l'eau du lagon, se transformant en un film boueux. Son long corps noueux était parfaitement immobile, comme mort, ne se trahissant que par un infime mouvement de respiration. Une ombre légère, comme une tache d'encre sur du papier mouillé, la couvrait et s'étalait autour d'elle jusque sur les draps, sauf aux endroits où elle était entravée. L'ombre changeait et vacillait doucement, plus grande qu'elle de plusieurs centimètres. Cet *andalune*, ce corps æthérique, était totalement différent de tous ceux que Lila avait vus, et elle en avait vu quelques-uns ! Ils étaient généralement invisibles en Otopia et en Alfheim, mais ce n'était apparemment pas le cas en Démonia. En l'observant, Lila l'avait vu changer fréquemment, formant des appendices presque semblables à des mains, des tentacules, des portions spongieuses diffuses qui s'évasaient, ou d'autres formes, un véritable mystère de Rorschach. Cela lui rappelait Zal et cela la faisait frissonner.

—*Zhid'nah*, dit soudain l'elfe. *Tubuuk nan shivvuthek. Zhayadbhalja mik seppukha.*

Lila n'avait jamais entendu cette langue ; Tath traduisit, mal à l'aise.

—*Elle demande pitié au prix de son honneur. Elle aimerait que tu lui fournisses de quoi écrire son poème de mort et un objet pointu pour mettre fin à ses jours avec dignité.*

—*Je ne vais pas la tuer. Donne-moi les mots...*

Tath lui procura les phrases correctes et guida ses lèvres et sa langue autour des syllabes étranges. Elle n'avait qu'à penser à ce qu'elle voulait dire, et parler comme si tout était normal.

—Vous êtes ma prisonnière pour l'instant. Il ne vous arrivera rien.

L'elfe soupira par ses longues narines et dit avec dédain :

—Ce n'est pas de votre ressort. Vous ne pouvez pas me protéger en ce royaume.

—Bien sûr que je le peux...

L'elfe ouvrit les yeux pour la première fois. Ils étaient totalement blancs, avec une fente au centre, et elle devait les plisser de façon horrible dans la lumière. Sa voix était pleine de mépris.

— Vous avez de la chance d'être en vie. L'aura du démon blanc a gâché mon tir. C'était un bon tir. Votre mort était entre mes mains.

— Puisque nous en parlons, dit Lila, pourquoi souhaitez-vous ma mort ?

— Pas moi, rétorqua l'elfe en refermant les yeux et en détournant la tête de la fenêtre. J'agis pour le compte d'un autre. Si vous ne me tuez pas, les démons le feront, et s'ils ne le font pas, lui le fera, et si lui ne le fait pas, je le ferai. Apportez-moi du papier et un crayon. J'exige une dernière requête.

— *Ne lui laisse pas la possibilité de produire des symboles. Elle est peut-être sincère dans son désir de mourir, mais je doute qu'elle souhaite partir seule.*

— Ça suffit, dit Lila. J'allais te traîner au marché et acheter un sort qui t'aurait tenue à mon côté, où je peux te voir. Puis j'ai pensé en acheter un qui te transformerait en l'un de mes gardes, quelque chose du genre « ne me fais aucun mal ». Puis j'ai pensé en ajouter un qui te forcerait à me dire la vérité. Mais en fait, je suis lasse.

Elle s'assit sur le bord du lit et regarda les murs joliment damassés, les belles tentures, la beauté majestueuse des rouges et des ocres parfaitement choisis pour les meubles et les décorations. Elle ne regarda pas l'elfe, mais s'adressa à elle avec conviction :

— Tu ne veux pas parler, moi si. Tu veux me tuer pour des raisons qui me sont inconnues, alors que tu ne sais rien de moi. Je ne comprends pas la moitié de ce qui se passe ici, parce que je n'ai aucun talent pour la magie. Tout veut dire quelque chose. La place de cette chaise, par exemple, a une signification particulière que j'ai oubliée. Ç'a quelque chose à voir avec le flux d'æther dans la pièce, mais aussi avec l'attente et le repos en relation avec l'air extérieur. Tu vois, je ne comprends rien à ce que font les démons, je sais juste qu'il est important pour eux de mettre la table au bon endroit et de tuer avec passion, et que ces deux choses sont dans leur esprit à peu près équivalentes. Pour moi, elles n'ont rien à voir, mais qu'est-ce que je peux y faire ? Sorcha était censée m'aider, mais elle ne s'intéresse qu'aux fêtes et aux spectacles. J'ai l'impression qu'elle veut que je ne remarque pas quelque chose. Alors ça pue, parce que je l'aime bien, mais que j'ai l'impression qu'elle est dans mon chemin.

» Quant à vous les elfes, eh bien, je ne sais pas grand-chose de vous non plus. Je sais qu'il y a une espèce nocturne et une espèce diurne, enfin, espèce, race, culture, en tout cas une distinction existe... Et qu'il existe des castes et des hiérarchies et que votre statut social est tellement foutûment compliqué et important que vous êtes totalement coincés. Je sais aussi que vous haïssez les démons et que les démons vous haïssent, parce que, d'après ce que j'ai compris, vous êtes des fourmis et ce sont des cigales. Mais vous n'êtes pas vraiment opposés. C'est pour ça que Zal peut être à la fois elfe et démon.

» Et je ne comprends rien à votre relation avec les autres, les élémentaux et les faes, mais tout le monde est tellement préoccupé par les différences que je pense que ce qui vous dérange vraiment c'est la manière dont vous êtes tous liés ensemble. Et cette histoire avec la Bombe-Q, c'est complètement dingue. Comment toutes les histoires des mondes peuvent-elles être différentes et pourtant jointes ? Vous dites que, à aucun moment de votre histoire, Otopia n'était absente. Les démons disent la même chose. Les faes disent la même chose. Les élémentaux ne disent rien, évidemment, et les morts... eh bien, nous n'en avons jamais rencontré après leur passage. C'est la chose la plus difficile pour moi, tu sais. Le royaume des morts. On dit qu'il n'est séparé de nous que d'une dimension temporelle, qu'il est panspatial et pantemporel, un univers dimensionnel sectionnant transversalement tous les points du nôtre, mais dans lequel les êtres comme nous ne peuvent accéder, même s'il y a d'autres créatures qui en sont capables. Peut-être les dragons, ou les fantômes. Mais comment est-ce possible ? Je ne peux même pas l'imaginer. Pourtant vous affirmez que c'est un lieu où vont les nécromants.

» Tout cela est très intéressant, dans un sens. Mais le fait est, elfe, que je m'en fous. Je préférerais être ailleurs. Ce serait mieux que tu n'en parles à personne, parce que tout le monde doit penser que je suis dure à la tâche, pleine de confiance, vertueuse, sans peur et pleine de peps, mais je vais être honnête avec toi, puisque ça n'a pas d'importance, je suis fatiguée et je veux rentrer à la maison.

— *Mizadak zhuneved ?*

— *Elle demande pourquoi tu ne le fais pas.*

— Parce que je n'ai pas d'autre choix qu'avancer, dit Lila avant de se plonger dans le silence.

Elle bougea les doigts de sa main droite et entendit les sons presque inaudibles des machineries qui lui permettaient de bouger. Elle sentit le glissement puissant du métal et la réceptivité du flux des électrons. Ses épaules étaient tendues et lourdes ; mais ses bras, ses jambes et toutes ses parties robotiques étaient sourds à toute émotion. Son ventre était noué par la compréhension froide que sa déclaration complaisante reflétait la vérité. Il tentait de se refermer autour de celle-ci comme une huître autour d'un grain de sable pour se protéger. Sa chair le sentait, mais tant de parties d'elle ne ressentaient rien.

— Je fais des rêves, dit-elle de façon presque involontaire. Dans lesquels je cours en tous sens, à la recherche de mes bras et de mes jambes dans la forêt, jusqu'à ce que je me rende compte de ce que je fais. Alors je tombe à plat sur le sol et je suffoque parce que je ne peux pas dégager mon visage de la terre. Puis je me réveille et c'est une déception. Je devrais raconter ça aux gens importants, tu sais, comme le docteur Williams ou Zal. Mais je ne pourrais jamais leur dire ça. Pense simplement à leur déception, à leur douleur, à combien ils lutteraient pour réparer et rendre les choses meilleures. Or on ne peut pas me réparer, donc ils ne doivent rien savoir.

— *Urshanta, hibranta mikitak nozherosti. Felyzi maszharan zhuneved.*

— *Elle dit que, tant qu'elle restait en vie, rien ne l'empêcherait de rentrer chez elle si c'était son désir.*

— Je ne peux pas rentrer pour la même raison qui fait que ni toi ni personne ne peuvent me tuer, et qui me permet de faire ce que je dois pour ce boulot, dit Lila avec lassitude en regardant les objets sans les voir.

Elle pensait à Zal et se rendit soudain compte que c'était aussi la raison pour laquelle elle avait le courage de l'aimer alors qu'il était hors de sa portée de tant de manières et qu'elle-même était au-delà de ce genre de contacts avec des humains ordinaires.

— Parce que je suis déjà morte, conclut-elle.

Malachi retourna à son bureau, qui était aussi son principal portail vers les royaumes hors Otopia. C'était une pièce dans les jardins, protégée sur trois côtés par des murs de vieilles pierres et sur les deux autres par du verre qui pouvait être fumé pour empêcher quiconque de le voir depuis les autres bureaux du forum de sécurité. Il n'y avait pas de toit, le ciel regardait un col d'herbe coupée, soigné à la perfection par trois moutons miniatures. Les moutons étaient abrités par des rochers et un petit jardin d'arbustes. L'abri de Malachi était une yourte en peaux d'animaux féeriques sur des piliers de sorbier, de bouleau et d'orme. Dans son obscurité circulaire, il alluma des bougies et s'installa dans son fauteuil ergonomique : la seule pièce de haute technologie qu'il appréciait. Son costume moderne de design humain lui plaisait tout autant et, heureusement, comme le fauteuil, ne l'empêchait pas de travailler. Il fit savoir à sa secrétaire qu'il sortait ; un bref signe de la main était suffisant. Elle occulta la fenêtre avec un brouillard électrostatique. Malachi se reposa dans son fauteuil et se laisser basculer en état de méditation.

Trouver un voyageur des failles n'était pas facile. Il devait d'abord découvrir l'un d'eux dans l'Interstitiel, ce qu'il ne pouvait faire que par une procédure de demi-changement – passer dans un état situé quelque part entre sa forme naturelle féerique et sa forme humaine – en espérant que la perturbation provoquée dans l'espace-I soit remarquée par l'un des voyageurs. Les faes étaient capables de vivre en Otopia sous leur propre forme. Toutefois, la plupart de ceux qui y séjournaient longtemps ne le souhaitaient pas. D'une part, leur apparence pouvait être peu engageante ; d'autre part, leur forme naturelle les rendait plus vulnérables aux enchantements des éléments, des lieux et de ce que leur nature les poussait à désirer. Ainsi, les chanteuses faes du groupe de Zal ne montraient jamais leur forme chevaline, afin de ne pas être submergées par leur besoin de noyer de jeunes hommes dans les eaux profondes, une tentation qui ne pouvait être distraite même par la charge d'un officier de police armé, et encore moins par du rock mode-X.

Malachi attendit d'entendre le verrou de la porte fermer de l'extérieur, pour être sûr qu'il ne pouvait plus sortir et que personne ne pouvait entrer, avant de se détendre et de s'autoriser une sieste de cinq minutes.

Lorsqu'il se réveilla, il s'allongea et détendit doucement ses articulations. Les ailes des faes n'étaient pas visibles en Otopia, mais elles étaient présentes, et il sentit les siennes, comme des échos d'une autre vie, et les laissa battre lentement, alternant entre Faerie et Otopia, éventant l'æther de l'espace-I dans un sens puis dans l'autre. La douce vague de perturbation dans l'élément magique lui faisait l'effet d'un bain d'eau fraîche. Il laissa son énergie se libérer sous sa peau et bouillonner. Il commença à se modifier par les os ; le picotement de la métamorphose n'était qu'une taquinerie qui devint soudain une inondation palpitante de forces contraignantes et expansives. Interrompre le processus à mi-chemin exigeait un talent rare, que tous pouvaient apprendre mais que peu pouvaient maîtriser. Il s'interrompit et s'équilibra sans effort, moitié homme-fae, moitié panthère, ses ailes étaient des ombres bleues qui vibraient avec la finesse d'un colibri. Il voyait simultanément avec des yeux humains, avec sa vision féerique et avec celle de son élément, le carbone.

C'était horrible. Malachi n'avait jamais aimé la procédure, personne ne l'aimait. Il y avait bien trop d'informations et pas assez de certitudes. Ses sens étaient à la fois affaiblis et augmentés, son esprit était à peine capable de comprendre ce qu'il percevait. Il voyait l'espace-I tout en ne le voyant pas, il entendait aussi bien Faerie qu'Otopia, sentait le vent froid d'Hibernia, où ses ancêtres spirituels rêvaient le long rêve, et inspirait l'atmosphère épaisse et humide d'un jour de printemps ordinaire à Bay City. Il était en sécurité dans son sanctuaire pentagonal et, parallèlement, il était les particules tournoyantes se connectant à l'æther dans le royaume fondamental, et il sentait le don du sens carbone qui l'accordait à toutes les formes de l'élément dans la matière, ce qui lui permettait de ressentir les structures et de goûter la vie. Il ne pouvait percevoir l'espace-I sinon comme une sensation de suspension. C'était une brume grise qui résonnait d'échos de choses familières jamais résolues. Il y avait un potentiel qui ne se concrétisait pas, et le fait de danser ainsi avec l'Interstitiel provoquait en lui une incertitude terrifiante, celle que le débordement dans un monde ou un autre ne se produise pas et qu'il reste coincé jusqu'à ce que les vents de l'æther le démembrent en tournoyant, morceau par morceau.

Malachi refoulait ses peurs, conscient qu'il suffisait de résister suffisamment longtemps pour constater qu'on n'était pas érodé par l'æther et que, pour déroutantes et désagréables qu'elles étaient, les limbes de la métamorphose n'étaient pas fatales. En tout cas, jamais elles n'avaient été fatales jusqu'ici.

Il imagina des aigles en vol, des ailes majestueuses, des appels perçant le ciel. Sans corps, il n'avait, pour langage, que l'imagination. Il avait vu des choses ici : des fantômes, bien sûr, et ce qui aurait pu être un dragon lointain. Il soupçonnait l'existence de nombreux êtres indéfinissables et incompréhensibles dans les courants et les champs interstitiels. Les créatures communes de l'I n'étaient que des formes capables de se déplacer dans d'autres mondes. Leurs mystères étaient encore nombreux. Les fantômes détruisaient ceux qu'ils touchaient et les dragons, légendaires et insaisissables, usaient d'un langage sibyllin. Leurs actions défiaient toute tentative de les placer dans une histoire définie. Malachi avait été choqué par la narration de Lila, dans laquelle Arië se faisait dévorer par le dragon du lac d'Aparastil. Non qu'il pense que c'était *le* dragon *d'un* lac, ni qu'il avait réellement avalé Arië. Les rencontres avec des dragons étaient généralement fatales mais ceux-ci n'étaient pas des croque-mitaines. Il ne détecta aucune trace d'une telle créature dans son environnement, par contre il sentait le courant glacial que provoquait le mouvement d'un fantôme. Si un fantôme s'approchait trop près, Malachi devrait écourter son voyage et y renoncer pour plusieurs jours. Les fantômes étaient attirés par les positions de transit – les endroits où les mondes se joignaient – et pouvaient traîner longtemps autour des vortex dans l'æther. Malachi se passerait très bien d'une tempête spectrale.

Ses appels animaliers – pour éviter de se faire remarquer en tant que créature intelligente possédant un potentiel æthérique – étaient des signaux convenus entre Jones et lui. Comme des chasseurs imitant la chouette lorsqu'ils prenaient position dans l'obscurité, Malachi et la fille perdue d'Illyrie s'appelaient et attendaient. Sa vision d'aigles s'égara dans le flou blême de l'æther. Il attendait, sa perception d'Otopia et de Faerie commençait à faiblir tandis qu'il s'accordait à l'incomparable spécificité de l'espace-I. Contre sa peau, de fragiles vibrations d'æther parlaient de mouvements lointains dans l'espace, le temps et l'énergie. Des fronts d'ondes, presque du son, presque de la lumière, trahissaient les conversations d'adeptes des arts magiques et de créatures naturelles, et parmi elles un murmure occasionnel sur des fréquences étranges que Malachi avait toujours pensé qu'il pourrait être la signature des Autres.

Un sifflement tremblant naquit, destiné à ses oreilles. Jones. Il hulula de nouveau, promettant des informations – le seul vice de l'exploratrice des failles – et elle siffla une réponse, plus proche cette fois. Il sentit la douce trille familière de sa navigation, une sorte de sonar avec lequel elle pouvait détecter sa trace æthérique unique et la suivre jusqu'à sa source. Les fantômes approchaient des profondeurs, en réponse eux aussi. Il les sentait se former comme des condensations dans l'espace proche, fusionnant, et il s'éloigna anxieusement, comme un nageur qui a peur des requins à la surface d'un océan. Il se souvint des images fournies par Lila sur la rencontre entre Zal et un esprit de la forêt, l'une des formes anciennes de fantômes courants en Otopia. Il avait prélevé un peu de la substance de Zal, mais celui-ci avait facilement survécu à cette perte : seule une poignée de force *andalune* avait disparu et il était capable de la régénérer sans problème, probablement grâce à sa connexion avec Zoomenon. C'était un phénomène que Malachi ne comprenait pas tout à fait : même si lui-même avait une connexion similaire avec les élémentaux, il n'était pas capable d'en tirer de l'énergie. Les elfes par contre possédaient cette faculté, par apprentissage ou don inné. Comme beaucoup de caractéristiques des diverses races divisées, ce qui était bien connu des uns était sans valeur pour les autres. À présent, en échange de son apparition, Malachi allait devoir trouver des choses utiles pour que Calliope les dévore. Pour une fois, il était sûr d'avoir un bon public. Et, pour commencer, il y avait ce qu'il savait de Zal...

Les fantômes fleurissaient. Il ressentit le froid de leur changement de densité comme un frisson engourdissant. L'æther autour de lui s'accumulait et changeait d'état dans une réaction en chaîne de pouvoir exponentiel. Il s'éloigna en dansant, légèrement, pilonné et trahi par le sonar de Jones. Alors que personne n'avait détecté la moindre trace d'intelligence chez les fantômes, c'étaient d'effrayants prédateurs d'énergie æthérique organisée... celle des êtres comme Malachi, par exemple, et des êtres comme Jones. Pour les expliquer aux humains, Malachi avait appris à les comparer à des virus mais, même si c'était une bonne métaphore, cela ne donnait pas une image correcte de leurs particularités et de leur complexité. Les virus étaient des réplicateurs ARN. Les fantômes n'étaient rien de la sorte. Ils s'agglutinaient depuis l'æther pur – avec peut-être des semences virales dans leur origine – et prenaient des formes ayant une signification pour leurs victimes où un rapport avec leurs terrains de prédilection. Les mécanismes en jeu ressortissaient au domaine de recherche des Chasseurs de fantômes, une organisation intermondes par laquelle Malachi avait rencontré Calliope. Il traitait avec les Chasseurs par l'intermédiaire des services secrets, et elle en faisait partie.

La batterie de son sonar était devenue un chant presque constant. Calliope était proche. Un frisson de froid remonta le long des ailes de Malachi : son anxiété devenait de la peur. Il espérait que Jones était suffisamment proche pour repérer sa position lorsqu'il rebrousserait chemin. Il avait l'impression qu'un grand vaisseau, noir et brisé, s'avançait vers lui sur une mer de silence. Ses voiles déchirées hurlaient, un givre mortel s'échappait en tremblant de ses mats épointés et sinuait sur ses ponts. Devant sa proue, une vague de faim amère s'avançait. Malachi se sentit soulevé, éprouvant l'attirance féroce de l'eau inexistante de l'océan non-mort.

Il bascula abruptement pour s'extraire de l'æther, ouvrit grands les yeux, s'agrippa aux accoudoirs de son fauteuil et inspira profondément l'atmosphère chaude et humide de la yourte. Il avait toujours tous ses doigts et tous ses orteils. La présence du fantôme sectionnant transversalement l'espace qu'il occupait dans l'æther était encore terrible dans son esprit. Quelques instants de plus et le fantôme aurait eu une prise suffisante pour se traîner en Otopia à sa suite.

— Tu te dégonfles toujours à la dernière seconde, chaton ? dit une voix rauque à côté de lui juste avant un gloussement.

Malachi fit pivoter son fauteuil. Jones était assise sur le tapis qui couvrait la commode pleine d'objets magiques. Des pans de lumière s'échappaient d'elle, or et argent, orange et blanc, se repliant dans des dimensions invisibles. Parmi ces distorsions, sa forme humaine avait l'air étrangement vulnérable : une adolescente dégingandée de seize ans avec une peau sombre, couverte de taches de rousseur, des cheveux longs et bruns qui bouclaient aux pointes, affalée dans un tee-shirt rose, un jean et des sandales comme si elle revenait de la plage. Le fantôme avec lequel elle se trouvait entrecroisée était une pâle lueur autour d'elle, nuages et pluie, éclair occasionnel, comme si elle vivait dans une tempête perpétuelle. Le tonnerre était au-delà de l'ouïe mais faisait trembler le sol. Elle sourit largement de ses dents mal plantées.

— Le *Téméraire combattant*, de nouveau…

Malachi haussa les épaules. Le vaisseau lui était déjà apparu, c'était le fantôme qu'il avait rencontré le plus souvent dans l'espace-I.

— Tu as trouvé une explication pour son attirance envers nous ?

— On y arrive, dit-elle avec un geste nonchalant de la main qui indiquait qu'elle travaillait dur à résoudre ce mystère. Qu'est-ce que tu veux ? Propose-moi un échange, peut-être que je te dirai.

— J'ai eu une conversation intéressante avec un elfe aujourd'hui, commença Malachi. (Calliope haussa les épaules à son tour et sourit en écartant largement les mains.) On se demandait si on allait parler des Autres avec les humains. Ou non.

De la lumière crue s'échappa de la fille, bourgeonnant avant de disparaître. Son corps était à peine matériel. Il lui était aussi difficile de conserver une forme que lui d'en disperser une. La concentration de Calliope étant perturbée, elle exsudait des rais de lumière. Lorsque cela se produisait, la tempête autour d'elle s'intensifiait et ses cheveux se soulevaient au souffle d'un ouragan que Malachi ne pouvait sentir.

— Mais tu n'as rien dit, devina-t-elle.

— Il savait, dit Malachi. Tu vois de quel elfe je parle ?

— L'arpenteur des mondes. Oui. Je vois, dit-elle. Le tireur de fantômes. Le cœur de démon. Nous le connaissons. (Elle réfléchit, balançant sa sandale détachée, jouant avec une boucle de ses cheveux entre ses doigts. Des éclairs naissaient à ses tempes.) Mais tu n'es pas ici à propos des Autres.

— Non, admit Malachi. (Calliope avait un regard auquel on ne pouvait pas mentir, ce qui était étrange car le fae était capable de mentir à n'importe qui. Le regard de la jeune fille le transperçait et il sentait ses yeux balayer ses intentions de plus près qu'il les connaissait lui-même. C'était probablement une illusion due à sa façon de se déplacer entre les plans, mais cela fonctionnait malgré tout.) Je t'ai appelée à cause de Lila Black.

Jones fronça légèrement les sourcils.

— Et alors ?

— Peux-tu voir quoi que ce soit à son propos ?

La voyageuse des failles le regarda, le transperça, lisant des informations qu'il était incapable de percevoir avec ses yeux presque humains. Il sentit la température de la tente chuter de quelques degrés et l'odeur de la pluie remplir soudain ses narines.

— Tu devrais passer plus de temps avec nous, Malachi, dit-elle alors. Viens, si nous sommes rapides, nous pourrons rattraper le *Téméraire* avant qu'il pourrisse.

Malachi sentit ses mâchoires se serrer. L'offre d'une chasse représentait plus qu'il le désirait, et de loin, et c'était le genre d'offre qui ne se produisait qu'une fois par vie. Mais l'idée d'un séjour prolongé dans l'espace-I le fit hésiter. Pendant qu'il réfléchissait, Jones commençait à s'effacer. C'était son boulot de suivre toutes les pistes…

— Ça prendra combien de temps, Jones ? J'ai des choses à faire avant la tombée de la nuit.

— Un jour, un an, qui sait ? (Elle était plus qu'à moitié transparente. Les lumières qui se pliaient pour lui donner forme tremblaient comme des rideaux de chaleur dans le désert.) Alors, oui ou non, chat ?

Malachi jura intérieurement, avec créativité.

—Oui.

Jones tendit la main en guise d'invite et se mit à chanter. Malachi sentit la piqûre de la magie sérieuse pénétrer sa peau, ses os, lui donnant une forme que la voyageuse des failles pouvait plus facilement saisir et tirer derrière elle dans le monde interstitiel. Des lignes d'intention les liaient… une bonne chose s'il souhaitait tenir longtemps. Il se laissa tracter, perdant son intégrité, sentant ses ailes se raffermir. En espace-I, Jones n'était pas plus qu'un rai de lumière entouré par les formes de l'énorme fantôme de tempête qu'elle avait entrecroisé ; un éclair vivant.

Le vaisseau avait disparu mais son sillage était toujours là, une coupure dans l'étrangeté grisâtre de l'espace-I que Jones suivit sans hésitation. Elle tirait Malachi derrière elle, qui était content qu'elle prenne la tête. Il l'entendit appeler d'autres chasseurs dans des espaces variés et il entendit leurs réponses, un mélange de voix comme il n'en avait jamais entendu. Depuis toutes les directions et tous les lieux, ils venaient comme des flèches, comme des rêves, comme la pluie.

Chapitre 9

Lila laissa l'elfe dans sa chambre, attachée dans le lit avec ordre de ne pas bouger si elle tenait à la vie. Les choses étant ce qu'elles étaient, Lila ne lui faisait pas confiance, mais pensait que ce n'était pas son affaire si la femme choisissait de mourir aux mains des démons. Elle sortit par la fenêtre, pour éviter de croiser quelqu'un, et descendit le long de la façade merveilleusement ornée du bâtiment. Un diablotin qui faisait une sieste sur le buste couvert de déjections d'oiseaux de Xenaxas l'Impoli – un ancêtre de la famille Ahriman – grommela à son passage, puis se lança après elle.

— Où tu vas ? demanda-t-il d'une voix curieuse et aiguë en sautant d'une sculpture de pierre à une autre avec l'aisance d'un moineau, ses ailes rudimentaires battant pour conserver l'équilibre.

Il était à peine plus grand qu'un chaton, ressemblait à un singe écailleux et était entouré d'une petite aura de feu rouge orangé.

— Nulle part, dit Lila en espérant qu'il lui fiche la paix.

— J'peux v'nir ?

— Non.

Elle prit de la vitesse, une main sur l'autre, ses pieds trouvant des prises grâce aux senseurs des semelles de ses bottes.

— Tu as l'air d'une femme qui a besoin d'un familier. (Il dansait à sa suite.) Une fille comme toi, toute seule dans la ville. Il ne peut rien t'arriver de bien. Pour un bon prix, je suis ton homme. Fais-moi une offre.

— Tire-toi avant que je t'explose la tête, cracha Lila.

— Très bien. Tu m'as eu. Je le ferai gratuitement, dit la chose minuscule avec un sourire heureux. Un rapide échange de noms et ce sera dans la poche.

Il se frotta les mains d'un plaisir très propriétaire.

— Je suis la reine de Saba.

— Non, ce n'est pas vrai. Je l'ai rencontrée et elle était plus jolie que toi. Tu me veux.

— Non.

— Si. Sinon pourquoi sortirais-tu par la fenêtre pile au moment où j'ai choisi de me réveiller d'un rêve merveilleux, dans lequel j'arrachais les yeux des moutons et me frottais les doigts dans les cheveux d'enfants changelins ? Ce genre de rêve est prémonitoire, tu sais. Cela présage d'un moment important dans la vie d'un démon. J'ai ouvert les yeux et tu étais là. Je sais que tu veux un familier, parce que tu n'en as pas et que tu vas te balader toute seule à Bathshebat, Grand-Mère des Infidèles et Couveuse des Extrémités Au-delà de l'Imagination, et tu n'es qu'une petite fille anæthérique.

Lila avait les deux pieds sur le pavé. Elle opina calmement du chef et activa ses systèmes de bataille dans son bras droit. Deux flingues et une collection impressionnante de lames se présentèrent, transformant son membre en un arsenal de promesses mortelles. Elle les pointa vers la tête du diablotin qui se tenait debout sur le genou d'un satyre de pierre.

— Pas aujourd'hui, merci.

Le diablotin battit des mains et oscilla d'un pied sur l'autre.

— Ah ! Ça, c'est ce que j'appelle un canif ! Je savais que l'Enfer t'avait envoyée pour moi. Ce qui prouve qu'il faut garder la foi. (À la surprise de Lila, il enjamba sa main pour s'installer sur son épaule et s'agrippa d'un doigt griffu à son oreille. Elle pouvait entendre, mais pas sentir, le crépitement des flammes.) Marche lentement, j'ai le mal de mer.

— J'ai dit « non » !

Lila attrapa le diablotin. Il se dématérialisa dès qu'elle sentit sa petite forme solide dans sa main. La prise sur son oreille disparut mais pas le diablotin.

— Allez ! Ne sois pas rabat-joie, gémit-il. Je te rendrai de bons services. Besoin de moi tu auras, tu verras bien. Je ne te demande rien et je te revaudrai chaque centime.

Aucun de ses senseurs électromagnétiques ne détectait le diablotin, mais Lila pouvait toujours le voir sur son épaule et entendre sa voix irritante à travers le bruit du feu. Elle le toisa durement, ce qui était plutôt difficile en se tordant le cou et les yeux.

— Que dois-je faire pour me débarrasser de toi ?

— Te débarrasser ? Te débarrasser ? cria le diablotin en se serrant la poitrine des deux mains. Tous ces mots d'amour me brisent le cœur, dame. Contente-toi d'aller où tu vas et je me traînerai derrière toi, avec l'amour-propre en berne dans les rues, comme les peaux de poulet d'hier. Ne t'inquiète pas pour moi. Je peux le supporter. Ne te retourne même pas. Mais, quand tu auras besoin de moi (il frappa le centre de sa poitrine, retenant des larmes rouges, la voix rauque d'émotion), je serai là.

— De l'argent ? demanda Lila. De la magie ?

— On ne peut pas acheter l'amour, dit le diablotin en l'implorant de ses grands yeux brûlants. Ne salis pas mon âme avec ce discours. C'est comme si tu n'avais pas de cœur.

— Ce que je n'ai pas c'est de la patience pour ce genre de conneries, lui répondit Lila. Comprends-moi bien. Je ne veux pas de toi maintenant. Je ne voudrai jamais de toi. Débarrasse-moi le plancher. Casse-toi !

— Voilà l'histoire, dit le diablotin d'un ton plus amène. J'étais un Seigneur de l'Enfer tout de feu et de soufre, mais j'ai eu des démêlés avec ces damnés Cassieli, que la providence les pourrisse lentement et éternellement, et ils m'ont maudit pour que je ne sois qu'un pauvre diablotin sans aucun pouvoir. Je ne peux même pas lancer le plus petit sort. Regarde…

Il bougea les mains à la manière d'un enchantement. De petites flammes orange naquirent entre ses doigts, mais s'éteignirent comme des pétards mouillés.

— Je ne te crois pas.

— Tu vois, ça fait partie de la malédiction, s'exclama théâtralement le diablotin. Ça prouve ce que je t'ai dit. Personne ne me croit. Alors ça fait des décennies que je suis à la rue à chercher un moyen d'en sortir, à me vendre aux moins offrants contre de petits services comme un vulgaire lutin chauve-souris. Je vis des poubelles des restaurants. Et maintenant j'ai fait ce rêve d'yeux et tu es là, et, bébé, tu es celle que j'attendais, mon ticket de sortie et quoi qu'il arrive tu seras fière de moi ! Allez ! Tu ne vois pas ? Nous sommes faits l'un pour l'autre.

— OK, dit Lila, acceptant la première défaite de la guerre. Tu fais ce que tu veux mais, dès que je peux, je te laisse tomber et, si je dois mettre fin à ta misérable petite vie pour cela, je le ferai.

Elle se redressa et rejeta ses épaules en arrière.

— Tu vois, quand tu veux, dit le diablotin d'un ton rassurant et paternel.

Lila sentit une douleur vive dans son oreille et de minuscules griffes se glissèrent dans son gilet de combat.

— Je te déteste déjà tellement que j'ai envie de cracher, dit-elle en crachant dans le canal depuis la jetée des Ahrimani, puis elle leva les yeux vers la lumière du matin.

— Ne me gâte pas trop, rétorqua joyeusement le diablotin. Souviens-toi que je suis un familier, et être trop familier avec un familier est contre-productif.

Le minotaure qui s'occupait du hangar à bateaux arriva d'un pas lourd sur la jetée et la regarda de ses yeux noirs et somnolents. Il renifla en direction de ses gondoles.

— Vous voulez une balade ?

— Non merci, dit Lila. Je vais marcher. Maintenant que j'y pense, vous savez comment je peux me débarrasser de ce diablotin ?

— Oh ! mon cœur ! gémit le diablotin, titubant sur l'épaule de Lila. Les choses qu'elle dit !

Le minotaure se lécha le museau de sa longue langue pourpre et secoua sa lourde tête, se grattant le côté avec les sabots au bout de ses mains.

— Ils sont comme les mouches, généralement sans danger, toujours irritants. Vous feriez mieux d'apprendre à ne pas lui prêter attention.

— Fabuleux !

Lila consulta sa carte interne de Bathshebat. D'un pas déterminé et résolu, elle se dirigea vers le souk d'Yboret. Elle n'était consciente de Tath que comme une sorte d'inconfort grinçant au centre de sa poitrine. Il savait ce qui se passait et détestait ça, mais n'osait pas se manifester en présence du diablotin. C'était tout simplement merveilleux. Elle se rasséréna en supposant que, dans le souk, elle trouverait quelqu'un pour la débarrasser du diablotin. Cela la réconforta tellement qu'elle demanda :

— Alors, tu es le diablotin de quoi ?

— De quoi ? répéta le diablotin, incrédule. Je suis un Seigneur de l'Infernal et un maître des sciences æthériques, pas un rat des docks et des tourments mineurs. Je ne suis le diablotin de rien. Je te l'ai dit mais as-tu seulement écouté ? Non, comme les autres !

— Alors tu n'es le diablotin de rien. Mais tu es un diablotin.

— Pour l'instant, oui, on dirait bien, pourtant les apparences sont trompeuses. Mes pouvoirs m'ont peut-être été arrachés, mais je conserve ma beauté, mon charme et toute ma connaissance. Et j'étais un très, très vieux démon, presque parvenu à l'ossification, alors j'en connais un bout, bébé, et cela te sera très utile, tu verras. Tu veux un exemple de mon savoir ? Voici : il vaut mieux se battre en duel sur le pont Harbinger, à moins d'avoir affaire à un démon cinglant, auquel cas il faut lui faire quitter les limites de la ville, jusqu'à Wulsingore. N'oublie jamais ça quand tu es pressée. Non m'dame. Non mais, j'ai vaincu le redoutable Brutorian Malsotis l'Enragé sur ce même…

— Tu n'es pas le diablotin du radotage ? l'interrompit Lila, qui traversait le pont d'un pas rapide, se frayant un passage entre les marchands admirablement habillés dont les étals de premier choix flanquaient toute la largeur.

— Tu es tellement grossière ! soupira le diablotin sentimentalement. Presque autant que ma propre fille. Bon, il y avait autrefois dans cette rue les plus belles façades d'architecture rage aveugle tardive, c'était impressionnant alors que, bien sûr, c'était impossible à voir sauf à se laisser aller à la plus mauvaise des humeurs… Dis-moi, on ne serait pas en train d'aller au souk ?

— On dirait bien.

Le diablotin pinça le lobe de l'oreille de Lila entre deux griffes.

— Aïe ! Par Dieu, si tu refais ça, ta mort sera vraiment douloureuse ! siffla Lila.

— Nous devrions en discuter, dit le diablotin d'un ton de commandement. Tourne à gauche, ici, et grimpe au premier étage. Le café est assez puant, grouillant de cafards et d'autres saloperies qui se nourrissent de ce qui tombe des tables, mais le thé est de première classe. Prends un thé à la menthe, garde tes chaussures et écoute-moi. Cela ne prendra qu'un instant.

— J'en doute, grommela Lila.

La douleur était intense et Lila craignait de perdre l'oreille si elle ne s'exécutait pas, elle suivit donc les instructions, franchit un rideau de perles crasseux et monta les marches branlantes jusqu'à une salle aussi sale que promis.

Trois démons vieillissants s'énervaient dans un coin sur des cartes autour d'une table basse. Ils fumaient et mâchaient une herbe qu'ils extrayaient d'un pot par poignées et dont ils crachaient les résidus dans un récipient d'acier bouillonnant. Puis ils s'enfilaient les vapeurs dans le nez, chacun à leur tour. Alors qu'elle prenait une chaise dans le coin le moins crasseux, feignant de ne pas s'intéresser à eux, ils ébouriffèrent leurs plumes et hérissèrent leurs picots. De la paille brute couvrait le sol grouillant d'insectes. Il y avait une forte odeur de graisse à frire brûlée, d'encens et d'expresso.

— Alors ? grommela-t-elle en regardant le serveur descendre d'un trou dans le plafond.

C'était une araignée de la taille d'un petit chien qui lui tendit en cliquetant un menu taché sur un long fil de soie collant. La plupart des poils de ses pattes épaisses étaient roussis, et Lila ne pouvait décoder aucune expression dans ses huit yeux. L'araignée portait un tablier blanc étrangement immaculé qui semblait être une sorte d'orgueil hygiénique. Lila prit le menu et tira pour le libérer. Le fil cassa et se colla à ses doigts. Elle tenta de l'essuyer sur la table, en vain.

— C'est enchanté. Ça s'évaporera dans une minute, dit le diablotin, confiant. Thé à la menthe. Je prendrai le double avec un nuage de lait de jument.

Lila était fascinée par le menu, et pas seulement parce qu'il lui collait aux doigts.

— Qu'est-ce que l'Essence de l'Humanité ?

— Ils font ça en diluant magiquement de la poussière de tombe dans de l'eau de source. Tu ne dois pas t'en faire. (Le diablotin appela la serveuse.) Elle prendra un thé à la menthe. Pour moi ce sera le double Arabica, et si vous n'avez pas de lait de jument, je me contenterai de lait de yak ou de chauve-souris.

— « Les laits du monde », lut Lila. « Voir le tableau spécial »… (Elle leva les yeux sur le tableau.) Du lait de selkie ?

— Trop gras. Et puis ç'a un goût de poisson qui ne va pas du tout avec le café.

— Du lait de larmes de mère ?

— Laisse tomber. Le problème c'est que tu veux te rendre au souk et que je veux prouver que je suis vraiment ce que je dis…

— Tu ne m'as pas dit qui tu étais.

— Si je pouvais, je ne serais pas un putain de diablotin, non ? Je dois retrouver mon nom. Et tu as des… affaires qui sont probablement importantes pour quelqu'un quelque part, alors je t'aide, tu m'aides, et nous ferons une union infernale ! Tu as besoin de quelqu'un qui sait ce qu'il fait avec les démons. J'ai besoin de quelqu'un… j'ai besoin de quelqu'un… et nous voilà. Parfait !

Lila soupira et secoua la tête.

— Je ne te raconterai pas mes affaires pour que tu ailles les colporter partout. Ai-je l'air complètement folle ?

— Franchement ? Oui. Tu *as* un diablotin sur l'épaule et tout le monde sait que leur seul but dans la vie est de rendre les gens fous.

— À grand renfort de mensonges pitoyables.

— Un essai. Un seul. Je t'apporterai quelque chose. Je ferai quelque chose. Je dirai quelque chose qui te montrera que je dis la vérité.

— Nan ! Tu en feras juste assez pour me convaincre avant de me poignarder dans le dos. Tout ton MO est connu comme le loup blanc, dit Lila alors que la serveuse, revenue cette fois par la porte, fit glisser un plateau sur la table, avec un verre de thé à la menthe fumant, une cafetière, une tasse minuscule et un petit pichet de lait.

— Tu vois. Je parie que tu n'es pas aussi soupçonneuse sans un peu de magie pour te monter le mou. Bien sûr que tu ne me crois pas, ça fait partie de ma malédiction.

— Tu es un diablotin. Je ne te crois pas à cause de ça.

— Bien sûr, bien sûr. Goûte le thé. Il est vraiment bon.

Parce que Lila n'avait rien bu depuis des heures, elle tenta le coup, non sans avoir trempé un doigt dans le verre, pour une analyse rapide. C'était du thé. Elle porta le verre à ses lèvres.

— De toute façon, si j'étais un vrai diablotin, j'aurais une ligne directe vers tes pires névroses et je serais en train de te dire que ton petit ami est trop bien pour toi, que tu ne sauras jamais la moitié de ce qui se passe derrière ton dos au boulot, parce que c'est dans l'intérêt de tout le monde de te garder dans l'ignorance, et que le Tartare sera sous la glace quand tu seras parvenue à vaincre ta peur d'être vivante. Tu gaspilleras beaucoup d'énergie à regretter ta vie d'avant et à soutenir ton propre déni d'activités apparemment professionnelles mais qui ne sont qu'une diversion aux résultats vaguement liés au boulot. Ton cœur cache quelque chose que tu préfères ne pas regarder en face, pour des raisons que tu ne veux pas admettre, et que tu vas passer ton temps à dissimuler, en te convainquant que c'est pour le bien de tout le monde que tu fais ce qu'on te dit de faire, que tu ne poses pas trop de questions et que tu fais la fière dans des situations qui semblent dangereuses mais qui n'ont pas d'importance pour toi, tout ça pour tromper le bon peuple sur ce que tu fais vraiment. Bien sûr, tu sais parfaitement que tu n'es qu'une escroquerie.

» L'alcoolisme et d'autres addictions t'aviliront dès que tu en auras marre de jouer à Supergirl. Tu deviendras une vieille dame cynique et amère n'ayant de relations qu'avec de petits animaux de compagnie, pour soulager tes problèmes sentimentaux qui auront pris des proportions apocalyptiques, et ta solitude ne sera apaisée que par certains grands morceaux de musique qui l'intensifieront pour des raisons que tu ne comprendras jamais. Tu essaieras la littérature et d'autres formes d'art mais d'une manière lointaine, pour conserver tes illusions, sans te rapprocher de la laide réalité de relations avec les monstruosités ennuyeuses et défectueuses que sont les autres. Tu mourras seule, et la tentative de donner un sens à ta vie en adoptant l'image d'une martyre sera la plus grande escroquerie pour orner les murs de tes mensonges narratifs rétrospectifs… Ce que tu comprendras dans tes derniers moments, alors tout ce que tu auras peiné à retenir disparaîtra en fumée, trop tard.

» Tu vois, si j'étais un vrai diablotin, *ça* c'est ce que je dirais.

Lila bafouilla et avala une gorgée trop chaude avant de reposer son verre. Le thé était vraiment bon, mais sa langue était brûlée. Elle prit une longue inspiration, tentant de la rafraîchir. Dans sa poitrine, Tath pétilla comme une lampée de champagne, ce que Lila avait appris à reconnaître comme un rire. Elle ressentit aussi une douleur cuisante dans le sternum, qui n'avait rien à voir avec lui. Un instant, elle éprouva une rage intense pour eux deux, ces parasites, puis un calme froid la recouvrit.

— Laissez-moi clarifier quelque chose, dit-elle. Mes familiers ne constituent pas un gang pour me maltraiter. Mes familiers ne me lâchent pas de vérités inconfortables pour me compliquer la vie. Mes familiers m'aident jusqu'à la fin dernière de leur misérable vie, sinon je les envoie dans les neufs cercles du Puits infini, nom de Dieu ! Et si tu ne comprends pas que j'ai les couilles et les moyens d'être susceptible au-delà des limites du raisonnable, démon, c'est que tu n'as pas l'ombre d'un tout petit pouvoir.

Le diablotin lâcha son oreille et se versa une tasse de café. Il dédaigna le lait qu'il avait commandé et avala la mixture bouillante cul sec. De l'expresso coula le long de son menton.

— C'est exactement de ça que je parle, bébé, dit-il de manière théâtrale. Toi et moi. Une union infernale ! J'ai fait le rêve des yeux. C'est parler comme une vraie diablesse, ma belle. Allons à l'abordage du souk. L'idée d'une bataille d'esprits avec ces lopettes me chatouille là où il faut.

— *Familiers ?*

— *Je ne t'ai pas entendu me défendre. Alors ferme-la.*

Lila se leva brusquement. Le diablotin qui tendait la main pour se servir un autre café faillit tomber et retourna précipitamment à sa place. Une douleur aiguë témoigna d'une nouvelle prise sur l'oreille de Lila. Elle retint à grand-peine une larme.

Dans le coin, l'un des grands démons se redressa et cracha dans le pot. D'épais nuages de fumée en sortirent que son compagnon inspira avidement. Il chancela puis s'effondra, inconscient. Les deux autres gloussèrent et ramassèrent des piles de petite monnaie sur la table.

— Attends qu'il rétrécisse, dit l'un d'eux en articulant mal.

— Ouais, que tu puisses l'emporter le premier…, dit l'autre. Non, non. J'achète le pourcentage.

— Meuh, à quoi crois-tu qu'il est bon ?

— Je peux pas te dire avant… ah ! Attends.

Le démon au sol commença à rétrécir. Rien ne se produisit sauf que son souffle se ralentit et qu'il devint de plus en plus petit.

Lila était fascinée. Le démon, qui avait dû faire à peu près sa taille, diminua jusqu'à n'être pas plus grand qu'une salière, puis il prit un lustre poli et une apparence de pierre.

— Merde, dit le démon déplumé. Une putain de pièce d'échecs. Tu peux avoir cinquante-cinquante si tu veux. J'pensais qu'il aurait au moins fait ornement de jardin, un démon de sa classe.

— Il devait mentir depuis des années à propos de ces affaires de sorcellerie. J'ai dit que c'était un bluffeur. Putain, le fric que je lui ai donné pour des enchantements. Tout est parti en fumée maintenant, et j'aurai de la chance si on peut en faire un fou.

Le démon à plumes ramassa le pot de mixture bouillonnante et le balança de l'autre côté de la pièce où il éclaboussa le mur avant de rouler au loin. Le serveur surgit et les vitupéra d'une voix aiguë, crachant son venin.

Les démons tentèrent de s'enfuir, mais il les piégea dans une toile collante jusqu'à ce qu'ils s'acquittent d'une certaine somme. Le démon déplumé ramassa la silhouette figée de celui qui avait rétréci, en écarta quelques cafards et le fourra dans une poche à sa ceinture.

— Je le préparerai et je le vendrai. Il y a peut-être des infos sur eBay concernant ce que les humains aiment acheter. On se voit demain pour le partage.

Ils sortirent en titubant, se cognant l'un à l'autre et jurant en se tenant aux murs.

— De véritables amis, commenta le diablotin avec nostalgie. Vraiment charmant. Tout simplement charmant. (Sa voix tremblait.) Oh, une dernière chose ? Nous ne pouvons pas nous balader en ville, moi sur ton épaule comme un parasite ordinaire qui te parle à l'oreille, personne ne te vendrait quoi que ce soit. Or je pense que les rubis iraient très bien avec cette grande mèche rouge dans tes cheveux. Ça fait ressortir ton côté créatif.

La petite piqûre dans le lobe de l'oreille de Lila devint une douleur cuisante.

— Aïe ! Put…

Sa main se précipita mais le diablotin avait disparu, il n'était même plus une flamme froide. Une pierre taillée, accrochée comme un cabochon, avait percé son oreille, maintenue en place par une gemme de même taille de l'autre côté du lobe. Les doigts de Lila ramenèrent une goutte de sang. Elle entendait le diablotin presque aussi bien qu'avant.

— Alors, qu'est-ce qu'on cherche ? dit-il d'un ton ragaillardi.

— Des informations, dit Lila. Quand l'elfe Zal Ahriman est devenu un démon, quelque chose lui est arrivé. Je veux savoir quoi et comment. Et quand je le saurai, je veux faire la même chose.

— Eh bien c'est facile, murmura le diablotin. Tous les démons des sept cités savent comment on s'y prend. C'est peut-être la seule légende de chez nous qui ne déçoit jamais. Tu n'as pas à te rendre dans le souk, à moins que tu aies besoin de magie pour autre chose. Tout ce qu'il te faut c'est traverser l'Enfer.

Zal avait fait une centaine de mètres quand il entendit une voix familière derrière lui et le pas léger des faes.

— Hé ! Attends-moi.

Il se retourna, soulagé que l'allée derrière l'hôtel soit déserte… à part le robot automatique de collecte des déchets qui faisait le tour des poubelles. Poppy était rayonnante, enjouée et habillée de manière sensationnelle, à eux deux ils attireraient plus d'attention en deux minutes qu'un carambolage en centre-ville. Les vêtements discrets et le chapeau à large bord qu'il avait choisis pour passer inaperçu en Otopia étaient vains à côté de l'arc-en-ciel resplendissant des vêtements de Poppy et de ses cheveux verts.

Il l'attendit, ayant un petit faible pour elle même si elle dépassait souvent les bornes et avait tenté de le tuer en au moins une occasion. Elle avait une très belle voix.

Elle s'arrêta au mètre réglementaire de lui.

— Tu vas voir Lila, n'est-ce pas ?

Zal grimaça et soupira. Elle était maligne malgré ses tendances extrêmement blondes. Il hocha la tête.

Poppy se mordit la langue et dériva un peu, ses ailes invisibles la rendant si légère. Elle lui tendit quelque chose. Il le prit.

— Qu'est-ce que c'est ?

Le petit objet était empaqueté dans de la soie qui, déballée, révéla un pendentif en argent martelé : une spirale sur un ruban de soie gris scintillant de la lueur des glyphes magiques. C'était un bidule délicat, on aurait dit que la spirale pouvait facilement se détacher du ruban, mais Zal soupçonnait que nulle force sur Terre et certainement pas une force aussi évidente que la gravité ne pourrait la séparer de la soie. Le bijou était lourd pour son *andalune*, léger dans ses mains de chair.

— Une babiole que j'ai trouvée pour elle, dit Poppy. C'est un peu pour lui dire que Viridia et moi sommes désolées d'avoir failli vous noyer tous les deux, tu vois ?

Zal replia le tissu et mit le paquet dans sa poche.

— Je le lui donnerai.

— Ne sois pas en retard quand tu reviendras avec Sorcha, V et moi avons besoin d'argent.

Elle fit cette déclaration avec le genre de nonchalance qui signala à Zal qu'elle y accordait une grande importance.

— Je peux te faire un prêt…

— Nan, nan, reviens à temps pour l'enregistrement, c'est tout, c'est cool. Oh, et Boom m'a demandé de te donner ça.

Elle tira de la poche arrière de son pantalon un morceau de papier froissé à en-tête de l'hôtel, refusant de le regarder en face.

Zal le lui prit des mains et lut les pattes de mouche tracées au crayon.

— Qu'est-ce que c'est que cette merde ?

— Elle voulait respecter ses principes musicaux et…, commença Poppy en roulant les yeux et en se tordant la bouche.

Zal lut tout haut.

— « … n'enregistrerai pas avec une diva disco sous-vaudevillesque néoromantique même pour de l'argent facile… insulter l'esprit pur de la tradition hip-hop… esclave de la cupidité capitaliste… moins dans l'esprit du punk que dans le suintement du marketing néofasciste… retourne à mes racines dans les maisons soul-dance de Bay City… quitte ton influence corrompue pour le bien du genre… » (Il inspira profondément.) Cette programmatrice à deux sous, jalouse, chochotte et superficielle…

Poppy se mordit les lèvres.

— Elle est plutôt bonne comme DJ.

— Qu'elle aille se faire foutre. Qu'est-ce qu'elle connaît au mélange Mode-X et soul-dance, de toute manière ? Ce qu'elle fait de plus créatif c'est de sampler des morceaux des archives les moins écoutées de la Bibliothèque de l'Arbre d'Otopia ! Je peux avoir un meilleur son avec un technicien démoniaque qu'avec une putain d'humaine. Bien. Encore une bonne raison de partir. Dis à Jolene que je trouverai un remplaçant. Dis-lui que j'en trouverai deux.

— Zal…, commença Poppy d'un ton patient.

Elle allait demander un peu de compréhension de sa part en ce moment majeur dans l'histoire du groupe. Ils savaient tous deux que Boom était bonne et qu'elle était prétentieuse, qu'elle était partie et qu'il serait difficile de s'en remettre.

— Non ! (Zal froissa le mot et le jeta.) On en avait discuté. Elle allait avoir autant de marge de manœuvre qu'elle voulait pour créer un tout nouveau son et elle s'est dégonflée. Rien à voir avec ces conneries de liberté créatrice et d'histoire de la putain de musique. Qu'elle retourne faire la tournée des boîtes en vendant sa petite version des faits.

— Le truc, Zal, c'est que…

Il regarda le sourire de Poppy, qui lui servait à cacher des choses désagréables, et ses manières maladroites. Une sensation lente, lasse, d'échec l'envahit.

— Tu es d'accord avec elle, c'est ça ?

— Non, non, pas exactement. Mais on pensait tous, tu sais, que c'était nul de trop s'accrocher à l'image de Sorcha et tu as été absent pour les derniers concerts de la tournée. C'était vraiment difficile pour nous…

— Assez d'excuses ! Tu vas te dégonfler aussi, c'est ça ? Et qui d'autre ? Est-ce que je me souviens bien que tu viens de me demander de revenir vite pour que tu puisses te faire quelques billets afin de résoudre les problèmes dans lesquels vous vous êtes encore fourrées, V et toi ? On dirait bien que tu es coincée.

— Non, non, non. Tout va bien. On est prêts à le faire. Tout va bien. (Poppy s'éloigna de lui, les mains tendues devant elle s'agitant en petits gestes aériens.) C'est juste… On s'inquiète, Zal. Pour toi. C'est tout.

— Inquiète-toi pour toi-même ! rétorqua-t-il sèchement. Inquiète-toi pour trouver un nouveau DJ et inquiète-toi de tes problèmes d'argent, parce que je ne suis pas votre putain de problème !

Il pivota sur ses talons et s'éloigna rapidement, furieux. Pour une fois, il était heureux que personne ne puisse le contacter avec l'un de ces Berries que tous utilisaient comme assistant électronique à la vie sociale. Le pire était que Poppy avait raison de lui reprocher ses absences. Mais c'était de la connerie élitiste de prétendre qu'un genre musical ne pouvait pas être bon, quels qu'en soient le style ou la manière. De toute façon, elle avait doublement tort : le disco était fantastique. Il trouverait un démon, quelqu'un qui comprenait vraiment comment les rythmes pouvaient être mêlés ensemble, quelqu'un qui y croyait jusqu'au fond de son âme, comme lui.

Son irritation augmenta sa mauvaise humeur, savoir qu'il était de mauvaise humeur l'exaspéra, son exaspération le rendit nerveux et sa nervosité le poussa dans une seule et unique direction. Il marcha jusqu'à l'endroit où les hangars d'Ikea s'ouvraient sur les quais de chargement et passa le grillage pour entrer dans la propriété. Sous le bâtiment, il y avait un point de tremblement tellement puissant que Zal pouvait le sentir sans effort. Ce point se trouvait le long de la même ligne de faille que le studio d'enregistrement à Bay City, mais c'était ici que la peau entre Démonia et Otopia était la plus fine, dans un torrent d'æther pur venant de l'espace-I. La frontière de Démonia, comme la paroi d'une cellule géante, s'élevait en ondulant depuis les profondeurs de l'æther à intervalles réguliers avec une lenteur de magma. Quand Zal entra dans la zone de self-service où les étagères s'étalaient sans fin, elle s'éleva au point le plus haut dans son cycle de dix minutes et se trouva pratiquement sous ses pieds. Les caisses et les palettes de meubles scintillaient et quelques-unes furent volées par des mains démoniaques sous ses yeux. Elles disparurent du stock sans un murmure. C'était une diablerie pure, car aucun démon n'accepterait un objet produit industriellement dans sa maison.

Zal écarta les mains, libéra son corps *andalune* vers le sol, où la frontière était la plus fine, et ouvrit ce qu'il pensait être le feu intérieur de son âme. Ce n'était pas une image littérale. Qui qu'on soit, il fallait un portail pour entrer en Alfheim. Pour entrer en Thanatopia, il fallait être mort. Pour entrer en Zoomenon, il fallait invoquer et trouver un lieu où les élémentaux aimaient à se rassembler en nombre suffisant. Mais, pour entrer en Démonia, particulièrement quand on était un démon, il suffisait de se tenir proche de la frontière et de s'accorder avec le rythme hédoniste et joyeux de son propre cœur. La musique en Démonia était toujours juste et jamais bien loin.

Il eut la sensation de tomber. Cela se passait toujours ainsi, comme dans un rêve quand on rate une marche inattendue, il existe un instant de déséquilibre et de perte de contrôle pendant lequel le cœur s'arrête. Cela dura un peu plus longtemps que le rêve, mais pas beaucoup. Il sentit l'odeur du soufre et le parfum doux des fleurs d'ifriti à l'arôme de rose quand elles s'ouvrent et que leur nectar fatal, noyé d'amour, saturait chaque pétale et infusait l'air ambiant. L'Ikea d'Otopia laissa la place aux jardins de Zhanzabar. À côté de Zal, deux solides démons entassaient leurs cartons volés sur une charrette avant de s'enfuir.

— Pas de bougies parfumées ? dit l'un d'eux avec déception.

— Elles ne sont pas assez près du point de tremblement, répondit l'autre avec le ton de quelqu'un qui l'a déjà répété un millier de fois.

Zal s'éloigna rapidement des buissons fleuris et enleva sa veste et sa chemise, libérant la balise sur son dos. Il plia les vêtements et les porta à la main, le temps qu'une étincelle voletant portant les couleurs de sa maison s'approche pour offrir ses services. Il lui donna les vêtements et lui dit de faire savoir qu'il passerait quelques jours à la maison.

L'étincelle prit le paquet de vêtements dans ses longs doigts et fit trembler ses écailles et ses moustaches de joie pourpre.

— Très bien, monsieur. Tout sera prêt pour vous. Dînerez-vous à la maison ?

— Oui. Tant que l'invitée Lila Black sera là.

— Nous l'attendons. Il n'y a pas d'événement prévu ce soir. Les boissons seront servies sur la terrasse à 20 heures. Dois-je prévenir votre épouse que vous souhaitez sa compagnie ? Elle est présentement à la maison de Tartarus.

— Non, non, dit Zal. Ne la dérange pas. Mais si Zarzaret est en ville, je veux le voir.

— Comme vous voulez.

L'étincelle s'éloigna à grand renfort de battements de ses ailes draconiennes, oscillant de bas en haut sous le poids de sa charge.

L'odeur des canaux, épaisse et pourrissante, se mêlait aux parfums bien plus agréables des jardins et des traces de diverses nourritures épicées dans l'air chaud du matin. Zal inspira profondément et sentit ses oreilles picoter de tous les rejets d'æther venant de toutes les sorcelleries brûlant jour et nuit dans chaque maison et à chaque coin de rue. Pas très loin, dans une clairière d'arbres flamme-de-mort, des élémentaux de feu tournoyaient comme des moucherons sur les branches fines. Le sifflement bleu du méthane dansait au cœur des fleurs noires aux pétales de carbone. Des étincelles bleues et blanches oscillaient entre eux, goûtant à petite gorgée tandis que leurs cousins plus gros tourbillonnaient ensemble en un vortex de feu paresseux, léchant la sève noire qui s'échappait de l'écorce plate et caoutchouteuse. Une fumée noire s'élevait paresseusement ici et là.

Au centre de ce rassemblement, Zal, adepte du feu, pouvait sentir les débuts d'une conflagration. Les élémentaux à l'extérieur sifflaient pour leurs homologues aériens afin d'attirer les plus jeunes en leur sein, promettant l'élévation de la chaleur et un voyage à travers le jour lourd vers les hauteurs froides et blanches de l'atmosphère supérieure, en échange d'une concentration d'oxygène. Entre les racines de l'arbre le plus ancien, de petites flaques de fractions pétrolières tremblaient et dégageaient de la vapeur juste en dessous de la tribu rassemblée des adorateurs du feu.

De tels événements étaient relativement rares et les fleurs de feu encore plus, puisqu'on n'en voyait jamais en Otopia, à moins de traîner autour d'une caserne de pompiers en attendant l'appel. En Alfheim, cela signifiait marcher sur un volcan. Mais Démonia était riche en hydrocarbures et en formes de vie qui s'en nourrissaient. Zal pensa que cela ne ferait pas de mal de regarder et s'approcha. D'autres démons adeptes, attirés par le même présage d'une montée en puissance imminente, arrivaient du ciel ou des différentes entrées du parc. Deux d'entre eux, du même sentier de talent que Zal, des Mousa, avaient apporté des flûtes à bûcher ainsi que des soufflets.

— Longues oreilles, dit l'un d'eux à Zal alors que ses propres oreilles étaient au moins aussi grandes sous la boucle de ses cornes. Ça fait longtemps qu'on ne t'a pas vu aux réunions de la Guilde. On t'a manqué, hein ?

Sous cette attention démoniaque et à proximité des autres démons, Zal sentit la balise dans son dos se réchauffer et commencer à fleurir à travers sa peau. Les démons s'accordèrent les uns aux autres et aux rythmes des feux dansant dans les arbres, changeant lentement des rouges et des jaunes vers les feux plus ardents des bleus et des blancs. Une poussée d'énergie, première ondulation d'une promesse, fit le tour, passant de l'un à l'autre comme une torche. Elle alluma leurs balises en passant et les mages du groupe commencèrent à psalmodier des incantations aux élémentaux, attirant leur attention.

Le démon qui avait parlé à Zal sortit un sifflet à vent et souffla dedans. Comparé au petit nombre de leur espèce en Otopia, le rassemblement d'élémentaux était choquant par sa soudaineté et sa férocité. En quelques secondes, le vent fut assez puissant pour qu'il faille produire des efforts pour tenir debout. Les cheveux de Zal se soulevèrent, lui fouettant le visage et l'aveuglant. Il entendit la douce palpitation du feu dans la clairière devenir un sifflement, et, alors que les flaques s'allumaient d'une douce explosion, une vague de chaleur le poussa en arrière, vers le vent, et il se retrouva coincé entre l'air et la flamme. Le sifflement devint un rugissement féroce. Zal et les autres démons furent soudain aspirés par le tirage du feu, les mains et les vrilles espiègles des élémentaux d'air les taquinant en se jetant au cœur des flammes.

Les démons ne brûlèrent pas. L'incendie alluma le feu naturel de leurs balises qui s'étendit en nappes d'énergie incandescente, l'æther canalisé en flammes, aussi personnel que les empreintes digitales, aussi inoffensif pour celui qui en était enveloppé que sa propre peau. C'était le feu qui touchait les flammes vivantes des élémentaux tandis qu'ils se rassemblaient et s'unifiaient en une seule conflagration, se nourrissant de l'énergie des démons et de la sève des arbres, enrichie par le partage de l'air.

Une colonne de feu tourbillonnante s'éleva vers le ciel. Les démons qui possédaient des ailes la chevauchèrent aussi haut que possible et ceux qui n'en avaient pas, Zal inclus, flottaient dans la flaque tournoyant à sa base comme des nageurs, chacun rendu presque invisible pour les autres par les rideaux de plasma incandescents. De leur place, les musiciens jetèrent leurs flûtes à bûcher dont les bases enchantées envoyèrent des racines de céramique dans la source énergétique. L'air et le carburant se mélangèrent et s'élevèrent par les flûtes, sonnant deux notes vrombissantes de feu continuel à un rythme calibré par les techniciens démoniaques afin de former une courbe d'onde idoine pour une combustion maximale. Les deux tubes vibrèrent d'un son incroyable, comme une invitation pour le dieu du Feu à les utiliser comme voix.

Depuis sa renaissance, Zal n'avait jamais vécu quelque chose de ce genre. Une fois que l'incendie atteignit son point de bascule, l'énergie, pour laquelle il n'avait été qu'un conduit depuis sa connexion æthérique jusqu'au feu, inversa soudain son flux. Le pouvoir des puissants élémentaux et de ses congénères démoniaques commença à le charger d'une force énorme, stupéfiante. Zal fut simultanément conscient de deux choses. En premier, que c'était exactement ce qu'il avait espéré quand il avait remarqué les élémentaux et fait semblant de n'être que curieux. En second que c'était bien plus puissant que ce qu'il avait imaginé. Il se rendit aussi compte qu'il manquait d'entraînement et ne pouvait le gérer.

Pendant quelques instants, le trip fut joyeux, une libération miséricordieuse de la quasi-stérilité de la vie otopienne. Il ne pouvait comprendre ce qui l'avait poussé à quitter une région æthérique pour un tel lieu. Rien ne pouvait se comparer à l'incroyable vitalité de ça ! Puis, ce fut trop et ce qui avait été l'extase devint une douleur dans ses nerfs, dans son *andalune,* alors que les vibrations – des fréquences qui n'étaient pas naturelles pour son système elfique – commencèrent à perturber son flux normal. Il sentit le feu de sa balise grignoter un chemin depuis le royaume de l'æthérique vers son corps de chair. S'il ne parvenait pas à s'en décharger d'une manière ou d'une autre, le feu pouvait très bien prendre une forme différente, une forme physique, capable de le brûler jusqu'aux cendres.

À l'intérieur du vortex, il n'y avait rien d'autre à faire avec l'énergie que générer plus de flammes. Il comprit qu'il devait en sortir, puis ses pensées devinrent un brouillard de rugissements et de résonances, et une voix naquit du feu :

— Chante pour moi.

Il ouvrit les yeux et vit les cieux azur qu'il connaissait si bien. À ses pieds s'étendait le sable chaud, et l'air était transformé en vapeurs de mirages tremblotants et de couleurs de choses à moitié formées.

— Putain, de putain, de putain de merde, dit-il en se laissant tomber sur le sol.

Il était en Zoomenon.

Chapitre 10

Il y eut un instant pendant lequel Malachi sentit qu'il ne serait pas capable de continuer dans ce terrible monde intermédiaire de chaos, qu'il devait perdre la trace de ses diverses formes : humanoïde, féline, élémentaire et rêvée. Il était passé de l'une à l'autre toute sa vie, la plupart du temps selon sa propre volonté et, occasionnellement, à cause d'un enchantement lancé contre lui, mais il n'avait que récemment appris à traîner dans l'espace-I et à supporter l'inconfort de ne pas résoudre son état à une organisation définie. Le désir, l'instinct de survie, qui le poussait vers une telle résolution était incroyablement puissant. Cela le déchirait, une peur sèche qui le fouillait tout le temps, plus il reculait sa gratification. Cela empirait parce qu'il ne pouvait rien voir, à part les masses indistinctes de l'æther changeant et l'empreinte occasionnelle d'un fantôme au milieu. Si Calliope le lâchait dans cet endroit, où la plupart de ses sens étaient inutiles, où il ne pouvait même pas déterminer une direction, il était persuadé qu'il serait perdu pour toujours. Intellectuellement, il savait qu'il lui suffisait de choisir une forme et qu'il en était capable à chaque instant mais, plus longtemps il attendait, plus il doutait d'en être capable.

— Sors ! lui dit Jones d'une voix qui entra dans son esprit par une vague æthérique.

Il n'avait besoin d'aucune autre commande.

Les manipulations de Jones avaient altéré le point de sortie. Bien qu'il ait pris le même point de départ – son bureau en Otopia –, il s'était transféré vers une autre portion de l'espace-I et se trouvait actuellement dans un lieu différent de lors de sa tentative précédente, qu'il ne reconnut pas immédiatement. Rien de surprenant à cela : il ne pouvait voir qu'une série de pièces désordonnées pleines d'équipement étrange et vrombissant, des ordinateurs et d'autres équipements qui lui rappelaient les hauts faits ésotériques de l'ingénierie démoniaque. Jones se tenait devant lui, souriante, et lui désignait le désordre avec fierté.

Malachi s'éloigna du seul cercle libre d'objets et une tasse en papier s'écrasa sous ses pieds. Derrière lui, il entendit le souffle et les mouvements de plusieurs autres qui arrivaient dans la réalité quadridimensionnelle avec des effluves d'air frais et des odeurs de plages froides.

— Bienvenue, dit Jones, au seul et unique Centre de recherches sur les fantômes.

Les silhouettes d'un démon, de deux autres faes et d'un elfe de l'Ombre passèrent devant Malachi avec l'expression préoccupée des scientifiques concentrés sur un problème important. Avec beaucoup d'énergie, ils se mirent au travail à différents endroits sur différentes choses. Ils parlaient à peine, mais se déplaçaient avec aisance et économie, s'aidant les uns les autres dans leurs tâches. Malachi frémit. Il se dégageait d'eux l'étrangeté indéfinissable commune aux hommes des fissures, quelque chose de hanté, comme s'ils possédaient des informations sur la réalité trop maladroites et trop horribles pour les partager.

— Où est-ce ? demanda-t-il.

Le sourire de Jones s'élargit.

— Nulle part, dit-elle. C'est une île qui flotte dans les profondeurs d'æther de l'Interstitiel. Un lieu créé et maintenu par une intention constante. (Elle désigna les murs gris pâle.) En voici les limites.

Ce que Malachi avait pris pour du béton et du plâtre était la frontière de leur minuscule monde. Il regarda autour de lui.

— Intention, comme dans *enchantement* ?

— L'intention est la pierre angulaire de l'enchantement, la racine, dit Jones. Cela vient avant. L'intention seule est suffisante en espace-I. Nul enchantement ne peut repousser la région æthérique.

— Mais…, commença Malachi. (Il avait toujours compris que, oui, l'intention venait avant la plupart des choses, naturellement, mais comment pouvait-elle être plus puissante que l'enchantement ?) Les souhaits n'ont jamais pu altérer un état de fait…

— Le genre d'intention que nous utilisons ici est hautement concentré. Cela demande une attention constante et active. (Jones lui fit signe de la suivre et il obéit, enjambant des sacs et du matériel cassé, des caisses d'instruments non identifiables, des vêtements, des ordures.) Personne ne serait capable de créer une telle stabilité, alors nous avons notre Gardien. Celui-qui-Attend. (Elle désigna une caisse grise.) Ici, le temps æthérique est trop puissant pour qu'un enchantement survive. La désagrégation de l'organisation vers l'entropie, qui affecte tous les sorts, est tellement violente que même les sorciers les plus puissants ne tiendraient pas longtemps face à l'érosion. Comme toute énergie dans l'univers matériel cherche à devenir stable par une transition vers l'état du fer, l'æther au contraire cherche toujours à devenir instable par des transitions vers l'énergie pure. L'énergie matérielle et l'énergie magique sont des forces dynamiquement opposées.

— Qui se battent pour l'équilibre ? demanda Malachi.

— Ce n'est pas connu. Nous ne sommes pas convaincus que les deux systèmes interagissent dans le sens dont tu parles. Mais notre recherche se concentre sur l'æthérique et, dans ce domaine, nous sommes sûrs que le chaos est l'état de base de la nature.

Des câbles entraient et sortaient de la caisse, rassemblés par des liens crasseux. Il n'y avait qu'un écran : un groupe de chiffres digitaux qui montaient et descendaient de quelques millièmes toutes les deux secondes environ.

— Qu'est-ce que c'est que ça ? demanda-t-il.

— L'IA se concentre sur le maintien de notre espace et de notre intimité, dit Jones. C'est tout ce qu'elle fait. Sa volonté forme les murs. C'est un programme d'intention qui ne tourne que sur une seule machine. C'est plutôt simple, en fait. C'est à peine une IA. Mais tant que le générateur tient, elle n'a pas besoin de repos et sa concentration ne varie qu'à peine, comme tu peux le voir, selon le flux des électrons et des perturbations mineures qui interviennent dans ses circuits.

Elle l'inspecta d'un air péremptoire et conduisit Malachi plus loin, passant devant un tas de sacs fermés et d'objets personnels, dont il devina qu'ils appartenaient aux individus rassemblés dans le centre, leurs sacs de couchage et leurs matelas, leurs oreillers, leurs vêtements, et ainsi de suite.

— Vous vivez ici ?

— Oui. (Elle donna un coup de pied à un tas de manteaux et entra dans une petite pièce heureusement libre de tout désordre. Il y avait là une unité de cuisine fonctionnelle et l'endroit était aussi propre que le reste du centre était bordélique. Il y avait un planning de nettoyage en rouge collé au réfrigérateur.) C'est ici qu'on mange et qu'on boit, debout parce qu'il n'y a pas de place. On ne mange pas près des machines… (Malachi trouva cela difficile à croire.) Tu pourras trouver de la nourriture otopienne dans ce placard et ici… Et la machine peut te préparer la boisson de ton choix. La salle de bains est ici… (Elle passa le seul encadrement doté d'une véritable porte et alluma une pièce d'eau exiguë avec un trou au sol et un pommeau de douche.) La pisse et tout ce que tu veux passe dans le trou, tout, en fait, passe par le trou…

— Et ça va où ? demanda-t-il.

— Tu ne veux pas le savoir, dit-elle en éteignant la lumière. Bon, tu n'as pas d'équipement, mais on dort chacun son tour, alors tu n'as qu'à te choisir une couchette où tu veux et…

— Attends une seconde, dit Malachi. Tu prévois un séjour de combien de temps ?

Jones mit ses mains sur ses hanches et envoya ses cheveux dans son dos d'un mouvement de tête.

— Tu dois comprendre plusieurs choses importantes. Elles ne sont pas exactement prévisibles, comme les systèmes météo, mais elles sont assez fiables, comme les tornades. Nous savons que certains lieux et certains moments sont favorables à leur apparition. On peut raisonnablement penser que tu ne devrais pas rester plus de deux semaines.

— Semaines, haleta-t-il, comme s'il riait. Je suis toujours au boulot. (Il regarda sa montre.) Je ne quitte pas mon bureau avant cinq heures encore… Je ne peux pas rester aussi longtemps.

Calliope le dévisagea, sans bouger. Ses yeux gris et froids étaient comme du granit. Ils le traversaient. Elle fut sèche :

— Si tu veux savoir ce qui en vaut la peine, tu restes.

Il était clair qu'elle était tout aussi prête à partager ses connaissances qu'à le laisser partir. Elle n'en avait rien à faire, mais elle perdrait rapidement patience. Elle avait déjà l'air de penser qu'il lui faisait perdre son temps et son côté hanté, concentré était… féroce. Il était parfaitement chat, mais il n'appréciait pas cet aspect chez autrui.

— Quelque chose à propos des Autres ? se couvrit-il.

— Et du reste, dit-elle. (Et elle ajouta :) Nous utilisons nos propres fonds et nos propres règles. Personne ne sait ce que nous savons. Personne. Pas une seule agence, pas un seul gouvernement. Tu sais pourquoi ? Parce qu'ils sont trop occupés à s'inquiéter les uns des autres pour s'inquiéter de l'espace-I. Mais ils devraient s'en inquiéter. Vraiment.

Malachi commençait à en voir la raison.

— Tu veux que j'attire leur attention.

Elle hocha la tête.

— C'est le marché, mon minou. Je t'aide avec tes problèmes, tu nous aides à obtenir mieux que cette opération minable, sans qu'on cherche à nous récupérer.

Il se rendit compte que le regard de tous les autres se focalisait sur lui. Bien entendu, l'æther répondait à une intention aussi prégnante… Qui pourrait résister à la demande de tant de volontés concentrées ? Il était lui-même æthérique et leur compulsion était forte, mais il avait de l'entraînement et il put se détacher du besoin d'obéir.

—Et si je ne peux le faire ? Je suis loin d'être un joueur important. Tout dépend des preuves que j'apporterai…

Les yeux de Jones passèrent d'un collègue à un autre, cherchant leurs réactions. Elle ramena son regard sur lui.

—Nous t'obtiendrons tes preuves.

Il aimait la sensation de sa conviction. Il suivait toujours son instinct.

—On y va.

—Alors, dit le diablotin à l'oreille de Lila alors qu'ils arrivaient devant l'entrée du souk. Où chercherais-tu les meilleurs mages ?

Lila resta clouée sur place. Le souk d'Yboret se trouvait dans une partie particulièrement belle de Bathshebat, le vieux centre-ville autour duquel la cité s'était étendue. L'architecture démoniaque, comme tout ce qu'entreprenaient les démons, était somptueuse et, ce qui étonnait toujours Lila, exquise. Le style ancien datait d'une période artistique de grande diversité et de grande imagination, mais se démarquait par une préférence spartiate en ce qui concernait les matériaux et l'ingénierie. Mille ans auparavant, les vues sur la magie et les sciences matérielles étaient très différentes des courants dominants actuels. Alors qu'aujourd'hui, les démons inventaient et recherchaient joyeusement dans les deux disciplines, à l'époque les deux manières de manipuler et de découvrir le monde étaient soigneusement séparées sans que les spécialistes de l'une ou de l'autre envisage l'alternative. Les bâtiments domestiques et civils étaient tous des produits de l'ingénierie matérielle. Dans les parties les plus anciennes du souk, les matériaux utilisés étaient des substances naturelles de la région : du bois pétrifié, de l'ébène, de la pierre volcanique et des bétons fabriqués localement dans de nombreuses couleurs. Plus tard, expliqua avec orgueil le diablotin à Lila, on avait importé de la pierre, du bois et des métaux du monde entier, ce qui avait permis la construction des bâtiments magnifiques devant lesquels elle se trouvait, aussi riches à leur manière que des maisons aux trésors.

— Le souk est le Joyau de Démonia, dit le diablotin avec respect. C'est le produit d'un âge ancien, mais un âge de pouvoir esthétique énorme et d'intégrité spirituelle remarquable.

Lila admirait les structures qui évoquaient des arbres, des animaux et d'autres éléments naturels alors même que les bâtiments étaient géométriquement parfaits et conçus de manière mathématique. Les bâtiments des démons étaient une symphonie pour les yeux.

— Cela me rappelle quelque chose, un architecte otopien…

— Antoni Gaudi, dit le diablotin avec tendresse, la tête penchée sur le côté. Bien sûr, nous avons murmuré dans son oreille comme dans celle de bien des représentants de ton espèce tout au long de votre histoire. Mais nous avons de nombreuses raisons d'être reconnaissants aussi de leur inspiration.

Lila tenta de se tourner vers son petit visage très laid ; le diablotin souriait, béat.

— Vraiment ?

— Oui, nous et les autres.

— Quels autres ?

— Les autres des autres races, je veux dire. Maintenant, comme tu peux le voir, nous sommes devant le Palais des Sept Saisons. C'est là que tu trouveras les meilleurs mages. Nous ne sommes pas aussi arriérés qu'en Alfheim où les plus doués cherchent à se cacher derrière une fausse humilité, les robes de bure, les vêtements de mortification et les monastères. Non, en Démonia, si tu vois quelqu'un qui a l'air puissant, impitoyable et féroce, tu peux considérer qu'il l'est, car nous sommes fidèles à notre apparence. Nous sommes assez honnêtes.

— Ce que tu vois est ce que tu as, dit Lila tandis que Tath grommelait en elle à propos de gâchis et de superficialité.

Tath était bien trop nerveux pour se déployer, voire pour sortir ne serait-ce qu'une phrase intelligible, et elle en était étrangement contente, même si elle s'efforçait de ne pas le montrer pour ne pas le blesser.

— Exactement, dit le diablotin, sauf dans mon cas, bien sûr.

— Bien sûr, opina Lila sans lui accorder le moindre crédit. Bon, je dois faire quelque chose de cette elfe de l'Ombre avant d'aller en Enfer. Quelle est ma meilleure option ?

— La mort est trop belle pour une telle créature, surtout que ses tentatives d'assassinat étaient plutôt minables.

— Je ne vais pas la tuer.

Elle décrivit brièvement ce qui s'était produit avec sa prisonnière.

— Tu pourrais faire pire que la torturer devant la dame qui a organisé la fête à laquelle tu as eu la chance d'être agressée. Un tel geste t'insinuerait dans ses bonnes grâces et dans celles de sa maison, et donnerait une bonne image du fils qui a attrapé l'elfe pour toi. Tu rehausserais ton prestige dans la société démoniaque en montrant tant de politesse, et ta dureté comme ta volonté d'avancer seraient très bien vues. Évidemment, tu ne feras rien de la sorte vu que tu es humaine et qu'il te manque désespérément le sens du décorum. C'est pourquoi la seule solution qui serait tolérée dans la société, sauverait la face de la famille de tes hôtes et montrerait ta reconnaissance serait d'acquérir un enchantement qui attacherait cette chose à ton service pour une période raisonnable. Disons pas plus de cent ans.

— Esclavage ! dit Lila en sentant un terrible poids s'abattre sur ses épaules.

— C'est la seule solution civilisée et acceptable pour quelqu'un comme toi, déclara le diablotin en hochant la tête. Puisque j'imagine que tu refuseras de la vendre.

— Ne pourrais-je pas la bannir de Démonia pour l'éternité ?

— Ce serait la voie du couard, dit le diablotin avec mépris. Cela démontrerait une faiblesse qui te transformerait en proie. Je doute que la famille de tes hôtes puisse te protéger, même s'ils le souhaitaient. (Son ton indiquait qu'il en doutait fortement.) Si tu veux, pour adoucir les choses, tu peux le voir comme une addition à ta famille. Comme moi, par exemple. Elle pourrait être une sœur pour toi et moi...

— Tu es une contrariété ! dit fermement Lila, rejetant l'idée avec une horreur absolue.

Tristement, la suggestion du diablotin était validée par les données dont elle disposait sur la culture démoniaque. Elle y avait songé et il ne faisait que le réaffirmer, ce qui la mettait en furie. L'elfe craignait probablement la même chose et se donnerait la mort à la moindre occasion. Lila serait tenue par l'honneur de la protéger. L'elfe, bien que désireuse de tuer Lila, serait tenue de *la* protéger par un enchantement æthérique. Et puisque Lila ne pensait vivre cent ans, cela durerait toute sa vie.

— Tu pourrais éviter cet embarras et cette irritation en remettant ta prisonnière à la famille de l'hôtesse, observa le diablotin d'un ton dégagé en examinant les minuscules griffes de ses doigts et en les polissant sur le col de Lila. Facile comme bonjour.

— Et que feront-ils d'elle ? demanda Lila, espérant contre tout espoir que ce ne serait pas si mal.

— Ils pourraient montrer de la miséricorde pour ton humanité et se contenter de la manger.

— Qu'ils aillent se faire foutre ! s'exclama Lila.

— Après, sans aucun doute, soupira le diablotin. Bon, allons-y, héros ! Combien as-tu d'argent ou de biens à échanger ? Qu'es-tu prête à offrir et qu'est-ce qui n'est pas négociable ? Avec quoi allons-nous travailler ?

— Trouvons d'abord ce dont nous avons besoin, dit Lila, sinistrement. (Elle ne voyait pas comment sortir de la situation.) Tu te caches. C'est moi qui parle.

— Si je peux me permettre..., commença le diablotin.

Lila brancha son gantelet gauche et exposa les montants de ses doigts pour servir de conducteur. Des étincelles électriques crépitèrent à leur pointe. Elle avança lentement la main vers son épaule.

— Bien sûr, dit le diablotin, modestement.

Une douleur perçante traversa de nouveau le lobe de l'oreille de Lila, puis il n'y eut plus de diablotin mais une pierre rouge sang qui murmurait directement dans son cervelet. *La même méthode que Tath*, pensa Lila avant de se résoudre au silence, attendant de voir si le diablotin avait intercepté ses pensées comme pouvait le faire le nécromant. Mais il n'y eut pas de réponse et elle ne pensait pas que la créature aurait été capable de résister, Lila paria donc que cette télépathie restait unilatérale. Encore une chose à archiver dans son IA pour que quelqu'un d'autre s'en inquiète.

La porte du souk était une ouverture hexagonale dans les vieux murs épais de pierre volcanique rouge. La pierre était usée et pleine de trous, elle ressemblait à une éponge. L'entrée était décorée d'un rideau de perles géant.

— Chaque perle est unique, murmura le diablotin-boucle d'oreille avec le ton fier d'un guide touristique. Ce sont des têtes miniaturisées, des dents, des os gravés, des baies séchées, de petits bouts d'aluminium en forme de minuscules voitures de course... Regarde, tu n'en trouveras pas deux pareilles, je te le garantis.

Lila tendit la main pour écarter doucement quelques fils du rideau qui cliquetait, balancé par le vent.

— Ne me dis pas, si je veux revenir en Démonia, qu'il faudra que j'ajoute une perle...

— Seigneur non ! hoqueta le diablotin. Ce sont les perles des damnés, façonnées de leurs propres mains avec leurs objets personnels favoris, avant qu'on les conduise à l'exécution par le feu ou l'épée.

— Oh !

Lila passa au travers du rideau plus vite qu'elle l'avait souhaité et essuya sa main sur sa jambe sans s'en rendre compte.

— C'est un mécanisme antivol du plus haut enchantement, ajouta le diablotin. Essaie de passer dedans avec des objets volés et il arrachera ton esprit de ton corps et le réduira en charpie. Les esprits des damnés sont miniaturisés et ajoutés aux perles ; s'ils parviennent à amasser assez d'énergie des voleurs et autres brigands, ils peuvent un jour se libérer et rejoindre les sombres berges de Thanatopia. Sinon, ils restent un rideau pour les siècles des siècles, amen.

Une telle banalité après une vie de grands drames et de sacrifices… Hmmmm… On ne pourra jamais reprocher aux démons de ne rien comprendre du romanesque.

De l'autre côté du rideau, le souk était un labyrinthe de rues larges, d'allées étroites et de venelles étriquées qui formaient un maillage de trois filets juxtaposés. Si Lila n'avait pas eu son IA pour lui fournir une carte et la guider, elle se serait perdue après moins de dix pas. Lila laissa donc ses systèmes embarqués dessiner une ligne verte sur sa minicarte interne, se contentant, elle, de se balader. Tath était un poing serré de fureur autour de son cœur.

Elle remarqua vite qu'il y avait de nombreux faes, par deux ou en groupe un peu partout et dans chaque magasin. Ils se déplaçaient sur d'étranges trajectoires, pour éviter différentes magies ou se laisser attirer par elles, probablement. Lila, elle, faisait bien attention de rester au centre des allées. Toutes choses imaginables étaient à vendre. Elle se força à afficher de l'indifférence pour les animaux vivants ou morts, les choses séchées ou conservées dans des bocaux, les fragments qu'elle ne pouvait identifier que comme otopiens, et même humains. Elle laissa la logique de l'IA couvrir ses émotions tandis qu'elle avançait doucement, filmant tout ce qu'elle voyait, enregistrant chaque conversation, l'analysant, la traduisant, l'archivant. Elle était une bibliothèque ambulante qui n'avait pas à se soucier de ce qu'elle voyait. La répulsion de Tath était suffisante pour deux. Une partie d'elle s'accrochait à lui, ce qui lui permettait de flâner tranquillement pour une rencontre touristique avec l'ésotérique qui virait au catalogue d'horreurs. Il y avait des choses magnifiques, des bijoux et des objets précieux, des armes, des trésors… Ses yeux passèrent dessus comme ils étaient passés sur les mains coupées, les chairs rétrécies de crânes antiques, les enfants de toutes espèces flottant dans l'amnios du formol et de l'alcool æthérique.

Lila marchait à pas fluides, mais elle était glacée à l'intérieur. Si le diablotin avait parlé, elle se serait arraché l'oreille et l'aurait écrabouillé. Mais peut-être sentait-il sa haine, car il n'en fit rien et Lila se prit à regretter de ne pas pouvoir exercer une rétorsion cruelle sur lui. À présent, son admiration légèrement troublée pour les démons devint une émotion beaucoup plus complexe qui s'étendait à tous les utilisateurs de magie. Un préjugé qu'elle ne se connaissait pas et une peur dans laquelle elle ne croyait pas grandirent à partir d'une petite graine pour prendre racine en elle. Sa gorge s'assécha et se contracta. Comment avait-elle pu se laisser attirer par le glamour bon marché et superficiel de l'univers des démons ? Tout leur art, leur dévotion pour la beauté, la recherche, la grandeur intellectuelle et spirituelle, leur enthousiasme pour le sublime… mais en dessous de ces gloires ils avaient oublié de lui parler de *ça* !

Et Zal était l'un d'eux.

L'intérêt qu'elle avait pu avoir pour son expédition dans le souk, pour la quête d'un sort qui l'aiderait avec son ridicule prisonnier elfique, devint insignifiant. Que cette femme stupide se débrouille seule dans la Maison Ahriman ou qu'elle se laisse mourir de faim ! Elle avait signé son propre arrêt de mort le jour où elle avait décidé de tirer sur Lila.

Et Sorcha… Lila pouvait difficilement croire qu'elle ait pu ressentir une telle intimité, une telle amitié… Tout cela était faux, tout participait du mensonge qui masquait la laideur et la véritable nature de la magie démoniaque. La violence et les conspirations d'Arië, quand elle avait tenté d'utiliser Zal pour détruire les liens entre Alfheim et les autres royaumes, atteignaient à peine la lisière du mal, comparées à ce trafic quotidien et désinvolte. Arië, aussi tordue qu'elle soit devenue, était une véritable sainte. Il n'était pas étonnant que les elfes méprisent les démons et les qualifient d'irrémédiablement corrompus.

Lila tenta de toutes ses forces, avec l'appui de toute sa machinerie, de trouver une explication qui pourrait minimiser ce cauchemar, mais elle ne trouva rien, nulle part. C'était comme si, en passant le rideau, elle était entrée dans une autre réalité. Elle se demanda si, au cas où elle aurait posé la question, Sorcha aurait essayé de le cacher. Les guides touristiques incluaient-ils une visite du souk ? Lila aurait aimé en rire pour ne pas éprouver la douleur de ne pas pleurer. Elle avait l'impression de tomber dans un trou sombre, profond, et que le cercle du monde connu, toujours lumineux au-dessus d'elle, se rétrécissait. C'était lent mais inexorable, elle pouvait déjà voir l'instant où il n'y aurait plus qu'un point dans lequel rien ne serait décelable. Pour la première fois depuis son réveil après que la magie de Dar l'avait réduite en morceaux, elle sentit que même ce point pouvait un jour disparaître.

— Ce n'est pas le moment de faire une crise existentielle, murmura le diablotin. Tu es proche de la clairvoyance de Madame des Loupes. Sa maison est au coin et l'acuité de sa vision est connue pour être irréprochable. Si tu attires son attention, un phénomène de foire aussi magnifique que toi n'y échappera pas…

La panique poignarda Lila à la poitrine. Elle s'arrêta au milieu de la rue. Un fae la heurta, renifla et la contourna tout en marmonnant quelque chose de lugubre. Lorsqu'il se tourna pour la foudroyer du regard, elle remarqua que ses pupilles n'étaient que des pointes d'aiguille au centre d'un champ bleu. Il s'essuya le nez et s'éloigna en titubant légèrement, son esprit distrait par autre chose. Elle prit alors conscience que de nombreuses personnes se comportaient ainsi partout dans la ville. Elle aurait pu considérer que prendre des drogues et élargir les limites de la conscience de toutes sortes de manières faisait partie du tissu de la vie démoniaque. Elle aurait même supposé qu'ils étaient différents des humains, capables de se contrôler, plus éclairés, mieux éduqués, qu'ils savaient ce qu'ils faisaient et ce que cela signifiait. Mais ce qu'elle voyait n'était pas un explorateur faisant un trip excitant dans le pouvoir æthérique, c'était un toxicomane en proie à sa compulsion, perdu en lui-même.

— Que *fait* Madame des Loupes ? demanda-t-elle, reconnaissant à peine le son de sa propre voix. C'est quoi son truc ?

— Tu ne veux pas la voir, dit le diablotin avec conviction. Nous avons besoin d'un lieur. Tourne à gauche ici. C'est une prophétesse.

— Et que voit-elle ?

— Les âmes, dit le diablotin, mal à l'aise. Quand elle te regarde dans les yeux, il n'y a rien que tu puisses lui cacher. Elle est capable de parler de ton passé avec une exactitude parfaite, et de ton futur avec une grande perspicacité, car elle voit ce que tu es et ce qu'on peut te faire devenir. Elle possède des alliés qui adorent faire de grandes choses avec des matériaux pauvres et qui vont tenter de t'enrôler. Elle voit des potentiels partout, ce que tu pourrais être et qui. Cela peut sembler fascinant, mais je dois te prévenir que ce n'est pas quelque chose à prendre à la légère. Madame sait trop de choses sur trop de choses et, bien sûr, son savoir est pouvoir. Ceux d'entre nous qui avons des secrets ne nous aventurons pas plus loin que le bout de sa rue. Et même ainsi, qui peut dire ce qu'elle sait de nous ? Ici, nous la traitons comme une déesse, de peur qu'elle nous trahisse.

— Qu'elle vous trahisse ?

— Madame est si vieille. Dans sa jeunesse, elle a été la présidente de notre monde, la tête du gouvernement. Rien ni personne ne lui échappait. Sous sa direction, nous réussissions dans toutes nos entreprises. Mais, avec le temps, elle s'est éloignée des responsabilités et de ses devoirs pour rejoindre l'abandon imprudent de l'âge adulte. Sa Précepture accumulait un grand pouvoir par le commerce et par les combats qu'elle avait prédits à son avantage. On ne peut pas la tromper. Et elle n'était plus limitée par aucun scrupule. Alors, un groupe de sorciers a créé un lien qui l'oblige à rester chez elle. S'ils n'avaient pas réussi à la contenir, elle aurait réduit notre monde en esclavage aussi facilement qu'elle l'avait dirigé avec justesse.

— Mais elle ne l'avait pas prédit ? demanda Lila.

— Elle l'a permis, répondit le diablotin. Elle savait ce qu'elle pouvait devenir. Elle voyait cela par-dessus le reste.

Lila en ressentit une admiration réticente.

— Peut-être que cela servait son but ultime.

— Il faut considérer cette possibilité..., concéda le diablotin. De toute façon, elle est la plus vieille d'entre nous et elle ne montre aucun signe de pétrification. D'autres démons prennent de l'âge en utilisant leurs pouvoirs et se transforment en pierre. C'est le prix à payer pour métaboliser l'æther. Mais les contraintes imposées sur elle l'ont préservée de ces dommages entropiques. Année après année, sa force augmente et elle ne faiblit pas. Tu devrais tourner à gauche.

Pendant qu'il parlait, Lila regardait la maison, droit devant elle. Celle-ci possédait une véranda au premier étage avec une balustrade ornementale couverte de vignes luxuriantes. *C'est comme une cage à oiseaux*, pensa-t-elle. Et, effectivement, un oiseau y apparut : une silhouette féminine délicate avec la tête d'une corneille et les ailes d'un colibri, qui posa sa main élégante sur la balustrade. Elle tourna la tête, et son unique œil, noir, se posa directement sur Lila. Les pensées de Lila furent rejointes par d'autres, comme une voix parlant à l'unisson… C'était l'oiseau dans sa cage. Puis la nouvelle voix poursuivit seule :

— *Pour entrer en Enfer, tu dois trouver celui qui ouvre, le faiseur de portails. Quand tu n'en auras pas trouvé un autre, trouve-moi.*

— Gauuuuche ! gémit le diablotin. Elle regarde par ici.

La démone tourna sa tête de corneille pour regarder en bas, vers la place où quelques corbeaux ordinaires se promenaient, les yeux levés, tournant la tête d'un côté puis de l'autre, attendant qu'elle leur jette ce qui ressemblait à des copeaux de viande, sur lesquels ils se jetèrent dans une tempête d'ailes. Lila aperçut une traîne de plumes de paon alors que Madame des Loupes rentrait à l'intérieur et fermait les volets.

— Est-ce qu'elle a… ?

— Non, dit Lila. Je crois qu'elle ne faisait que nourrir les oiseaux.

— Ils sont ses yeux et ses oreilles. Il y en a partout. Fais toujours attention, quand tu discutes business, de ne pas le faire en présence d'un corbeau.

» Et maintenant, il nous faut un liant, un liant, un liant…

— Alors, choisis quelqu'un, dit Lila.

Elle était sur le point de trouver une excuse et de demander au diablotin de tout faire pour elle. La vision des oiseaux se jetant sur les morceaux de chair et les déchiquetant de leurs becs l'avait presque poussée à abandonner et elle ne savait pas pourquoi. Elle avait vu bien pire. Elle avait fait des choses bien pires sans même sursauter.

Un ombre passa sur son épaule, une tache fraîche sur sa peau nue où le rembourrage d'épaule de son gilet de combat rencontrait la manche courte en filet. Ce fut le seul avertissement, mais son instinct et l'IA lui intimèrent de bouger. Elle se déhancha, pivota et plongea dans un arc qui la plaça sous la protection du bâtiment le plus proche. L'attaque la manqua d'un millimètre. Elle sentit un souffle d'air alors que la lame tournoyante frappait le pavé et se brisa en éclats. Elle aurait été touchée au cou : un tir juste et hardi ; mais elle sentit que le cœur n'y était pas, qu'il s'agissait presque d'une distraction.

En alerte totale, ses sens IA balayèrent la zone pour détecter l'assaillant et mesurer les réactions à l'incident. Avant d'avoir libéré les ports de tir dans ses avant-bras, elle savait que le démon qui l'avait distraite depuis les airs n'était pas seul.

C'était une petite créature aux ailes agiles qui fuyait la scène à toute vitesse. Lila ne prit pas la peine de lui tirer dessus. Les autres approchaient par groupes de deux ou trois depuis chacune des artères menant à la maison de Madame des Loupes. Sur les toits, trois silhouettes, allongées près des tuiles, se mouvaient avec l'agilité d'araignées sur les angles aigus et les contreforts. Ils convergeaient vers elle avec un but très clair : la coincer dans l'une des voies sans issue proches de la place. Dans le ciel, rien moins que cinq créatures tournoyaient dans le trafic de l'après-midi et descendaient en flottant. Le peu de piétons innocents semblait bouger plus lentement, plus paresseusement. Il n'y en avait pas assez pour la protéger.

L'ombre de l'énorme dirigeable de la ligne centrale passa lentement au-dessus d'elle, la plongeant dans un brouillard soudain de publicité mystique : mots et images flottèrent vers elle avec parfums et sons comme dans un rêve…

« Vous avez besoin d'un nettoyage, utilisez les poudres à polir Rapstallion. Pour toutes les couleurs d'écailles et de chitine. Sans éraflures. Sous réserve d'utilisation correcte. »

« Pas cher, joyeux et toujours prêt. Punty Maroon's Downhouse Tavern *sert la viande surprise du moment… à tout moment ! »*

« Baiser de la mort… »

Cette dernière réclame n'était qu'une sensation de froid s'approchant sous l'aspect d'une femme aux cheveux noirs et aux lèvres pourpres qui se penchait sur Lila, suivie d'un fondu au noir…

Lila bougea au dernier moment, traversant l'allée étroite à la même vitesse que l'ombre. Elle n'avait pas le temps de planifier. Elle tendit les deux mains, paumes en avant, et transforma sa peau artificielle en enceintes pour émettre des vagues de son selon un motif spécifique et les lire quand elles lui revinrent. Puis elle serra les poings, affermit sa position et frappa le mur. La pierre démoniaque était friable et fragile comme de l'os, et elle céda. Lila agrandit le trou avec ses épaules, sentant sa peau se déchirer, et s'y glissa. Dans un nuage de poussière, elle émergea dans un espace mal éclairé saturé d'encens. Quand le dirigeable passa son chemin et que le soleil baigna de nouveau l'allée, elle était dans la troisième pièce de la maison-mage et franchissait chaque porte qui attirait son regard.

Des démons et d'autres créatures bougeaient dans la lumière tremblotante de lampes et de bougies. Des mages et leurs clients s'interrompaient sur son passage, tandis que d'autres restaient tellement concentrés qu'ils ne la virent pas passer. Mais, comme elle s'en était doutée, elle déboucha dans une dernière pièce sans issue. Dès qu'elle en franchit le seuil, elle sut qu'elle avait fait une erreur.

Les démons furieux qui la suivaient s'immobilisèrent à l'entrée de la pièce et firent demi-tour sans un mot. La pièce ne possédait qu'une lampe qui dégageait une lueur violette à peine suffisante pour qu'on y voie quelque chose. Elle était grande et sentait le musc. Il n'y avait pas d'encens. Des couleurs se déplaçaient sur les murs, aussi proches du noir que possible. Elles bougeaient selon des motifs qui dessinaient des symboles et les défaisaient, créant des images comme par accident en se rencontrant. D'abord, Lila pensa que la pièce était vide, puis, dans le coin le plus obscur, elle perçut un mouvement et le miroitement de la lumière lilas glissa sur un corps sombre, un picot, une écaille puis la surface d'un œil d'un noir d'encre.

— *Tire-toi !*

Il y avait si longtemps qu'elle n'avait pas entendu la voix de Tath qu'elle se figea de surprise. Puis elle entendit le sifflement d'une longue inspiration par des narines étroites et raffinées et quelque chose de fugitif, un voile d'esprit, caressa son épaule où la peau était à vif. Sur le mur devant elle, les couleurs devinrent une image d'une clarté soudaine.

— *Tire-toi* MAINTENANT *!*

Mais elle ne pouvait pas bouger. Elle était figée, hypnotisée par l'image de sa mère devant l'évier de la cuisine. Celle-ci était en robe de nuit et ses mains tremblaient. Dans l'une d'elles, elle tenait un verre, et elle ouvrait un flacon de médicaments de l'autre. Lila savait que c'était en 2014, l'année avant la Bombe-Q, qu'elle était une fillette et que c'était la nuit de la mort de grand-maman. La radio passait de la musique classique : *Clair de Lune*. Elle détestait ce morceau.

Sa mère la regarda, à travers le temps, à travers la nuit. Elle vida le flacon de médicaments dans l'évier. On n'en avait plus besoin. Les pilules cliquetèrent dans la cuve métallique, exactement le même son que cette nuit-là. L'eau jaillit du robinet automatiquement, les envoyant dans le broyeur qui produisit un son semblable à celui de dents qui grincent. Les couleurs étaient si sombres que les yeux de maman étaient des puits d'obscurité, sa bouche une tranche noire, comme les traits d'un crâne.

— *C'est l'un de tes moments clés*, claqua la voix de Tath, froide et puissante, comme un ordre que Lila était heureuse d'entendre. *Fous le camp avant que l'ancre se crée. Pense à une autre époque de ta vie.*

Parce que l'association était évidente, elle songea à la nuit où ils s'étaient rencontrés, à la nuit de sa mort… Sa mère disparut, remplacée par un corps pâle avec une lame dans la poitrine…

— *Pas ce moment-là !*

Mais, à présent, par son IA et par sa propre intuition, elle savait qu'elle était tombée sur un nécromant. Les données otopiennes sur les nécromants se limitaient à une liste de noms et à quelques spéculations. Même Tath, en qui elle commençait à avoir confiance, en dépit de toute règle de l'espionnage, n'avait rien révélé de sa profession, sauf en massacrant le frère de Teazle. Le corps pâle s'était déjà dissous, remplacé par les membres tordus du démon, et Lila avait la sensation d'être couverte de sang visqueux.

— *Pas celui-là non plus.*

Elle comprit. Rien qui implique la mort. Pourtant, dès qu'elle tenta de la chasser de son esprit, toutes les morts auxquelles elle avait assisté le traversèrent à la vitesse d'une balle. Elle eut un haut-le-cœur. Autour d'elle, l'obscurité s'épaississait et l'æther bouillonnait comme une vapeur lourde, la brûlant aux endroits où ses vrilles sauvages frappaient sa peau et examinaient la nature élémentale de son métal.

— *Il cherche des points d'entrée dans la matrice de ta vie. On peut dire que trop vaut mieux que pas assez, mais, si tu veux nous sauver, il faut que tu évoques les vivants !*

Lila sentit le parfum du zeste d'agrume. Le potentiel de Jeu s'éleva quand le démon, toujours invisible dans sa propre obscurité, se prépara à bondir sur l'une des images fluctuantes qui se succédaient dans son atmosphère enchantée : les traces du passé de Lila. L'odeur du sang frais s'insinua dans ses narines, son épaule nue brûla de la piqûre d'une lame. Son propre sang coulait lorsque les images prirent trois dimensions. La pièce s'estompa.

Sans réfléchir, elle se jeta sur la possibilité de déclencher un Jeu.

— Je parie que tu ne peux pas me battre à la loyale.

— *Quoi ?*

La pièce réapparut. L'odeur d'agrume disparut. Il y eut un souffle d'air et le craquement statique d'une décharge æthérique. Dans l'obscurité ordinaire, elle regarda son adversaire. Le saignement s'interrompit, ses plaquettes améliorées refermèrent la blessure. Le démon indigo, affalé comme un lézard, bava et leva les yeux vers elle, se dressant lentement sur ses pattes arrière. Le défi était accepté. Le Jeu débutait.

— *Si on avait une chance, tu viens de la perdre*, l'informa Tath avec froideur.

— *Mais tu as sucé la vie de l'autre…*, protesta Lila tout en activant ses systèmes de bataille dans une explosion silencieuse de composants parfaitement opérationnels. Elle devint plus grande, plus forte, plus rapide. Elle arma ses flingues.

— *Ce n'était qu'un démon ordinaire*, dit Tath. *Celui-ci est un nécromant et il a passé sa vie à s'entraîner aux arts et à la traque de la mort dans cette pièce, alors que j'ai toujours fait de mon mieux pour éviter d'exercer mes talents. C'est un maître et je suis à peine qualifié.*

— *Pourquoi MAINTENANT?* lui hurla Lila. *Pourquoi ne me dis-tu jamais les choses importantes AVANT que la situation devienne critique?*

— *Comment aurais-je su que tu te jetterais dans sa tanière? Les nécromants sont rares…*

— *Tath, comment je fais pour le tuer?*

— *Décapite-le. Si tu n'y parviens pas, il faudra trouver son phylactère.*

— *Son quoi?*

— *Un vaisseau spécial, un objet, une personne ou un document dans lequel il conserve sa vie.*

— *Super. Et je trouve ça où?*

— *Je n'en sais rien. Si tu avais tout le temps et la place pour cacher une telle chose, où la mettrais-tu?*

Lila rangea ses flingues et tira une grande lame de chacune de ses cuisses, juste sous son armure.

Le démon ricana et leva son crâne saurien, exposant son cou étroit. D'un doigt griffu, il fit le geste de trancher sa propre gorge et pencha la tête, les yeux luisant de gris et de violet. Il tapota la ligne imaginaire de son doigt et siffla :

— Coupez ici…

Puis il se mit à rire et leva ses sourcils écailleux d'un air amusé.

— Oh ! C'est tellement pas juste ! s'exclama Lila en tapant du pied, laissant les lames reposer le long de ses flancs. Comment ça peut être juste d'avoir un phylac… phila… une vie stockée ailleurs ?

Le démon s'immobilisa et dit d'une voix bien plus douce :

— Je l'avais avant que tu me défies. Je n'ai pas caché ce fait et tu n'as pas demandé. Alors, selon les règles, c'est juste. (Il reprit sa pose de défi, y compris les yeux furieux.) Comment tu sais ça, d'ailleurs ?

— C'était un… J'ai deviné…, dit Lila en levant automatiquement les lames alors que la créature se mettait en branle, une expression bien trop sérieuse sur son visage de lézard.

— Mon cul, dit le nécromant.

Il lança quelque chose d'invisible, d'une manière languide et gracieuse, et un voile d'obscurité s'abattit sur Lila, un voile si doux qu'il n'existait presque pas. Tath frémit et s'agita, mais il ne put éviter sa caresse. Elle reconnut trop tard l'équivalent æthérique des rayons X. Il l'avait scannée à la recherche de magie.

Il désigna la poitrine de Lila. Elle prit une position défensive et toucha sa main de la pointe d'une lame, mais il n'y prêta pas attention. Il la regardait, bouche bée, sa gorge jaune palpitait de surprise reptilienne.

— Acolyte !

— *Maintenant, il doit mourir !* dit Tath sur le ton qu'on emploie d'ordinaire en levant les yeux au ciel de désespoir.

— *Toute suggestion sera bienvenue*, dit Lila en se lançant dans une série de coups normalement fatals, mais sans espoir de tuer.

Elle ambitionnait seulement de couper le démon en morceaux pour voir comment il s'en sortirait.

À une vitesse inhumaine, les bras de Lila semblaient se mouvoir dans un brouillard de forme et de densité proches de celles des ailes des faes, les lames attrapant les lumières grises, leurs pointes létales frappant avec la précision d'une machine. Une bruine de pourpre accompagnait leur danse, tandis qu'elles tranchaient chairs et os et que le sang du nécromant rebondissait goutte sur goutte éclatant en gouttes plus petites encore. Lila glissait dans une brume de sang, le démon disparaissait au rythme de l'abattage, comme s'il passait par un plan plat qui le détruisait, comme s'il était tombé dans un broyeur.

Elle s'arrêta quand elle atteignit sa queue.

Tath, stupéfait, risqua un regard à travers elle vers le tas de serpentins de chair mouvante dans une flaque de matière poisseuse pleine de morceaux violets et verts. Une fine pluie de sang retomba sur Lila. Elle sentit un coin de sa bouche s'étirer de satisfaction devant la réaction de l'elfe, et de plaisir devant ses propres capacités horribles… aussi ignobles que les choses dans le souk… oui…

— Ça, ça doit faire mal, dit la voix du diablotin depuis le seuil, pleine d'admiration.

Lila se retourna, le monde baignant dans un ralenti aqueux pour ses sens aux aguets.

Le diablotin trottina vers le mur qu'il escalada avant de sauter sur l'épaule de Lila, enfonçant ses griffes dans le rembourrage. Il fit signe aux silhouettes menaçantes qui le suivaient de le rejoindre. À Lila, il dit :

— Pfff, je croyais que tu étais vraiment dans la merde, alors j'ai été chercher de l'aide…

Deux silhouettes s'insinuèrent dans l'obscurité de la pièce, des humanoïdes maigres et de haute stature aux épaules affaissées, drapées de bure noire qui tombait jusqu'au sol en festons défraîchis. Le sommet de leurs crânes ressemblait à celui de charognards géants, leurs becs étaient ceux de corbeaux, des vers grouillaient dans leurs orbites vides, des membres d'insectes dépassaient de leurs soutanes. Ils puaient la viande crue.

— En fait, ils étaient plus ou moins en chemin, de toute façon…, ajouta le diablotin plus calmement tandis que les deux créatures approchaient avec la lenteur de la nuit. J'ai juste un tout petit peu aidé. Mais j'ai aidé. Je suis très utile. Ils se souviendront de ça.

Lila déplaça son poids pour prendre une posture de combat et leva ses dagues. La paire de démons-corbeaux se figea, hors de sa portée. Ils penchèrent leurs têtes d'oiseaux et contemplèrent la masse gélifiée de l'ex-nécromant.

— *Avant que son fantôme récupère le phylactère, nous ferions mieux de déguerpir*, murmura Tath. *On ne l'aura pas deux fois comme ça et, la prochaine, il sera furieux.*

Les démons-oiseaux bougèrent comme un seul homme et levèrent la tête. L'un deux tendit un membre noir terminé par une pince. Il tenait une carte de visite blanche.

Lila présenta le bout de sa dague, le démon y empala la carte. Celle-ci disait :

« Madame des Loupes aimerait avoir le plaisir de la compagnie de Lila Amanda Black et de ses compagnons aussi vite que cela lui sera possible. Le thé et de petites friandises seront servis. Il n'est pas nécessaire de porter des vêtements de cérémonie. »

Lila relut le message deux fois – « compagnons » – et dit silencieusement à Tath :

— *Ne me dis pas que je vais devoir assassiner une voyante parfaite juste après avoir occis un nécromant démoniaque immortel, sinon je rentre à la maison.*

Chapitre 11

Le taux de radiations en Zoomenon était toujours élevé, en partie à cause des veines d'uranium et de plutonium qui y étaient disséminées dans une répartition défiant toute analyse. Cela provoquait des interférences électromagnétiques qu'un elfe ressentait comme si ses nerfs étaient écorchés par du papier de verre alors que sa chair se mortifiait. C'était aussi en partie dû aux fluctuations et aux concentrations d'æther qui créaient d'énormes turbulences dans l'atmosphère panspermique. Ces concentrations prenaient la forme d'élémentaux à la fois primitifs et agiles. Zal les regardait avec le désintérêt apparent d'un tigre rassasié. Il se concentrait sur son corps endolori et sur le mal de tête nauséeux causé par les radiations. Dans son corps *andalune*, le flux des élémentaux de feu qu'il avait autorisés à le traverser continuait à brûler, purgeant les pires dommages en les cautérisant. Il savait que, lorsque leur pouvoir diminuerait, il s'affaiblirait rapidement et mourrait dans ce monde hostile et monotone. Alors il regardait les élémentaux se rassembler et se disperser, il regardait leurs jeux, leurs mouvements, leur souffle et leur mort dans la perfection insolite du monde rocheux qui l'entourait. Le soleil de Zoomenon, une étoile de pure énergie blanche plus puissante qu'aucune étoile naturelle, le noyait de sa lumière impitoyable. Il restait allongé et considérait sa situation avec un sens du ridicule qui devenait très vite lassant.

Il n'était jamais venu sur Zoomenon auparavant. Bon, c'était légèrement faux. Il était déjà allé en Zoomenon. Il n'était simplement jamais allé *sur* Zoomenon. Quand il créait ses cercles magiques et excluait le monde de son univers, il convoquait ce monde. Il l'avait enveloppé, frayant à travers la fissure qu'il avait été capable d'ouvrir de ses petits talents æthériques. À sa connaissance, très peu de mages étaient assez puissants pour créer un transit réel entre les royaumes. Mais, sous l'influence de la tempête d'élémentaux, possédé par l'essence de ses propres relations élémentales, il avait dû être happé au moment où les créatures avaient utilisé l'énergie amassée pour rentrer chez elles. C'était dans leur nature, bien sûr ; ils adoraient voleter dans les royaumes, même en Otopia, mais, comme toutes les créatures, ils se sentaient mieux dans leur environnement naturel et, plus que la plupart, saisissaient la moindre occasion de regagner leur monde. Il supposait que son observation de leur capacité à transporter la matière non élémentale – lui-même – était une véritable découverte scientifique. Mais il lui semblait qu'il n'aurait pas la possibilité de partager ce savoir. Zoomenon était un lieu de pureté et quiconque ayant un minimum de bon sens refusait de s'y rendre, même s'il en était capable. Il y avait eu des expéditions, mais elles avaient été rares : Zoomenon était le royaume le moins perméable et ce qui y parvenait en toute complexité avait tendance à repartir sous forme de composants.

Zal se releva, mais c'était horrible. Un scintillement impitoyable tremblait sur les à-plats de sel et se réfléchissait sur les affleurements de cristaux. Cela faisait mal aux yeux et à la tête, or sa migraine était déjà terrible à cause du climat æthérique, qui semblait pire au-dessus du sol pour des raisons qu'il ne comprenait pas. À quatre pattes, il rampa vers une zone d'ombre. Un élémental de terre se matérialisa à ses côtés, comme s'il avait attendu qu'il se joigne à lui dans son abri. Il se condensa rapidement hors de l'æther et s'assit sur une petite pierre près de son épaule. C'était un humanoïde trapu doté d'étranges membres globulaires et boueux et d'une tête patatoïde dont les yeux étaient des galets noirs. Il sentait l'humus riche, humide et alluvial. Il ne faisait qu'un avec le sol là où il le touchait.

Zal ne parla pas. Les élémentaux pouvaient prendre certaines formes, mais l'apparence extérieure n'était pas accompagnée de capacités. Les meilleurs qu'il ait vus étaient, au mieux, aussi intelligents et individualistes que des chats, avec la même inclination pour la conversation. Les pires n'étaient que des formes sans raison d'aucune sorte. Ils n'avaient pas besoin de raison. Ils se contentaient de l'emprunter, selon la conclusion de millénaires de recherches elfiques. Mais pas toujours. Ils adoraient l'æther. On les considérait comme une expression de l'æther, comme les elfes étaient une expression de la volonté divine, intelligents et conscients ; le regard porté par la nature sur elle-même.

Zal n'avait pas l'impression d'être une intelligence divine. Il avait faim, soif, il se sentait malade et stupide. L'élémental de terre devenait de plus en plus solide et l'observait avec curiosité de ses yeux étrangement attentifs. Peut-être attendait-il avec impatience de voir l'elfe se désintégrer, en guise de divertissement. Zal se demandait à quoi il se réduirait. Les humains qu'on avait retrouvés ici étaient des plaques de poussière riche en fer, entourées des cristaux blancs de quelques sels, leur eau s'étant évaporée au moment où l'expédition était arrivée. Les démons laissaient derrière eux des éclats de différents composants cristallins, d'étranges et nombreux globules de matière æthérique condensée et des taches variées comme des ombres sur les endroits qu'ils avaient fréquentés. On n'avait conservé aucune mention de morts elfiques, mais Zal suspectait que les services secrets les avaient scrupuleusement effacées, tant il était difficile à croire qu'aucun elfe n'ait tenté le voyage ni n'en soit mort, en proie aux énigmes qu'il rencontrait. La magie pouvait vous emmener en Zoomenon mais elle ne pouvait pas vous rapatrier. Personne ne savait pourquoi. On allait et venait à l'aide de portails atrocement chers mais, si on ratait l'instant, on mourait ici, ne laissant derrière soi que ses propres éléments pour marquer son passage.

Zal décida d'engager la conversation avec son nouvel ami.

— On dit que la structure æthérique de cet endroit est si serrée, pour garder le contrôle des problèmes électromagnétiques, que les conditions ne permettent pas les arts créatifs comme l'enchantement.

Le petit élémental le regarda avec le calme et la compréhension d'un rocher.

— Ouais, reprit Zal. Je suis avec toi. Je pense que c'est de la merde en boîte. Si c'était vrai, comment feriez-vous pour vous déplacer si aisément, vous autres ?

L'élémental garda son opinion pour lui.

— Je t'aime bien, lui dit Zal, tentant de ne pas remarquer combien l'odeur humide de l'élémental lui donnait envie de le presser jusqu'à ce qu'un verre d'eau s'en échappe, quelque boueuse qu'elle soit. Fort et silencieux, exactement mon type. J'aime quand les barmen se contentent d'écouter. J'ai beaucoup de choses à dire et les commentaires des autres m'empêchent de réfléchir. Le fae, par exemple, celui qui a essayé de me battre aux cartes. Ce chat. J'ai comme l'impression qu'il aime un peu trop ma nana, si tu vois ce que je veux dire. Bon, elle est partie en Démonia pour une mission quelconque, toute seule, et j'étais censée la rejoindre pour l'aider, mais j'ai un peu fait la fête avec tes petits copains enflammés et je me retrouve ici. J'espérais que la culpabilité me dévore avant que quelque chose de pire m'arrive, mais j'ai un mauvais pressentiment.

» Bien sûr, le problème c'est que ma nana n'est pas au courant pour ma femme. Ou mes autres compagnes. Comme elle est humaine, elle aura tendance à penser que ce n'est qu'une question de sexe et cela rendra ma vie plutôt compliquée quand je devrai lui expliquer pourquoi je ne lui en avais pas parlé avant. J'espérais y être, tu vois ?

La créature à tête de pomme de terre pencha la tête sur le côté, comme si elle se sentait concernée.

— Ouais, tu comprends. Ç'a l'air nul. Ça l'est probablement. Mais il y a des choses bien pires qui l'attendent, bien pires que le choc terrible de mes révélations sur le mode de vie des démons, je pense que tu vois ce que je veux dire. Déjà, il y a les vendettas. Mais elle peut s'en débrouiller. La vraie merde c'est le nécromant qu'elle a dans le cœur. Beaucoup de démons seront capables de le voir. Et c'est un elfe. Ils adoreront ça de la pire des manières. Elle va perdre son statut de journaliste et de diplomate ou même de fêtarde. Elle pourrait arranger les choses à son avantage, mais pas sans assistance et je doute qu'elle se confesse à Sorcha, ce qui ne va pas l'aider. De toute façon, Sorcha est obsédée par la musique et par les problèmes de la

Précepture, alors elle risque d'être occupée. Et ce fae a osé me dire que le disco n'est pas viril ! Tu peux croire ça ?

L'élémental laissa échapper un peu de boue d'une boule sur son flanc et quelques cailloux tombèrent de son corps et cliquetèrent sur le sol.

— Exactement ! La merde intégrale, acquiesça Zal, s'interrompant pour baisser la tête et respirer.

En lui, la nausée et la mousse d'énergie primale du feu dansaient ensemble. Il se sentait ravi et dégoûté tout à la fois.

» Et me voilà coincé en Zoo avec toi, sans la moindre idée de comment en partir. Risquant la mort. La fin de tout ce qui aurait pu être une carrière plutôt prometteuse dans l'industrie musicale. Bientôt, je ne serai plus qu'une flaque verte, comme toi. (Il se complut quelques instants dans le luxe d'un apitoiement total sur lui-même, puis inspira profondément et reprit du poil de la bête.) Ça pourrait être pire. Je pourrais être en Enfer.

Le thé avec Madame des Loupes.

Lila était assise, vêtue de ses vêtements de combat noirs gouttant de sang lilas sur le carrelage de marbre et la tapisserie de velours du fauteuil exquis. À côté d'elle, le diablotin était accroupi sur un coussin à glands, les yeux rivés sur la silhouette élégante de leur hôtesse alors que les bras humains minces et noirs de celle-ci manipulaient soigneusement un service à thé en porcelaine fine. Elle commença par verser du lait dans les tasses avec une cruche à large bouche, puis elle versa le thé avant de déposer deux morceaux de sucre et une cuiller en argent sur chaque soucoupe. Son énorme tête de corneille était penchée sur le côté pour qu'elle puisse voir ce qu'elle faisait, le bec dirigé loin des invités. Tandis qu'elle se déplaçait avec une grâce parfaite, Lila la photographiait sous tous les angles. C'était l'être le plus extraordinaire qu'elle ait jamais vu.

Les plumes noires et brillantes de sa tête s'évasaient légèrement jusqu'à la base de son cou, où leur noirceur teintée des reflets iridescents d'une tache d'huile devenait de plus en plus vert et bleu, jusqu'à se fondre parfaitement dans les minuscules plumes vives d'un colibri. Celles-ci s'effilaient le long de sa colonne vertébrale et se ramifiaient pour devenir de petites ailes rassemblées contre le bas de son dos et ses flancs. À la base de sa colonne, elles s'évasaient soudain en une large tournure, et ce que Lila avait au début pris pour une robe était en fait une véritable traîne de plumes de paon sortant du corps de Madame. Là où les yeux de plumes de paon ordinaire auraient scintillé de bleu et de violet comme des marques de gloire réfléchissantes, celles-ci présentaient des yeux vivants. Ce n'étaient pas des yeux véritables, mais néanmoins des images vivantes qui cillaient et regardaient alentour, chacune d'une couleur différente, des yeux humains, animaux, démoniaques, féeriques, insectoïdes ou autres encore.

De face, elle était tout aussi unique. Les plumes de son cou s'aplatissaient sur une peau sombre et lisse, légèrement tachetée d'un motif de léopard plus sombre encore. Des seins généreux étaient soutenus dans un filigrane délicat de dentelle bleue et verte, comme les ailes d'une libellule, leur poids était une promesse sensuelle et chaude au-dessus d'un ventre plat et puissant, orné d'une émeraude enchâssée dans le nombril. La peau autour était couverte de pollen doré sur des poils fins qui se rassemblaient et devenaient eux aussi des plumes le long de son entrejambe. Leur minuscule joliesse ornait ses hanches de bijoux. Une jupe de soie ouverte montrait son corps en transparence, mettant en valeur un beau pénis couvert d'écailles émeraude brillantes et marqué des losanges de serpent à plume couleur saphir. Son gland avait des écailles rouges en formes d'yeux. Sous ses jupes soyeuses, des jambes fuselées se terminaient en sabots fendus comme ceux d'un chameau, faits pour marcher dans le désert. Les deux énormes ongles d'orteil de chacun étaient décorés de vernis rose sucré.

Madame des Loupes tendit une tasse et une soucoupe à Lila. Elle gardait sa tête et son bec massif baissés, mais parvenait malgré tout à servir le thé avec élégance. Sa voix était douce et chaude.

— Vous êtes venue vêtue pour la bataille et couverte du sang de vos ennemis. C'est un grand honneur que je n'oublierai pas, Lila Fille-du-sang.

Lila arrêta de prendre des photos et se concentra sur sa tasse de thé. Celle-ci tremblait dans la soucoupe lorsqu'elle la prit, et Lila dut accorder certains de ses systèmes robotiques pour se ressaisir, ne parvenant pas à oublier son trouble en présence de la démone.

— Merci.

Elle regarda Madame suivre la même procédure pour servir le diablotin, mais, voyant que la tasse faisait la moitié de sa taille et qu'il n'aurait jamais la possibilité de tenir la soucoupe, Madame la plaça devant lui sur le coussin. Même si elle n'avait qu'un bec, Lila aurait juré qu'elle souriait lorsque le diablotin s'empara d'un morceau de sucre à deux mains et se mit à le grignoter.

Madame retourna à son siège spécial, un tabouret brodé, et leva sa propre tasse.

— Je sais que vous ne prenez pas de sucre, poursuivit la démone. Et, généralement, je n'en prends pas non plus…

(Elle ajouta deux sucres à sa propre tasse et mélangea doucement.) Mais je trouve que, après des moments difficiles ou dans une situation nouvelle, un peu de sucre n'a jamais fait de mal.

Lila coula un regard vers la porte où les deux démons-corbeaux puants montaient la garde, puis vers le balcon ouvert où elle avait vu Madame de loin. Elle ne cessait d'enregistrer les environs pour tenter de contrôler ses pensées, alors que de nombreux soucis se disputaient son attention. Mais ils étaient toujours vaincus par l'évocation des pouvoirs de Madame. À côté d'elle, le diablotin grignotait furieusement, envoyant du sucre dans tous les sens. Lila en plongea un cube dans sa tasse, puis un autre. Elle goûta ; c'était délicieux et tout ce dont elle avait besoin. Puis elle se souvint qu'il ne fallait pas manger la nourriture en Enfer et leva des yeux coupables vers Madame.

— Vous n'y êtes pas encore, dit Madame de sa voix fruitée, cette voix chaleureuse de femme mûre qui n'avait aucun droit de sortir d'un bec d'oiseau. Vous n'êtes encore que dans la salle d'attente. Vous n'avez pas besoin de vous y rendre si vous ne le souhaitez pas.

Elle était légèrement moqueuse car elle devait savoir ce qui passait par la tête de la jeune femme.

— Pouvons-nous sauter directement au moment où vous répondez à mes questions sans que j'aie besoin de les poser ?

— Bien sûr, dit Madame. Même si je préfère toujours une petite conversation avant de me mettre au travail. Bien que tout ce que j'ai besoin de savoir soit à ma disposition, je suis curieuse de découvrir ce que vous pensez de votre situation, de la mienne et du monde. Et c'est quelque chose qui ne se révèle que dans le choix de ce que vous dites et de ce que vous préférez garder pour vous. Voyez-vous ce que je veux dire ?

— Ne pouvez-vous pas lire cela aussi ?

— La perception est un acte de création, dit Madame en versant son thé dans un large plat creux que Lila avait pris pour une assiette à biscuits. Et la création arrive à la tombée de l'instant. C'est imprévisible. Inconnaissable avant. Alors non. Je ne peux pas. Mon talent ne me permet de voir que ce qui est et un peu de ce qui a été. La vérité de ce qui est apparaît différemment à tous ceux qui la perçoivent. Je me rapproche de sa réalité fondamentale, mais même mon regard est coloré et concentré par ce que je suis : un être imparfait dans un univers perfectible.

La démone se pencha et posa son bec sur le côté du plat, s'imbibant de thé avant de renverser la tête pour l'avaler. Elle s'essuya avec une serviette bordée de dentelle et reposa les mains dans son giron, la tête penchée sur le côté, prête à écouter.

Lila n'en était pas sûre, mais elle sentit une petite exultation chez Tath, quelque part près de son plexus solaire. Elle prit une seconde gorgée de thé et commença à se sentir réellement mieux. Elle laissa ses pensées s'écouler, puisqu'il n'y avait aucun intérêt à les cacher.

— Êtes-vous mariée, Madame ?

— Non. (Le regard de la démone suivit celui de Lila vers les démons-corbeaux.) Ah non. Ce genre d'alliance ne m'intéresse pas et j'ai peu à y gagner. Je me marierais par amour, mais je n'ai pas encore rencontré la créature qui révélera cette passion en moi. Ces démons dans ma maison sont des courtisans, des soupirants rejetés si vous voulez, ils désiraient mes accordailles à tout prix et ils sont donc devenus mes créatures de leur propre gré. Ils ont été un jour des êtres indépendants comme vous mais, à présent, leur volonté m'appartient. C'est une responsabilité suffisante pour que je n'en souhaite pas plus.

— Ô la solitude au sommet ! ricana le diablotin arrivé à la fin de son premier morceau de sucre et plongeant la tête dans le thé avec avidité.

Des bruits de lapement noyèrent sa remarque.

— Je ne doute pas que vous ayez le même problème, ajouta Madame en regardant Lila intensément.

Son œil noir, si grand pour un oiseau, si sombre, s'étrécit légèrement dans une expression presque humaine d'un air entendu.

— Moi ?

— On peut épouser ou réduire en esclavage pour des raisons financières, mais le véritable partenariat ne peut exister qu'entre les égaux.

— Au cas où tu n'aies pas compris, c'est un compliment, dit le diablotin à Lila en se frottant le visage contre le coussin pour s'essuyer, avant de s'attaquer au deuxième morceau de sucre avec enthousiasme.

Lila se sentit prise au dépourvu. Ce que disait la démone semblait tellement dur, autant que la culture démoniaque, et elle revit les fœtus dans les bocaux et la mort qu'elle avait elle-même donnée. Elle baissa les yeux, sentant soudain le sang coagulé sur ses mains, ses épaules, son visage. Elle posa brutalement la tasse sur la table.

— Je ne suis pas votre égale. Je n'ai rien à voir avec vous. Je n'épouserais jamais quelqu'un comme vous. Je ne pourrais pas. Je…

Elle s'interrompit. Les mots restaient coincés dans sa gorge. Pour une raison inconnue, elle se souvint de l'elfe de l'Ombre ligotée dans le filet d'argent, enfermée dans sa chambre au manoir. Quelle heure était-il ? Était-il tard ? Elle consulta son horloge interne.

— Comme c'est intéressant, dit Madame des Loupes avec une certaine condescendance.

Sa tête fit un de ces mouvements soudains, à la manière des oiseaux, qui fit sursauter Lila et le diablotin.

Dans la poitrine de Lila, Tath fit une culbute apeurée.

— Que voulez-vous dire ? demanda Lila, cherchant désespérément quelque chose de chimique ou de mécanique qu'elle pourrait utiliser pour calmer son inexplicable sentiment d'échec.

Son IA libéra des stimulants dans son flux sanguin et de la sérotonine pour la rassurer.

— Vous êtes une menteuse, dit Madame. Vous êtes déjà liée au démon de source elfique des Ahrimani. Sans mentionner l'esprit elfique avec lequel vous partagez votre corps. De plus, vous entretenez les désirs matrimoniaux du fils bien-aimé de Démonia, Teazle, le changeur de phase. Pourtant vous parlez avec passion de la vérité. Vous vous cachez beaucoup de choses. Vous utilisez vos pouvoirs alchimiques pour renforcer vos propres mensonges. Quelle volonté ! Elle sera difficile à briser, c'est vraiment dommage pour vous.

Lila, outrée, se figea littéralement, une chose qu'elle avait jusqu'à présent considérée comme n'arrivant que dans les livres.

— Je ne suis pas mariée à Zal ! Je n'ai certainement rien de… de… avec… l'esprit elfique… et je n'ai jamais eu l'intention d'accepter quoi que ce soit de cette monstruosité blanche !

Elle se leva et jeta un coup d'œil involontaire au diablotin, qui se remplissait la bouche de cristaux de sucre.

Elle comprit à sa peur qu'on ne s'adressait pas ainsi au plus puissant des démons, mais cela ne la dérangea pas. Elle était furieuse. Les drogues faisant effet, elle comprit que ce n'était pas la meilleure manière d'obtenir ce qu'elle cherchait : la vérité sur la nature démoniaque de Zal. Elle se maîtrisa et se rassit, l'effort lui coûtant la capacité de parler. À son grand dam, elle devait bien admettre que sa réaction était raciste, insultante et intolérante, mais elle écarta sa gêne.

Madame se versa tranquillement une nouvelle assiette de thé et la but. Avec la délicatesse et la retenue d'une geisha, elle souleva un plateau à étages couvert de petits gâteaux glacés pour en proposer à Lila.

— Un petit four ? On dîne tard à Bathshebat.

Lila déclina en secouant la tête. Le diablotin se pencha et attrapa le gâteau le plus proche, un carré au citron qu'il plongea directement dans sa tasse de thé pour le regarder se gorger de liquide sombre ; il était l'image même de la gourmandise.

— Connaissez-vous mon histoire préférée à propos du diable ? reprit Madame. Dieu et le diable observent Adam lors de sa première excursion hors d'Éden. Adam a récemment mangé le fruit de l'arbre de la connaissance, grâce à la sagesse de sa femme, et il fait l'inventaire de tout ce qu'il voit. Dieu dit au diable : « Alors, que vas-tu faire maintenant ? Lui voler toutes ces merveilles et les remplacer par un cauchemar chaotique ? » Et le diable répond : « Oh ! Seigneur, non ! Je vais l'aider à l'organiser. » (Madame déposa son récipient et nettoya son bec.) Je mentionne cela parce que vous voulez connaître l'Enfer, madame Black. Je peux vous révéler tout ce que vous souhaitez savoir, mais cela ne vous aidera pas parce que vous êtes une menteuse.

Lila regarda la magnifique créature qui lui parlait avec un mélange de haine et d'attachement. La tension entre elles était comme une longue lame plate qui résonnait. Lila était incapable de ne pas écouter. Elle aurait dû, mais elle n'en avait pas envie. Bien sûr, une démone pouvait jouer ce jeu…

— Je ne joue pas avec l'æther, madame Black, dit calmement Madame. Je n'en ai pas besoin. Je vois ce qui est, c'est tout. Vous avez le sentiment d'être insultée, mais je ne fais que dire ce que vous savez déjà. Vous êtes une menteuse, une tricheuse, une voleuse, une traîtresse et une meurtrière.

La fureur paralysa Lila. Elle voulait bouger, mais l'immobilité la clouait comme un gilet de plomb.

Accablé d'anxiété et de désir, le diablotin bondit, attrapa deux poignées de gâteau trempé et se jeta sur la table d'un saut de grenouille. Il atterrit dans la gueule de la carafe de lait et disparut dans une éclaboussure. La carafe oscilla brièvement avant de se stabiliser et d'émettre des bruits de gloutonnerie.

— Vous êtes infidèle, impitoyable et négligente, poursuivit Madame. Vous enragez. Vous êtes une chienne en chaleur, en amour comme au paradis…

— Ça suffit !

Lila était debout. Sa voix porta bien plus loin qu'elle le pensait possible.

Madame la regarda de son œil unique et brillant, intransigeant, imperturbable, insensible.

— C'est tout ce que vous devez savoir sur l'Enfer, dit la démone après un long moment.

Aucune d'elles ne détourna les yeux, alors que ceux de Lila brûlaient. Elle refusait de s'abandonner à cette dispute stupide…

— De quoi parlez-vous ? demanda-t-elle, cinglante. Cessez de vous exprimer par énigmes stupides sous forme d'insultes, cessez d'essayer de me déstabiliser. Ouvrez le portail et envoyez-moi en Enfer. Je n'ai pas de temps à perdre avec ces conneries.

Madame des Loupes soupira.

— Comme vous voulez, dit-elle en se redressant. (Elle observa le balcon un instant, comme pour recouvrer son sang-froid, semblant écouter un tambour lointain.) Mais vous devriez savoir qu'il n'y a pas d'entrée particulière pour l'Enfer. Une fois dans le monde des damnés, vous y serez seule. Vos compagnons peuvent vous accompagner, mais ils ne peuvent en aucune manière vous aider. N'est-ce pas, Truc2magie ?

Elle s'était tournée vers la carafe de lait.

Le visage du diablotin apparut une seconde.

— Vous connaissez mon nom, dit-il, accusateur.

— Et je ne peux pas vous le révéler, dit Madame en haussant les épaules.

Lila avait l'impression de perdre l'esprit.

— Quoi ? Qu'est-ce que ça à voir ?

Cette fois, quand la tête de la démone se tourna vers elle, elle la regarda de ses deux yeux globuleux, le bec tendu directement vers le cœur de Lila.

— Madame Black, il n'a jamais été en mon pouvoir de vous envoyer, vous ou un autre, en Enfer. Truc2magie que voilà est dans cet état parce qu'il y est entré et n'a pas pu en ressortir. Pour cela, il devrait se souvenir de son nom. Si je le lui donne, cela ne l'aidera pas. Et vous, comme lui, comme tous les autres, n'avez nul besoin d'un portail pour entrer dans le royaume des âmes perdues, car vous rassemblez déjà les conditions préalables : par exemple, vous êtes une menteuse. Mon rôle ici n'est pas de vous montrer la voie pour une épreuve dont je pourrais juger de l'accomplissement afin de décider d'une récompense. Mon seul pouvoir est de voir ce qui est. Je suis celle que vous viendrez trouver quand vous serez prête à sortir. Je suis celle que tous viennent voir quand ils sont prêts à quitter l'Enfer. Je n'en suis pas l'entrée, j'en suis l'issue.

Lila regarda la démone exquise en ressentant une haine féroce, puis le diablotin, trempé et dégoulinant de lait, qui appuyait son visage triste sur ses mains, accroché à la gueule de la carafe, et pour qui elle n'éprouvait que rage et pitié.

— Exprimez-vous clairement !

Madame des Loupes haussa les épaules avec désinvolture.

— Il n'est jamais nécessaire de conjurer l'Enfer, madame Black. Nous y allons tous à notre tour. C'est un lieu créé dans l'instant, par un acte de perception. J'en suis la gardienne car je vois ce qui est et que ce sont là les limites de l'Enfer. Il n'est nul besoin de vous envoyer où que ce soit, vous y êtes déjà et vous y êtes depuis bien avant votre arrivée en Démonia.

— Quelles conneries ! renifla Lila. (Elle jeta un nouveau regard au diablotin pour voir s'il allait la suivre, car c'était le moment de partir et elle partait, sans aucun doute.) Tu viens ?

— Vous ne pouvez pas le sauver, dit Madame avec tristesse.

— Je ne veux pas le sauver, rétorqua sèchement Lila. Il me doit un sort de mage.

La démone-oiseau inclina la tête sur le côté et considéra Lila.

— Il y a peut-être de l'espoir pour vous, malgré tout, dit-elle, puis elle se pencha, sortit le diablotin de la carafe et le déposa sur le plateau avant de relever les yeux vers Lila. Faites attention aux mâles qui souhaitent retourner à la mamelle. (Puis, au diablotin, elle dit fermement :) Cette porcelaine est faite des os de mes ennemis. Vous avez eu de la chance de ne pas en faire partie le jour où je l'ai fait assembler. Partez et ne gênez pas celle-là sur sa route. Si j'apprends que vous avez été plus mêle-tout qu'ornemental, j'aurai votre peau pour en faire un sac à main.

Le diablotin trottina sur les meubles, laissant une piste de gouttes de lait, et détala le long du bras de Lila jusqu'à son épaule. Une douleur familière perça son oreille alors qu'il s'y accrochait. Il tremblait.

— Revenez quand vous serez prête, ajouta Madame pour Lila. Je vous attendrai.

— Allez en Enfer ! dit Lila.

— J'y suis allée, j'ai tout fait, répliqua Madame. Soyez ferme avec vos familiers, ils ne comprennent pas la gentillesse.

Son regard de perle était rivé sur le diablotin.

Lila dévisagea la démone, incapable de parler, puis tourna les talons et sortit comme un ouragan, remarquant à peine les silhouettes trapues qui s'écartaient pour la laisser passer.

Chapitre 12

Calliope Jones chevauchait le flux cristallin comme une cavalière de rodéo sur le dos bossu d'un taureau sauvage. Sous le regard de Malachi, bien en sécurité sur la barge des Chasseurs de fantômes, elle se déplaçait sur le torrent enflammé de lumière æthérique. De cavalière elle devenait surfeuse dans un enchaînement fluide qu'elle avait déjà dû réaliser un millier de fois.

Dans le dos de Malachi, un démon barrait la barge dont le cristal, enchâssé à sa proue, commençait à émettre des bruits enthousiastes en luttant visiblement contre les liens délicatement conçus pour le maintenir. Le flux d'æther canalisé jaillissant de son foyer se tordait comme un serpent et donnait des coups de fouet. Dans la lumière ainsi formée, Malachi voyait des fragments de runes, de mots et de programmation qui constituaient le schéma que les Chasseurs avaient élaboré pendant ce dernier jour et demi. Ils avaient encodé leurs instructions dans la matrice de cristal et à présent elle commençait à engendrer quelque chose. Malachi ne savait pas exactement quoi, même si on avait tenté de lui enfoncer la théorie dans le crâne encore et encore. Les faes rejetaient la technologie, pas parce qu'ils ne l'aimaient pas, à l'instar des elfes, mais parce qu'ils n'en voyaient pas la nécessité. Et ils n'avaient pas la capacité de concentration nécessaire à la science. Il avait bien tenté de suivre ce bla-bla bourré de jargon mais il lui suffisait de savoir que Calliope se mettait en selle sur un océan de lumière æthérique dans l'intention de fabriquer un piège pour la formation des fantômes.

La barge, *Matilda*, était une création bâtarde. Comme le repaire des Chasseurs, elle était à la fois magique et matérielle, mais son champ d'exclusion en était la partie la plus importante. Il leur permettait d'observer et de flotter dans l'espace-I sans y être réellement. Seule Jones y était immergée, chevauchant le torrent, glissant le long du flux vers la grisaille indistincte de l'entre-deux. Quelque part là-bas, les filets immenses et les enchevêtrements spongieux de la matière æthérique à demi formée étaient visibles lorsqu'ils se coagulaient hors du brouillard uniforme de l'espace-I. Jones serait la première à les voir. Le torrent formé par le cristal la guiderait vers un point où elle pourrait les harnacher, en cercle, puis faire tournoyer le cercle pour le transformer en sphère. Dans la sphère, le potentiel æthérique se rassemblerait, attiré par la gravité magique créée par la force du cristal. Alors Jones lui avait promis que ce ne serait qu'une question de temps avant qu'ils soient témoins de l'Immanence. Ce serait la conclusion de plusieurs mois de dur labeur et de tâches bien moins prestigieuses comme la programmation et la construction. Quand des fantômes tenteraient de se former dans la coquille de cristal, le flux æthérique nourrirait d'informations les instruments de la barge et les Chasseurs verraient, avec leur vision de voyageurs des failles, un événement qui échapperait à Malachi : comment naissaient les fantômes.

C'était la théorie, en tout cas. Malachi était à présent bien plus intéressé par l'observation des autres Chasseurs.

Il avait pensé les connaître et connaître leur espèce. Mais, après avoir passé du temps en leur compagnie, il se rendait compte qu'ils étaient, comme leurs instruments, d'étranges hybrides. Il ne s'agissait pas d'altérations physiques. C'était æthérique. Jones était humaine, mais elle possédait une aura æthérique active, un corps spirituel qui pouvait prendre toute sa forme matérielle et la reconstruire n'importe où, ou pas. Un fae comme lui était dans un état similaire quand il était en mi-changement, mais il avait du mal à le maintenir. Elle n'avait aucun problème pour y arriver et ils étaient tous comme elle.

Le démon à la barre luttait contre les courants d'æther qui se jetaient vers eux depuis l'immensité inconnaissable et irrésistible. Il conservait leur stabilité entre ces forces et le gauchissement du torrent du cristal ; l'effort était visible sur son visage, un lustre de sueur de flammes jaunes s'échappait de ses yeux et de ses narines. Les servomoteurs vrombissaient en rythme avec lui, obéissant aux mêmes ordres émis par les systèmes embarqués du *Matilda*. La forme spirituelle du démon se joignait aux procédures et au champ æthérique du vaisseau. Malachi était impressionné par cette ingénierie montée de toutes pièces... jusqu'à l'elfe silencieux et à l'autre démon assis à la proue en position de méditation. Il se demanda comment ils avaient fait, isolés et si peu nombreux, et il ajouta un doute à sa réserve de suppositions pour considération future. Le vaisseau lui rappelait Lila, ce qui amena un sourire féroce sur son visage de prédateur. Puis il se souvint qu'il était censé aider.

Jones était hors de vue, la seule connexion qu'ils conservaient avec elle passait par l'aussière de lumière enchantée. Des éclairs crépitaient quand les forces électromagnétiques produites par l'alimentation des systèmes informatiques rencontraient des harmonies résonnantes de magnitude importante avec le champ æthérique. Des flashs bleus, rouges et orange s'évasèrent en zigzag sur les plaques métalliques du pont. Il grava de son mieux les détails dans sa mémoire, se disant que Lila les aurait enregistrés à la perfection : le travail de terrain scrupuleux de Lila lui manquait. D'autant plus qu'un phénomène rare et méconnu était en train de se passer sous son nez, dont il n'allait sans doute pas pouvoir communiquer l'essentiel, faute de comprendre sa signification. Le démon à la barre grogna et mit le vaisseau en panne. Le cristal émit un gémissement, menaçant brièvement de rendre Malachi totalement sourd, avant d'émettre un accord majeur sublime.

Les méditatifs de la proue bondirent sur leurs pieds et commencèrent à psalmodier, leurs mains tendues pour jeter un sort, rappelant ceux des sorciers faes pour maîtriser les élémentaux et autres créatures non fiables. Le gris pâle de l'Interstitiel parut à la fois plus lointain et plus proche de Malachi que son propre souffle. Là où il s'amassait contre le champ du vaisseau, l'æther se condensait en liquide huileux et épais, sonnant brièvement contre la surface avant de s'évaporer de nouveau. Malachi pensa que l'æther tentait de prendre forme, mais il n'était pas sûr que ce ne soit pas un effet de son imagination. Là où il était aspiré par les turbines du cristal, il devenait un gaz blanc sirupeux avant d'être avalé par les ailettes de la machine. Des affichages simplifiés jaillissaient en bandelettes de couleurs vives.

Une bande jaune déclina rapidement.

— Les potentiels fondamentaux sont en baisse, annonça Malachi, se sentant important et fier alors que le deuxième travailleur démoniaque réagissait déjà, œuvrant sur diverses valves de la machine vibrante installée sur le pont.

Le mécanisme s'ébroua et grogna, le flux d'æther augmenta tandis que les turbines bruissaient, leurs lames de gemmes enrichies bourdonnant une note complémentaire à la chanson du cristal.

Une bande orange plongea. Une bleue s'éleva.

— Flux énergétique au maximum. Stabilité au-dessus de quatre-vingt-dix pour cent.

C'était vraiment excitant.

— Descendez l'ancre ! hurla le second démon dans la brume.

En une seconde, tout se calma. La puissance torrentielle se transforma en faisceau régulier. Les bandes colorées diminuèrent d'intensité et reprirent un état constant. La barge semblait glisser sur une mer d'huile et le démon à la barre laissa échapper un grand soupir. La paire de lanceurs de sorts relâcha le contrôle sur ce qu'elle maintenait.

Malachi porta son attention vers le balayage de son écran secondaire : le détecteur de proximité. Il l'avait oublié et fut soulagé de n'y voir aucune trace de fantôme ni de dragon. Il y eut ensuite un long silence et l'æther ferla de luminescence nacrée contre leur bulle, comme un vernis à ongle particulièrement luxueux ou le vide restauré d'une ardoise magique violemment secouée.

Malachi se repaissait de l'instant lorsque le sonar commença à biper avant de roter d'inquiétude. Un esprit se coagulait hors de l'æther, se déplaçant à grande vitesse vers le centre de l'écran, vers la barge, comme une flèche devenant de plus en plus pointue, de plus en plus mortelle, et ne prêtait aucune attention au piège ni à l'appât bourdonnant de la ligne.

— Intrus ! hurla Malachi avec inquiétude. Puis il entendit le grand démon rire : quelque chose comme un éboulis de rochers sur un fond de disco interprété par un Barry White amusé et quelques-uns de ses plus grands cousins.

Une traînée d'argent fendit l'æther, perça le bouclier de la barge d'une vaguelette qui se referma sur le crâne détrempé de Calliope Jones. Celle-ci secoua ses cheveux devenus queues-de-rats ; sur ses vêtements de vagabonde, un scintillement s'évapora dès qu'elle se redressa et jeta son harnais de cordes sur le pont. Les lanceurs de sorts se levèrent et l'un d'eux lui tendit une bière qu'elle vida à moitié. La femme elfe rit.

— Yeeee-haaa ! hurla Jones en se tournant pour regarder Malachi, toujours figé à son poste.

— Défensif ! appela le démon à la barre, et ils bondirent comme un seul homme sur de nouvelles positions, sauf Malachi qui avait ordre de rester aux écrans quoi qu'il arrive, essentiellement pour sa propre sécurité.

Il rassemblait encore ses esprits autour de l'étrange vision de Jones passant d'un univers à un autre avec tant d'aisance. Il se demandait s'il devait réviser ses idées sur les voyageurs des failles, s'il devait faire confiance à ces fous, quand un point flou apparut sur son sonar, ou radar, ou… Ça ressemblait à un radar. Il ne se souciait pas des détails. Quelque chose avait flairé l'appât de ce que Jones appelait « énergie morphique » et s'était branché sur la ligne du cristal qu'ils avaient lancée.

L'équipe se contenta de déboucher d'autres bières, l'atmosphère de célébration se renforça. Quelqu'un mit de la musique : un morceau des No Shows, de la soul douce avec une basse Mode-X douloureuse. Cela ressemblait plus à une fête que bien des festivités auxquelles Malachi avait assisté ces derniers temps.

« Trop tard… » s'éleva la voix hantée de Zal sur le vaisseau. « Trop tard pour s'arranger… trop tard pour les bons conseils ; ton sourire est dans ma tête mais je ne suis pas le genre à danser… [1] »

Le groove devint plus profond, ils se mirent à danser sur le beat irrésistible de la basse et des rythmes individuels de leurs propres machines, alors que chacun s'accordait à un état que Malachi reconnut et apprécia en se joignant à eux : l'excitation de quelqu'un qui fait ce qu'il aime le plus, hors du temps, hors du tic-tac des règles et des jours ordinaires. Sur la musique, ils se laissèrent aller au groove éternellement jouissif de l'intelligence, du corps et de l'esprit unifiés, comme la meilleure des baises, la bouffe la plus subtile ou l'instant d'un sourire, inattendu. Malachi dansait en regardant l'étrange point flou se rapprocher du piège avec les mouvements saccadés d'un soûlard de la nuit. Loin et profondément dans l'æther, une cloche sonna, « clang », « clang »… « clang », « clang »… le signalement d'un vaisseau en approche, perdu dans le brouillard ou dans l'obscurité.

— Oh ! Seigneur ! souffla l'elfe… ou une autre expression que Malachi ne comprit pas. Il est là… toujours si proche, comme on l'avait espéré.

— Catégorie 5 ! hurla Jones. Youpi ! C'est *vraiment* le putain de *Téméraire* !

— Ouais baby ! acquiesça le démon derrière Malachi en utilisant une longueur d'aussière qu'aucun humain n'aurait pu soulever pour bloquer la barre.

---

1. « Too late… for making nice… too late for good advice ; your smile is on my mind but I'm not the dancing kind… » (*NdT*)

Une cinquantaine d'autres points lumineux, légers comme des lucioles dans la brume du soir, apparurent sur l'écran du radar.

— Hé ! appela-t-il. Qu'est-ce que… J'ai un tas de… (il chercha le bon terme et abandonna avant qu'il soit trop tard) petites *fantômettes* en approche.

— Le *Tem* a toute une flottille avec lui, gronda le démon qui, pour la première fois, avait l'air inquiet.

Malachi remarqua que tous les autres hésitaient.

— Une flottille ?

— Les apparitions de catégorie 5 sont des créations complexes, hautement développées, qui ont accumulé des spectrales de catégorie 4 et 3 dans leurs mythos, dit l'elfe. Ils sont semi-intelligents, mais les catégories 4 et 3 ne le sont probablement pas encore. Cherche les 1 et les 2 et aussi la proto-activité autour d'elles. Enregistre tout.

Elle avait le ton de quelqu'un refrénant son impatience vis-à-vis du petit un peu stupide qui n'avait pas fait ses devoirs.

— Vaisseaux fantômes, ajouta-t-elle en se tournant soudain vers lui, le considérant de ses yeux verts. La Flotte perdue. (Elle semblait nerveuse elle aussi. Tout le monde se tendit. Malachi la vit lamper un puissant alcool elfique avec une légère angoisse.) Nous avons une histoire avec la Flotte, ajouta-t-elle pour lui en regardant le vide une ou deux secondes avant de se secouer.

— Ils ne s'actualiseront pas, hurla Jones avec confiance par-dessus les No Shows et leur rock dansant. Concentrez-vous sur le vaisseau principal. Allez !

Ils suivirent une série déconcertante d'instructions, en restant focalisés sur le piège et sur l'arrimage du vaisseau géant, dont, quelques heures auparavant, Malachi avait aperçu les voilures s'éloignant dans le crépuscule menaçant de l'æther. Il en savait plus sur lui à présent, un soulagement alors, un fléau à présent : le *Téméraire* était le nom d'un navire fantôme, en partie cuirassé, en partie clipper pirate, en partie vaisseau spatial, en partie bateau à aube et probablement aussi sous-marin du genre du célèbre *Nautilus*. Il exhibait les longues lignes de rames traînant aux flancs de l'*Argo*, la majesté pompeuse du *Titanic*, la terrible et sinistre promesse des navires de guerre des temps anciens, lourds de canons et de dynamite instable et suppurante. Il possédait les moteurs indicibles de la lumière. Plus que tout, il était doté d'une personnalité née de toutes ces légendes, parfaitement décrite par l'image et le nom d'un tableau de Turner [1]. Il était la gloire et la perte de tous les vaisseaux marins depuis l'aube des temps. Il était primal.

Personne ne savait s'il avait un équipage ou un capitaine. Les Chasseurs de fantômes pensaient que non. Mais ils voulaient savoir. Afin d'obtenir des fonds pour de nouvelles recherches, ils espéraient vérifier leur théorie sur la nature des fantômes. Ils supposaient en effet que ceux-ci étaient des constructions, une sorte d'æther qui, accidentellement, entrait en contact avec la conscience d'une créature et y puisait une forme. Ils recherchaient ensuite la même forme pour l'engloutir, avec son énergie, sa vie et sa structure matérielle dans un grand siphon d'énergie porteuse de sens : l'information et le pouvoir. Le *Tem* était un bon vieux fantôme de grande taille, et pouvoir observer les différents stades de sa matérialisation revenait à lire son histoire. En

1. Référence au tableau *Le Dernier Voyage du Téméraire* (1839) du peintre anglais John Mallord William Turner. (*NdT*)

tout cas, les Chasseurs l'affirmaient à Malachi et il n'était pas qualifié pour disputer leurs dires.

Les données recueillies ainsi fourniraient la base d'une théorie sur l'actualisation de toutes les formes d'æther, dont les implications, pour toutes les espèces æthériques, seraient dramatiques. Les chercheurs n'auraient qu'à compléter le travail sur la relativité æthérique pour qu'une science de l'æther s'intègre aux sciences physiques de la bonne vieille Terre : une théorie du tout ! Malachi se sentit un instant complètement défoncé. Puis la barge frémit.

La forme æthérique avait mordu à l'hameçon d'énergie morphique.

— Le *Tem* tire comme un putain de requin, grommela le second démon en s'accrochant aux poignées placées sur le pont à intervalles réguliers. Tenez bon !

La barge vira dans une embardée écœurante. Malachi sentit le harnais mordre dans son corps humanoïde, puis trois des spectraux mineurs s'allumèrent.

— Trois actuels ! hurla-t-il en réaction automatique à son entraînement.

— Merde ! siffla Jones.

Au même instant, le cristal commença à gémir, les moteurs rugirent et la ligne d'énergie du piège se tendit. Malachi n'eut pas besoin qu'on l'informe qu'ils se faisaient tracter.

— Comment est-ce possible ? demanda l'elfe, aussi calme que si elle assistait à une pièce de théâtre ennuyeuse.

— Le *Tem* fait passer de l'énergie, devina Jones. J'ai toujours pensé qu'il le ferait. Il est lié à la Flotte.

— Devons-nous couper la ligne ? demanda l'homme de barre, nerveux, sa voix de Barry White devenue soudain flûtée.

— Non, tenez bon, insista Jones avec le zèle des fous et des génies.

Le problème était que Malachi ne savait plus si elle était l'un ou l'autre.

— *Nina*, *Pinta*, *Santa Maria*..., enregistra calmement l'elfe. Les Moires...

La tête de Malachi tournait... « Les Moires » ? Avait-il bien entendu ?

— Trois et on est dans la merde, déclara le second démon. Je dis qu'on abandonne.

— Tenez bon ! ordonna Jones. Concentrez-vous sur le *Tem*, oubliez le reste...

— Coupez ! s'entendit gémir Malachi par-dessus le hurlement des moteurs de la barge, qui s'élevait pour accompagner la perte de puissance du cristal.

Il connaissait les Moires. Trop bien. Si elles participaient d'une manière ou d'une autre de *leur* mystère, il ne voulait rien avoir à faire avec elles. Il fut soudain certain qu'ils ne survivraient pas aux trois vaisseaux. Au même instant, il entendit une voix chanter en lui :

« *J'ai vu trois vaisseaux entrer au port...* [1] »

— Ils se connectent, hurla-t-il en se rendant compte qu'un lien féroce se créait entre les fantômes et son propre esprit.

Des arcs d'éclairs déchiquetaient l'æther, depuis le cristal vers lui.

— Merde ! cria Jones, entre colère et défaite.

Elle abattit la main sur le panneau de contrôle, comme un combattant frapperait un adversaire à terre. Une cage

1. *I Saw Three Ships (Come Sailing In)*, chant de Noël traditionnel britannique du XVIIe siècle. (*NdT*)

d'acier enferma le cristal et un mécanisme actionna un manteau de plomb autour de la cage. Le faisceau disparut. Les moteurs soupirèrent, emportant la musique avec eux dans leur fermeture d'urgence. Tous les instruments s'éteignirent. Le *Matilda* s'immobilisa.

Le silence s'installa, brisé seulement par le bruit des cloches d'avertissement.

— Tu ne m'avais rien dit des Moires, dit plaintivement Malachi. Tu ne m'avais rien dit de la Flotte !

Zal poussa sa pile de galets vers l'élémental de terre silencieux.

— Tu as encore gagné ! Je pense que tu caches des cartes dans tes manches.

Il n'avait plus de monnaie de galets. L'élémental avait une pile de cailloux devant lui, de quoi racheter tout le casino, se dit Zal. Il ramassa de minuscules morceaux de tickets de caisse qu'il avait trouvés dans sa poche et tenta de les mélanger. Un vent capricieux en attrapa un et le pourchassa le long des longues ombres des affleurements rocheux. Le soleil se couchait. Zal examina le reste des tickets. Ils étaient essentiellement couverts de traces de doigts sales et Zal ne pouvait plus lire les marques magiques qu'il y avait dessinées quelques heures auparavant.

— Et voilà, le trois de cœur a disparu, soupira-t-il. Je ne veux plus entendre d'annonce de flush. (Il agita son doigt devant l'élémental.) Maintenant, je suis prêt à parier…

Il y avait encore des cailloux à quelques mètres, mais il se sentait trop mal pour aller les chercher. Il se demandait si cela avait été une bonne idée d'attendre le coucher du soleil pour bouger. Il avait pensé que, sans la lumière pour engendrer des interférences cristallines avec le temps æthérique, il serait plus facile de se déplacer, mais il ne semblait pas y avoir de différence notable dans les forces qui l'entouraient.

— Je suis prêt à parier que si je reste ici avec toi, mon cher ami, je ne quitterai jamais cet endroit vivant. Peut-être même pas mort.

La force émoussée de sa résignation pressentait que c'était la vérité. Il laissa tomber les cartes et le zéphyr les pourchassa dans une petite tempête de flocons de papier. Quelques-uns des fragments s'accrochèrent à M. Tête de Patate et absorbèrent lentement son humidité, devenant bruns puis gris. Les minuscules glyphes que Zal y avait tracés brillaient comme les chiffres d'une vieille horloge, lui rappelant que, même s'il ne le sentait pas, il se faisait irradier par d'effrayantes fréquences.

Il porta son attention sur la coloration douce de sa balise et sentit les énergies de feu se renouveler, brûler à travers lui dans ce qui ressemblait beaucoup à de la douleur. Elles étaient considérablement plus faibles qu'elles l'avaient été. Il n'avait pas vu le moindre être de feu ici, malgré la proximité de plusieurs ouvertures dans le sol brut d'où s'échappaient fumées et vapeurs à intervalles irréguliers, promettant des sources souterraines. De faibles zéphyrs d'air continuaient à s'amuser avec ses cartes, les éparpillèrent ici et là. Aucune d'entre elles ne s'enflamma. Elles se contentèrent de voleter. Il allait devoir sortir par lui-même.

— J'espère que tu me pardonneras, dit-il à M. Tête de Patate avec une tristesse solennelle. Mais il faut que je te quitte. Ce fut amusant.

L'élémental assimila le cinq de carreaux d'une glissade pensive le long de son flanc. Puis il rejeta le papier, l'ayant débarrassé de toute trace de magie.

— Je savais que tu trichais, dit Zal avec lassitude, puis il serra les dents et se redressa.

Son *andalune* lui semblait faible et poisseux, traversé par l'énergie de sa balise diabolique d'une manière avec laquelle il n'était pas en accord. Sa double nature se déchirait. Il vomit dans le sable. Ce ne furent que des rots secs, puis de la bile qui le fit grimacer. C'était hautement minéralisé. Il commençait à s'évaporer.

Il se contraignit à se lever. Les zéphyrs jouèrent avec ses cheveux. Il les écarta et observa les plaines scintillantes. Dans une direction, il devina la présence d'affleurements rocheux qui pourraient lui offrir un abri, s'ils n'étaient pas truffés de veines d'élémentaux mortels. Il commença à mettre un pied devant l'autre.

Il avait fait quarante pas douloureux, sans pause malgré les vertiges et les chancellements, lorsqu'il entendit un son derrière lui. Il se retourna prudemment, trop faible pour se défendre contre quelque menace que ce soit, et vit une boule de boue rouler jusqu'à ses pieds. Elle éjecta le sable en se secouant et prit la forme familière et confuse d'un élémental de terre. Il avait deux trous en guise d'yeux mais pas de traits, juste une tête, un corps, un regard.

— T'es pas mon type, mec, dit Zal. Je suis plutôt feu. On en a déjà discuté quand tu m'as arnaqué de tous mes cailloux.

Il se remit en marche. Le soleil était couché, la température était douce, l'atmosphère humide. L'eau formait des gouttelettes dans l'air. C'était l'élément complémentaire de son feu naturel. Il le sentit comme un amortisseur, littéralement et æthériquement, neutralisant ce qui restait de son excès d'énergie. Il s'affaiblit, mais commença à se sentir mieux et fut capable de marcher sans trop de difficultés, ne ressentant rien de pire qu'une centaine de gueules de bois.

Occasionnellement, il entendait le sable crisser et de petits cailloux rouler derrière lui. Le paysage s'assombrit, le ciel devint rose, puis lavande, puis bleu. Il s'arrêta en grognant de douleur lorsque ses orteils cognèrent un obstacle plus solide qu'eux.

Alors il se rendit compte qu'il faisait noir et qu'il n'y avait pas de lune dans le ciel, juste le feu de rares étoiles projetant une faible lumière. Il chercha la tache qui devrait marquer l'emplacement du corps principal de la galaxie mais, pour la première fois de sa vie, il ne put la trouver. Il entendit le bruit aqueux de la boue qui éjecte une pierre près de lui.

— Mais où sommes-nous donc ? dit-il tout haut, oubliant ses douleurs et son malaise.

Il pensait qu'un décalage spatial était possible entre les royaumes, même si les théories de transparence et de dimensions mutables avaient la faveur des elfes depuis sa naissance, mais il n'avait jamais eu la preuve qu'au moins un royaume existait sous un autre ciel.

Les yeux des elfes étaient efficaces en lumière basse, mais pas aussi basse qu'en ce moment. Zal se pencha pour se frotter le pied et laissa son *andalune* se déverser autour de lui, se substituant à ses sens physiques. Il sentit le choc assourdi qui accompagnait toujours l'extension de son corps æthérique dans les mondes dépourvus de toute conscience akashique susceptible de communiquer avec lui. Son *andalune* devint flou, puis se rajusta. Il n'y avait rien d'intelligent ici, du moins pas exactement, mais il y avait des *choses*.

Zal se redressa, plus vif que depuis longtemps. Les élémentaux capables de traverser les frontières et de voleter dans d'autres royaumes étaient des créatures raisonnablement bien formées et aussi conscientes que la plupart des animaux. Ces *choses* étaient beaucoup plus stupides, mais elles étaient néanmoins conscientes, des autres, d'elles-mêmes et bien sûr de lui. Et plus il étendait sa sensibilité, plus il détectait de variétés de *choses*. Elles se déplaçaient par champs, comme si les champs étaient des troupeaux, devenant hordes ou bancs, comme de poissons. Les *choses* dérivaient, écheveaux et filets, et les corps à l'intérieur des écheveaux et des filets jouaient avec un début de forme. Certaines se coagulaient en éléments physiques : carbone, vanadium, cobalt, sodium,… Certaines devenaient des éléments æthériques de feu, d'air, de métal, d'eau ou de terre. D'autres avaient des propriétés plus étranges encore, des caractéristiques qu'il ne pouvait que qualifier d'abstraites. Elles n'étaient rien de plus que de l'énergie en formation, un rassemblement de pulsations. Il comprit avec un hoquet de plaisir pur que ces dernières étaient des *nombres* !

— Monsieur Tête, dit-il dans la nuit étoilée. Je crois bien qu'il y a plus d'êtres par ici que je le pensais.

Il soupçonnait que l'élémental de terre le suivait toujours. Peut-être pensait-il pouvoir en extraire des composants utiles ? La découverte amusa Zal jusqu'à ce qu'il se souvienne pourquoi il était ici et où il aurait dû être.

— Mais nous devons continuer, monsieur Tête, dit-il avec lassitude, vaguement conscient que non seulement il était témoin de l'existence de nombres, mais que d'autres choses étranges l'entouraient, des choses comme les éléments des formes – triangle, cercle, carré – et les éléments des propositions, les blocs de construction de la communication.

— C'est un drôle de moment pour une pareille découverte, monsieur Tête, dit Zal en se frayant un chemin autour des rochers. Note-le, si tu veux bien, et avançons. Nous devons enregistrer tout ce que notre expédition découvre.

L'idée d'être à la fois un grand chef, un scientifique expéditionnaire et un visionnaire était très agréable. Cela lui permit de tenir pendant des heures d'inconfort modéré et de haut-le-cœur occasionnels, jusqu'au moment où il marcha sur un os et le sentit craquer sous sa botte.

Le pas suivant en écrasa un peu plus.

Zal s'arrêta de marcher et s'assit pour attendre l'aurore. Cela n'allait pas être génial, mais il avait trouvé quelque chose qui n'était pas totalement décomposé. Ce n'était donc pas si vieux. Et cela avait été quelque chose qui n'était pas un élémental, ce qui signifiait « venu d'ailleurs », ce qui voulait dire… Il n'osait pas penser à une issue ni à une expédition de secours envoyée pour récupérer ses disparus, ni à Jolene se rendant compte de son absence et engageant Lila pour le sauver…

Il sentit la présence de l'élémental de terre s'approcher et une douche de particules éclabousser ses bottes. Il s'en sentit étrangement réconforté. Le sol semblait plus amical ici, ou alors Zal était encore plus malade qu'il le pensait. La distorsion æthérique était minimale – une rage de dents plutôt qu'une migraine atroce – et les champs de proto-élémentaux tourbillonnants étaient moins organisés, comme si la zone était plus jeune et que rien ne s'y passait encore. L'énergie était presque aussi indistincte que l'æther sauvage, mais il n'y avait pas d'æther sauvage ici. Absolument aucun. Tout était formé ou en train de se former. Il prit la position de méditation de sa jeunesse et grimaça quand ses genoux protestèrent, mais, de cette manière, il pouvait dormir assis. Il ne voulait pas s'allonger ici, ne sachant pas dans quoi il avait marché, sinon que cela lui semblait biologique.

— Prends des notes, monsieur Tête, dit-il dans un soupir las. L'absence d'æther sauvage dans ce royaume signifie que tout transit à partir d'ici, y compris en utilisant un portail, puise son énergie au-delà des frontières.

Il se sentit s'affaisser. Il ne s'était pas rendu compte qu'il s'accrochait à un fantasme : trouver une traînée de magie sauvage et l'utiliser pour créer un cercle de transit ou de protection. Mais son *andalune*, même endommagé par les radiations, était convaincu qu'il n'existait rien de sauvage ici. Il entendit et sentit la vibration d'un petit caillou éjecté d'un amas de boue et rencontrant quelque chose de solide, léger et friable. Avec ses doigts, il tâta la forme sur laquelle il était assis. On aurait dit du bois léger taillé et lissé… il tenait une omoplate. Aussi grande que les siennes. C'était vraiment très proche des siennes. Il la reposa soigneusement et ferma les yeux pour attendre le lever de la lune ou l'aube. Pour empêcher que les omoplates, leur ancien propriétaire ou les destins possibles dudit ancien propriétaire deviennent une obsession, il commença à fredonner un petit air puis se mit à composer une chanson, ce qui l'absorba totalement et lui permit d'oublier ses problèmes.

Lila atteignit le manoir Ahriman au crépuscule. Elle avait fait un détour par les maisons de bains communs de Magisteria, un district des Musiciens, et utilisé leur chaîne de bains de plus en plus chauds et caustiques pour débarrasser ses cheveux et ses vêtements des morceaux de nécromant. Ses systèmes internes lui avaient envoyé des alertes de corrosion et des menaces pour violation de garantie. Le diablotin n'était plus qu'une douleur acceptable dans le lobe de son oreille. Tath boudait, un poids émeraude dans son cœur. Seuls les propulseurs de ses bottes lui permettaient de flotter haut, bien en sécurité au-dessus de la vie démoniaque du soir, une masse remplissant les rues et l'air de la ville de ses légions.

Elle sentait encore la puanteur de charognards des compagnons de Madame. À moins que ce soit le vent qui lui portait l'odeur des charniers de la rive sud, où les boucheries restaient ouvertes à l'air de la mer… La viande qui séchait, la viande fraîchement saignée, la viande à moitié enterrée rancissant jusqu'à ce qu'elle soit assez mûre pour être vendue. Il y avait aussi de la viande pendue, de la viande pleine de mouches, de la viande infestée d'asticots, de larves de mouches et de guêpes qui seraient servies dans la viande ou à part, grillées ou vivantes. Les démons faisaient de la viande tout ce qui pouvait être fait, bien entendu. La cuisine était un art et, à l'intérieur de cet art, toutes sortes d'activités étaient aussi considérées comme un art : le glaçage des gâteaux, par exemple, ou l'extraction des glandes des guépards. Lila s'immobilisa, choquée par l'abondance des données sur la cuisine démoniaque, fournies par son IA alors qu'elle s'était branchée sur le district des charniers. La Précepture de la Cuisine. Puis ses modules olfactifs objectèrent que le monde n'avait pas uniquement cette odeur parce que Mama Azuga préparait, encore, du boudin et des côtes viles. Une partie de l'odeur venait de la maison.

Lila ralentit, les sens aux aguets. Elle zooma vers la maison à haute résolution, vit que les gardes et les serviteurs étaient en poste, dehors ou aux portes et aux fenêtres. Tath se déplia en sentant son inquiétude et s'étira un peu dans son torse, connectant son être spectral aux alliages enchantés de Lila, s'accordant à elle avec une subtilité dont elle comprit tardivement qu'il l'avait perfectionnée. Elle le sentit à peine.

Deux démons, portant la balise brun sombre des officiers du gouvernement, descendaient sur le toit du manoir par l'échelle d'un petit dirigeable arborant l'insigne du Département de la Justice officielle. Une silhouette émergea pour les accueillir : Sorcha, son corps noir et écarlate presque entièrement recouvert par la robe blanche du deuil, uniquement reconnaissable par sa queue à la pointe de scorpion. Ils entrèrent et les serviteurs amarrèrent le dirigeable aux anneaux du toit.

Lila, toujours pleine d'outrage et d'indignation envers Madame des Loupes, atterrit prudemment et entra pour découvrir ce qui se passait. Tous les regards se tournèrent vers elle avant que les serviteurs retournent à leurs tâches. Ils l'avaient remarquée et avaient tourné le dos…

— *Ont-ils peur de moi ?* demanda-t-elle à Tath.

— *Je crois que ce n'est pas tout à fait exact*, dit l'elfe. *Je pense que ce que tu vois est un évitement. Quoi qu'il se soit produit dans la maison, on t'en rend manifestement responsable.*

Son IA confirma. Ceux qui amenaient le désastre à leur famille étaient évités par les ordres inférieurs.

— *Tu devras faire très attention quand tu rencontreras les membres de la famille*, dit Tath. *Quels que soient leurs sentiments personnels, ils peuvent être tenus par l'honneur et réclamer vengeance.*

— Mais, je ne fais pas partie de la famille…, dit Lila.

Elle ralentit néanmoins le pas et permit à ses systèmes d'amorcer Standard de Bataille, le mode spécifique de son IA qui lui permettait de dépasser les limites humaines. Le mieux étant de trouver Sorcha, en privé, elle emprunta les passages calmes et l'escalier vers la chambre de la démone dans l'espoir de l'atteindre sans rencontrer personne d'autre. Elle eut de la chance. Les serviteurs et la maisonnée étaient occupés ailleurs et elle navigua dans le labyrinthe de couloirs, seule.

L'appartement de Sorcha était ouvert et aéré. Il avait été récemment nettoyé et l'odeur de sang provenait d'ailleurs, plus près du cœur de la maison. La chambre adjacente de Lila était ouverte aussi ; la porte entrebâillée. Un mauvais pressentiment se referma sur elle comme le contact d'une main froide. Elle n'y céda pas, poussant la porte du bout des doigts et laissant son IA scanner la pièce. Il n'y avait aucun danger. Il n'y avait rien. Elle entra et stoppa net.

Il n'y avait rien qu'un désordre énorme. Tout dans la pièce semblait avoir été détruit de manière systématique et, sur le sol, gisaient les restes emmêlés du filet d'argent de Teazle. En examinant la porte, Lila découvrit des taches d'ombre autour du verrou et de la poignée. Il y avait aussi un tas de poussière sur le sol, que Lila toucha du bout des doigts. L'analyseur de son avant-bras déclara : poussière d'acier. Le verrou avait été brisé.

— *Sub- ou hypersonique*, dit Tath. *Les elfes nocturnes sont doués avec le son. Ils l'utilisent comme une arme.*

— C'est comme ça qu'elle s'est libérée ?

Lila s'approcha du filet pour l'examiner en faisant attention de ne rien déranger. Il y avait des morceaux de literie et de la poussière d'objets détruits partout.

Elle souleva précautionneusement le filet. Il ne pesait presque rien.

— *On dirait qu'il a été déchiré*, dit Tath, incertain.

— *Non*, le corrigea Lila, laissant ses yeux se concentrer sur chaque fibre de la soie arachnéenne.

Certains fils étaient usés et effilochés, détendus, mais la plupart ne montraient qu'une section bien propre. Ils avaient été coupés.

Peut-être l'elfe avait-elle disposé d'un couteau caché ?

Lila se redressa en fronçant les sourcils. Elle était sûre que non. Quelqu'un d'autre avait fait ça.

Elle entendit plusieurs paires de pieds marteler le sol carrelé de l'autre côté de la porte, puis un murmure de voix. Lila se retourna. Sorcha et l'un des officiers se tenaient sur le seuil, tous deux surpris de la voir.

Chapitre 13

Comme si on pouvait boire encore plus ! Juste quand Malachi pensait qu'il n'y avait plus de bière, les démons sortirent un quatrième tonneau. La musique Mode-X avait été remplacée par le génie de Vivaldi à plein volume. Malachi sentait ses compagnons apaisés par l'alcool et la musique. Ils étaient presque prêts à lui parler.

La station-bulle dérivait dans l'I, calme et recueillie. Il n'y avait pas de fantômes dans le coin. Les machines bourdonnaient, une vibration qu'il ressentait dans ses os, alors qu'il reposait sur le pont avec les autres, tous emmitouflés dans les sacs de couchages autour d'un désordre de boîtes de fast-food ouvertes. Il n'avait aucune idée du temps qui s'était écoulé dans son bureau mais il était raisonnablement sûr – contrairement à ses attentes – qu'il n'était plus du tout dans son bureau. Il était avec ces gens, complètement dans l'I, flottant dans une bulle bercée par les vagues et le flux de l'espace akashique. C'était un terme fae, « Akasha ». L'espace-I. L'Interstitiel. Le vide. L'æther.

Le démon femelle – Rhagda – tenait fermement le tonneau de bière – une barrique entière ! Ils ne s'en relèveraient pas avant une semaine ! – et le démon mâle, qui avait été le capitaine du voyage avorté du *Matilda,* leva un maillet et l'abattit sur l'unité de robinet, d'un geste sûr et résigné, comme s'il plantait le dernier clou d'un cercueil.

Malachi sentit que le moment des explications était venu.

— À propos des Moires, commença-t-il, et ils levèrent tous leurs têtes lourdes vers lui. Nous les connaissons bien.

— Nous aussi, grommela le démon mâle en approchant son verre du robinet et en se servant avec expertise une bière. (Il lécha la mousse de son épaisse langue pointue.) Mais ce ne sont pas des démons.

— Ni des elfes, dit la scientifique elfe, reniflant et s'essuyant le nez sur un mouchoir délicat. Mais nous les avons rencontrées de temps en temps en Alfheim.

— Tous les fantômes prennent leur source des intrusions venues des divers royaumes, dit Jones, fermement.

Malachi pensa détecter une conviction de zélote dans sa voix et hésita.

— Nous savons ce qu'elles sont. Vous le savez aussi. Si elles sont liées au *Tem* et à la Flotte, même si elles sont limitées ici par leur forme fantomatique…

Malachi hésita. Il ne savait pas vraiment de quoi il parlait. Les Moires pouvaient-elles être limitées par la forme ? Une intuition le traversa comme un taureau furieux et il regarda Jones de ses yeux de fae. Il voyait un fin mur de gris et de rouge autour de la tête et des épaules de la jeune femme, le bouclier de la duperie.

— C'est elles que tu voulais ! s'exclama-t-il. Pas le *Téméraire* !

Les regards rivés sur lui se tournèrent vers Jones. Elle baissa les yeux, furibarde.

— Par le Nommeur ! dit doucement le démon. Est-ce exact ?

— Jonesy, dit l'elfe mâle. Tu ne risquerais pas…

— Il nous faut quelque chose d'irréfutable ! dit Jones en les regardant avec défi à travers sa frange. Vous le savez.

— Les humains ! feula Rhagda, jetant avec rage son verre hors de la pièce, à travers le champ de la bulle et dans le grand nulle part magique. Aucun sens du danger. Aucune sagesse. (Elle cracha sur Jones, atteignant la jeune fille là où ses mains enserraient ses genoux relevés.) Le *Matilda* ne bougera plus tant que tu ne seras pas de retour en Otopia, là où est ta place !

Le silence fut aigu, désespéré et final. Ils le sentirent tous, mais aucun aussi vivement que Malachi. Jones le regardait avec une haine lugubre en essuyant ses mains sur son jean. Il haussa les épaules, impuissant. Les faes ne connaissaient pas le tact. À cet instant, il aurait aimé que ce ne soit pas le cas. Il se leva, chancelant légèrement.

— Je devrais y aller, dit-il. (Il se tourna vers Jones.) Ne repars pas à leur poursuite. (Le calme maussade attendait qu'il disparaisse pour exploser. Il avait l'impression de la jeter aux lions.) Pas avant que je te trouve une protection décente pour cette barge.

Tiens, d'où cela sortait-il ? Il regretta ses mots dès qu'ils eurent franchi ses lèvres, mais il était de retour au centre de l'attention. Sept regards plein d'espoir s'étaient tournés vers lui.

Bah, pensa-t-il, il pourra toujours utiliser le charme familial pour obtenir quelque chose de quelqu'un, même si ce n'était pas d'Incon. Il pouvait probablement le faire. Il pouvait même convaincre les faes de soutenir les recherches des Chasseurs de fantômes. Il lui suffisait de ne pas mentionner les Moires comme telles, mais juste évoquer les Autres de façon plus vague et plus large. Si sa conviction ne suffisait pas, la curiosité ferait avancer les choses. Il en savait suffisamment sur sa propre espèce pour utiliser momentanément sa plus grande faiblesse à son avantage. Rien ne les empêcherait de vouloir en connaître davantage. Et, puisqu'il pouvait raisonnablement prétendre à un certain degré d'ignorance, il ne serait pas en danger personnellement, probablement.

Comment se faisait-il qu'on pensait toujours à ce genre de plan APRÈS s'être engagé ?

Jones lui dédia un regard mélangé de gratitude et de reproche. Il dit maladroitement au revoir aux autres, puis se réfugia dans un coin éloigné et discret. Il détestait qu'on le voie changer. Indubitablement une pudeur de chat.

Il se défit de sa peau humanoïde à la hâte, sentit à peine la fraction de seconde d'immersion-I et se retrouva dans son bureau, dans l'atmosphère plate d'Otopia, avant d'avoir le temps de ciller. Il eut la sensation brève mais désagréable de démangeaisons dans le crâne, comme une fréquence mal réglée traversant sa conscience. C'était chose courante en Otopia, avec ce déluge incessant d'ondes hertziennes polluant la totalité du spectre électromagnétique, mais il eut un instant l'impression que cela l'avait suivi depuis l'espace-I. Puis cela disparut et il put s'étendre dans son merveilleux fauteuil, s'assurer que tous ses coms étaient éteints et s'offrir une courte sieste bien méritée.

En se réveillant, il découvrit que sa sieste n'avait pas été courte et que son séjour avec Jones et son équipe avait consommé trente heures. Pas étonnant qu'il ait été fatigué. Il prépara ses notes pour Incon, consciencieusement, et, finalement, alluma ses systèmes de messagerie.

— Vous êtes en retard, dit sa secrétaire avec son anxiété réglementaire légèrement embrouillée. (Il ne lui en voulait pas. Avec lui comme patron, elle devait en supporter beaucoup et ce n'était qu'une humaine.) Delaware veut vous voir, ajouta-t-elle. J'ai bien peur qu'il y ait de mauvaises nouvelles.

Elle s'interrompit, Malachi attendit et elle finit par préciser :

— Les parents de Lila Black sont morts.

Malachi grimaça. Pour Lila, il avait gardé un œil sur la famille Black, pris des photos en catimini, recueilli des nouvelles. Cela avait été quelque chose de spécial pour lui.

— Elle ne le sait pas, dit-il pour lui-même.

Bien sûr que non. Elle était en mission et jamais Incon ne lui révélerait une chose pareille avant son retour.

— Comment ? demanda-t-il en se levant et en s'étudiant dans le miroir en pied qu'il déroula le long d'un mur.

Seigneur, il avait l'air épouvantable ! Il se passa les mains dans les cheveux et tenta en vain de tamponner certaines taches sur son costume. En feulant, il se détourna de son reflet, refusant de remarquer à quel point il avait l'air coupable.

— Je ne sais pas, dit Sally. Delaware vous briefera. Ç'a l'air suspect.

Démonia, la mort, la famille. C'était foutrement prévisible, pensa Malachi. Les humains ! En cette minute, il les détestait autant que les elfes. Ils ne savaient ni où il ne fallait pas mettre les pieds ni pourquoi, mais cela ne les arrêtait pas assez longtemps pour réfléchir. L'idée même d'enchaîner avec la froideur « note de frais » de Delaware, après l'ambition mortelle de Jones, lui fit sortir les griffes.

Il dut attendre dix minutes avant qu'elles veuillent bien se rétracter.

Le bureau de Cara Delaware offrait une vue panoramique sur la zone de Bay City. Elle était tout en haut du département, à la tête du monde. Malachi savait que Sarasilien, lui-même et tous les diplomates de seconde zone ne toléraient son règne que parce que cela les arrangeait. Il n'était pas sûr qu'elle en ait conscience. Dans un cas comme dans l'autre, cela expliquait les méthodes dures qu'elle déployait. La déception et l'égoïsme n'étaient que les deux faces d'une même médaille. Il passa une minute terrible à refouler ses instincts prédateurs pendant qu'elle le faisait attendre. Elle lisait quelque chose. Il dut faire les cent pas devant la fenêtre et s'inventer des victimes potentielles parmi les piétons du centre-ville. L'air conditionné le calma mais assécha son nez. Il éternua, trois éternuements rapides de chat. Il était superstitieux avec le chiffre trois. Il se força à éternuer une quatrième fois, mais ce ne fut pas vraiment ça.

Delaware leva les yeux, sa lourde queue-de-cheval oscilla dans son dos. Elle était aussi immaculée qu'il aurait souhaité l'être.

— Malachi, vous avez été absent longtemps.

— J'avais des affaires importantes à régler, dit-il. Je suis toujours en train d'écrire le rapport.

Il n'avait pas encore commencé à réfléchir au paquet de mensonges qu'il allait y mettre. Il n'allait pas les présenter tout de suite : il avait besoin de sa concentration pour ne pas révéler par son langage corporel qu'elle et lui n'étaient plus vraiment alliés. Il se détendit à sa manière habituelle et s'installa dans l'un des fauteuils que Delaware proposait à ses invités. Il croisa les jambes, découvrit un emballage de poulet frit collé à la semelle de sa chaussure, les décroisa et les recroisa de l'autre côté.

— Vous savez que les parents de l'agent Black sont morts, commença Delaware en lui offrant toute son attention dans le silence de son bureau.

— J'ai entendu cela, oui, dit Malachi calmement. (Puis, incapable de se contenir, il ajouta :) Ils ont été assassinés, n'est-ce pas ?

Delaware opina.

— Des démons, dit Malachi.

— Peut-être. Nous n'en sommes pas sûrs.

Elle tourna son écran vers lui après une rapide manipulation.

Malachi se pencha. Il sentit sa mâchoire se détendre et ses poils se dresser tout le long de sa colonne vertébrale, tandis que ses narines se dilataient, inspirant à la recherche futile d'odeurs.

— Des nécromants.

— Oui. Donc ils peuvent être de n'importe quelle espèce. Nous ne savons pas. Et...

Quand elle s'interrompit, il poursuivit pour elle.

— Vous ne savez pas non plus si les parents sont complètement morts. Qu'avez-vous fait des corps ?

— Nous avons tenté la suspension cryogénique, dit sèchement Delaware, luttant pour se contrôler et y parvenant. Au cas où.

— Vous avez besoin d'une suspension magique, dit Malachi en se détournant de l'image, lèvres relevées. Ce n'est pas génial de se réveiller sous forme de glaçon. Mourir en hurlant à côté des petits pois congelés.

— Est-ce que les gens reviennent ? demanda Delaware en le regardant droit dans les yeux.

Elle était forte. Il haussa les épaules.

— Aucun humain ne l'a jamais fait. *A priori*, vos corps se décomposent trop vite, même si les esprits parvenaient à faire le voyage de retour. Parfois les faes y arrivent. Je ne sais pas pour les elfes et les démons, mais je parie que, s'ils faisaient attention, ils en seraient capables. Thanatopia est un lieu æthérique. Mais pas exactement. Vous devriez parler à quelqu'un qui sait. J'ai rencontré un revenant. Il n'était pas tout à fait comme avant.

Delaware hocha la tête et prit une note. Elle leva les yeux.

— J'ai besoin que vous retrouviez Lila pour le lui annoncer.

Malachi opina silencieusement.

— Qu'en est-il de la sœur ?

— Nous nous occupons d'elle. Surveillance 24/24.

— Hmm, et que pense-t-elle qu'il est arrivé à papa et maman ?

— Les funérailles ont lieu vendredi.

Malachi secoua la tête.

— Deux cercueils vides, j'imagine.

— Malachi, dit Delaware en ne faisant aucun cas de son ressentiment. Pensez-vous qu'il y ait la moindre possibilité de les ramener ?

— Tout est possible, dit Malachi en se levant pour se diriger vers la porte. Mais puisque je suis votre spécialiste fae, je dois vous conseiller de ne pas essayer. Brûlez les corps pour être sûre. Croyez-moi, vous ne voulez pas vous mêler des affaires de gens qui trafiquent les morts. S'il y a bien une chose que j'aimerais, c'est que vous autres humains renonciez à tout espoir de faire revenir de Thanatopia ceux que vous avez perdus. Parce qu'ils ne reviennent pas. Ils…

avancent, mais ils sautent le milieu, et j'ai l'impression que le milieu pourrait être important.

— Malachi, dit-elle de nouveau, l'arrêtant alors qu'il avait la main sur la poignée de la porte.

Il tourna la tête par-dessus son épaule.

— Trouvez-moi un nécromant ou un revenant. Je veux savoir.

— Qu'allons-nous dire à Lila ? (Il opina très légèrement pour lui indiquer qu'il avait entendu.) Les laisserez-vous mourir pour de bon ? Ou bien les avez-vous simplement rayés du registre comme vous l'avez fait pour elle ?

Delaware le regarda une longue minute. Il prit cela comme un refus catégorique de lui révéler la vérité et d'assumer ses responsabilités. Il secoua la tête face à cette stupidité et laissa la porte grande ouverte en sortant. Il joua avec l'idée de regagner directement Faerie, sans espoir de retour, mais il avait un autre voyage à entreprendre.

Il rentra chez lui pour se laver, se changer et se remettre en forme. Bien sûr qu'il retardait le moment de partir. Il le retarderait pour toujours, s'il le pouvait.

— Adai Tzaba, comme tous les démons, avait un talent, commença Sorcha. Même si sa puissance et son utilité variaient selon les témoins. Elle avait le don de Présence, qui est un don à distance, passif. On ne le branche ni ne le débranche, il fait partie de soi. Tous ceux qui étaient à portée d'Adai pouvaient connaître la vérité de leur propre vie. Elle faisait partie de la Précepture des Voyants intérieurs. Quand on se trouvait près d'elle, on n'avait aucun doute sur les tricheries qu'on faisait avec soi-même, on connaissait la vérité de ce qui s'était produit et ce que l'amie voulait vraiment dire lorsqu'elle avait dit « chouette les cheveux» le jour où on s'angoissait pour une première apparition sur scène...

Une boucle de fumée s'échappa de la bouche de Sorcha mais elle se maîtrisa et poursuivit:

— En Démonia, dire la vérité fait partie des arts essentiels, mais que cela ne te trompe pas: être une menteuse fait de toi la plus réussie des salopes alpha. Pourtant, se contenter de la vérité vraie est ce qui a le plus de valeur, parce que seule la vérité peut te libérer. Tu me comprends?

Sorcha pencha la tête sur le côté et regarda Lila d'un air prédateur.

— *Elle est aussi claire que la boue!* grommela Tath, extrêmement désapprobateur mais comprenant presque trop bien.

Lila tenta le coup:

— Hmm, si tu dis la vérité, on t'honore, mais, si tu parviens à mentir et à convaincre les autres que tu dis la vérité, tu les écrases tous et c'est mieux?

— C'est ça, opina Sorcha. Exactement ça. Mais il est dangereux de mentir, le mensonge crée une dépendance, comme le juju. Le frisson du succès... fait frissonner. Mais le frisson a faim. C'est une faim qui ne peut être satisfaite. Elle exige de plus en plus de mensonges. Et tu risques toujours d'être découverte par un talent de clairvoyance. Comme celui d'Adai.

Sorcha inspira profondément et libéra lentement son souffle. Elle avait les yeux baissés, le regard tourné vers l'intérieur et des souvenirs qui, d'après ses lèvres serrées et son froncement de sourcils, semblaient tristes.

— Donc, dit Lila pour clarifier les choses pour elle-même autant que pour montrer à Sorcha qu'elle écoutait, Adai était un grand danger parce qu'on voyait la vérité en l'approchant. Elle montrait aux gens combien ils avaient été trompés et cela leur faisait honte. Alors, bien entendu, personne ne la voulait dans les parages.

Sorcha hocha la tête comme si celle-ci était lourde.

— Mais c'était aussi l'un des grands esprits médecins, Maha Bhisaja, parce que le danger c'est qu'on peut en arriver à croire à ses propres conneries. C'est là que commence le chemin vers l'Enfer.

Sorcha leva les yeux vers Lila et regarda la pierre rouge dans son oreille.

Lila la toucha sans y penser.

— Les diablotins sentent la faiblesse, murmura Sorcha. J'aurais dû faire plus attention à toi. Zal me le reprochera. (Elle soupira puis se redressa soudain, arquant son dos, et rugit de frustration, une exclamation musicale terrifiante qui fit tressauter le cœur de Lila.) Je me le reproche. J'aurais dû deviner que tu étais beaucoup plus bousillée que cinquante génies dans la même bouteille.

Elle regarda Lila avec intérêt, pour voir si elle allait contester cette déclaration.

Lila serra les mâchoires. Elle était consciente du corps fragile qui reposait dans la pièce à côté et de son rôle dans sa mort. Que Sorcha dise ce qui lui plaise. Elle avait probablement raison. Lila écoutait intérieurement, espérant que Tath démente, mais, à la place de la rébellion, elle ne sentit qu'un calme triste. Cela, plus que les paroles de Sorcha, plus que les avertissements de Madame, la fit hésiter. Le regard rouge de Sorcha la fouillait.

— Une fois sur ce chemin, rares sont ceux qui reviennent. Les démons le prennent pour prouver leur valeur. La plupart ne le font jamais. Et les étrangers, s'ils veulent appartenir à l'espèce démoniaque, doivent en passer par là. Mais Adai était la cure contre l'Enfer. Elle démontrait que chaque bonne intention avait sa part d'égoïsme et ses contradictions basées sur des illusions. On ne pouvait pas y échapper. Et même si on était mis à nu par son don, on pouvait aussi se libérer grâce à elle et retourner à la Via Maha, le « Chemin Vrai ».

— *Comme c'est ironique, encore une fois, que la seule personne qui aurait vraiment pu t'aider soit morte*, dit sèchement Tath, et Lila se sentit doublement attaquée, doublement blessée.

Sorcha haussa les épaules.

— Être près d'elle, si on n'avait pas le cœur pur, était une putain d'expérience douloureuse... et, à cause de ses handicaps, personne ne voulait d'elle. Elle n'avait plus rien quand Zal l'a épousée. Les complots pour se débarrasser d'elle étaient permanents. Elle passait tout son temps et tout son argent à éviter la mort, pauvre petite souris. Elle ne leur offrait aucune excuse pour l'assassiner. Sa propre famille était puissante, mais ses membres étaient sans doute ceux qui voulaient le moins d'elle. Leurs secrets étaient en péril constant. Personne ne l'invitait aux fêtes. Les gens fuyaient quand ils la rencontraient dans la rue et la traitaient de tous les noms, pourtant ils savaient tous qu'elle était meilleure qu'eux, qu'elle ne glisserait jamais vers l'Enfer, qu'elle était l'ange tombé du ciel. Une bénédiction et une malédiction.

Sorcha secoua la tête. Ses flammes s'étaient assoupies, braises et fumée autour de sa tête. Elle réunit ses mains et soupira.

— Zal l'a épousée... sa seule épouse. Le truc avec Zal c'est que, en fait, c'est lui le membre le plus puissant de cette famille. Il est allé en Enfer et en est revenu de lui-même.

C'est pour cela qu'il a sa place ici. Il n'a pas besoin de mariages. Moi, j'essaie aussi de les éviter. Je ne veux pas perdre mon temps avec toute cette merde familiale, mais je n'y échappe qu'en étant souvent absente. Et je gagne mon propre argent. L'argent est très important ici. Zal, lui, possède le véritable pouvoir. Personne ne sait exactement ce que c'est. Mais c'est une putain de magie, c'est clair. C'est un démon, un vrai démon, d'une manière dont il n'a jamais été elfe. Qui sait ce que ça veut dire ? Qui y accorde de l'importance ? Le fait est qu'il a sauvé Adai d'une vie misérable – personne n'osait l'insulter, même en passant – et qu'il lui a donné un endroit où vivre en sécurité. Et elle l'aimait, mais pas pour cela, elle l'aimait tout court. Elle n'était pas censée venir en ville. Elle a dû découvrir qu'il allait venir et elle s'est précipitée ici. Il n'est pas passé depuis une éternité. Il est surtout resté avec vous autres, les humains, tout comme moi, à se battre, puis à fuir. Mais lui ne fuyait pas Démonia.

Sorcha se tut, elles restèrent assises en silence un moment et le soir les caressa doucement.

— Qu'est-ce que l'elfe lui a fait ? se ranima Lila.

Elle entendait les voix atténuées et les mouvements dans la maison et au-delà. La police faisait son travail. Les barges sur le canal pétillaient de lumières. Les chauves-souris voletaient, attrapaient des insectes. Le calme semblait irréel. Tout semblait irréel.

— Les ordures de l'Ombre sont des suceurs d'æther. Les meilleurs d'entre eux se contentent d'en prélever un peu. Les pires sont comme des araignées. Ils injectent leur corps *andalune* dans le corps de leur proie et y déversent un poison élémental qui liquéfie les particules æthériques, transformant celles-ci en æther pur. L'elfe suce tout, convertit l'æther à sa propre forme, augmentant massivement sa puissance, et laisse ce que tu as vu. L'empreinte et l'ombre, c'est tout. Ils ne peuvent pas voler le talent ou la connaissance, rien que le jus, mais ils deviennent très forts. Où qu'elle se cache, il faudra plus qu'un pouvoir ordinaire pour la dénicher à présent. (Elle baissa les yeux vers les chaînes de Lila.) Tu plaides l'ignorance. C'est assez vrai. Mais tu es tout ce que les flics ont. Et personne n'aime avoir une tueuse en liberté.

— J'imagine que je n'aurai pas de circonstances atténuantes à cause de mon truc avec l'Enfer ?

— Nan, renifla Sorcha. Vous autres humains passez votre vie en Enfer, ce n'est pas une marque de dévotion.

— Je ne comprends pas, dit Lila d'une voix calme. Ce n'est pas un lieu.

— Bien sûr que c'en est un ! Tu le transportes avec toi où que tu ailles.

— En Otopia, l'Enfer est le lieu où certains morts atterrissent, pour être torturés pour l'éternité par des démons…

Sorcha éclaira la nuit de son rire pendant quelques secondes scintillantes. Elle frappa son genou de la paume de la main et toussa.

— Cette bonne blague ne vieillit jamais, ma chérie. (Elle se redressa et laissa tomber ses épaules, son visage reprenant sa placidité.) Fais le tour des mondes, tu sauras qui sont les experts du tourment auto-infligé, où sont le bourreau et son ombre… Alors tu sortiras de l'Enfer.

Lila prit un risque impulsif.

— Madame des Loupes a dit qu'elle était le portail.

Les yeux de Sorcha s'étrécirent et devinrent orange.

— Elle a été l'ouvreuse de Zal. Adai faisait partie de sa Préceptur. Maintenant qu'Adai n'est plus, tu auras besoin d'une alliée. J'espère qu'elle ne prendra pas la mort d'Adai trop littéralement… Mais peut-être savait-elle que cela arriverait et qu'elle t'a appelée…

Sorcha semblait perturbée. Lila frissonna, sentant que l'air était soudain devenu très froid, même si le soleil ne s'était pas encore couché. Le tintement d'un piano lointain flotta jusqu'à elles.

— J'aime le jazz la nuit, dit doucement Sorcha. Ne le dis pas à mes fans.

— S'il ne faut pas être né démon pour être un démon, qu'est-ce qu'il faut être ? demanda Lila.

— Il faut se connaître soi-même, dit Sorcha, et sa voix se chargea d'un pouvoir et d'une autorité qui transpercèrent Lila jusqu'à l'os. Et s'accepter. C'est le cœur du démon. Et chevaucher la vie comme on chevauche le vent. La prendre, l'aimer et ne jamais la laisser tomber sauf lorsque cela devient nécessaire, pour qu'elle ne devienne pas l'ombre d'elle-même, la mort vivante des timorés et des faibles. Puis l'abandonner sans hésitation, avant de se gâcher. Cela est l'essence du divin quand il prend la forme démoniaque.

— Pas de compromis, murmura Lila.

— Pas de compromis, confirma Sorcha.

Elle se leva et se secoua les cheveux, inspirant pour redevenir la diva fière et hautaine. Elle inclina la tête dans un mouvement que Lila, surprise, reconnut comme une marque de respect, et rentra, laissant Lila seule dehors.

Lila mit sa tête dans ses mains et pleura.

L'aube en Zoomenon. Le soleil se leva rapidement, un incendie d'impitoyable douleur qui se réfractait sur les millions de cristaux poussant dans le désert de sable. Les couleurs miroitaient. L'æther gémissait de tourments, les phénomènes météorologiques émergeaient du calme nocturne et se développaient selon la distribution des zones de pression. Réagissant à cette cacophonie, Zal rétracta son corps *andalune*, mais il n'y avait pas d'échappatoire.

La lumière révéla que monsieur Tête avait passé une bonne nuit. Il avait atteint la taille d'un potiron. Pendant que Zal se réveillait, groggy, de son repos fiévreux, l'élémental de terre changea lentement de forme pour reprendre sa silhouette humanoïde avec ses bras et ses jambes rudimentaires, son nez de blob et la fente de sa bouche. Il se leva et regarda autour de lui, parvenant à avoir l'air étonné.

Vu son état de délabrement, Zal devait paraître franchement malade, mais il était plus surpris encore. Devant lui, aussi loin qu'il pouvait voir : des squelettes.

Cela n'avait aucun sens. Seules les formes pures pouvaient subsister un certain temps en Zoomenon. Mais, à cet instant, Zal ne s'inquiétait pas trop d'anomalies scientifiques. Il se mit à quatre pattes, rampa sur la fine poussière, qui était tout ce qui restait de son dîner, et tomba tête la première dans un amas de cages thoraciques en décomposition avec une gratitude presque transcendantale.

Il perdit le compte du nombre de cadavres qu'il pilla, seulement conscient du flux de l'æther, du jaillissement d'élémentaux de feu et de la brûlure de résurrection qu'ils apportaient avec eux. Il bâfra jusqu'à l'inconscience. Puis il s'étendit dans le creux et contempla le ciel sans douleur. Les mains devant le visage, il s'aperçut que son *andalune* avait émergé de nouveau et que, au lieu de son vert elfique habituel, il était de feu jaune et orange. On aurait dit qu'il brûlait vif. Zal gloussa. C'était très drôle. Il était certainement fou et la mort n'était pas loin. Autour de lui, le champ d'os paraissait très blanc sur le brun sourd du sable de silicates. Il découvrit qu'il était capable de voir les résidus d'æther que les os contenaient, comme une lumière faible qui luisait sur eux. Il ne se souvenait pas avoir été capable de faire cela. Il se sentit méfiant et, après quelques minutes, cela lui sembla plus intéressant que la mort. Il s'assit.

Quelque chose lui chatouillait le dos. Il se tordit un bras pour se gratter entre les omoplates, mais son geste fut entravé par une résistance épaisse et sirupeuse, puis il reconnut la forme distincte d'une plume, encore un peu collante. Ses ailes étaient sorties d'elles-mêmes. Ce qui expliquait son optimisme. Son être démoniaque était devenu plus fort, probablement parce que les élémentaux qu'il avait absorbés étaient de feu et que seule sa nature démoniaque avait des affinités avec le feu. Au moins une moitié de lui se sentait mieux.

Il fit un rapide inventaire et estima qu'il y avait suffisamment d'æther dans les os pour conserver sa forme matérielle assez organisée et survivre quelques jours. Puis il remarqua qu'ils étaient profondément familiers. C'étaient des os d'elfes.

Sa minute d'euphorie se transforma en abattement. Il regarda l'élémental de terre avec culpabilité. Celui-ci s'était installé sur un petit tas d'argile terne et l'observait tranquillement.

— Tu n'en parles à personne et je ne dirai à personne que… je ne…

Sa phrase lui échappa. Il examina de nouveau le champ de bataille. Non, ce n'était pas un champ de bataille : il n'y avait pas de dommages, juste la décomposition et cette étrange conservation dans un lieu qui aurait dû assécher tout æther depuis longtemps.

Sa curiosité prit rapidement le pas sur son dégoût pour son cannibalisme. Il étudia la pente et la forme de la cuvette dans laquelle reposaient la plupart des os. Elle s'était formée à partir de centaines de dépressions circulaires créées aléatoirement les unes sur les autres.

Zal se leva lentement et passa de cercle en cercle. Il constata très vite que tous contenaient six cadavres. Là où ils étaient tombés les uns sur les autres, les os étaient mélangés et formaient des tas. Il commença à y voir une histoire. Les creux circulaires étaient l'empreinte de cercles magiques puissants, des anneaux de lien et de portail. Tous leurs occupants étaient des elfes. Les anneaux étaient d'un diamètre que Zal connaissait depuis son enfance : l'échelle du sort en double-huit, un enchantement requérant seize sorciers de pouvoirs égaux. Ce genre de pouvoir était rare. Les sorciers elfes d'importance avaient tendance à vivre en ermites dans les forêts profondes. Leurs corps *andalunes* étaient si puissants qu'ils perturbaient le flux naturel de l'esprit d'autrui. Ils s'exilaient volontairement et dédiaient leur vie à la conservation des plantes et à la pratique de l'alchimie. Seul un Seigneur ou une Dame de la Première Maison avait autorité pour ordonner un tel sort. S'il pouvait dater les ossements, Zal saurait qui les avait envoyés. Cela le troublait énormément parce qu'il n'avait jamais entendu parler de tant d'expéditions, ni de tant de cercles de sorts. Les sortilèges dirigés vers Zoomenon n'étaient pratique courante que dans les familles de l'Ombre.

Cela lui fit penser à la guerre en cours, alors qu'il était si loin, lui qui avait été l'un des instruments de son déclenchement. Et à Dar. Et à d'autres choses auxquelles il n'avait pas songé depuis l'Enfer.

Il entendit des pas et se retourna. M. Tête était juste derrière lui, imitant sa posture, les mains d'argile sur ses hanches d'argile.

— Je n'avais pas l'intention de laisser la guerre aux autres, dit Zal à la petite silhouette.

L'homme d'argile se contenta de le regarder.

— Mais ceci ne peut en être une conséquence.

M. Tête ne semblait pas convaincu. Son regard resta imperturbable.

— C'est trop vieux.

Pourtant, Zal n'en était pas certain. Les processus de vieillissement en Zoomenon pouvaient être incroyablement trompeurs. Ces morts pouvaient être le produit de quelque chose de très ancien, très puissant, très étrange, mais elles pouvaient aussi être récentes. Un profond malaise le força à s'asseoir. Il ramassa un fémur et en éprouva la légèreté. Les flammes de ses doigts dansèrent sur l'os. Il ressentit l'énergie latente dans sa structure fragile. Comme du bois, presque comme du papier, la matière conservait juste assez de puissance pour rester intacte. Elle ne se décomposait pas, contrairement à lui. Pourquoi donc ?

Il en ramassa un autre, puis un autre et fit le même constat. Il se souvint d'un enchantement, découvert pendant ses années passées dans les services secrets d'Alfheim. Un agent du Jayon Daga était censé ne pas révéler d'informations à l'ennemi, même par inadvertance. En cas de capture et d'interrogatoire, s'il n'avait pas la possibilité de s'échapper, un agent se suicidait après avoir enchanté son corps, le scellant contre la détérioration et transformant son æther pour y conserver des informations au cas où un agent connaissant le sort de déverrouillage pourrait le récupérer. Il aurait juré que ces os perduraient parce qu'ils avaient été enchantés de cette manière. Pourtant il n'y avait pas autant d'agents dans tout le Daga.

— Je me demande si on peut enchanter un tiers, dit-il, consultant son assistant d'argile qui regardait les légions de cadavres. Je n'y avais jamais pensé, mais, si on avait su qu'ils allaient mourir et qu'on avait souhaité conserver leur mémoire le plus longtemps possible… (L'ossuaire se transforma à ses yeux. Il avait représenté d'abord un espoir de survie pour lui, mais désormais il évoquait d'autres possibilités de moissons.) Il suffit de tous les enchanter et d'espérer que quelqu'un découvre les squelettes, quelqu'un qui connaît le sort de déverrouillage, un agent, par exemple.

L'élémental de terre s'assit à côté de lui, absorbant ses jambes et devenant un tas avec des bras. Il ramassa un os et le tint comme Zal.

— Plus important encore, monsieur Tête, dit Zal. Pourquoi prendre la peine d'une mort aussi élaborée ? Pourquoi ne pas les tuer d'une manière ordinaire ? Qu'est-ce qui est si spécial avec cet endroit ? (Il regarda l'élémental et la réponse lui apparut aussi clairement que si celui-ci avait parlé.) Bien sûr ! Parce que presque personne ne vient en Zoomenon et que ceux qui y passent ne restent pas. Les chances de trouver les corps sont proches de zéro. (Il tendit les mains vers la petite créature.) Bienvenue au Club des proches de zéro, mon ami. Excellent travail !

Mais la perplexité le gagna de nouveau. Il ne se souvenait pas de l'évocation d'un aussi grand nombre de disparus. À moins que…

Dar était le seul contact que Zal avait avec les familles de l'Ombre. Dans un ou deux moments d'amertume, Dar avait fait référence à une partie perdue de leur histoire : le Tri. À l'époque trop occupé à survivre à l'entraînement, puis à rassembler assez de forces pour suivre ses propres convictions, Zal n'y avait pas prêté attention. Il n'avait jamais été particulièrement intéressé par l'Ombre. C'était une espèce divergente, cela lui suffisait. Il était déjà difficile de conserver même une amitié dans l'atmosphère de haine que les elfes de la Lumière, largement dominants, entretenaient contre Dar et les siens. Et l'histoire n'était qu'un élément supplémentaire utilisé par les anciens pour justifier leur haine sectaire. Zal n'aurait pas supporté d'ajouter les injustices du passé à celles du présent, pas quand il devait conserver sa concentration, il n'avait donc pas étudié l'histoire de l'Ombre. À présent, il fouillait sa mémoire à la recherche de données concernant le Tri. Séparer le bon grain de l'ivraie, voilà ce que « Tri » signifiait. Garder le bon et se débarrasser de l'inutile en le jetant au vent. Cela faisait aussi partie de la moisson.

— Très sage ! dit-il alors que l'élémental de terre posait l'os sur son genou en le regardant d'un air interrogateur. Je devrais tenter de le déverrouiller. Tu as bien raison.

Il n'ajouta pas que l'une des raisons pouvant justifier l'utilisation d'un tel sortilège sur les os de ses victimes était la confession. Cela aurait été le premier pas vers l'absolution d'un crime qu'on refusait d'assumer dans la réalité, mais qui pourrait être avoué un jour, quand on aurait depuis longtemps disparu : dans le futur.

Il regarda le champ.

— Il est temps de moissonner, monsieur Tête, dit-il doucement, sa voix presque inaudible dans le bourdonnement de son corps en flammes.

Il referma ses doigts autour de l'os. Le charme de déverrouillage était facile, le pouvoir de lier une structure ne coûtait qu'à celui qui liait, pas au défaiseur. En l'occurrence, le lieur avait été quelqu'un de très puissant pour être à même de conserver tous ces elfes dans leur forme mortelle contre l'entropie de Zoomenon… et Zal se demanda ce qui se cachait entre ses mains. Plus que de l'information ?

Il n'avait pas envie de continuer. Il réfléchit à tout ce qu'on pouvait fourrer dans un squelette entier, et il n'aima pas beaucoup cette idée. Il n'aurait pas pu le faire lui-même, mais il était sûr qu'on pouvait repositionner un corps spirituel dans son châssis. Si on était vraiment bon. Si on était incroyablement fort. Il l'avait découvert quand Ilyatath avait fait sa traversée à Thanatopia. Cela faisait partie du lien du nécromant, leur manière d'ancrer leur être spirituel dans leur corps physique même quand ils choisissaient de voyager dans le temps.

Il n'y avait pas eu de Premier Seigneur nécromant à Alfheim depuis une époque antérieure aux premiers pas de l'humanité sur la Terre. Si cela remontait à ces temps-là, alors ces os étaient plus que vieux. Ils étaient antiques, préhistoriques.

— Monsieur Tête, dit Zal avec inquiétude.

Sur ordre d'Arië, il avait gardé le corps d'Ilya jadis, lorsqu'il jouait encore l'animal de meute loyal, sachant qu'il pouvait séparer Ilya des plans matériels pour toujours d'un seul enchantement, au cas où celui-ci serait mal revenu. La nécromancie était un art hasardeux. Les adeptes les mieux entraînés s'égaraient souvent lors de leur premier voyage.

Il ne l'avait jamais prononcé, mais il savait que le mot viendrait facilement à sa bouche, un son, un appel, un mot qui devait être obéi.

Il se tourna vers l'élémental de terre. Il aurait souhaité que ses dernières paroles soient plus longues.

— Je vais partir pour un petit voyage. Cela pourra prendre un certain temps [1].

Qu'avait-il à perdre ? Il ne pouvait que mourir ici. Au mieux, il ne lui restait que quelques heures. Personne ne venait en Zoomenon. Personne n'en partait. Alors que faire d'autre que danser ?

---

1. Paraphrase des dernières paroles de Lawrence Oates, membre de l'expédition désastreuse menée par l'explorateur britannique Robert Scott en 1911/1912 au pôle Sud, en quittant la tente la nuit pour mourir dans un blizzard : « Je vais juste dehors et cela pourra prendre un certain temps » (« I am just going outside and may be some time »). (*NdT*)

Chapitre 14

— Lila ?

Elle savait que c'était Tath, et Tath n'utilisait jamais son prénom, c'était donc important.

Elle sortit la tête de ses mains et s'essuya violemment le visage avec leur dos. La peau synthétique lui sembla soudain un peu caoutchouteuse et trop froide.

— Merde ! dit-elle en regardant autour d'elle pour trouver quelque chose pour se sécher les yeux mais, à moins d'arracher quelques feuilles du buisson ornemental le plus proche, il n'y avait rien. (Elle tira sur son gilet militaire et en utilisa l'ourlet.) Quoi ?

De petits pieds griffus trottinèrent sur le banc à côté d'elle. C'était un diablotin vert, plus grand et plus gros que celui dont elle avait l'habitude, et il la regardait avec avidité.

— Tire-toi, dit-elle, mais il se rapprocha et tendit une patte moite.

Elle ressentit une douleur dans l'oreille et Truc2magie enragea soudain, sa voix perçante pleine de passion possessive atavique.

— Tire-toi de mon…

Le diablotin vert explosa. De petits morceaux éclaboussèrent le banc, le sol et les fleurs. Lila considéra le flingue qui s'était assemblé dans sa main droite et détendit doucement ses doigts. Le flingue se désassembla et se replaça dans le container de son avant-bras. Sa peau se moula autour de la surface de métal et de carbone. On aurait dit du mastic. Elle fit la moue et regarda ses doigts.

Un poids plume oscillait doucement sur son épaule, abasourdi.

— Je veux être seule, dit-elle.

— Ouais, dit le diablotin. Je sais. J'allais te chercher un paquet de mouchoirs. Je reviens de suite. Les magasins sont ouverts tard…

Il sauta sur le banc, trottina sur la rambarde et disparut dans le crépuscule.

— Ne te dérange pas, dit Lila au vide.

Elle glissa sur le banc pour s'éloigner des éclaboussures, puis observa de nouveau ses mains. Elle faisait des flingues. Elle faisait des lance-grenades. Elle faisait des poings avec des piques et des poings avec des rasoirs. Elle faisait des mains qui avaient l'air humaines mais pas exactement.

— *Lila !*

— Je sais, dit-elle. Dis-moi quelque chose, Tath.

Elle sentait l'attention de l'elfe concentrée entièrement sur elle, pour la première fois, une attention prudente. Elle pensa que c'était très mauvais signe. Mais elle n'en avait pas besoin.

— Est-ce que tu me détestes vraiment ?

Il y eut un silence.

— *Non.*

— Ah, dit Lila avec légèreté, malgré tout. (Un fragment de diablotin glissa le long de son visage, comme un morceau de gâteau mouillé. Elle l'essuya distraitement et l'envoya au sol.) Alors ça doit être moi.

— *Lila...*

— Pas maintenant, dit-elle. Sois un gentil garçon.

Mais l'elfe se déroulait. Elle sentit son corps spirituel se déplier et se répandre avec une lenteur liquide dans sa poitrine, dans ses tripes, et dans ses membres. Grâce aux élémentaux de métal fusionnés dans ses prothèses autrefois ordinaires, il pouvait même les traverser sans risquer l'annihilation par les propriétés antiæthériques des champs magnétiques. Cela faisait longtemps qu'il n'avait fait autre chose que rester accroupi en elle à se cacher. La dernière fois qu'il était sorti était le jour où il avait mangé l'âme du frère de Teazle.

Lila ne put s'empêcher de frémir à ce souvenir. Tath était plus qu'elle l'avait jamais imaginé. Sa présence était stable et vivante, alors qu'elle-même tentait de s'éloigner de son propre corps, tentait de se murer profondément en elle, dans un endroit qui n'avait jamais été touché par la magie ou l'ingénierie. Tath se déployait. Ils partageaient peut-être un espace physique et les pensées comme les sens l'un de l'autre, mais ils étaient très dissemblables. Lila le sentait vieux, plein de secrets, et jeune, plein de potentiels. Il lui rappelait douloureusement Zal et ses objectifs inconnus, son histoire et ses talents l'épuisaient. Elle ne pouvait aller nulle part, elle ne pouvait rien faire sans qu'il en soit témoin.

— *Ces gens sont des sauvages*, dit Tath, calme comme une rivière citronnée dans ses veines et ses circuits. *Tu dois comprendre que leur culture n'est en rien semblable à la tienne. Ils accordent beaucoup d'importance à la vie, mais ils s'en débarrassent en un instant. C'est leur orgueil.* (Son ton ne laissait aucun doute quant à son mépris pour cette attitude, mais aussi quant au fait qu'il ne pouvait s'empêcher de l'admirer.) *La femme morte n'est pas quelqu'un qu'ils chérissaient et qu'ils ont perdu, elle est une monnaie d'échange dans un jeu sans fin. Ils ne te jugeront pas comme les humains. Tu ne devrais pas le faire non plus.*

— De quoi parles-tu ? dit sèchement Lila.

— *Lila, sais-tu ce qu'est cet Enfer dont ils parlent ?*

Il semblait moins sévère à présent.

— Le doute existentiel ou quelque chose comme ça, dit-elle. Je n'ai jamais été très bonne dans l'analyse des choses spirituelles. Je préfère… (elle dessina une ligne dans les airs du bout d'un doigt, entre sa tête et un lieu lointain) laisser le docteur l'extirper et me dire ce qu'elle en pense.

Elle sentit le trouble de Tath, mais il resta calme.

— *Je sais ce que c'est. Et je ne connais qu'une seule chose utile à son propos. Une fois que tu commences à traverser l'Enfer, tu dois continuer. Lila, tu hésites au milieu du chemin. Mais tu m'emportes avec toi. Je suis aussi en Enfer et je refuse de m'arrêter !*

— Si tu n'es pas capable de dire quelque chose de compréhensible, tais-toi ! dit-elle. J'en ai marre de tout ça…

Elle se sentait démoralisée. Elle devrait rentrer dans la maison, faire quelque chose, écrire un rapport, un article… Elle resta assise sur le banc de pierre.

— *Tu dois cesser de faire semblant*, dit Tath.

— Pfff ! cracha Lila en se levant sans s'en rendre compte, tête baissée. Comme oses-tu me dire ça, toi ? Nous nous étions mis d'accord pour ne pas nous déranger. Tu gardes tes petits secrets de menteur et je te laisse vivre. À moins que tu aies oublié ?

— *Tu ne peux répondre à chaque défi par la mort, Lila*, dit Tath, d'une voix qui, pour la première fois, était pleine d'une inquiétude ne concernant pas que son sort. *Vas-tu tirer sur tout ce qui te dit que tu manques de temps ? Et je ne parle pas de ton boulot d'espionne, ni de ton besoin personnel de découvrir l'histoire de Zal, ni de quoi que ce soit dans ce genre…*

— Je ne mange pas l'âme des gens ! rétorqua-t-elle, peu sûre de la pertinence de sa remarque. Et tu n'es pas ma conscience, alors ferme-la, ou alors…

— *Ou alors quoi ?*

Une vrille d'*andalune* vert enveloppa un morceau de chair de diablotin qui gouttait sur le banc à côté de Lila.

— *La chair sans l'esprit est une chose tellement étrange. Cela a tout de ce qui est nécessaire à la vie, sauf la vie. Et l'æther se décompose instantanément… disparu. La femme de l'Ombre l'aurait déjà consommé. Pour elle, ce serait un crime de gaspiller ce qui n'est plus nécessaire. Ils mangent leurs morts, tu sais ? Les morts s'offrent à la consommation des vivants et certains de leurs souvenirs passent avec la substance de leur être.*

» Les nécromants se contentent d'utiliser des techniques semblables, mais nous ne mangeons pas le corps æthérique. Nous le fouillons à la recherche de son organisation unique : l'âme. Les âmes sont les montures que nous chevauchons vers la mort. Les marques du temps. Les constellations. Les compas. Nous ne pouvons y parvenir sans elles. Seuls les morts peuvent traverser. Ou ceux qui sont couverts par le manteau d'une âme fuyant vers la mort. Mais il faut soigneusement choisir le moment. Dar, par exemple, j'aurais pu aller avec lui. Mais je ne l'ai pas fait.

» Il n'avait personne à qui s'offrir quand nous avons pris sa vie. Toute sa lignée et toutes les vies de celle-ci ont été gaspillées. Quinze mille ans de continuité et de défis au chaos et à la destruction, disparus d'un coup de notre dague comme si ce

n'était rien. Mais tu es humaine. Et je suis né dans la Lumière. Et tous ceux qui étaient présents étaient des bâtards à qui il n'aurait jamais offert un souffle. Qui avait-il ?

» Je n'ai pas voulu faire de lui ma monture pour le sauver comme j'ai sauvé le démon que je conserve en moi, pour le moment où j'aurai besoin d'une chevauchée énergétique vers le pays caché. Mais j'ai ce démon. Un as dans ma main. (Son ton s'était radouci, mais Lila pouvait toujours sentir son dépit, aussi puissant que jamais.) *Il y a longtemps, j'étais un garçon qui rêvait d'autres choses.*

Tandis qu'il prononçait ces mots, Lila découvrit dans son esprit des images d'arbres incroyablement hauts, leurs feuilles de millions de teintes différentes sous le soleil. Elle courait dans la clairière ombreuse sous la canopée, attrapait les pièces dorées de lumière qui tombaient entre le feuillage bruissant doucement. Un animal courait à ses côtés. Leurs esprits étaient liés par l'amitié. Tout près, d'autres êtres grimpaient dans les arbres, toujours plus haut dans les branches, leur compagnon animal près d'eux. Sans autre effort que la pensée, elle pouvait voir par leurs yeux, sentir les battements de leur cœur. Ils faisaient partie d'une tribu spéciale. Ils étaient libres et il était bon d'être vivant.

Puis, le petit montage des rêves perdus de Tath s'effaça et elle se retrouva assise sur la pierre froide, la nuit démoniaque autour d'elle, la forêt remplacée par les cris et les sifflements d'une lutte sans fin.

— Pourquoi me dis-tu ça ?

Lila était glacée par ces révélations, toute son amertume transformée en incertitudes et le sentiment d'être si loin de chez elle. Elle se sentait ralentie et lasse.

L'elfe se contenta de prononcer les mots pour elle, sans rancœur.

—Je voulais partager un instant de mon Enfer avec toi. Nous sommes tout seuls en Enfer. Mais nous ne sommes pas seuls à s'y retrouver.

Lila regarda la nuit.

—Je ne sais pas pourquoi tous sauf moi sont si sûrs de leur analyse. Je n'ai pas l'impression d'être en Enfer. Je suis en Démonia, au début d'une mission qui m'a échappée. Ce n'est probablement pas pire que ce que la plupart des démons vivent chaque jour, je veux dire, regarde-les ! Je me suis juste un peu plantée. Je peux réparer. Je peux faire des choses…

Elle se rendit compte qu'elle frottait ses mains sur ses collants de cuir et s'interrompit. Elle sentit de la sympathie. Mais cela ne venait pas d'elle.

—N'essaie même pas d'avoir pitié de moi, putain ! hurla-t-elle en sautant sur ses pieds.

Cela la choqua autant que cela choqua Sorcha, qui venait de réapparaître à la porte, les cheveux en feu, et cherchait d'où venait le problème.

—À qui parles-tu ?

Tath se recroquevilla, rapide et souple. Lila regarda dans le vide.

—Personne.

Sorcha eut un instant l'air déconcerté, puis elle haussa les épaules.

—Il y a quelqu'un pour toi.

Lila la regarda. Elle regarda ses chaînes.

—Un ami, dit Sorcha.

—Je n'ai…, commença Lila, mais elle s'interrompit, prit une profonde inspiration et hocha la tête. Ici ?

Sorcha fit un pas de côté. Lila fut stupéfaite de découvrir Malachi. Il était la dernière personne qu'elle aurait pensé voir ici… presque la dernière, en tout cas.

Elle ressentit un mélange déroutant de joie et d'anxiété, puis un émerveillement quand il sortit sur la terrasse. En Otopia, il avait l'apparence d'un humain noir de jais. Un humain noir de jais avec des yeux jaunes et un style qui évoquait les années 1940 : le costume et des chaussures toujours impeccables qui marchaient parfois un peu au-dessus du sol. En Otopia, elle n'avait jamais vu ses ailes, mais ici, comme les *andalunes* elfiques, elles étaient visibles.

Malachi ressemblait beaucoup plus à un chat qu'elle s'en souvenait. Il avait des vibrisses au-dessus de la lèvre supérieure, longues comme des arches d'ébène, brillantes, aussi larges que ses épaules. Ses cheveux ressemblaient à de la fourrure et faisaient des touffes sur les côtés, comme des oreilles félines. Ses ailes traversaient sa veste et son imperméable beige sans les endommager, transparentes comme les plus fines des ailes de libellules, veinées de lignes noires d'encre, aux bords crénelés, scintillantes de poussière anthracite.

Ses grands yeux étaient orange, fendus, et examinaient tout en détail, s'étrécissant en remarquant le trouble ambiant. Au-dessus de ses sourcils, deux longues lignes délicates, qu'elle avait prises pour d'autres vibrisses, se révélèrent mobiles, fouillant l'air. C'étaient des antennes comme celles des papillons de nuit. Elles se replièrent rapidement et se perdirent dans ses cheveux.

— On dirait que tu te mets dans la merde où que tu ailles, dit-il, mais il n'était pas enjoué.

Son visage était tendu.

Lila se retint d'avancer pour lui souhaiter la bienvenue, parce que son hésitation la troublait. Elle essuya quelque chose de mouillé sur son bras et laissa retomber ses épaules.

— C'est bien vrai.

Derrière Malachi, Sorcha fit signe à un serviteur d'apporter quelque chose ou de faire quelque chose, mais elle resta sur place. Malachi regarda les chaînes de Lila et eut un geste maladroit qui voûta ses épaules.

— Je... Pouvons-nous aller quelque part ?

Lila serra les dents.

— Je ne veux pas sortir. Il y a des gens partout.

Elle pria pour que Malachi comprenne ce que c'était qu'être nouveau et étranger ici. Il sembla avoir saisi son état d'esprit car il s'avança vers elle ; son expression était réservée, mais il était déterminé à lui offrir un signe d'amitié. Il posa la main sur son épaule et se pencha pour lui faire son baiser habituel sur la joue mais se retrouva en train de bâiller. Lila se sentit maladroite. Comme toujours, la proximité féerique avait un léger effet embrouillant sur ses circuits. Malachi se couvrit la bouche de la main, les ongles longs comme des griffes.

— Ç'a dû être plus fatigant que je le pensais, marmonna-t-il, surtout pour lui-même.

Il sourit à Lila mais son sourire se referma jusqu'à ce que sa bouche ne soit plus qu'une fente.

— Qu'est-ce que tu fais ici ? demanda-t-elle. Des problèmes ?

— Je suis venu... (Son hésitation et son sérieux ne lui ressemblaient pas et ce fut un soulagement de le voir renoncer à cette attitude pour dire simplement :) Je dois t'annoncer une mauvaise nouvelle.

Il regarda Sorcha par-dessus son épaule, mais celle-ci lui sourit avec une élégance froide pour signifier qu'elle ne s'éclipserait pas. Malachi haussa les épaules, se tourna vers Lila, s'avança pour lui prendre le bras – évitant visiblement une tache – et la conduisit à l'autre bout de la terrasse, là où les palmiers dattiers en pots géants offraient une espèce d'abri. Derrière eux, les serviteurs que Sorcha avait appelés apparurent et commencèrent à nettoyer avec beaucoup de hâte et d'efficacité. Sorcha boudait, et s'efforçait d'entendre ce que Lila et Malachi se disaient.

Lila était reconnaissante de cette distraction, quelle que soit la gravité de la nouvelle, mais Malachi hésitait encore et se frottait le visage avec le dos de la main… quelque chose que Lila ne l'avait jamais vu faire auparavant.

— Tu redeviens chat sauvage ? demanda-t-elle, tentant de lui arracher un sourire.

Normalement, il aimait les blagues idiotes.

— Vas-tu t'asseoir ? l'enjoignit-il avec impatience.

— Non, dit-elle. Vas-tu cesser de faire les cent pas et lâcher le morceau ?

— Lila, tes parents sont morts.

Elle vit Sorcha sursauter légèrement. Dans le silence qui s'ensuivit, Truc2magie apparut sur la rambarde et chercha Lila du regard. La queue de Sorcha le balaya à plus de cent kilomètres à l'heure. Il disparut dans un cri étouffé.

— Comment ? demanda Lila.

Elle se sentait tellement calme que c'en était étrange. Elle avait l'impression qu'un grand espace s'était ouvert en elle, autour d'elle, et que ce qui avait été important s'en éloignait.

— Accident de voiture.

— Vraiment ?

Elle le regarda désespérément, espérant que ce n'était rien d'autre et surtout pas une conséquence de ce qu'elle avait fait, priant, et consciente qu'il était étrange de prier pour la manière dont étaient morts les gens qu'on aimait.

Les yeux orange de Malachi regardèrent dans les siens, sans ciller.

— Ce n'est pas ce que j'ai vu.

Oh! Quelque chose que l'Agence couvrait! C'était…

— Des démons?

Il haussa les épaules: il ne savait vraiment pas. Ses ailes laissèrent échapper un peu de poudre qui scintilla dans l'air, un nuage de matière magique très légère, rapidement emporté par la bise.

— Plus tard, dit-il à voix basse. Pas ici.

— Tu es sûr… je veux dire… il pourrait y avoir eu une erreur…

— J'ai une photo, dit-il en secouant la tête.

Lila déglutit.

— Puis-je la voir?

Le fae fit un pas en arrière.

Elle tendit la main.

— Je peux le supporter. J'ai besoin de voir cette photo. J'ai déjà quelque chose comme trente vendettas sur le dos et je veux savoir…

— Ce n'est probablement pas une bonne idée, dit-il. Ne penses-tu pas…

— Montre-moi! exigea Lila, perdant toute patience. Donne-la-moi. J'ai le droit de savoir.

— Et mon boulot est de te protéger, objecta Malachi, poli mais imperturbable, le menton déterminé. Tu sauras quand le moment sera venu.

— *Il a un…*, commença Tath.

— *Toi, ta gueule*, gronda Lila intérieurement.

À Malachi, elle continua à tendre une main et forma un poing avec l'autre.

— Donne-moi ce que tu as, partenaire.

L'insinuation n'échappa pas à Malachi. Elle le vit tressaillir. Il lutta avec sa conscience une seconde puis, lentement, glissa la main dans sa veste, en sortit son Berry, l'ouvrit et alluma l'écran avant de le tendre à Lila.

Son assurance la quitta, et Lila ne saisit pas l'appareil. Elle savait que ç'allait faire mal, elle ignorait seulement à quel point. Elle était consciente de Sorcha qui la regardait, du monde si calme et immobile, et de Malachi qui attendait. Elle aurait souhaité que l'instant d'après n'arrive jamais.

Elle prit le Berry. L'IA lui proposa de tout lui épargner sauf les faits en la détachant de ses émotions. Lila devait rester un agent fonctionnel à tout prix, responsable de ses terribles pouvoirs, et l'IA était là pour l'assister quand cela devenait trop dur. Ce ne serait pas tricher. C'était essentiel. Elle l'avait protégée de l'impact de tant de choses depuis que Lila avait été fabriquée. Le seul moment où elle l'avait complètement débranchée était le jour et la nuit qu'elle avait passés avec Zal dans sa chambre d'hôtel.

La perspective d'utiliser de nouveau la dérivation lui fit se sentir faible, grise et plate, vide. Elle était la fille-robot qui ne devait jamais gérer, qui téléchargeait ses passions, qui dérivait sa douleur, qui disposait d'une énergie infinie et de la force d'un millier d'hommes mais du cœur d'un zombie. Et pas de changement, jamais, toujours le sourire de la pharmacopée et le réconfort des flingues. Personne ne lui avait rien demandé. On l'avait juste sauvée. Oh…

Elle débrancha l'IA.

— *Lila…*

Tath avait peur pour elle. Elle sut que c'était une inquiétude réelle et cela lui fit plaisir, malgré toute la merde qu'il lui gardait pour un autre jour.

—Non, tu as raison. Je pensais que, en disant que je mentais, tu voulais dire à toi et aux autres. Je ne pensais pas à moi. Je me mens, depuis… depuis la mort de Vincent, ou même avant. Oui, peut-être avant cela, avant même la Bombe…

Elle pensa au mariage, et à l'école, et à une sensation qu'elle n'avait jamais nommée, une insatisfaction profonde avec la perspective d'une vie adulte normale, la vision que ses parents en avaient. Dans sa douleur, n'y avait-il pas une petite nuance de soulagement ? Si. Elle se sentit se fragmenter, presque reconnaissante que ses membres et pièces manquantes ne connaissent pas ce qu'elle était devenue, parce qu'elle n'était pas une enfant horrifiée, bouleversée, dévouée. *Finalement*, dit une très vieille voix dans son esprit. *On peut arrêter maintenant.* L'épuisement s'empara d'elle, si profond qu'elle dut contrôler ses jambes mécaniquement pour rester debout. Elle pourrait se coucher là, à présent, et dormir un millier d'années.

Je suis tellement fatiguée, pensa-t-elle, et elle regarda la photo dans sa main.

—Oh !

Sa mère était assise sur le sofa – un nouveau sofa tout en beau cuir travaillé à la main, de design italien, comme elle en avait toujours voulu, mais, quand Lila était encore à la maison, ce n'était qu'un vieil ensemble de canapés –, et elle semblait détendue et effondrée. Sa bouche béait mollement. Ses yeux grands ouverts étaient révulsés, on ne voyait que le bas de ses iris. Son papa était à moitié allongé sur le sofa, comme si on l'y avait déposé. Une traînée de salive pendait au coin de sa bouche.

Ils n'avaient pas l'air morts, juste partis. Sur la table devant eux, il y avait une boîte et beaucoup de papier d'emballage argenté, du ruban et du papier collant, des ciseaux et une carte dans le pli de son enveloppe. Elle montrait deux ours main dans la main, l'un portant un smoking, l'autre un voile : « Félicitations ! » À côté de la carte, il y avait une bouteille de vodka à moitié vide et le lourd verre en cristal de sa mère. Les glaçons avaient quasiment fondu, le verre débordait. Un paquet de cartes de casino de la marque préférée de sa mère, Lucifera, s'était éparpillé sur le tapis à côté de deux paquets non ouverts, leur emballage de cellophane chiffonné reposant à leur côté. Dans le coin de la photo, elle pouvait voir la courbure du piano demi-queue blanc sur lequel sa sœur avait l'habitude de jouer, couvert de photographies encadrées représentant la famille qui tintaient quand quelqu'un jouait un « la ». Elles étaient poussiéreuses.

— Comment es-tu arrivé si vite ?

La voix de Lila lui semblait ne pas être la sienne. Elle était à peine consciente de parler.

— Ce n'est pas moi. J'ai eu la photo par Delaware. Une voisine a appelé la police. Elle avait entendu crier.

— Elle a eu de la chance, dit Lila sans réfléchir.

Malachi fronça les sourcils, ne comprenant pas.

Lila ressentit un froid dans sa poitrine.

— *Tath ?*

— *Je ne sais pas quelle possibilité est la bonne*, dit-il, calme et doux. *Soit leur âme a été aspirée par un nécromant, soit ils ont été mangés par un représentant de l'Ombre ou une créature de ce genre. J'ai souvent vu cette petite mort *, mais, sans pouvoir vérifier, je ne peux t'en dire la cause.*

— *Petite mort ?*

* En français dans le texte. (*NdT*)

— *Oui, la petite mort. On parle ainsi de ceux qui sont pris avant leur heure. Mourir dans son corps par des moyens plus naturels est la grande mort**.

Elle rendit le Berry et se tourna pour croiser le regard de Sorcha. Les serviteurs avaient disparu. La terrasse était immaculée. Lila sentit une détermination sinistre s'emparer d'elle.

— Sorcha, dit-elle. Je dois rentrer chez moi.

— Je…, commença la démone.

Lila l'interrompit.

— Si tu pouvais conserver toutes mes propositions de duel en te contentant de dire que j'ai été retardée, et rejeter toutes les demandes en mariage, je t'en serais reconnaissante. Je te laisserai de l'argent pour les messagers, les sacrifices et tous les autres frais que tu dois encourir pour moi. Je comprends bien que je devrai assumer le Manteau de la Vengeance pour Adai, j'en ferai l'annonce dès que je découvrirai qui a fait ça. Je crois que cela te libérera de tes dettes envers sa famille.

Sorcha hocha la tête, acceptant avec sérieux le changement d'humeur de Lila.

— J'enverrai aussi les invitations pour le mariage.

Lila fronça les sourcils.

Malachi gronda en comprenant ce qui se passait.

— Bien sûr, Li, tu as involontairement causé la mort de l'épouse de Zal. Il faut que tu la remplaces par une valeur similaire.

— Par quoi ? demanda Lila.

Sorcha roula les yeux, son interlude patient avait pris fin.

* En français dans le texte. (*NdT*)

— Vous porterez du rouge ou du noir ?

Elle fumait, laissant échapper un nuage paresseux de vapeur violette. Sa flamme étincelait d'écarlate et de cerise.

— Tu peux décider, dit Lila, faisant uniquement attention à ce qui était essentiel.

Elle n'avait aucune intention d'en passer par un mariage, mais elle s'en préoccuperait plus tard.

— Rouge alors, dit Sorcha. Aucune raison de faire les choses à moitié.

Elle avait l'air contente, sa queue se redressa.

Malachi sembla parvenir à la même conclusion. Il rangea son Berry dans sa poche.

— Je vais appeler un taxi pour qu'il nous conduise jusqu'au portail.

— Je dois faire enlever ça de mon poignet. (Lila levait son bras enchaîné.) Que puis-je faire ?

— Rien. (Sorcha évacua la question d'un geste de la main.) Je vais les informer de la situation, ils te donneront la Permission de Miséricorde. Cinq jours de liberté.

Lila hocha la tête et se tourna vers Malachi.

— Allons-y.

Le fae ouvrit les ailes et s'éleva.

— Je vais chercher une voiture.

Il disparut dans l'air de la nuit. Là où il s'était tenu, un petit tas de poudre noire forma un anneau et scintilla brièvement avant de disparaître.

Sorcha fit la moue.

— Quelle créature impertinente ! Mais bon, à quoi peut-on s'attendre de la part d'un chat ? Ils laissent leur marque partout. Au moins il n'a pas pissé sur les plantes. (Elle leva les yeux vers Lila.) Je ne sais pas comment ça se passe dans ton monde, mais, si des démons ont fait ça, nous paierons. Nous payons toujours pour nos erreurs et nous respectons toujours nos marchés. Même si nous ne sommes pas ceux qui les ont passés. Nous y tenons beaucoup. Tu comprends ? Adai, je sais que tu n'as rien à y voir. J'ai juste mal. Si tu as besoin d'aide, envoie ton diablotin. C'est un troupeau de merdes inutiles, mais ils communiquent bien les messages.

Lila opina.

— Le mien dit qu'il est un Seigneur de l'Enfer.

— Les vieux gags sont les meilleurs. (Sorcha haussa les épaules.) Tout se passera bien.

Lila devina qu'elle ne parlait pas du diablotin. Elle tenta un sourire courageux mais n'y parvint pas. Sorcha gronda pour appeler un serviteur et lui ordonna d'aller chercher Truc2magie. Son visage était terriblement sérieux, une expression que Lila ne lui avait jamais vue et qu'elle espérait ne jamais revoir car c'était comme regarder un jour ensoleillé changer à la pointe d'une épée. Sorcha considéra Lila d'un regard d'acier.

— Tu es l'une des nôtres à présent. Fais ce que nous ferions ou sois damnée.

Sans réfléchir, réagissant à ses propres émotions, Lila gronda en retour.

— Je ne suis pas l'une des vôtres et je ferai ce que je veux.

Sorcha la regarda d'un air furieux puis éclata de rire.

— Rien de moins.

Elle se reprit alors qu'une voiture volante apparaissait dans la nuit, son ballon s'évasant comme une deuxième lune à la lumière des torches.

Le taxi s'approcha rapidement, transformant toutes les flammes en traînées de lumière avec le vent de ses propulseurs. Sous le brûleur, Malachi se penchait vers l'extérieur, une main sur la balustrade, l'autre tendue vers Lila tandis que le véhicule abordait la terrasse dans un vrombissement et le cliquetis d'une échelle de chaînes que l'on déroulait. L'échelle brillait faiblement et semblait fragile, un grand babouin dévala ses barreaux jusqu'à la rambarde de la terrasse à laquelle il l'amarra avec une corde nouée si vite que les yeux de Lila eurent du mal à suivre ses gestes.

— Montez, dame, lui dit-il entre ses grandes canines jaunes. Bien vouloir. Maître payé et nous pas temps. Portail Otopia ferme à moins le quart.

Lila, le cœur serré et engourdi, s'éleva et, sans l'aide de l'échelle, posa le pied sur le pont en attrapant la main de Malachi. La voiture volante se balança lourdement et chuta de quelques mètres sous son poids. Le babouin leva les sourcils, défit le nœud, bondit, et remonta l'amarre pour l'enrouler. Le pilote, un humanoïde à tête de singe, tourna la barre. Ils s'éloignèrent rapidement du manoir Ahriman. Lila regarda en arrière. La maison semblait immense depuis les airs, autant de lumières qu'un immeuble de bureaux mais de couleurs étranges. Les bannières multicolores qui l'enveloppaient étaient en train d'être remplacés par les longues oriflammes blanches du deuil. La pierre sculptée sur les côtés semblait bouger avec les ombres irréelles dans son architecture inerte.

La main de Malachi agrippa l'épaule de Lila.

— Combien de temps avant qu'on arrive ? demanda-t-elle.

— Le portail d'Otopia ouvrira sur Bay City. Tu habitais loin ?

— Une demi-heure, dit-elle.

— J'ai ma voiture. Vingt minutes alors.

— Je devrais appeler ma sœur.

Elle activa une ligne de communication vers l'Arbre d'Otopia, puis annula l'appel. Elle avait disparu depuis des années. Que dirait-elle ?

Chapitre 15

L'os ne révéla pas ses secrets. Zal resta assis tandis que le soleil se levait, son mal de tête empira et explosa entre ses lèvres dans un soupir de défaite. Le dos de l'élémental de terre séchait là, en partie sous l'action de la lumière, en partie à cause de la chaleur dégagée par le corps de feu de Zal. De temps en temps, il se roulait en boule avant de reformer sa petite forme humanoïde.

— Je pense que l'enchantement avec lequel j'essaie d'ouvrir ce truc n'est pas celui qui a été utilisé pour le sceller, dit Zal. Ce qui, vu son âge, semble logique. Les sorts varient. Les modes passent. L'état des connaissances change. Généralement pour le pire, pour des raisons que je n'ai jamais comprises…

Il ressentait une certaine amitié pour l'os à présent. Il le tenait en main depuis si longtemps. Une quinte de toux interrompit son discours : une toux sèche, dont les flammes le chatouillaient.

— Nous avons besoin d'un verre, dit-il en regardant autour de lui.

Le champ d'ossements était l'endroit le plus sec qu'il ait jamais vu. Aucun élémental d'eau n'était visible et Zal ne détectait rien. Il se frotta le crâne aux endroits où la chaleur créait des démangeaisons, et plusieurs mèches de cheveux tombèrent dans ses mains.

— Maladie des radiations, dit-il sans entrer dans les détails.

Ce n'était pas son problème. Au-dessus de la brume de nombres primordiaux qui couvrait la terre grêlée, apparut un groupe de lumières qui s'évasèrent avant de disparaître, fugaces. Peut-être Zoomenon possédait-il des régions où certains élémentaux naissaient et mouraient, des écologies… C'était bien sa chance de découvrir quelque chose d'inutile et d'abstrait plutôt qu'un vallon de plasma enflammé. Il décida de quitter le champ. Il était tentant de s'étendre pour mourir, mais cela aurait gâché le peu d'intérêt qui lui restait, et il lui en restait. Il se leva et retomba.

Il était trop malade pour aller où que ce soit. Cependant, il avait une ressource, même s'il estimait que manger les cadavres effacerait leurs souvenirs et le message qu'ils contenaient. Son sang ténébreux n'avait jamais été assez puissant pour lui permettre de préserver les morts, comme seuls ceux de l'Ombre le faisaient, incorporant les connaissances des défunts dans leur propre mémoire. Cela expliquait pourquoi l'Ombre ne possédait pas d'histoire écrite et pourquoi ceux de la Lumière traînaient autour des bibliothèques toute leur vie, oubliant et perdant des données importantes. Le souvenir de ses jeunes années et l'irritation que sa mémoire inhabituelle avait causée à ses tuteurs amenèrent un sourire sur ses lèvres. Il écarta l'os et rampa sur le sable avant de fermer les yeux et de laisser son corps æthérique trouver ce dont il avait besoin et l'anéantir. Pour s'empêcher de délirer sur lui-même ou sur Lila, il se concentra sur sa chanson. Zoomenon ne se prêtait pas vraiment au disco. Même les rythmes et la mélodie voulaient retourner à une pureté de forme qui ne l'avait jamais attiré auparavant : un tambour, une voix.

Il entendit une autre percussion et en chercha la source autour de lui. M. Tête marquait le tempo avec deux côtes en les battant sur une pierre. La situation frappa Zal de toute son absurdité, il rit silencieusement, son corps tremblant contre le sol alors que l'æther de feu aspirait ce qui restait de jus dans les cadavres et brûlait plus fort. Les émotions emplissaient les flammes qui dansaient joyeusement sur le champ sec. Il se sentit soudain tellement mieux, et reconnut la sensation d'une cuite. Près de son visage, les os se craquelaient dans la chaleur soudaine. Il releva la tête et ouvrit les yeux.

Une bonne moitié du champ était en flammes. Des étincelles de feu – le premier stade de formation des élémentaux – naissaient au-dessus des os. Ils n'étaient pas plus épais que des flammes de chandelles mais fonçaient vers la conflagration pour y ajouter leur chaleur et leur faim. Quand l'incendie s'intensifiait, ils s'élevaient, aussi grands que des torches, et se regroupaient avant de replonger.

— Putain de merde ! murmura-t-il.

Brûler toutes les preuves n'avait pas fait partie de son plan. Puis il vit le feu dessiner son propre corps, le feu démoniaque de son *andalune*. Son habituelle lueur orange, la flamme d'un individu créatif et insouciant, était devenue une intense brûlure jaune-blanc qui brillait d'une explosion constante de chaudière plutôt que d'une lueur de bougie. Cela expliquait la sensation d'exaltation et de puissance furieuse. Et aussi le sentiment tenace que, si cela s'intensifiait encore, son *andalune* ferait frire son cerveau et tout le reste. Le feu démoniaque était une expression d'énergie, pas une flamme de combustion ; du plasma æthérique, pas de la matière en feu. Mais les élémentaux de feu avaient compliqué les choses. Ils semblaient aussi heureux avec le plasma æthérique qu'avec le plasma d'électrons, nourrissant l'un de l'autre sans la moindre honte. Il y en avait des deux sortes, tous en forme élémentale.

Ils aimaient son feu. Vraiment.

En assistant à cette destruction, il éprouva de la rage et de la contrariété qu'aucun idiot ne soit venu étudier comment Zoomenon fonctionnait réellement. Puis il se dit qu'on avait probablement essayé, mais qu'on n'avait sans doute pas vécu assez longtemps pour pousser l'analyse. Le côté positif était que personne ne se soucierait qu'il ait détruit un morceau de la préhistoire elfique à même de réécrire les idées reçues alimentant la guerre actuelle. Il était le seul à le savoir, mais il ne tiendrait sans doute plus très longtemps.

Le torrent de flammes le frappa soudain avec force… dans son esprit. N'était-ce pas ainsi qu'il était arrivé en Zoomenon ? En ingérant des élémentaux ? Ses talents hérités de l'Ombre, augmentés de son affinité démoniaque pour le feu et d'une curiosité innée conduisaient à… eh bien, essentiellement à un ostracisme social et au danger quotidien d'être tué, mais, d'une manière plus positive, cela procurait la capacité de faire plus que se shooter aux élémentaux comme un elfe ordinaire. Zal se souvint alors de Lila, qui souffrait jusqu'à ce que Dar s'occupe d'elle. Dar était aussi de l'Ombre, pur sang, et de lignée æthérique. Il avait utilisé l'autre truc des elfes sombres, à l'opposé de l'ingestion : il l'avait nourrie. Un elfe de Lumière aurait pu la soigner mais de manière temporaire. Il aurait été empli d'énergie par les élémentaux qui jouaient avec son métal, mais il n'aurait jamais été capable d'ingérer le pouvoir élémental et de le recracher dans son corps de métal, de faire la même chose avec sa chair et de fusionner les deux parties incompatibles de son être pour en faire une personne entière. Dar avait transmué le métal pour en faire une matière vivante, infusée de l'essence des esprits du métal, qui étaient de nature æthérique, vivants. Comme aujourd'hui, lorsque ses congénères forgeaient des armes vivantes pour détruire les forces de la Lumière, leurs ennemis ancestraux.

Pendant que Zal réfléchissait, se cheveux roussissaient. L'ignoble odeur de brûlé et la chaleur qui augmentait le poussèrent à se concentrer rapidement.

Il fit un rapide calcul : manger l'æther des os, attirer les élémentaux de feu, manger les élémentaux de feu qui avaient mangé les os, changer la couleur de sa balise pour des tons plus blancs, plus jaunes... Le blanc étant la couleur de la création, le jaune celle de la transfiguration.

Certaines des nouvelles créatures entraient dans la troisième génération, prenant des apparences en partie humanoïdes, acquérant des capacités conscientes... ou paraconscientes en tout cas : cela n'avait jamais été clair vu qu'elles ne parlaient pas, même dans leurs formes les plus évoluées d'avatars de pur esprit. Les flammes se propageaient, l'attirant à elles. Et les os se brisaient en mille morceaux, leurs informations æthériques se convertissaient directement en plasma æthérique. Zal tenta d'en ramasser mais, même avant qu'il les touche, son *andalune* les enflammait.

Il se tourna vers l'élémental de terre qui se tenait à côté de lui, avec ses deux baguettes de tambour, et hurla :

— Sauve les os, monsieur Tête. Sauve-les !

L'homme d'argile tourna son visage sans nez et sans bouche vers le brasier. Puis, à travers un voile de lumière dorée, il prit la forme d'un ballon de rugby et s'éloigna en roulant.

— Les os, hurla Zal à sa suite, debout sur ses pieds avant d'être conscient de se mouvoir.

Ses yeux et ses narines étaient douloureux, maltraités par la température de l'air. Les feux matériels et æthériques devenaient hors de contrôle. Il dut fermer les yeux et se concentrer sur les flammes, éloignant et affaiblissant le feu matériel pour ne pas partir lui-même en fumée. Ce n'était qu'une sensation, il suffisait de vouloir et l'*andalune* réagissait, or il voulait vivre, il voulait la connaissance, il voulait la puissance. Il sentit la balise sur son dos entrer en éruption vers une nouvelle sorte de pouvoir, tandis que les élémentaux atteignaient la quatrième génération. À présent, ils le voulaient lui. Ils voulaient la conscience. Ils voulaient la vie. Ils plongeaient dans son *andalune* pour en ressortir immédiatement, arrachant avec allégresse ce qu'ils pouvaient de son corps æthérique, se rendant compte qu'ils devaient assimiler de l'organisation pour échapper à la terrible gravité des champs æthériques de Zoomenon.

Dans un instant de clarté suprême, Zal comprit que, dans la relation elfe-élémental, il n'avait jamais été celui qui exploitait. Leur attraction mutuelle était de l'avidité elfique et une nécessité parasitaire élémentale. Les elfes avaient la main haute en termes de connaissance et de complexité. Les élémentaux avaient la magie. Les élémentaux affaiblis qui survivaient en Otopia et dans les autres royaumes étaient faciles à soumettre pour un être comme Zal, mais ici, où ils naissaient et croissaient, où lui se brisait et mourait… ici, ils étaient les rois. Dans quelques minutes, ses capacités fugaces de l'Ombre auraient disparu, parce qu'ils le dévoraient vif, le détruisant avec insouciance pour acquérir leur propre esprit. Le temps de leur immersion dans son corps æthérique, leur pouvoir s'ajoutait au sien, et c'était merveilleux. Il sentit ses ailes s'ouvrir, plus grandes, plus larges, plus puissantes qu'elles l'avaient jamais été ailleurs. Le feu pleuvait sur lui depuis le ciel stérile et jaillissait des squelettes, ajoutant de la chaleur spectrale à la chaleur physique.

Il s'engouffra dans le brasier, l'orage de feu se rua en lui, ils ne firent plus qu'un.

Il y eut un moment chaotique. Zal était conscient qu'il se passait beaucoup plus de choses que ce qu'il pouvait percevoir : la vérité était au-delà de ses sens.

Alors il arrêta de brûler.

Les os devinrent incandescents.

Les élémentaux de feu de chaque stade s'élevèrent comme un vol d'oiseaux surpris. Ils se rassemblèrent, particules de lumière et de matière enflammée avec des traits rudimentaires, tourbillonnant en un énorme nuage. Ils fonçaient en tous sens en rubans incandescents de flammes qui passaient par toutes les couleurs de l'arc-en-ciel, produisaient un grondement et créaient un vent qui frappait le sable, l'utilisant pour décaper la peau de Zal et le sol exposé, traversant son *andalune* fragile et se transformant en perles de verre volantes.

Un rocher d'à peu près la taille d'une benne de construction roula vers lui et s'arrêta à l'endroit où s'était tenu M. Tête. Son argile ocre mélangée à du gravier se transforma pour prendre la forme d'une silhouette androïde, plus grande que Zal d'un mètre. Deux yeux sombres se formèrent lorsqu'il élimina du gravier superflu de sa peau. Il se tourna et commença mécaniquement à ramasser des os. Il plaça les os contre son corps et les ingéra, os de bras dans ses bras, os de jambes dans ses jambes, et ainsi de suite. Il créa une vaste gueule sous ses yeux et consomma la moitié d'un crâne. M. Tête accumulait ce qui n'avait pas brûlé, ramassant sans compter et sans discriminer.

Sous les yeux doublement stupéfaits de Zal, les tourbillons d'élémentaux arrivèrent à un point critique, s'agglomérèrent et foncèrent sur lui avec la force et la précision d'un missile guidé. Tentant de leur échapper, il battit des ailes et s'éleva un peu, à temps pour être frappé en pleine poitrine par l'essaim. Dans une autre dimension, son corps resta intact, mais son corps æthérique, brûlant, blanc, furieux, rendu fou par son instinct de survie, plutôt que résister, les accepta tous en lui et les ingéra.

Zal ouvrit la bouche pour hurler et, avec sa voix, un énorme jet de flammes s'échappa dans l'air qui circulait rapidement là où les zéphyrs s'amassaient, attirés par leurs cousins les étincelles de feu qui croissaient en tempête. Le jet de feu et le hurlement sonique, une expression elfique de sauvagerie contenant tout le besoin de vivre de Zal, frappa M. Tête à pleine puissance. Le monde devint blanc, puis rouge, et enfin noir. En s'effondrant, Zal se dit qu'il avait tout de même réussi à créer un énorme truc élémental et il était heureux d'avoir une fin aussi haute en couleur. Il aurait pu objecter que, si on devait considérer les choses de manière artistique, cela manquait d'équilibre et peut-être de pouvoirs secondaires, mais il était déjà dans les vapes avant que cette remarque se forme.

Il s'éveilla avec la pire des migraines et une douleur à la colonne vertébrale si intense qu'il la crut brisée. Il tenta ardemment de retrouver l'inconscience mais cela ne fonctionna pas. Il était nauséeux et il subissait des tas d'autres petites douleurs, provoquées par le sable brûlant et les rochers. Il en déduit qu'il était encore en Zoomenon. Un grand sourire élargit sa bouche. Il n'était pas mort. Puis il vomit.

—Monsieur Tête, gémit-il. C'est vraiment très instructif, mais je trouve ce scénario mortel un peu ennuyeux. Cela prend des proportions d'opéra.

Le sol grêlé était vide d'os. Il était vide de tout. L'air était plat et stagnant. Zal fouilla son cerveau, mais celui-ci ne recélait aucun souvenir lié à la préhistoire. La douleur le força à rester allongé jusqu'à ce que la brûlure du soleil devienne trop forte. C'était un désert.

Zal frappa le sol du poing.

—À boire ! Des palmiers ombreux ! Des hôtels trop chers et des centres commerciaux avec l'air conditionné. Voilà ce dont cet endroit à besoin !

Une langue de fraîcheur le recouvrit. Il y eut un léger tremblement puis des gouttes éclaboussèrent sa nuque.

Avec beaucoup de difficultés, il se retourna en roulant sur lui-même. Un elfe d'argile de quatre mètres de haut, carré comme une baraque de briques, se tenait au-dessus de lui, serrant le poing. L'eau sortait de ce poing. Zal regarda les gouttes tomber sur sa poitrine. Il était nu. Il n'avait plus du tout d'*andalune* et paniqua jusqu'à ce qu'il tente d'atteindre l'æther et voie une flamme vert-jaune apparaître au bout de ses doigts. La douleur dans son dos s'éloignait. Il était content. Il mit les mains sous le goutte-à-goutte limoneux, les rassembla en coupe et but, enfin.

Après quelques instants, il se sentit beaucoup mieux. Il put alors lever les yeux vers l'énorme silhouette et se placer plus confortablement dans son ombre.

— Monsieur Tête, dit-il. On dirait bien que tu as… évolué.

Le golem détendit sa main, le ruissellement s'assécha. Il aurait ressemblé à un elfe de l'Ombre, si ceux-ci avaient aimé lever des poids de manière exagérée et avaient été faits d'argile malléable et humide. Il avait même des cheveux, tombant en grosses mèches lourdes autour de ses épaules massives. Il était aussi nu que Zal mais n'avait pas d'organe sexuel ni d'ouverture urogénitale d'aucune sorte, juste un périnée lisse comme celui d'une poupée de plastique. Sinon, les détails étaient superbes. Ses yeux étaient longs, en amandes. Ils cillaient même alors qu'ils n'étaient pas mouillés. En leur centre, il y avait de sombres cœurs de vide. Très profonds. Ils atteignaient une noirceur bien au-delà de l'ombre et, malgré la chaleur, Zal frémit.

M. Tête changea de position avec une lenteur de colosse. Ses oreilles, penchées vers l'arrière et très longues, n'étaient pas étroites et pointues comme celles de Zal, mais plates et plus fines avec des bords déchiquetés. Elles s'élargissaient en s'éloignant de son crâne comme les ailettes d'un bateau de plaisance démoniaque. Elles étaient percées en de nombreux endroits et couvertes d'anneaux. Ce n'était pas très en vogue chez les elfes, sauf dans certains tableaux des musées.

— Peux-tu parler ?

M. Tête ouvrit la bouche comme pour un examen dentaire et des voix en sortirent. Il y en avait beaucoup, mâles et femelles, toutes elfiques, mais elles ne parlaient pas une langue connue de Zal et elles étaient si nombreuses que c'en était une cacophonie assourdissante. Elles semblaient effrayées et désespérées. Zal en eut des frissons.

— Très bien. Ça suffit pour l'instant, dit-il d'un ton amical, et il dédia à M. Tête ce qu'il espérait être un sourire. Bienvenue dans le monde de la semi-conscience. Aide-moi à me lever.

Le golem ferma la bouche et le silence qui s'ensuivit fut un bonheur. Zal tendit une main. La créature se pencha et la prit. Sa peau était sèche, parcheminée et bien plus souple que l'avait pensé Zal. On aurait dit un vieux pot de céramique cuite. Le golem le releva sans effort puis regarda leurs mains unies et le lâcha. Zal fit de son mieux pour ne pas montrer qu'il en était soulagé.

— Je n'ose espérer que tu as gagné les pouvoirs spéciaux des ancêtres ? demanda-t-il avec espoir. Parce que nous sommes toujours partis pour mourir d'ici à quelques heures, malgré les renaissances miraculeuses dues à la fusion élémentale.

M. Tête leva un bras gargantuesque et pointa l'horizon du doigt. Son visage résolu et immobile suivit la même direction. Puis il mit les mains sur les hanches, attendant apparemment avec la patience d'un caillou que Zal se décide.

— Par là ? (Zal regarda dans la direction désignée par le golem. Ni plus ni moins désertique que le reste.) Bien. Tu dois connaître le coin. Mieux que moi de toute manière. Passe en premier. Comme ça, je pourrai marcher dans ton ombre.

M. Tête fit un pas avec une résolution et une impétuosité qui rappela quelque chose à Zal…

— Ma petite amie – une femme fabuleuse – marche comme ça, dit-il en le suivant tout en détournant le regard des fesses de granit devant lui. Bon, je dis comme ça… non, en fait, juste comme ça. Elle a des fesses d'acier.

Vraiment. Et le même genre de… mouvement irrésistible et mécanoïde. Je pensais que c'était à cause de pistons bien huilés, mais, à présent, je n'en suis plus sûr. C'est peut-être une question du rapport entre la force et le poids. Oui, cela explique tout. J'ai longtemps eu peur qu'elle m'écrase, mais elle est tellement forte qu'elle peut bouger comme si elle était aussi légère qu'une plume tant qu'elle peut s'appuyer sur un meuble. C'est un peu dur pour les meubles, d'accord. La prochaine fois, je devrais les faire renforcer, bon, le lit, ça allait, une fois que les pieds ont cassé et qu'il s'est retrouvé par terre. L'hôtel a été très compréhensif, mais Jelly a tout payé.

» Tu m'arrêteras si je deviens ennuyeux, n'est-ce pas ? J'aime bien parler quand je suis anxieux et tout ce truc d'être perdu et si proche de la mort m'angoisse un peu. Généralement, je me contrôle – on ne peut pas pleurer à la guerre et tout ça – mais comme il n'y a que toi et moi de vivants ici, je ne pense pas que cette bonne vieille agence m'en voudra de montrer mon côté elfique. Et puis je me dis que, si je parle assez longtemps, tu pourras apprendre à parler quelque chose que je comprendrai, Vendredi. Parce que tu as des oreilles d'elfe, enfin, presque.

M. Tête continuait à avancer sans rien dire.

— Ou pas, ajouta Zal, gardant son souffle pour la marche qui semblait devoir être longue. (L'horizon vers lequel ils se dirigeaient était aussi plat qu'une ligne droite.) Vendredi Tête. Si quelqu'un te demande. C'est ton nom. M. V. Tête. Ou… M. Tête de toute façon. Je me demande ce que tu es.

Et il se le demanda jusqu'à la crevasse dans le désert de laquelle rien n'irradiait, ni ne brillait. M. Tête s'arrêta juste devant.

— Une faille, dit Zal en regardant le non-être mat du Vide. Ouverture sur une région akashique. Très dangereux. Très… entre-deux. Instabilité très universelle.

L'elfe d'argile géant se tenait comme une statue. De temps en temps, il cillait.

— Si j'étais un fae, dit Zal en tapotant le bras massif à côté de lui pour le consoler, je trouverais que ça aide vraiment.

M. Tête se pencha et regarda le Vide. Il n'y avait rien à voir. Ce n'était pas quelque chose qu'on pouvait voir. C'était un non-être. Zal savait qu'on le traversait quand on ouvrait un portail, et qu'il s'agissait moins de traverser que de tirer deux mondes l'un vers l'autre jusqu'à percer un trou pendant un instant. Les nécromants le faisaient pour atteindre Thanatopia. Les faes le faisaient pendant leurs propres moments décousus, quand ils changeaient de forme ou d'univers, mais ils n'avaient aucune idée du principe dont ils se servaient. Et les hommes des failles se déplaçaient dans ce rien sans fin, sans début, sans profondeur, sans se perdre ; un hasard extraordinaire et ésotérique qui restait un mystère pour tous, même ceux qui connaissaient le truc. Depuis le Vide venaient les fantômes. Depuis le Vide venait l'æther pur, d'après les scientifiques démoniaques. Depuis le Vide venait l'æther sauvage qui se manifestait en Alfheim avec une telle abondance, au grand malheur de son espèce. *« Ce qui n'est pas maîtrisé se tient à l'affût… »* N'était-ce pas ce que les elfes anciens disaient ?

M. Tête désignait la fissure d'un air décidé et ferme.

— Nous ne pouvons pas, dit Zal en se penchant en arrière avec prudence. Toi et moi ne jouons pas avec Ce-Qui-Ne-Peut-Être-Dit. Les elfes sont des parleurs. Des chanteurs. Nous parlons le monde, et ce qu'on ne peut pas dire, on ne peut pas le faire. Les portails. Nous persuadons les choses de s'assembler. Nous ne faisons pas dans l'immersion, ni dans la traversée, ni dans les voyages dans l'Indicible. Même les démons refusent cela… (Il s'interrompit, pas vraiment convaincu de ses arguments. Il avait été amené ici, et pas par un portail.) Peut-être que tu peux. Mais moi je ne le peux pas.

M. Tête répéta son geste. Il tendit la main et attrapa l'avant-bras de Zal d'une prise qui avait la négociabilité du temps lui-même.

— Écoute, dit rapidement Zal. Je sais que tu émerges à peine dans le monde des idées et que c'est peut-être ton premier effort, et il est admirable, mais je dois te dire, en tant qu'elfe des mondes, que tu as tort si tu penses que, parce que nous sommes amis et que tu m'aimes tant, tu peux m'entraîner là où je ne peux aller sans…

M. Tête ouvrit la bouche et les milliers de voix de l'Ombre parlèrent d'une seule voix dans leur langue antique. Zal comprit une phrase… parmi un million de mots… parce qu'ils la prononcèrent tous ensemble, et il la connaissait, c'était un nom, en fait…

— Abida Ereba.

En Alfheim moderne, c'était un blasphème de prononcer les noms des pouvoirs primordiaux. Particulièrement celui-ci. Appeler quelque chose dont on n'était pas maître était vraiment très dangereux. Sur la longue liste des choses que la plupart des elfes ne domineraient jamais, Abida Ereba était assez près d'occuper la place numéro un. S'il y avait eu une bataille entre Abida Ereba et le Vide lui-même, Zal les aurait donnés à égalité, mais il aurait parié sur le nom.

Il ne souhaitait pas être le plus grand couard de l'univers, donc, quand M. Tête avança son pied pour sauter, Zal l'imita et fit en sorte d'avoir l'air de le vouloir, alors qu'il aurait préféré se couper le bras.

En faisant semblant, peut-être que ç'aurait l'air mieux et, s'il fallait y aller, autant le faire en donnant l'air de le décider.

Il fut néanmoins celui qui hurlait de toutes ses forces pendant qu'ils tombaient hors du monde vers l'incontrôlable, l'inconnaissable et l'ineffable. Il fit en sorte que cela ressemble au rugissement d'un guerrier et, dans les quelques secondes pendant lesquelles il y eut encore un peu d'air, donc du son, il fut relativement satisfait de son effet.

Chapitre 16

Les cheveux de Lila volaient au vent et fouettaient les branches de ses inutiles lunettes de soleil. Elle s'était toujours demandé pourquoi les cheveux volaient vers l'avant quand on était dans une décapotable, et l'Eldorado 1967 de Malachi ne faisait pas exception. Aujourd'hui, grâce aux graphiques détaillant les effets de la dynamique des fluides, elle pourrait enfin savoir de quoi il retournait, mais elle avait débranché l'IA et elle était contente de pouvoir profiter de l'expérience sans explication. Elle sirotait leur Coca light commun et entrechoquait les glaçons tandis que Malachi conduisait son paquebot à cent vingt sur l'autoroute. Il n'y avait rien de technologique dans cette voiture. C'était comme un jouet d'enfant, avec un volant énorme, plein de gros chiffres dans les cadrans et des aiguilles en plastique. Elle aimait plus qu'elle voulait le dire la sensation d'être dans un sofa sur l'océan, accrue par la réaction de la suspension sous son poids. Avec le bruit du vent, la musique girly-funk sur l'autoradio de Malachi était presque inaudible.

— On va d'abord chez moi, avait-elle dit.

Il ne s'était pas rebellé, il avait sorti la voiture du parking du boulot et l'avait dirigée vers la route de la baie plutôt que vers le pont. Il connaissait son adresse. Se rendre en voiture chez elle ressemblait presque à ce que cela avait été autrefois : une balade en sortant du cinéma et de la pizzeria après une longue journée de formation. Elle fit comme si c'était le cas et ne prêta pas attention à la douleur sourde dans son oreille et à la densité verte dans sa poitrine, comme s'ils n'étaient que les résultats d'un accident mineur.

L'Eldorado, gris perle, nanifiait quasiment toutes les petites voitures bien propres et nerveuses sur l'autoroute. Lila avait l'impression de chevaucher une baleine et de se mouvoir dans un monde étudié pour une autre échelle à une autre vitesse. La voiture pénétra dans son allée privée, flotta un peu en cognant le trottoir, les faisant tressauter, avant de s'arrêter juste devant la porte principale. Les arroseurs étaient en marche sur la pelouse des appartements, couvrant le vert de diamants. Lila se dégagea du siège de cuir craquant et tourna le visage vers Mal.

— Je vais chercher quelques trucs, je ne serai pas longue.

— Tu veux que je t'attende ici ? demanda-t-il en voulant dire qu'il était prêt à l'accompagner pour lui prêter son épaule.

— Nan, tout va bien, mentit-elle. Je reviens dans quelques minutes.

Il hocha la tête comme il était supposé le faire et tapota ses doigts sur le volant pendant que Pink chantait l'état dans lequel se mettent les cœurs.

Ils le savaient, pourtant tu m'as dit toujours… [1]

La serrure cliqueta légèrement, le bâtiment laissa entrer Lila. L'atrium était frais et parfumé. Une lampe à brume féerique distillait l'odeur réconfortante du foyer. Elle ne prit pas l'ascenseur en attente. À cette heure de la journée, la

1. Pink, *Who Knew*, extrait de l'album *I'm Not Dead*, 2006. (*NdT*)

plupart des habitants étaient au travail, sauf Mary, l'escort-girl qui travaillait à la maison. Monter un étage, tourner vers le jardin arrière, dépasser la terrasse patio collective, avec son barbecue et son petit jardin, ses fleurs parfumées, son panorama imprenable de la Baie inférieure et de Steamboat Pool. Les salaires gouvernementaux offraient beaucoup d'avantages, surtout pour les cyborgs expérimentaux qu'on devait dédommager pour la perte de leur vie.

Sa porte était la deuxième sur la droite. Elle ne sentit rien quand elle l'ouvrit. Le seul indice que quelque chose n'allait pas fut la résistance quand la porte s'ouvrait, comme si un courant d'air entrait dans la pièce depuis une autre ouverture. Elle sentit les flingues dans ses mains se dégager et s'armer. Ils étaient un peu plus bruyants, ou était-ce son imagination ? Et un petit peu plus lents.

Par-dessus l'odeur de biscuits en train de cuire, la cannelle et le parfum de l'océan, elle sentit une légère pointe de citron. La magie sauvage, et son porteur, à la recherche d'ennuis.

— *Laisse-moi faire.*

Tath se laissa couler avec l'aisance d'un amant qui glisse sur des draps chauds. Lila fut un peu gênée mais réconfortée par sa familiarité et sa force tandis qu'il la couvrait de son corps æthérique et de son glamour. Elle se recroquevilla en elle. La main de fer cachée dans le gant de velours. Elle avait envie de pleurer.

Les sens de Tath étaient plus affûtés pour la situation, nettement. Détendu, il endossa l'aura d'un combattant qui sait qu'il n'a que quelques secondes et, dès qu'il eut pris la mesure de la situation, se retira pour l'animer de l'intérieur, son marionnettiste de confiance qui assurait qu'elle ne perdrait pas pied quand l'æther entrait en jeu. Lila avait envie de le serrer contre elle.

Il s'exprima par sa bouche avec sa voix à lui :

— Sortez ! Personne ne joue et je vous vois.

Avec les jambes de Lila, il entra dans le salon d'un pas assuré.

Une silhouette sombre, comme un chat géant enroulé sur lui-même, se détacha du tapis persan et s'étira. Ses couleurs changèrent quand il se déplaça, étonnantes de violet, de lilas, de bleu et de blanc. Avec les couleurs, la forme s'altéra aussi. En se levant, la créature révéla la présence d'une queue, d'ailes qui se dépliaient, d'un long cou et d'une tête chevaline avec de très grands yeux, de longs bras, un corps terriblement puissant, nu et naturellement brillant. Puis, en se redressant sur deux jambes, elle devint bien plus humaine, absorbant toutes ses formes naturelles démoniaques pour se transformer avec fluidité en un mec blanc aux hanches étroites, séduisant, dans la vingtaine, aux cheveux d'argent et aux yeux bleus. Des bandes de tissu bleu pâle surgies de nulle part se drapèrent sur lui comme les bras d'un amant et devinrent un pantalon et une chemise admirablement coupés.

Tath rendit la main à Lila, le parfait équipier sportif. Elle baissa ses flingues.

— Teazle ?

Le jeune homme baissa légèrement la tête, l'amusement lui donnait un sourire de singe attendrissant.

Il regarda ses flingues.

— Manifestement, tu attendais quelqu'un d'autre.

Elle rangea les armes et fit jouer les articulations de ses doigts, sentant une douleur dans son épaule qui disparut avant qu'elle y pense.

— Je m'attendais à trouver mon appartement comme je l'avais laissé. Va droit au but, j'ai à faire.

Elle fut surprise de découvrir que, à un autre moment, elle aurait été heureuse de le voir, même en tant qu'intrus, mais, là, elle n'en avait pas l'envie. Elle se rendit dans sa chambre et ouvrit la penderie à la recherche de vêtements qui ne soient pas de nature militaire et qui la couvriraient de la tête aux pieds. Tout dans l'armoire lui semblait bizarrement étranger, comme si les vêtements appartenaient à quelqu'un d'autre. Contrariée, elle commença à balancer les fringues sur le lit.

Teazle la rejoignit, sa présence était comme une vibration à l'extrémité d'un nerf, mais quelle sorte de vibration, Lila n'en était pas sûre. Pour l'instant, c'était plutôt irritant.

— Je suis ici pour me mettre à ton service, dit-il sans une trace d'humour.

Lila renifla, jetant un étrange tailleur pantalon couleur rouille sur le lit, étonnée qu'elle ait un jour pu penser que c'était approprié pour quoi que ce soit. Elle avait eu l'habitude de le porter pour des réunions professionnelles. L'idée la faisait frémir à présent : tous ces visages sérieux qui lui disaient comment les choses devaient être, ce qu'elle devait faire, comment elle allait vivre… tout était prévu. Et elle s'était laissé faire, hochant sérieusement la tête à tout, acceptant tout, alors qu'à l'intérieur elle se sentait mourante et espérait que cela ne se voyait pas.

— Je n'en ai pas besoin.

— Bien sûr que si, dit-il. Et même si ce n'était pas le cas, je le dois parce que c'est moi qui t'ai offert celle de l'Ombre.

— J'aurais pu te la rendre.

— Mais tu ne l'as pas fait. Et ce n'était pas un cadeau. C'était un test.

— Super, dit-elle. Et j'ai échoué. Ce n'est pas ton problème.

— J'ai échoué, dit-il. Donc, je vais jeter tout ça à la poubelle et…

Lila pivota vers lui et cracha :

— Fourre-toi ça dans ton crâne épais : je ne veux pas de toi, de quelque manière que ce soit. Ni maintenant, ni jamais. Tu es libre. Je t'absous. Tire-toi et va faire tes blagues de malade à quelqu'un qui en a quelque chose à foutre.

Il écarquilla les yeux et, de conciliante, son expression devint intéressée.

— Non. Je sais quel démon te pourchasse et je sais quelle ombre te poursuit. Tu as besoin de moi. Et tu es en route vers l'Enfer. Ce voyage est sacré chez nous. Les pèlerins doivent être protégés sur leur chemin. Et je suis le champion de Démonia ; ce que je dis, je le fais. Tiens.

Il tendit la main et, comme tiré de la manche d'un prestidigitateur, un torrent de tissu bleu sombre glissa de ses doigts.

— Je me contenterai de mes affaires, dit-elle en retournant à sa penderie presque vide et en considérant avec dégoût les uniformes professionnels, informes et asexués, qui y pendaient encore, en blanc, noir, gris et brun.

— Traite-moi comme ton serviteur, dit Teazle, s'approchant derrière elle. (Il lui toucha doucement le bras.) Cela a été fait par enchantement, mais c'est parfaitement ordinaire.

— *Petit escroc visqueux !*

Lila se força à ne pas sourire, mais ses lèvres tremblèrent. Elle baissa les yeux sur les vêtements.

— Tu vivais ici ? demanda Teazle avec incrédulité, alors qu'elle acceptait son offrande avant de se diriger sans un mot vers la salle de bain.

Elle entendit le démon renifler l'air derrière elle et se sentit soudain violentée.

— *Il peut me sentir*, dit Tath en se recroquevillant. Lila eut l'impression que son vert augmentait.

Elle ôta ses vêtements noirs militaires, mit automatiquement les sous-vêtements dans la machine à laver, vérifia et plia soigneusement le pantalon et le gilet dans son sac. Elle était toujours pleinement armée et la plupart de ses munitions étaient prêtes à servir. Elle prit un minimum de rechange avec elle, fourrant ce qu'elle pouvait dans son vanity-case tout en jetant le mascara séché et les ombres à paupière qu'elle avait achetés mais jamais utilisés. Qui veut attirer l'attention sur des yeux cachés derrière des miroirs impénétrables ? Leurs couleurs pastel rappelaient les secrétaires satisfaites, les petits amis, le foyer… Elle les fourra dans la poubelle. Elle prit un peu de crème hydratante, un rouge à lèvres, du blush, et tenta d'arranger tout ça au-dessus des recharges de balles explosives, des grenades lourdement chemisées, du filet à cargo et des flacons colorés de ses réserves pharmaceutiques. Ils ne les couvraient pas vraiment. Elle tira un sarong orange et rose d'un tiroir et le fourra par-dessus. Culottes et soutiens-gorges sur les côtés. Des chaussures qu'elle pouvait porter même si ses pieds étaient en fait ses bottes. Elles étaient de trois tailles plus grandes que ce qu'elle chaussait avant, mais ça le faisait.

Elle enfila la création de Teazle et les chaussures, puis tira un collier en or de sa commode et le passa. Les quelques charmes qui y pendaient étaient des cadeaux d'anniversaire ou de commémoration de diplômes de la part de sa famille. Ce vieil objet possédait une familiarité qui l'attrapa par surprise. Un instant, elle se sentit presque authentique.

Elle se regarda dans le miroir. La longue jupe et sa veste étaient très conservatrices, mais le col haut et les coutures fines la rendaient terriblement sexy. Le décolleté plongeant n'aidait pas. Son soutien-gorge était visible et trop quelconque, le collier était enfantin, trop petit et trop discret pour ce genre de veste. Ses taches de rousseur ressortaient comme les taches magiques sur son visage, son cou et ses cheveux, bien rouges dans la lumière tamisée. Elle s'enduisit rapidement de fond de teint et mit des lunettes de soleil. C'était mieux.

Elle allait siffler, par habitude, quand elle se souvint qu'Okie n'était pas là. Sur la commode, une boîte neuve de biscuits pour chiens avait dépassé la date limite, mais on apercevait encore quelques poils beiges et blancs. Elle les ramassa et les colla sur une de ses manches, puis emporta le sac de voyage dans la chambre. Teazle portait tous ses vêtements dans les bras. Il jouait avec le miroir en changeant d'apparence.

— Tu as besoin d'un coiffeur, dit-il sans quitter son reflet des yeux alors qu'il se tirait la langue : épaisse, pointue et bleue.

Puis il examina ses dents et soupira.

— Je n'ai pas envie de me retrouver avec un gang au train, dit-elle avec colère. Pose ça et va-t'en.

— Gang ? demanda le démon, et il regarda son oreille. Un diablotin est un gang négatif. Il y a plus ?

Il garda les vêtements. Devant lui, les portes s'ouvrirent sur la cuisine. Elle entendit sa garde-robe couture tomber tout entière dans le vide-ordures. Elle aurait aimé s'en soucier, mais cela n'en valait pas la peine. Rien dans cet appartement ne lui ressemblait. Sans l'attendre, elle sortit et rejoignit la voiture.

Malachi se retourna lorsqu'il sentit le sac de voyage atterrir sur le siège arrière. Il la regarda par-dessus ses lunettes de soleil.

— Tu es superbe !

— Évite ce genre de remarques, dit Lila. Démarre.

Un grand objet blanc atterrit sur le capot dans un bruit sourd. Lila et Malachi sursautèrent tous deux à l'apparition soudaine de Teazle sous sa forme démoniaque.

— Un groupie ? demanda Malachi.

Mais son sourire était sinistre et lui visiblement hérissé. Ses mains serrèrent le volant et le changement de vitesse. Une perle de sueur apparut sur sa tempe.

— Bouge de là !

Lila se leva, se tendit par-dessus le pare-brise et frappa la grande créature maigre de la main. Elle ne parvint pas à l'atteindre.

Teazle bondit, aussi vif qu'une grenouille, se transforma en plein saut et atterrit équipé de pied en cap par son styliste fantôme. Il sourit et dédia à Malachi un regard furieux, de mâle à mâle, qui disait « va te faire foutre ».

Lila s'assit lentement et regarda droit devant elle mais personne ne douta qu'elle s'adressait à Teazle lorsqu'elle dit :

— Je n'ai pas le temps pour ce genre de conneries. Si tu veux m'aider, protège le reste de ma famille. Sinon, tire-toi de mon chemin ou je t'en retirerai moi-même. Mal, démarre !

Malachi remit les lunettes sur son front et rendit son regard à Teazle, avec les intérêts, tout en tournant paresseusement le volant pour faire reculer la voiture dans un arc de cercle qui évita le démon. Il laissa reposer son bras libre sur le dossier du siège et les ramena sur la route dans un nuage de poussière scintillant de particules noires.

Dans l'oreille de Lila, d'une voix qu'elle seule pouvait entendre, Teazle dit :

— Ton serviteur.

Qu'est-ce qui n'allait donc pas avec tous ces gens ?

Elle ferma les yeux et laissa le vent emmêler ses cheveux. *Je serai tellement mieux, je ferai tout bien, je serai ta petite fille pour toujours…* [1], chantait Pink.

— Arrête-toi près d'un magasin, ordonna Lila. Je veux des cigarettes.

— Tu ne fumes pas.

— Je commence.

— Tu sais…, commença Malachi avec une sagesse toute féerique.

— Finis cette phrase et tu manges ta bagnole, promit Lila.

Il ne réagit pas, qu'il soit béni.

— Menthol ou légères ?

— Qu'importe, dit-elle.

Malachi gara la voiture dans le parking du magasin et offrit de faire seul les courses. Après son départ, Lila laissa sa tête reposer contre le dossier et ferma les yeux, profitant du soleil. Entendre les oiseaux ordinaires d'Otopia, le trafic et les voix était un soulagement après les rythmes infernaux de Démonia. Un torrent de métadonnées s'échappa de la seule partie de ses systèmes internes qu'elle ne pouvait débrancher, celle dans laquelle Incon

1. Pink, *Family Portrait*, extrait de l'album *M!ssundaztood*, 2001. (*NdT*)

rangeait les informations importantes : les appels qu'elle avait manqués, les messages urgents et tout le reste. C'était ennuyeux que ce putain de truc se remette en marche dès qu'elle retrouvait son terrain familier ou qu'elle approchait d'un portail où l'Arbre d'Otopia était actif, mais, quand elle refusait de répondre, il repartait pour un cycle de sommeil d'une heure.

Elle se détendit et pensa à Zal. La réticence à se brancher sur l'Arbre lutta brièvement avec le désir d'entendre sa voix et perdit. Elle se connecta et lança un appel. L'absence de réponse rendit le poids de la journée insupportable. Déprimée, elle tenta de joindre Poppy, espérant que Zal s'était juste déconnecté et qu'il était avec le groupe quelque part où il serait facile de le trouver.

Le système de messagerie de Poppy répondit automatiquement, l'enregistrement de sa voix joyeuse et sucrée était enjoué au point d'en être nauséeux. « *Salut, Poppy ne peut répondre pour l'instant parce qu'elle est retournée en Faerie pour un court séjour et le festival de la Reine de Mai. Ne paniquez pas ! Poppy sera en Otopia dès jeudi matin pour faire ce que vous voulez et retourner sur scène pour un nouveau concert sold-out des merveilleux No Shows. Prochain arrêt : la Transylvanie. Pour d'autres dates en Bohème, contactez Jolene...* »

Lila raccrocha. Elle n'était pas sûre de vouloir faire face à Jolene, dans son rôle de l'Ange de la Mort, si quelque chose avait mal tourné dans le planning du groupe. Elle ne pensait pas connaître assez bien Viridia et Sand pour les appeler. Elle téléphona à Luke, le bassiste. Il répondit, d'une voix étouffée et endormie.

— *Shanny, écoute chérie, j'étais...*

— C'est Lila Black. Je cherchais Zal.

Il y eut un instant de silence puis :

— *Oh!* (Il était surpris mais relativement content.) *Salut. Euh… lui et la DJ se sont disputés. Il est parti pour quelques jours. C'est ennuyeux parce qu'elle est revenue et qu'elle le cherche depuis hier, mais il n'est plus sur l'Arbre. Jo a dit qu'il était rentré chez lui pour des questions personnelles…*

En arrière-plan, une voix de femme murmura quelque chose qui ressemblait vaguement à une plainte.

Chez lui ?

— Merci, Luke.

Avant de raccrocher, elle ajouta :

— Passe une bonne journée.

Chez lui ? Mais, pourquoi ? Elle avait été un peu déçue qu'il n'apparaisse pas magiquement en Démonia, mais s'était dit qu'il avait finalement décidé de prendre les choses modérément au sérieux et respecter les dates de la tournée en Otopia. Sorcha n'avait pas parlé d'une visite… Si. Lila se souvint. Adai était venue à la maison de Bathshebat parce qu'elle savait que Zal allait y débarquer. D'après Luke, il était parti depuis quelque temps déjà. Alors, où était-il donc ?

Le peu de confort qui restait dans l'après-midi disparut comme la brume dans le vent. Elle se redressa et ouvrit tous ses ports à l'Arbre, bande passante maximale, avec installation des dérivations de sécurité. En quelques secondes, elle visionna les enregistrements de l'arrivée de Zal en Illyrie, à l'aéroport et son transit jusqu'à l'hôtel. Elle vit sa chambre, la facture du service de chambre : plutôt gonflée, rien d'inhabituel… un jeu de cartes… Elle passa en vitesse rapide le jour de son départ, observant la réception de l'hôtel, les rapports d'activité des portes que Zal avait utilisées. Elle vit Malachi entrer, enlever son manteau, demander quelque chose au réceptionniste et se diriger vers les ascenseurs. Il n'y avait pas d'enregistrement dans la chambre, évidemment, et, d'après ce qu'elle voyait, il n'était pas ressorti par la porte. Zal n'avait pas enregistré son départ de l'hôtel, il n'avait pas demandé la note mais son activité sur place s'était interrompue trois heures après l'arrivée de Malachi. Rien d'autre.

Elle appela Jolene.

— Salut, c'est Lila.

— *Oh, merci, Seigneur ! Je suppose que Zal est avec vous, n'est-ce pas ?*

— Euh… non, répondit Lila, sentant une boule froide commencer à se former dans son ventre. J'espérais que vous pourriez m'indiquer où il est.

— *J'avais supposé qu'il était avec vous.* (L'anxiété de Jolene, qui parlait entre ses lèvres serrées, frappa Lila et chatouilla ses nerfs.) *Il est parti se balader avant-hier. Il a prétendu qu'il devait se rendre en Démonia. J'ai tout de suite pensé que c'était un mensonge.*

— Mais c'est ce qu'il a dit ? En Démonia ?

— *Pour ce que ça vaut…*

Jolene parvint à avoir l'air à la fois royalement furieuse et ravie. Lila ne prit pas la peine de s'interroger sur ses raisons.

— Quand je le trouverai, je lui dirai que vous êtes inquiète, dit-elle, et elle coupa.

Malachi se rassit, un sac en papier sur les genoux. Il ferma la portière. Lila se tourna vers lui et enleva ses lunettes.

— Tu ne m'as pas dit que tu étais allé voir Zal.

Superposés à sa vision, d'énormes messages clignotants lui ordonnaient de se présenter immédiatement à Delaware, de rentrer au bureau, de faire son rapport, de débriefer, de télécharger ses données. Elle s'échappa du réseau et éteignit l'IA une fois de plus. Il y avait trop de choses à expliquer, et trop peu de temps.

Malachi soupira, ses épaules retombèrent.

—Je l'aurais fait, dit-il. Mais il y avait tous ces autres trucs plus importants dont je devais d'abord te parler.

—Il a disparu.

—Nan, dit Malachi. Il devait aller te voir.

—Ouais, et ?

—Alors il avait probablement quelque chose à faire avant. Cela ne fait que (il tira sur sa manchette droite et regarda sa montre) quarante-huit heures.

—Depuis quoi ? exigea Lila. Depuis que tu es allé jusqu'à Illyrie pour le voir en personne ? Pourquoi ?

Malachi tambourina des doigts sur le volant et regarda dans le vide avant de se tourner vers elle.

—J'étais inquiet pour toi.

Elle le regarda intensément, cherchant des signes de duplicité dans ses yeux impénétrables de chat mais n'en voyant aucun. Il avait l'air grave et préoccupé.

—Et que s'est-il passé ?

—Nous avons joué aux cartes. Parlé. Il semblait penser que tu étais capable de tout supporter.

—Mais pas toi.

Il prit une profonde inspiration, son menton tomba un peu, mais ses yeux ne cillèrent pas. Il était mortellement sérieux.

—Li, cela ne fait pas longtemps que tu es sortie de revalidation. Le mois dernier n'a été que merde sur merde et, pour une raison inconnue, Delaware et toi êtes les seules personnes à ne pas se rendre compte que tu génères un putain de tsunami psychique. C'est probablement parce que vous êtes toutes deux en compétition pour le rôle principal dans *Cléopâtre, reine du déni*. Si cette turbulence n'est pas en train de te tuer, c'est uniquement que tu cours trop vite. Mais tu ne pourras pas continuer longtemps, bébé. Tu ne peux tout simplement pas. Nous autres, adeptes, pouvons tous sentir ta douleur. (Il regarda le bijou rouge dans son oreille.) Même Zal n'en serait pas capable. Tu vas te casser la gueule et je ne veux pas te voir brûler.

— Je…

Malachi l'interrompit sans hésitation.

— Nan, tu fais simplement ce que font la plupart des gens. La question intéressante à se poser est pourquoi Delaware se comporte-t-elle aussi comme ça. Je n'ai jamais eu beaucoup de sentiments pour elle. Elle a la sensibilité æthérique d'un hareng fumé. Il est dans son intérêt de s'assurer que tu réussisses, pourtant elle outrepasse les conseils de Williams, de Silly l'elfe et de tous les autres. Tu devrais sérieusement te demander pourquoi. Sauf qu'on te garde bien trop occupée et que ça l'arrange bien. Rien ne lui a fait plus plaisir que lorsque tu t'es collée avec Zal et que tu lui as permis d'avoir un lien privilégié avec l'un des personnages mystérieux les plus importants et les plus bizarres des sept mondes. Sans cela, elle aurait dû engager une division entière rien que pour le suivre.

Il hocha la tête et lui tendit sobrement le sac en papier.

Elle s'y agrippa et regarda Malachi intensément. Son esprit tournait ce qu'il avait dit dans tous les sens, lentement, comme on évalue un bijou fragile en se rendant compte qu'il est bien plus complexe qu'on l'avait estimé. Tant de facettes.

— Six, dit-elle automatiquement. Mondes.

— Ouais, dit-il. Je pensais aux samouraïs.

Elle l'observa plus longuement et comprit que son regard franc signifiait qu'il savait exactement ce qu'il avait dit et qu'il l'avait fait exprès. Puis, elle remarqua que le sac était froid. Elle l'ouvrit et découvrit une chope d'un demi-litre de glace à la menthe, avec des morceaux de chocolat, et une cuiller en bois en forme de nain (« Trouvez-le ici, trouvez-le là, c'est toujours mieux quand ça vient de Faerie, na ! »).

— Inquiète-toi de ça plus tard, suggéra-t-il en démarrant le moteur et en reculant avec expertise.

Sans lui demander d'indications, il se dirigea vers l'appartement de sa sœur… en prenant la route la plus longue, par le parc. Lila mangea sa glace en faisant attention de ne pas faire de taches sur son ensemble. Quand elle eut terminé, elle jeta la cuiller dans l'herbe qui bordait la route pour que les gnomes la ramassent et écrasa la chope en carton et l'emballage. La voiture s'immobilisa. Ils étaient arrivés.

Lila joua avec ses lunettes de soleil et les remit sur son nez, les poussant le plus près possible de ses yeux. Ses mains ne tremblaient pas mais elle en avait quand même l'impression. Dans un flash, elle se souvint de la première fois qu'elle les avait vues. Elles étaient tellement convaincantes qu'elle n'avait pas compris que ce n'étaient pas les vraies avant de tendre le bras pour attraper un verre d'eau qui s'était alors brisé. Sa main s'était refermée et ne s'était rouverte que lorsqu'un médecin, avec un clavier portable, avait branché quelque chose dans son dos. Elle avait pensé qu'il avait branché l'appareil dans la prise du mur. Plus tard, elle avait découvert qu'il l'avait branché sur sa colonne. Il avait fallu plusieurs mois pour tout calibrer correctement.

— Je ne peux pas faire ça, dit-elle, essentiellement pour elle-même.

D'après ce que savait sa sœur, Lila était partie en Alfheim pour un voyage professionnel deux ans auparavant et n'en était jamais revenue. Personne de sa connaissance ne l'avait revue ou n'avait eu de ses nouvelles. La raison lui en avait toujours semblé valable : « Il faut s'assurer que tu vas mieux », « Il faut s'assurer que tout fonctionne correctement », « Il faut s'assurer de ceci, de cela… », « On ne veut pas qu'ils se fassent des idées… », « Lila, tu pourrais être notre meilleur agent… », « Tu n'as pas le choix, mais c'est possible ». Et après, elle n'avait pas appelé parce que… que dire ? Elle avait l'impression qu'ils appartenaient à un autre univers que celui dans lequel elle se déplaçait aujourd'hui. Elle n'avait pas le droit d'en parler. Qu'est-ce qui pourrait l'expliquer, alors ? Et la culpabilité était accablante, écrasante parce que, bien sûr, elle aurait dû les appeler pour les informer qu'elle était vivante dès qu'elle avait été capable de parler. Comment aurait-elle pu leur dire qu'elle ne voulait pas qu'ils la voient comme ça ? Ils l'auraient traitée comme ils l'avaient toujours fait et elle aurait eu envie de les tuer parce qu'elle n'était plus du tout la même, et leur présence aurait été un éternel reproche : tu nous as abandonnés et maintenant tu refuses de revenir. Elle aurait été présente, mais sans être la personne qu'ils voulaient. La Lila qu'ils connaissaient n'existait plus. C'était plus facile de vivre sans eux. Elle avait souvent pensé à leur mort… que ce serait mieux. Plus d'inquiétudes pour eux et pour ce qu'ils auraient pensé d'elle. À présent, ils étaient morts et cette époque était achevée, morte avec eux. Et elle était libre.

Où était Zal ?

— Tu veux que je vienne avec toi ?

Elle secoua la tête et mit le papier chiffonné dans le réceptacle de la portière avant de tirer la poignée pour sortir. Tandis qu'elle se redressait, une voiture noire et lustrée arriva dans une giclée de gravier et s'arrêta en sifflant à côté d'eux. La portière s'ouvrit et Cara Delaware en sortit : tailleur noir parfait, chemisier noir, lunettes noires, cheveux tirés en arrière pour dégager le visage, rouge à lèvres parfait, et talons à tuer. Elle avait l'air plus froid de cinq degrés que l'atmosphère environnante. Sa portière se referma dans un murmure derrière elle. Cara s'avança avec un sourire professionnel et tendit la main pour serrer celle de Lila.

— Bienvenue à la maison, dit-elle, chaleureuse et amicale, avec ce soupçon de vipère que Lila avait toujours admiré.

On savait où on en était avec Cara. Nulle part.

Lila ferma la portière de l'Eldorado d'une poussée et profita du bruit violent qu'elle produisit.

— Que faites-vous ici ?

Elle ne prit pas la main qui se retira rapidement.

— Dans un moment aussi difficile, j'ai songé qu'il était normal que l'Agence vous offre son soutien inconditionnel. Cela doit être difficile.

Elle regarda les vêtements de Lila avec ce qui pouvait être de l'envie et un soupçon de désapprobation.

— Rien n'a été facile, dit Lila. Mais je vais bien. J'ai Malachi.

— Ah, oui, Malachi. (Elle dépassa Lila et posa les mains sur le capot de l'Eldorado.) Maintenant que je suis là pour prendre les choses en main, vous pouvez retourner à vos enquêtes, au bureau.

Ses mots polis, tout droit sortis du manuel, ne cherchaient pas à masquer ce qui était un ordre.

Lila se hérissa :

— Il reste.

Ils furent interrompus par l'ouverture de la porte. Deux silhouettes sombres se jetèrent dans l'escalier sur le perron, en aboyant. Ils se précipitèrent vers Lila et s'arrêtèrent, hésitant, reniflant et penchant leurs têtes d'un côté, puis de l'autre, la queue agitée d'incertitude, les babines tremblantes.

— Rusty ! Buster ! appela Lila en s'accroupissant.

Elle baissa les bras, les mains sur le sol dans une position d'invite à jouer. Elle était tellement reconnaissante et heureuse de les voir qu'elle se foutait de Delaware et de la raison pour laquelle elle avait décidé de venir.

Au son de sa voix, ils se ruèrent vers elle.

— Salut les chiens ! Salut les garçons !

Lila caressa leur tête et joua avec les oreilles des deux vieux labradors, qui lui léchaient le visage timidement et gigotaient à en perdre l'équilibre pour s'excuser de ne pas l'avoir reconnue. Elle perçut la lueur d'un étrange sentiment à l'intérieur de sa poitrine, quelque chose de tellement inhabituel de sa part qu'elle ne reconnut pas immédiatement Tath, jusqu'à ce qu'elle se rende compte que c'était la même émotion que la sienne au milieu des retrouvailles avec ses amis canins : le bonheur. Derrière les chiens, une silhouette sortit de la maison, courut quelques pas puis s'arrêta…

— Lila ?

L'étonnement de Maxine était retenu, attendant d'exploser. Sa voix, tendue et grinçante, était celle de quelqu'un qui a déjà trop pleuré.

Lila leva les yeux, pleine de l'enthousiasme des chiens, et Buster se jeta contre elle, museau en avant, faisant tomber ses lunettes.

Maxine déglutit, ses mains volèrent vers sa bouche lorsqu'elle vit la surface argentée des yeux de Lila.

— Oh ! mon Dieu ! Que s'est-il passé ?

Lila ne lui en voulut pas vraiment. Les chiens étaient des créatures d'odorat, les gens aimaient se regarder dans les yeux et ce n'était plus vraiment possible avec elle.

— Salut, Max, dit-elle en se redressant avec un air de grande sœur qu'elle pensait avoir oublié.

Malachi sortit de la voiture et Delaware se rapprocha avant d'y réfléchir à deux fois. Rusty et Buster produisaient des sons joyeux, reniflant les pieds de Lila et examinant l'ourlet de sa jupe à la recherche d'informations sur les endroits où elle avait été.

Les yeux rivés sur Lila, Maxine descendit les marches, puis regarda les deux autres personnes. Dans un instant de courage, elle décida de ne pas faire attention aux inconnus et enveloppa Lila d'une étreinte serrée.

— Où es-tu allée ? Que t'est-il arrivé ? Pourquoi ne nous as-tu pas appelés ? Où étais-tu ?

Ne remarque rien, ne remarque rien, ne remarque rien, pensa Lila en la serrant dans ses bras et en sentant la fragilité de sa sœur, toujours trop mince. Elle était encore plus grande et plus mince que Lila s'en souvenait. Son visage était gris, il y avait de larges cercles sombres sous ses yeux, toujours aussi brun mordoré. Elle sentait l'odeur des cigarettes et son souffle exhalait le vin de la veille.

— J'ai eu un accident, dit Lila avec la désinvolture du mensonge effronté en coulant un regard à Delaware. J'étais à l'hôpital.

—Mais…

Maxine la lâcha et regarda les autres avec un plus grand malaise, se retournant vers Lila pour information, le visage plein d'incertitude.

—Oh, voici mon partenaire, mon collègue, du boulot, un ami, Malachi, dit Lila maladroitement. (Puis, rapidement, tentant de minimiser leur présence dont elle ne voulait pas :) Et voici ma chef. Elle est venue présenter ses condoléances.

Max leur serra la main à tous deux, comme si cela n'avait pas d'importance pour elle. Ses yeux glissèrent de leur visage vers un nulle part distant avec une platitude grise qui effraya Lila encore plus que tout ce qui lui était arrivé.

—Un fae, dit Max à Malachi avec un sourire pas tout à fait convaincu qui ne dépassa pas les coins de sa bouche. Vous êtes nombreux dans la police. Je n'en avais jamais vu autant avant. Je ne savais pas que… Lila travaillait avec les gens des autres mondes.

Elle termina sa phrase comme si elle en avait déjà oublié le début.

—Max, ça n'a pas l'air d'aller, dit rapidement Lila. Puis-je entrer ? Ils resteront dehors. Nous avons à parler.

—Oh, bien sûr. (Maxine frémit soudain et plaqua ses bras autour de son torse, serrant ses côtes à travers son tee-shirt fin puis, à mi-chemin de la maison, elle se retourna et dit :) Pouvons-nous plutôt aller sur la plage ? Je déteste être ici. On pourrait emmener les chiens. Ils ont besoin d'une promenade.

Rusty et Buster se précipitèrent sur elle à la mention du mot « promenade » et bondirent en tous sens jusqu'à ce que leurs pattes âgées en aient assez. Ils se tournèrent vers le sentier étroit qui passait entre les maisons pour rejoindre la route menant au rivage.

Max marcha derrière eux, les jambes raides elle aussi, et Lila suivit, voyant par-dessus son épaule Malachi qui lui fit un signe de la tête : il attendrait dans la voiture autant qu'il faudrait. Delaware avait l'air indécise. Cela fit plaisir à Lila, mais cela ne dura pas. Elle emboîta le pas de Max et des chiens. Même sans ses sens assistés, elle était consciente de la maison à clins bleu pâle derrière eux, avec ses fenêtres aux bords blancs, qui les regardaient partir. Jeunes filles, elles étaient toujours en train d'en sortir en courant, en prenant ce même sentier sablonneux et herbeux, dépassant l'endroit où les maisons plus chères s'étalaient sur des terrains plus grands avec des vues sur la plage et des jardins verts comme des bols de salades géants, constamment nettoyés du sable par la pluie perpétuelle des arroseurs automatiques qui ressemblaient à des fontaines de fête. Oh, comme elle avait eu envie d'une maison comme ça…

Devant elle, les omoplates de Max saillaient. On aurait dit qu'elle avait dormi dans son tee-shirt. Une douleur grinçante et familière mais oubliée serra le ventre de Lila. Elle avait envie de courir pour la rattraper mais, en même temps, non. Elle ne savait pas ce qui s'était passé et elle avait peur de le découvrir. Elle marcha plus vite et mit une main sur l'épaule de Max, faisant semblant de ne pas remarquer son sursaut. Elle ôta sa main.

— Toi d'abord, dirent-elles simultanément.

Leurs regards se rencontrèrent et elles sourirent, comme avant, quand ce genre de chose arrivait souvent et qu'elles espéraient que l'autre aurait une meilleure histoire à raconter, un meilleur plan.

— Tu ressembles à une figurine d'action de l'époque de la Régence, dit Max. Alors, ça fait longtemps que tu vas mieux ?

Lila absorba l'accusation et l'observation. Elle voulait s'entendre avec Max, pas envenimer la situation, même si c'était difficile.

— Il y a environ six mois.

— Nous ne sommes allés nulle part. On a toujours le téléphone. C'est vraiment surprenant. On a eu de la chance que le gouvernement paie aussi bien sur ton assurance… (Max se mordit les lèvres jusqu'à ce qu'elles en soient blanches. Puis, elle soupira.) Ce n'était pas la chose à dire. J'aurais dû attendre pour déballer mon sac, mais ta réapparition soudaine me fait partir du mauvais pied.

— Tu n'as jamais eu besoin de temps pour ça.

— Ah, non, dit Max. Mais le fait est que cette fois ce sera plus dur. J'ai récupéré ta chambre et la plupart de tes affaires, tu sais ? « Disparue » veut dire « morte ». Papa et maman ont toujours été des optimistes écervelés…

Elle s'interrompit et mit la main sur sa bouche, hésitante, mais il ne semblait pas y avoir d'autres mots à étouffer. Elles atteignirent la jetée. Les chiens se roulaient dans le sable, bien déterminés à s'amuser.

— Max, ça fait combien de temps que tu es comme ça ? demanda Lila, tentant de dépasser le mensonge et de ne pas remarquer à quel point elle parlait comme papa.

Il n'avait jamais eu la patience de prendre des précautions oratoires. Il était lent mais direct. Elle n'était pas lente.

— Ça ? (Max tira sur son tee-shirt et se passa une main dans les cheveux. Elle toussa de manière théâtrale et sourit pour elle-même, cyniquement.) C'est plutôt nouveau, en fait. Juste depuis avant-hier.

Lila était prête à la croire. Max n'avait jamais eu beaucoup de temps pour la nourriture et les autres nécessités de la vie.

— C'est toi qui les as trouvés ?

Elle frémit presque en disant cela.

— Ouais. J'ai vu un truc aussi. (Comme si Max n'avait pas assez mauvaise mine, elle pâlit encore et frissonna.) C'était juste dans la pièce. Euh… tu te souviens, avant la Bombe ? Aucune de ces choses n'était réelle.

Elle semblait dans les vapes. Elle tendit la main pour attraper celle de Lila, puis la lâcha méchamment, comme elle le faisait toujours quand elle ne voulait pas paraître faible.

Le cœur de Lila se serra, mais elle savait qu'une démonstration de gentillesse serait inutile ; elle attendrait. Elle se contenterait des faits bruts. La dureté était le mode préféré de Max.

— Qu'est-ce que tu as vu ?

— Un grand… un gros… (Ses mains se levèrent devant elle, comme pour évoquer une image. Elle fit jouer sa mâchoire, cherchant ses mots.) Blanc et bleu, comme un énorme chien avec un cou de serpent et ça… Tu te souviens de ces lumières violettes en boîte qui faisaient briller tout ce qui était blanc ? Ça brillait comme ça. Comme si ç'avait une lumière noire, ou quoi. C'en était entouré. On aurait presque dit que ce n'était pas vraiment là. Mais c'était là. Et ça me regardait, Li. Ça me regardait directement comme si je l'avais surpris en train de faire quelque chose. J'imagine que c'était le cas. Ç'avait ces grands, ces énormes yeux jaunes et une sorte de visage de serpent. Et puis ça s'est effacé. Et ils étaient là. Morts. (Elle éclata d'un rire qui n'était pas le moins du monde drôle, puis elle se tourna vers

Lila, froide et sobre.) Mais, bien sûr, ça ne pouvait pas être là. J'ai tout imaginé. C'est ce qu'a dit la police. Ils ont dit qu'il y aurait une autopsie parce que c'était étrange, mais ils posaient tout le temps des questions sur des intrus, des inconnus, des gens. J'ai dit que ce n'était pas des gens.

— C'était là, dit Lila en regardant sa sœur dans les yeux avec conviction et, elle l'espérait, avec ferveur, réconfort.

Elle ne pouvait supporter d'imaginer ce que Maxine avait vu, l'étrangeté, l'horreur, et tous ces jours seule avec les poseurs de questions pour compagnie. Elle devait la protéger, mais c'était en partie la vérité, qu'elle veuille bien l'admettre ou non.

— C'était là, insista-t-elle. J'ai vu des choses comme ça.

Et elle pria pour que ce ne soit pas sa faute. Comment pouvait-elle dire ça ?

Max hocha la tête, silencieuse, et reprit sa marche le long des dunes, trébuchant ici et là quand le sable se dérobait sous ses pieds. Lila tendit le bras mais ne lui attrapa pas le coude parce que cela aurait gâché l'ambiance entre elles. Le sol inégal était très sec. Lila s'enfonçait profondément et glissait de temps en temps. Sa hanche lui faisait mal et les muscles qui y étaient encore attachés tiraillaient. Elle glissa une fois de plus avant qu'elles rejoignent la jetée plus lisse.

— C'est pour ça que tu es là ? Cette femme. Je l'ai déjà vue, dit Max. Elle était là pour diriger les… quand ils les ont emmenés. Elle a pris des objets dans la maison. Je voulais aller avec l'ambulance, mais elle a refusé.

Lila dessina mentalement une ligne autour de Delaware et la colora en noir.

— Elle travaille pour le gouvernement.

— Je croyais que tu étais la secrétaire d'un diplomate.

Devant elles, Buster et Rusty jouaient avec les algues et le bois flotté. Leur allure était lente, régulière. Ils ne se regardaient pas.

— C'est ce que je faisais. Elle fait partie du même département. C'est son chef. (Ce qui n'était pas un mensonge. Son chef dans les services secrets, pas son chef aux affaires étrangères.) Je travaille pour elle, maintenant qu'il est à la retraite.

— Et elle s'est arrangée pour que tu n'aies pas de téléphone ?

Lila inspira en sifflant entre les dents.

— J'étais vraiment mal.

— N'était-ce pas notre cas à tous ?

Elles marchèrent encore cent mètres.

— Tu sais, après ta disparition, un homme est venu nous dire que tu étais allée en Alfheim et que tu n'en étais pas revenue. C'était très secret. Il a donné un gros chèque à papa et maman. Une compensation. J'ai toujours voulu vivre un thriller d'espionnage. Pas toi ? Bien sûr que si. Que quelque chose nous arrive, plutôt que de vivre toujours les mêmes choses ordinaires. (Le ton de Max devenait agressif.) Bien sûr, ils ont tout dépensé. La moitié de maman, c'était pour gagner enfin le gros lot au jeu. Celle de papa, c'était pour la vodka, le club de golf et tout ça. On a organisé des garden-parties. On a fait une grande cérémonie pour toi. Avec des chevaux, et tout le toutim. Papa a donné une fortune à un mec qui est parti à ta recherche. Il n'est jamais revenu. Je pense que c'était un escroc, mais eux n'ont jamais perdu espoir.

— Qu'est-ce que tu as fait ? demanda Lila calmement.

— Moi ? J'ai travaillé au *Café Bio*, à fabriquer des burgers végétariens, à la dure, à fourrer des trucs dans la centrifugeuse, à faire mes heures. Ma petite amie, May-Lee, a rencontré une autre fille, alors je suis revenue à la maison quelque temps. J'ai économisé pour m'acheter une moto. (Un instant, son visage s'éclaira.) J'ai promené les chiens. J'ai été au tai-chi et j'ai fait toutes ces merdes si bonnes pour la santé. Je t'ai écrit des lettres, au début. Elles me sont toutes revenues. Bien sûr, mes amies m'ont beaucoup aidée. Je vais emménager avec Addie et Ydel la semaine prochaine. Elles ont un duplex dans les Heights.

Leur promenade les avait conduites au-delà des maisons et des rues qui ouvraient sur le rivage. Elles continuèrent en suivant le virage qui menait vers les forêts et les falaises, où les vagues étaient si violentes que personne ne se baignait.

Max resta silencieuse un moment, mais Lila sentait que c'était elle qui devait poser les questions, elle resta donc muette, se contentant de suivre son rythme et de sentir la présence douce et réceptive de Tath, très calme depuis leur arrivée en Otopia. Elle n'avait pas compris qu'il n'était jamais venu auparavant. Il n'allait pas intervenir, mais il ne pouvait plus se retirer. Il se contentait de suivre la balade.

Max fouilla la poche de son jean et en sortit des allumettes et un paquet de cigarettes souple et plié. Elle en alluma une et se débarrassa de l'allumette d'un geste expert du poignet qui éteignit la flamme et envoya le bâtonnet dans le tas d'algues à ses pieds. La mer ondulait doucement. Les chiens exploraient les parties herbeuses des dunes qui s'élevaient vers la forêt. Max coinça la cigarette entre ses lèvres, mit les mains dans ses poches et regarda vers les falaises.

—Allons droit au but, donc. Qu'est-ce qui a bien pu te faire abandonner une cuisinière, une joueuse et un alcoolo ?

Lila reconnut ce qu'elle n'avait jamais vu chez Max. La haine de soi. Cela toucha un nerf en elle, incontestablement puissant. Son ventre se serra. Il y eut une douleur aiguë dans son oreille, mais les mots étaient déjà sur ses lèvres.

—Ne parle pas comme ça de papa et maman.

—Pourquoi pas ? (Max était presque joyeuse. La cigarette bougeait de haut en bas entre ses lèvres comme le marteau d'un juge.) C'est la vérité. Je peux comprendre pourquoi tu as fait ça. Merde ! Qui ne l'aurait pas fait ? On a passé notre putain de vie sur cette plage à rêver d'être sauvées par des pirates !

—Ils ont assuré quand il le fallait ! rugit Lila, pleine de colère. Ils nous ont sorties de Bella Vista. On est allées à l'école ! On a eu du bon temps…

Max éclata de rire, la tête renversée en arrière, le cou maigre et la pomme d'Adam bien visible dans le ciel bleu.

—On courait comme s'il n'y avait pas de lendemain. Tu es celle qui a pu partir. Bon boulot en col blanc. Tellement intelligente. Et puis ton accident ou je ne sais quoi. Et maintenant on dirait que tu t'habilles à Berkeley Square et ton chef, qui travaille pour le gouvernement, est là pour arrondir les angles. Félicitations !

—Ce n'était pas comme ça, rétorqua Lila en ravalant ses larmes. Je n'ai jamais voulu t'abandonner…

—Nous le voulions toutes les deux, Li. Pas de problème. Alors, qu'est-ce qui s'est passé ? T'as bousillé la grosse voiture du grand homme ?

Lila se tourna, la bouche pleine de choses terribles.

— *Vas-y, continue.*

Mais elle resta muette. Max n'était ainsi que parce qu'elle avait trop mal. Papa et maman… ils n'étaient comme ça que parce qu'ils avaient eu des problèmes, des débuts difficiles, de mauvaises décisions, pas de chance. Elle pouvait tout réparer, si elle avait un bon boulot. Et elle en avait trouvé un. Si elle gagnait assez d'argent, si elle faisait bien les choses, travaillait dur, était une bonne fille. Et elle l'avait fait et elle…

Max se tourna pour lui faire face, les yeux criant un « va te faire foutre » franc et non dilué, plein d'amour et de haine et, pire que tout, de jalousie.

— Nous…, commença Lila, mais elle s'interrompit parce qu'elle voulait dire : *nous avons eu une très belle enfance*, mais ce n'était pas vrai. Tu… (*C'est la douleur qui parle*, mais non, c'était Max.) Je… (*Je n'ai fait que ce que n'importe qui aurait fait et je n'ai jamais voulu partir et t'abandonner avec eux…* mais ce n'était pas vrai, elle l'avait fait.) Je suis… (*Je suis une bonne personne, pas une salope égoïste*, mais…)

Et elle s'arrêta. Elle se contenta de s'arrêter. Lila ne pouvait plus bouger ou parler. Cela ne dura qu'un instant, mais elle se rendit compte que ce qui faisait mal dans le dépit de Max, c'était qu'elle le partageait, qu'elle l'avait toujours partagé. On aurait des vacances l'année prochaine. Papa s'arrêterait de boire dès qu'il pourrait trouver du travail. Maman n'avait pas besoin de jouer aux cartes, sauf avec les dames qui organisaient des déjeuners bridge sur la terrasse du country club. Elle gagnerait gros au jeu et puis elle arrêterait. Les choses allaient s'améliorer. Très bientôt. Travailler dur à l'école, puis travailler dur au boulot, puis peut-être quelque chose comme un couple avec une maison et plus de travail, puis des enfants, et d'autres, et encore des espoirs et désirs. Mais rien n'était

Ici et Maintenant, tout était en attente, tout le temps, et ils mentaient, tout le temps. *Je vais bien. C'est super. Je vais bien. Je vais bien. Ils sont juste fatigués. Mon cœur n'est pas en train de se briser. Je vais bien.*

Toute sa colère disparut. Elle inspira et la sentit s'évanouir avec son souffle. Tout. Disparu dans le vent qui souffle vers les terres, vers *Solomon's Folly*, l'endroit où elle avait rencontré Zal, où ce voyage avait commencé. Elle regarda sa sœur, sa grande, mince, brave sœur garçon manqué, dont la tête était toujours partiellement coupée sur les photos de famille, qui rencontra ses yeux d'argent avec timidité, ne sachant pas où concentrer son attention, avant de se détourner.

Elles étaient seules sur la plage, hors de vue des maisons.

— Max, je dois te montrer quelque chose.

Max hocha légèrement la tête, comme quelqu'un qui ne peut pas faire grand-chose par peur de se briser, s'attendant à un autre mensonge.

Lila enleva ses vêtements. Tandis qu'ils tombaient dans le sable, Max ricana et ôta la cigarette de ses lèvres.

— C'est quoi, ça ? Tu me fais quoi… waouh !

En se dégageant de sa jupe, en culotte et soutien-gorge, Lila désactiva la couleur peau simulée par ses prothèses métalliques. Là où la chair synthétique recouvrait ses mains et ses avant-bras, elle la sépara et la retira comme des gants, pour révéler le noir et le chrome de ses véritables bras. Elle fit un pas en arrière, pour s'assurer d'avoir suffisamment de place, et déclencha Standard de Bataille.

Le grincement et le cliquètement familier du métal étaient faibles mais distincts dans le bruit des vagues. Lila passa de rouquine d'un mètre soixante-dix, taille moyenne, à guerrière mécanique de près de deux mètres, les membres vrombissant, se transformant en armes, ses mouvements devenant mécaniques et sinueux, tels que calculés par son arsenal de ciblage intelligent et ses systèmes défensifs. Au qui-vive, elle était réglée pour réagir instantanément à toute menace.

La cigarette tomba de la main de Max.

Chapitre 17

Dans la voiture, Malachi réfléchit quelques minutes. Quelque chose tirait en lui, son âme était en train de se séparer. Pecadore : l'état de délitement à l'intérieur de l'âme, qui entraîne la séparation de Dieu. Dans la tradition féerique, c'était une grave infortune qu'il fallait réparer immédiatement, avant que tout malheur s'abatte. Comme cela devait immanquablement arriver à quelqu'un entouré d'autant d'énergie négative. Irréfléchi comme il pouvait souvent l'être, dans ces moments il savait que cela en valait l'inconfort et l'effort. Il était certain que le Pecadore n'était pas dû aux aléas politiques de la situation. Aucun fae ne se soucierait de ce genre de stupidités vanneuses (tel était le mot féerique pour un comportement non féerique).

Il ne se tracassait pas des implications de sa révélation de l'existence des Autres à Lila, ni que cela allait à l'encontre de ce qu'il avait décidé avec Zal – qui n'était pas en position de se plaindre puisqu'il ne parlait pas pour Alfheim –, ni que cela allait aussi à l'encontre de ses propres instructions aux autres faes. Il n'avait aucun doute qu'ils respecteraient sa loi tant qu'ils s'en souviendraient – ce qui dans le cas des faes fleurs durerait peut-être une minute entière – ou jusqu'à l'apparition d'un contrordre, ce qui était tout ce qu'on pouvait demander.

Il ne se sentait pas troublé par le fait que Delaware tentait probablement de couvrir un sale coup des démons, avec peut-être l'intention d'utiliser les parents de Lila pour des expériences supplémentaires dans son exploration toujours hasardeuse du pouvoir que pourraient obtenir les humains dans le nouvel univers créé – selon eux – depuis la Bombe-Q.

Il ne se souciait pas du fait que Jones ait doublé ses amis pour rester fidèle à elle-même et à ses objectifs. C'était presque noble vu les enjeux.

Il n'était pas perturbé par la disparition de Zal. Peut-être cela serait-il temporaire, peut-être pas, mais s'il y avait un autre être vivant capable de se débrouiller seul, c'était bien Zal, il en était convaincu.

Il ne serait pas alarmé si les traités de tourisme avec Démonia échouaient tous, à cause d'une rupture des relations avec Otopia, ni si le PNB d'Alfheim menaçait l'économie otopienne, ni si le mépris nonchalant des faes pour les règles était une chose qu'il était supposé résoudre, inutilement, auprès de ces humains à l'esprit de pierre. Il ne se préoccupait même pas de savoir qui avait tué les parents de Lila, même si ce fait l'affligeait.

Il ne se sentait pas le moins du monde inquiet de ses promesses de fournir de l'or des faes aux Chasseurs de fantômes pour qu'ils poursuivent leurs investigations sur la Flotte. Il était sûr de pouvoir le faire. Il pensa brièvement aux Nornes, ou Parques, ou Moires, mais c'était une autre histoire. Non, elles étaient tout en bas sur la liste de ses soucis et dans une autre catégorie marquée « Ne-Va-Surtout-Pas-Là-Quelles-Que-Soient-les-Circonstances ». Vraiment. Alors il ne s'en bilait pas.

Il s'*inquiétait* de ce que traversait Lila et c'était là le point de fracture dans son âme. Il avait déjà eu des doutes quand les patrons de Delaware avaient pris la décision de créer Lila et il se demandait à présent si cela allait la blesser davantage. La séparation se faisait entre son boulot, qui requérait la loyauté à Otopia – quelle connerie vanneuse de s'attendre qu'il en soit capable –, et sa loyauté envers Lila elle-même. Il sentait Delaware comme une présence lourde et sinistre par-dessus son épaule droite, assise dans sa propre voiture à bouillonner où à bosser, ou les deux. Patienter dans la voiture était dans l'ordre du moment, alors que, devant eux, la maison vide attendait, porte entrouverte, rideaux volant dans le vent.

Malachi considéra sa position. Suivre les desseins humains ne servait pas vraiment les intérêts féeriques. De plus, ce qui le dérangeait le plus, comme un ver lent qui dévorait doucement ses entrailles, était la suggestion de Zal : que Delaware et les autres puissent avoir un accès à l'esprit de Lila et que tout ce qu'il pouvait lui dire risque de fuir par un lien sans fil vers le stock de données d'un gratte-papier. Et peut-être qu'ils aient bu assez de café et pris assez de drogues intelligentes pour comprendre qu'il avait mentionné les Autres. Et cela pouvait aller dans les deux sens. Il zooma une minute de tous ses sens vers Delaware et se demanda si elle était capable d'ordonner la prise de contrôle de Lila par son IA velléitaire. Cette femme aurait-elle un code secret : l'équivalent du Nom Véritable ?

En un millième de seconde, il parvint à la conclusion que, bien sûr, elle disposait d'une telle chose. S'il était un humain idiot sans le moindre sens magique ayant investi la valeur d'une petite ville dans une expérience qui était censée… ah ! il comprit enfin… qui était censée être capable d'opérer n'importe où, évidemment. Ils avaient dû attendre et espérer qu'un candidat se présenterait ; ils avaient dû tout planifier. À présent, sa curiosité commençait vraiment à le démanger. Entre la démangeaison, le ver et le Pecadore, il avait sérieusement besoin d'un antidote féerique. Il s'aperçut, dans un sourire dont il espérait qu'il échappe à Cara, qu'il avait l'idée parfaite.

Ce dont les humains avaient réellement besoin était une diversion, pour lui donner le temps de fouiller et de découvrir le scoop sur Lila. Deux scoops, en fait, mais même dans ce cas… Son sourire grandit tandis que son idée montait d'un cran et devenait une Très Très Bonne Idée. Faerie n'était pas seulement le foyer des faes qui aimaient voyager vers d'autres mondes. C'était le foyer d'un grand nombre d'autres créatures, y compris de nombreuses choses que les humains considéreraient comme des monstres. Mais il ne voulait tuer personne, pas à moins de devoir sauver sa peau. Il vit aussi comment sa Très Très Bonne Idée pouvait joliment s'insérer dans sa promesse à Calliope Jones. Cela devenait un Excellent Plan. Heureusement, le temps coulait assez différemment en Faerie, par rapport à Otopia. Il pouvait faire les choses tranquillement et être de retour avant que quiconque se rende compte de son absence.

Il s'étira et sortit de l'Eldorado pour se diriger lentement jusqu'à la fenêtre fumée de Cara. Comme si elle pensait que cela la rendrait invisible à quiconque d'important ! Il frappa à la vitre, qui s'ouvrit.

— Je dois faire pipi, dit-il. Je vais dans le jardin à l'arrière.

Cela l'amusa de lire un soupçon de dégoût sur les lèvres de Delaware. Elle hocha la tête et referma la vitre. Il n'aimait pas la laisser seule avec la maison – cela semblait cruel pour la maison – mais il n'en avait que pour une minute.

Les mains dans les poches, se déplaçant lentement, il observa autant qu'il pouvait en se glissant entre le mur et une palissade jusqu'à la cour arrière. La pièce dans laquelle les parents étaient morts était à portée akashique ; le spectre æthérique était perturbé et distordu, faible puisque l'æther filtrait à peine en Otopia, mais néanmoins visible. Le chaos se concentra sur un point unique où Malachi estima que l'assassin s'était tenu et avait utilisé ses pouvoirs. Il avait dû être dérangé pour créer une scène aussi désordonnée, mais peut-être estimait-il les enquêteurs stupides et ne s'en souciait-il pas. Une ombre spectrale laide aux aspérités gris-violet était suspendue dans l'espace, se mouvant lentement. Malachi reconnut la signature æthérique de Thanatopia. Il fallait un nécromant puissant pour créer des portails *ad hoc* et amener les dimensions à se toucher sans faille. Une véritable collision aurait anéanti l'univers. Il fallait être très habile pour l'éviter. Très sûr de soi. Trop sûr de soi. Un peu taré, en fait.

Le visage de Malachi s'étira dans un sourire étroit qui mit à nu ses dents et ses yeux félins. Un taré, c'était une bonne nouvelle. Son instabilité pourrait le pousser vers l'Armageddon, bien sûr, mais c'était toujours mieux que quelqu'un ayant accordé son pouvoir personnel au harnais de la raison. À présent, tout ce dont il devait se préoccuper était la stabilité de Lila. Une question dont il espérait avec ferveur qu'elle trouverait sa résolution à présent, après avoir vu les conséquences malheureuses de sa réticence à faire face à la réalité.

La présence du diablotin le dérangeait. Pas parce que les diablotins se nourrissaient des énergies fuyantes des gens instables et accéléraient leur déclin. Mais parce qu'il n'avait jamais connu un diablotin capable de changer de forme de cette manière. Leur mode opératoire habituel était de chevaucher la victime en parlant continuellement jusqu'à la mort. Celui-ci avait vraiment le truc pour savoir quand se minéraliser et quand fermer sa gueule. En fait, la minéralisation était la chose la plus dérangeante. Tous les démons ayant atteint la pureté du cristal passaient à un niveau d'existence totalement différent. Les rares esprits Maha qui s'étaient libérés laissaient le résidu putréfié de leur existence derrière eux, sous la forme de pierre, et devenaient des créatures de l'æther, les avatars d'Akasha ; les autres démons étaient juste morts ou enfermés pour l'éternité dans leur carapace solidifiée, comme un djinn dans une bouteille. C'était un sacré motivation pour avancer vite sur le chemin de l'illumination. D'autant plus parce que la minéralisation était normalement un voyage sans retour. Alors qu'il y avait ici un démon qui l'utilisait comme un parking.

Soudain, Malachi vit clairement : c'était tellement évident qu'il l'avait raté. Juste au moment où il arrivait sur la pelouse mal dégrossie, apercevant ses bordures mal entretenues, dont tous les buissons étaient devenus envahissants, il se rendit compte à quel point c'était ordinaire. Très peu de gens étaient extraordinaires, mais Lila en avait ramassé plein et, partout où il regardait à présent, il les voyait, uniques, tous s'impliquant dans des questions qui la concernaient. Même ce nécro, qui ne faisait peut-être que remplir un contrat de vendetta de la façon habituelle, était loin d'être ordinaire.

Il se sentit momentanément déprimé. *Lui-même* n'était pas extraordinaire, à moins qu'on compte les personnes extraordinairement bien habillées. Puis, dans un frisson, il se souvint de l'apparition de Teazle. C'était non seulement l'ancien chancelier de Démonia, mais aussi un démon blanc-bleu au bord de l'âge adulte qui regardait Lila avec ce que Malachi considérait comme un intérêt plus qu'amical. Non, Teazle était soit amoureux, soit fou de désir, et il était difficile de déterminer ce qui serait le plus compliqué à gérer. Ce n'était vraiment pas étonnant. Le pouvoir appelait le pouvoir. Heureusement, c'était le problème de Lila, pas le sien.

Malachi s'abîma dans la contemplation des buissons et fit semblant d'avoir perdu quelque chose dans l'ombre entre un rhododendron et un laurier. Il se pencha et, sentant l'ombre se refermer sur lui, se réduisit d'échelle pour entrer dans les fréquences vibratoires des faes fleurs. Il ôta ses vêtements humains et les posa sur une pierre propre, sous une feuille retournée. Puis il changea de forme, sentit un instant le contact froid, gris et brillant du Vide et émergea en Faerie sous sa forme naturelle, en son lieu naturel. C'était la méthode honnête pour traverser, en passant par Akasha, rien à avoir avec la manie d'attirer les choses l'une à l'autre, faire et couper des nœuds dans un point de croix cosmique.

Il haussa les épaules, s'étira, bâillant largement, puis se secoua avant de se lécher les moustaches pour se calmer. La broderie lui faisait penser aux Moires, or moins cela effleurait sa conscience, mieux il se portait. Ce qui attirait l'attention éveillait… non, laissons-les dormir. Il allait devoir en parler et c'était suffisamment mauvais sans qu'il ait besoin d'ajouter d'énormes autocollants autour de son être æthérique avec d'hurlants « Pouvoirs primordiaux, par ici, regardez-Moi ! » La faim s'empara de lui comme un ange miséricordieux. Il décida de songer à la nourriture, mais de ne pas en consommer, pour rester alerte. Le pire serait de chasser et de se remplir la panse de viande fraîche, rouge, juteuse, et de s'endormir au soleil pour passer des heures dans le monde des rêves, incapable de changer le cours de ce qui le dérangeait. Il pourrait rester coincé pendant plusieurs éternités de rêves à pourchasser la chose même qui l'effrayait le plus, puis en être poursuivi jusqu'à… Donc, pas de dîner. La jungle était tranquille un jour de plus.

Il quitta sa tanière d'un pas paresseux, suivant un de ses sentiers préférés – qu'il était seul à voir – vers l'allée principale qui reliait cette partie de la jungle avec toutes les autres. C'était un après-midi chaud et plutôt sec. Ses rayures noires et kaki se fondaient dans l'ombre, le dissimulant à tout observateur.

— Salut Mal ! Ça fait longtemps qu'on ne t'a pas vu ! Qu'est-ce qui se passe dans le monde des humains ?

La voix aiguë appartenait à un lutin des arbres, une des hamadryades : sa voisine. Elle descendit du feuillage supérieur du cycas sous la forme d'un long morceau d'æther en transmutation et prit son apparence humanoïde en s'appuyant contre l'écorce en peau d'alligator.

Malachi s'assit et entreprit de se nettoyer une patte tout en parlant. Les voix féeriques n'avaient pas besoin de parole, sauf en de rares occasions, pour attirer l'attention, comme l'avait fait l'hamadryade. L'esprit et la volonté d'être entendu étaient suffisants. Comme le langage de type vocal était hors de question, ils communiquaient par un complexe de signifiants bien plus efficace et bien moins ambigu, transmis de l'intention au destinataire sans l'ignoble déformation d'un média.

[Une amie dans les ennuis. Humains stupides de manière habituelle. Il employa le symbole du hochement de tête que les faes utilisaient pour signifier un statut éternel universellement reconnu. Ils veulent le pouvoir dans tous les royaumes.]

L'hamadryade lui retourna une plaisanterie visuelle compliquée à propos des humains tentant de négocier et/ou de construire une ambassade en Faerie. Ils demandaient où était la capitale. Mais les faes ne vivaient pas dans des maisons ni ne se rassemblaient dans des lieux particuliers. Comme les faes étaient des créatures qui ne faisaient qu'un avec la nature de leur univers, ils existaient dans ce qui, aux yeux humains, apparaissait comme un paradis préadamite. La dryade gloussa. Les humains avaient été envoyés à une chasse au dahu qui avait culminé lors d'une audience avec le fae prétendant être de la cour Seelie : un mot trouvé dans un livre sur les faes qu'un dénommé Détritus avait volé dans une bibliothèque otopienne. Les humains avaient été impressionnés et terrifiés, et étaient rentrés chez eux pour concevoir de nouvelles approches.

Malgré l'urgence de la situation, Malachi prit le temps d'en rire avec elle.

— Mapuko, dit-il en utilisant son nom de tous les jours comme elle l'avait fait à son égard. Qu'allons-nous faire la prochaine fois qu'ils viendront pour construire ?

[Les faes ont construit une arche géante sur le fleuve Shiadasi, comme un bateau théâtre avec des voiles, équipée tel un yacht de croisière otopien. Elle traverse le monde. Des joueurs itinérants. Les humains pensent que c'est un parlement. Les faes locaux montent à bord, font des affaires et repartent. Mais ce n'est que pour le divertissement. Elle s'arrête dans tous les ports. Le boulot d'interprète est le plus recherché de Faerie. Chacun prend son tour pour être l'Embobineur. On diffuse les moments les plus amusants.] Elle lui en montra un, de mémoire : [« Mais, qui est Premier Ministre ou Roi ? », demanda un officiel humain de manière pitoyable. « C'est moi », dit le fae le plus proche, et tous ceux qui l'entourent hochèrent la tête. « Et moi ! » dit le suivant. « Et moi ! » dit le troisième… resplendissant de sincérité, tellement content de pouvoir aider.]

Il rit si fort qu'il crut qu'il allait exploser. Des larmes coulèrent sur son visage de tigre et sa mâchoire s'endolorit. Il s'étira, ratissa l'herbe vigoureusement de ses griffes et envoya un petit jet odorant simplement pour signifier qu'il était chez lui.

L'hamadryade renifla et se pinça le nez avec délicatesse.

— Ça ne m'a pas manqué !

— Oh ? Désolé, dit Malachi humblement. Je me suis laissé emporter.

Mapuko tendit la main et le gratta derrière les oreilles. Pensant au temps tristement trop court, Malachi s'arrogea la souveraineté et déballa sa déclaration à tous les faes du monde. Il expliqua les Chasseurs de fantômes, leurs projets, la Flotte, puis, prudemment, inséra un code dans les pensées qui alerterait les auditeurs de faire attention à la déclaration suivante puisqu'elle contenait le Nom d'un Grand Être et quelque chose à quoi ils ne devaient pas penser avant qu'il fasse calme, qu'ils soient seuls et que les choses soient sous contrôle… et non quand tout le monde écoutait et entendait en même temps et serait tellement surpris qu'ils se le répéteraient à eux-mêmes tous ensemble, créant la plus grande invocation de l'histoire des invocations. Ensuite, il dit le moins puissant des noms des Moires : les Gracieuses. Et il le mit dans une image bien propre, réduisant ainsi encore son pouvoir. La curiosité des faes pour les choses de pouvoir cosmique, les dieux et les monstres ferait le reste.

Il fut immédiatement agressé par une cacophonie de demandes. Il se mit la tête sous les pattes, mais cela ne changea rien. Au bout d'un moment, le choc s'épuisa et les gens se retranchèrent vers des lieux où ils se sentaient suffisamment en sécurité pour déterminer ce que le nom caché signifiait pour eux. L'esprit de Malachi se calma, il fut enfin capable d'établir une barrière entre lui et le reste des faes.

Mapuko lui grattait toujours les oreilles – c'était une bonne amie – mais, à présent, elle était assise à côté de lui dans les vapes de la sève raffinée, regardant droit devant elle avec un intérêt alerte, l'image même de la fae sur la piste d'une idée. Elle appartenait à la nation Mica, elle était donc presque aussi noire que Malachi, et son corps avait un lustre brillant donnant l'impression d'être constitué de milliards de petits plans sans peau. Une inférence raisonnable vu que c'était exactement ça. Par contraste, ses cheveux étaient faits de mèches épaisses de fibre végétale, la même fibre que celle des feuilles de son arbre-en-esprit. Par nécessité, ils étaient rassemblés en dreadlocks d'un gris vert. Ses yeux vert vif se déplaçaient avec l'ombre douce de la forêt et ses ailes s'ouvraient et se fermaient doucement de quelques millimètres, leur vaste architecture de papillon soutenue par des réseaux de vaisseaux verts et noirs entourés de cristaux transparents. Leurs facettes les faisaient ressembler à d'énormes vitraux de cristal.

Quand elle parla, elle ne fit que répéter les mots de n'importe quel fae.

— Nous avons toujours voulu en connaître plus sur les Trois.

— Oui, dit Malachi en ronronnant doucement et en posant sa tête sur ses pattes croisées. Presque autant que nous voulons en savoir plus sur les Autres.

— Et sur l'agent Black.

[Les humains sont aussi très curieux. Et secrets. Ils sont occupés à faire quelque chose que nous devrions connaître. Il faut les distraire pendant que j'en découvre plus. Une grande diversion. Qui doit impliquer leur agence de sécurité au niveau supérieur.]

Mapuko réfléchit et arriva à la conclusion évidente. Malachi était d'accord avec elle et sentit l'inondation de contentement qui accompagnait l'harmonie : l'une des sensations préférées des faes.

[Les phalènes.]

Chapitre 18

L'enfance de Zal n'avait pas été heureuse.

Il y pensait rarement, mais cela lui revint brusquement à l'esprit, avec la clarté d'un enregistrement numérisé qu'on pouvait télécharger d'une Berrycam otopienne. Il était amusé de découvrir que son cerveau se considérait suffisamment proche de l'extinction pour passer son histoire en revue, mais dégrisa en constatant qu'il s'agissait d'une sélection hâtive des moments forts plutôt que le director's cut.

Les seules sensations physiques qu'il recevait étaient le contact de sa main avec celle – plus grande, plus sableuse – de M. Tête qui l'enserrait, et le gris du Vide… ce qui était l'expérience universelle de tous quand on cherchait désespérément quelque chose de ses sens et qu'on ne trouvait que le rien. En absence de toute stimulation et sans savoir où se terminait ce rien, il était bon d'avoir un système de divertissement interne acceptant de faire des heures supplémentaires. Il ne manqua pas l'ironie de se voir s'accrocher à M. Tête comme un enfant à un parent, espérant être guidé loin des problèmes. Cela ne le gênait pas. Les elfes n'avaient aucune capacité à s'engager dans le Vide, si cette phrase avait un sens. D'autres êtres en étaient capables et peut-être M. Tête en faisait-il partie. C'était le seul espoir de survie et Zal était donc plutôt content de s'y abandonner. Pendant ce temps, la grande roue du spectacle tournait et il avait encore assez de souffle pour ne pas souffrir.

À la vitesse de la lumière, ses souvenirs lui revenaient.

Pour éviter d'être empoisonnée par un membre de l'hégémonie Haute Lumière, sa mère se déplaçait beaucoup lorsque Zal était bébé. Après cinq ans, il fut confié au soin d'une tante qui vivait dans les régions les plus reculées des îles du Tigre, au large des côtes de Verivetsay dont même les marins les plus braves n'osaient que rarement défier les récifs féroces et les marées mortelles. Pour s'y rendre, le voyage s'était effectué sur un vaisseau flottant au-dessus des vagues, sur un coussin d'air. Zal se souvenait de sa mère à la proue, sa robe volant dans le vent et ses cheveux fouettant l'air comme des serpents d'or. Son *andalune* nacré couvrait la totalité du vaisseau et soutenait son vol, tandis que le vent le faisait vaciller sur l'écume. Elle chantait et ses mots dirigeaient le vent alors que sa voix lui prêtait force. Il n'y avait pas d'équipage pour être témoin de leur voyage. C'était le dernier moment qu'ils passaient seuls ensemble. Il chantait avec elle, jouait sur son tambour, et elle dirigeait le petit tambour pour qu'il déplace les rames alignées sur les flancs du vaisseau. Des esclaves invisibles manœuvraient les lames de chêne brillantes dans l'air éclaboussé d'eau au rythme du tapotement des doigts de Suha, et, autour du mat, les oiseaux de l'océan et de la terre volaient en cercles. Ils riaient tous deux, sauvages, sans un souci au monde.

Son prénom expliquait son exil : Suhanathir, « Demi-Lumière ». Sa mère avait refusé les offres d'elfes de noble lignage et s'en était allée du côté de la nuit pour se trouver un compagnon de l'Ombre. À l'époque, c'était l'équivalent de la zoophilie pour les elfes du jour, mais Tanquona Taliesetra ne possédait pas une once de modération. Elle agissait directement sur ce qu'elle haïssait, déterminée à corriger la stupidité où elle la rencontrait, et rien n'était plus stupide, à ses yeux, que le racisme vicieux de la Lumière. Elle était l'une des plus puissantes prêtresses-sorcières de sa lignée et n'avait aucune intention de faire quoi que ce soit de reproductif qui ne soit pas au bénéfice de la démonstration que le futur du peuple elfique était dans l'unité, et non dans d'amères et interminables guerres froides. Son insistance pour une histoire évolutionniste des elfes (quelque chose qu'elle avait piqué dans une étude otopienne) était une hérésie, contraire à la notion selon laquelle ils étaient la descendance de l'avatar d'une divinité parlant directement aux plantes et aux créatures pour qu'elles s'unissent et créent une forme suprême. Elle avait une théorie du pouvoir qui avait besoin d'être testée : que les sang-mêlé seraient de meilleurs adeptes æthériques. Et, soupçonnait Zal, elle avait aussi la vision d'une espèce réunifiée par ses activités audacieuses. La preuve par l'esprit, la preuve par l'amour. C'était une romantique.

Mais alors que Zal était moitié sombre, sa moitié lumière était respectée par l'Ombre qui se contentait de le voir éloigné de la société polie.

Zal était conscient de tout ça et il en était bien fatigué lorsque sa tante, Mysindrina, le prit en charge. C'était aussi une exilée. Alors que sa sœur Tanquo était née avec des talents magiques immenses et trop précieux pour qu'on la laisse évoluer loin du regard, Sindri n'avait aucun pouvoir æthérique, dans une espèce pour qui ce genre de choses était inconnu. Bon, c'était inconnu parce qu'on n'en parlait pas, comme Zal le découvrit lorsqu'il s'installa avec Sindri et onze autres cas semblables, ou pires. Le sang des familles dynastiques avait souffert de l'eugénisme. Il vomissait des individus possédant des pouvoirs immenses, consumés par leur propre énergie avant d'atteindre l'âge moyen, mais aussi des individus possédant des faiblesses particulières. Les puissants atteignaient les sommets car la Lumière adorait le pouvoir ; pour un groupe de créationnistes, ils n'avaient aucun problème à adopter la survie du plus fort comme mot d'ordre. Suha les haïssait tous.

Sindri était lente, faible, et son corps *andalune* était aussi délicat qu'une aile de libellule, et facilement perturbé. La vie elfique ordinaire était trop stressante pour elle, avec la fusion constante des flux *andalune* ; cela aurait déchiqueté son esprit. Elle n'était pas la seule sur l'île. Autour d'elle, d'autres, que Tanquo envoyait, se rassemblaient : les avortons honteux de l'hégémonie, sans pouvoir ni talent, à peine capable de survivre à leur propre monde. Seul parmi eux, Zal se détachait par sa vitalité et sa force, mais, à cause de son parent de l'Ombre, il était incontestablement l'un d'eux et ils devinrent sa famille comme les îles venteuses étaient devenues leur maison.

C'était à cause d'eux que Zal avait appris jeune à contrôler totalement son être æthérique, pour ne pas leur faire de mal et pour guérir, si nécessaire, sans détruire l'autre.

Il y avait eu assez d'incidents à cette époque pour remplir aisément une heure dans ce défilé de sa vie entière devant ses yeux, mais l'un d'eux était plus important que les autres.

Entre deux des îles, qui n'étaient séparées que de dix mètres, de rivage à rivage, il y avait un goulet vicieux, aussi profond qu'il était étroit, à travers lequel les marées se déchaînaient furieusement. Les îles elles-mêmes se faisaient face, de falaise à falaise, et, à une époque dans le passé, il y avait eu un pont de cordes, mais il avait pourri et s'était désagrégé. Ils travaillaient à un nouveau pont. Après une visite de Tanquo, cette année-là, où elle avait élevé deux piliers de pierre de chaque côté pour servir d'ancre, ils avaient passé des mois à créer des câbles en utilisant ce qu'ils pouvaient trouver comme matériaux dans les grandes îles boisées. Elle aurait bien sûr pu élever un pont, ou même pousser les îles à se rejoindre, mais personne ne voulait qu'elle fasse cela, pas même Suha. Ils souhaitaient un défi à leur mesure. Dès qu'ils en avaient parlé, leurs yeux s'étaient allumés en voyant qu'il y avait là, enfin, une tâche difficile qu'ils avaient la possibilité de réussir sans aide extérieure. Dans leurs esprits, le pont se balançait déjà, majestueux et gracieux, grinçant et mouvant dans le vent, sûr sous leurs pieds et sous leurs mains grâce à la texture réconfortante du bois et des fibres que ces mêmes pieds et mains avaient façonné avec amour, un véritable pont elfique.

Ils passèrent de nombreuses heures à prier. Leurs prières étaient mouvements. Marcher, ramasser, battre de longues branches et des lianes en fibres, nouer et tortiller, transporter des arbres tombés, balancer l'herminette pour transformer le bois en planches. Leurs vies devinrent le pont. Voilà ce dont se souvenait Zal. De longs mois à rêver du pont, du calme, du but commun, de l'esprit uni, du vide et de l'immobilité comme si le monde s'était arrêté, les attendait, et était capable de les attendre pour toujours si nécessaire. Ils en oubliaient leurs propres noms. Quand le travail était fini et que la nuit tombait, ils chantaient et jouaient de leurs instruments, ensemble, laissant la musique s'élever d'eux, prendre sa propre forme. Leur bonheur construisit le pont. Quand il fut terminé, ils s'y tinrent tous ensemble, sans peur, loin au-dessus des torrents violents de la mer.

Zal se souvenait du Pont de la Création, qui avait modelé son être, de cet instant avec tous les autres à observer dans les deux sens, sûrs de leur ouvrage. Ils se tenaient les mains, un pont sur un pont, côte à côte sur le sentier étroit, les pieds sur les deux îles.

Ce n'était même pas un pont elfique, comme ils l'avaient rêvé. Il était trop approximatif et trop laid pour cela avec ses cordes trop grosses et ses planches tordues. Mais c'était le leur.

Personne ne parla. Ce n'était pas nécessaire. Ils étaient à leur place.

Dans les années qui suivirent, de nombreux amis moururent dans les îles, y compris Sindri, leurs défenses fragiles érodées par le temps. Un elfe était un être æthérique. Sans un *andalune* puissant, le corps s'asséchait rapidement sur les maigres énergies de la nourriture, de la boisson et du souffle. Il s'épuisait. Ils étaient vieux lorsqu'ils moururent, même si certains étaient moins âgés que Suha. Avec chaque départ, la capacité de tous à survivre, la volonté, et l'énergie s'affaiblirent.

Leurs décès brisèrent son cœur et, une nuit, assis près d'une nouvelle dépouille dans une nouvelle Hutte de Silence, il entendit une voix intérieure lui dire de se lever et de partir. En empaquetant ses possessions, il n'avait pas idée d'où il irait. Quand il s'arrêta devant l'ancienne hutte de Sindri, pour un instant d'au revoir, il sut, comme si elle lui avait parlé, qu'il était temps pour lui de trouver son père. Il ferma la porte de sa propre hutte et la verrouilla d'une brindille, puis il appela le nom de sa mère dans le vent car, sans elle, il n'était pas possible de quitter les îles.

Mais son vaisseau ne vint pas. À l'aube, l'océan et le ciel étaient aussi vides qu'un crâne sec.

Les cinq personnes qui restaient le trouvèrent assis sur le rivage, à regarder la mer tandis que le soleil se levait.

— Je resterai, dit Suha, reconnaissant la vérité dans les nuages blancs et le ciel bleu. Elle ne viendra jamais. Vous avez besoin de moi.

— Tu vas partir, répondirent-ils. Nous trouverons un moyen.

Puis, sans réfléchir, ils se tournèrent tous vers le pont.

— Non, dit-il.

— Si, répondirent-ils, et ils le laissèrent sur le rivage.

Ils abattirent le pont et transformèrent ses planches et ses cordes en radeau, avec une voile miteuse faites de sacs de toile. Un bateau aurait été détruit, mais son vaisseau n'avait pas de quille. Quelques poussées avec une bonne perche et il était de l'autre côté des récifs. Il chanta la chanson de Tanquo pour le vent.

Zal se souvenait du drapeau de sa voile flottant jour et nuit, nuit et jour, claquant dans la brise au rythme du vent, ses couleurs en patchwork vaillantes contre l'horizon vide, une paix noire contre la brillance choquante des étoiles. Elle avait habillé le ciel pour lui.

Suha chanta pendant des jours. La nuit, il laissait le vaisseau dériver. Le nom de son père était un mantra qu'il se répétait jusqu'à ce qu'il s'endorme : Sharadar Zanhaklion.

Il parvint au rivage sans son radeau. Il s'éveilla à moitié enterré dans le sable. Il faisait sombre. Il était nauséeux de sel et avait la peau à vif. C'était une nuit sans lune, nuageuse, et l'endroit était humide et tonitruant du bruit des insectes et des grenouilles. Il resta allongé un moment, laissant son esprit trouver celui du lieu, se connecter à lui et l'utiliser pour purger son corps de l'océan. Un silence recouvrit une partie de la nuit.

Le silence se déplaçait comme un serpent dans l'herbe. Il coulait vers lui telle une nouvelle rivière. Suha sentit les petits animaux s'enfuir pendant que l'æther pur avançait en enchantements vaporeux, vers lui. Les sons de la nature mouraient, laissant derrière eux un silence vaste, exigeant, comme un point d'exclamation. Le long du passage de la magie, quelque chose avançait doucement, ses pas placés avec une sensibilité exquise, un souci, ne dérangeant rien. Il ne le sentait que comme un battement à l'intérieur de son propre *andalune*, une présence curieuse, affamée, un esprit à l'écoute qui l'entendait comme lui l'entendait. Dans cette seconde, il sut que l'autre ne suivait pas la trace de l'æther sauvage, il lançait cette trace comme un chasseur envoie son meilleur chien renifler la proie.

Zal se souvenait du goût du sel et des gravillons, de la peur froide de cette chose qui rôdait, étouffant sa gratitude d'être en vie. Il pensait aux ténèbres qui l'entouraient, il ne pouvait voir ses mains.

Suha tenta de s'éloigner, mais la vrille d'æther le suivait, infailliblement, et derrière elle venait le pas presque silencieux. Il essaya encore, trébuchant dans l'inconnu buissonneux. La chose se rapprochait, lentement. Elle avait le temps. Il y avait en elle une confiance en soi constante qui l'épuisait en lui faisant prendre de nouveaux risques pour la semer.

Il essaya d'aller plus vite. Il tomba dans un ravin, se tordit la cheville sur les galets. Il y eut des moments où la chose semblait avoir disparu, mais le silence ne s'arrêtait jamais. Puis la vrille d'æther, puis les bruits de pas qui s'approchaient. Sa peur grandit, sa colère, sa rage, mais, avec le temps, elles l'épuisèrent et, finalement, alors qu'il rampait sur ses genoux écorchés, il vint un moment où il découvrit qu'il s'était arrêté. Il s'assit et accepta qu'il n'y ait pas d'échappatoire.

Zal se souvenait être resté couché, roulé en boule dans la boue à tenter de trouver une solution, un truc de magie ou de pouvoir qu'il pourrait utiliser. Mais il avait été élevé loin des sorciers talentueux du monde. La somme totale de ses connaissances æthériques se limitait à allumer un feu, à conjurer l'eau pour qu'elle jaillisse de terre et à guérir en imposant les mains, tant que personne n'était sérieusement blessé. Aucun des membres de sa famille n'avait été capable de lui en montrer plus, et, en outre, il méprisait le pouvoir. Il voulait être comme ses frères et sœurs. Il se souvenait du contact de l'æther sauvage : une vapeur pleine de promesses qui l'avait fait se sentir plus vivant que jamais. Il sentait les pas devenir plus fermes dans le sol, puis il y eut une odeur d'orage mélangé à un léger musc animal. Il sentit une grande créature toute proche. La sensation de son souffle chaud contre sa peau. La puanteur de la vieille viande.

Il se souvenait d'une voix souriante qui disait avec amusement et une légère incertitude :

— Je t'ai entendu. Reviens. Ici, ici, Teledon.

Il y eut le bruit d'une légère gifle et la grande créature s'écarta, remplacée par quelqu'un avec un *andalune* comme de l'eau courante, vibrante, fraîche, comme le choc de l'air frais un matin d'hiver.

Ce fut sa première rencontre avec son père et le Saaqaa qui était à sa charge, son traqueur.

Suhanathir gagna avec son père le pays de la Nuit, loin de l'Alfheim qu'il connaissait, dans une région bien plus ancienne, où les monuments dédiés à des dieux morts avaient cinq fois l'âge de quelque marque que puisse offrir la Lumière, où il n'y avait pas d'écriture, seulement des pictogrammes, où tout le monde se souvenait de l'histoire du monde, oui, aussi loin que l'Ère Aveugle. Qui s'était produite après le Tri, un événement dont ils ne connaissaient que le nom, et avant cela ils ne se souvenaient de rien.

Les flashs de cette époque étaient nombreux dans le spectacle imagé qui passait par l'esprit de Zal.

Les immenses Saaqaa sauriens, deux fois la taille d'un elfe, rassemblés dans leur village de tentes à l'aube, leurs cuirs violets, bleus et gris aussi joliment tachetés que ceux de tigres ou de jaguars. Des familles entières de Saaqaa endormies en tas dans leurs demi-cavernes, à ronfler toute la journée, leurs queues enroulées autour des autres. Teledon qui lui donnait un bracelet cérémoniel fabriqué à partir des plumes d'un oiseau de paradis, qu'on ramassait pour leur douceur et non pour leur couleur, tenant la chose délicate sur un doigt épais et griffu, sa tête de marteau, laide, sans yeux, détournée et mouvante, toujours mouvante pour garder Suha bien net dans son esprit. Les Saaqaa étaient des monstres légendaires. Des choses. Zal n'avait jamais oublié la seconde où il avait découvert que c'était des gens.

La nuit profonde. Jamais aucune lumière dans aucune maison. Des feux allumés uniquement pendant la journée, pour cuisiner et fabriquer. Une vie de chasse à rester couché dans les différents niveaux de la forêt, au sol, dans la zone médiane, dans la canopée. Dormir à la mi-journée. Lire les étoiles. Trouver une nouvelle famille dans la maison de son père. Oublier qu'il ne ressemblait à personne.

Son père entraînait ses capacités æthériques, essentiellement dans des retraites dans la forêt profonde. Zal se souvenait d'être resté assis dans des flaques d'æther sauvage jusqu'à en avoir mal aux fesses, jusqu'à ce que sa patience disparaisse, attendant la révélation de la véritable nature de l'æther, quand son père insistait sur le fait que c'était la seule connaissance nécessaire à tout elfe. Il se souvenait de s'en être rendu compte un jour et d'être retourné demander à Shar si c'était cela.

— Tout est semblable, avait-il dit. Chaque être est semblable dans la nature éternelle, dans l'æther, mais c'est comme le cristal : on ne peut en voir qu'une facette à la fois, extérieurement. Quand, en fait, on est le tout. Et tout est comme ça. Les choses conscientes sont plus polies et définies et les choses inconscientes sont… comme des pierres brutes. Chacun est une facette d'une bien, bien plus grande gemme…

— Très verbeux, avait dit Shar en hochant la tête.

— Ouais, n'aurais-tu pas pu me le dire ?

— Personne ne peut rien dire à personne, avait dit Shar ; ses yeux immensément allongés et fendus, avec leur membrane intérieure blanche fermée pour se protéger de la lumière, avaient l'air fantomatiques, surnaturels. Mais tout le monde peut trouver la vérité. Alors ce n'est pas nécessaire d'en parler.

Suha avait roulé ses petits yeux grands ouverts.

Il avait rencontré Dar là. Ils avaient passé des années ensemble, à vivre dans des abris reconstruits chaque nuit, à courir dans le pays de la Nuit.

S'ensuivirent de nombreuses années pendant lesquelles rien de particulier ne se détachait, jusqu'à son arrivée en Démonia. Aucun des longs moments passés avec Dar et d'autres, à planifier et à conspirer, tout pour mettre à bas la Lumière. Cela ne devait pas être effectué par des forces extérieures, seulement par une révolution. La Fleur Blanche serait un groupe d'elfes qui se distingueraient par leurs actions. Ils n'imiteraient pas les manières de l'ennemi. Des années d'entraînement. Des années à avancer dans leurs plans, à infiltrer.

Suha s'était joint au Jayon Daga après de nombreuses épreuves. Pendant ce temps, les travaux cachés de la Fleur Blanche progressaient. Finalement, il en eut assez d'attendre et commença à douter de sa vision. Il se sentait déjà vieux et fatigué quand il entra en Démonia, suffisamment épuisé pour oser passer à l'acte ou mourir. Ce voyage était une tentative qu'il pensait nécessaire, pour prouver que cette intuition durement acquise que tout partageait un centre commun était correcte. Si tous les êtres n'étaient que des facettes d'eux-mêmes, alors les autres parties devaient pouvoir se manifester et alors il ne pouvait y avoir de raison aux divisions qui infestaient son monde.

Zal se souvenait du visage de son père quand il avait appris les grands projets de Suha et son raisonnement, le jour avant son départ : Shar avait eu l'air résigné et déçu.

— Cela ne changera rien, avait dit Shar, puis il avait hésité.

— Je n'essaie pas de corriger le passé, avait protesté Suha qui y avait cru jusqu'au moment où il s'était entendu, quand il s'était rendu compte qu'il mentait. Je n'essaie pas de reprendre là où mère s'est arrêtée.

Deux fois.

Shar avait semblé arriver à sa propre conclusion.

— Si c'est ce que tu désires, alors je te souhaite le meilleur, avait-il dit, ce qu'il disait toujours.

Puis, il fit quelque chose qu'il ne faisait jamais, il sourit et roula les yeux, comme Suha, parce qu'il ne comprenait pas et pensait que le plan était fou mais que ce n'était pas grave.

Cela fit sourire Zal, qui chutait toujours dans le Vide vers une mort incertaine en se tenant à la main sableuse de M. Tête.

Il survécut à peine à Démonia. Il se souvenait s'être réveillé dans un canal à Bathshebat, à tousser l'eau du lagon en s'accrochant à des ordures flottantes, pendant que quinze diablotins sautaient joyeusement sur lui, se battant avec sauvagerie pour s'installer sur son épaule ou s'accrocher à son oreille. Ce qui flottait était le cadavre d'un démon avec lequel il avait le vague souvenir de s'être battu sur le pont au-dessus de lui. Il le poussa dans l'eau sale, l'écrasa dans la boue pour grimper dessus et accrocher la berge du bout des doigts. Les diablotins caracolaient sur ses bras en pépiant.

— Il est à moi ! J'étais là le premier ! T'as pas besoin d'être là. C'est un idéaliste débile qui veut sauver le monde. C'est MA spécialité !

— Non, non, non, c'est un pseudo-scientifique fou avec des visions de grandeur et c'est ce que je fais le mieux. Je connais les meilleurs documents de la bibliothèque, les données mal interprétés, les analyses statistiques et les rêves qui se prennent pour la réalité, c'est bien mieux que toi, espèce de fils de moine !

— Vous êtes tous les deux des idiots congénitaux ! Son plus grand problème est l'idéalisation de sa mère et son besoin d'être un fils de valeur qui gagne son approbation. Eh ! Comme si vous étiez capables de comprendre les problèmes du cœur épuisé de ce pauvre garçon ! Voyez comme son désir de conclure cette relation a étouffé toute tentative d'être lui-même ! C'est un héros perdu dont la cause est sa propre rédemption et je suis le diablotin des causes perdues, alors tirez-vous… Aïe ! C'est *ma* place !

— Nan ! Pitoyables puces à crapauds ! Il a un complexe de persécution long d'un kilomètre, n'importe quel idiot peut le voir. Ça irradie de lui comme l'insincérité d'un sourire de courtier d'assurances. Pourquoi viendrait-il ici sinon, sachant que nous allons le torturer jusqu'à la mort ? Il se l'impose parce qu'il pense mériter une punition pour son échec à sauver le monde. Tiens, ça me rappelle presque cet humain stupide… celui qu'ils ont cloué au bois. Ils n'apprennent jamais.

— Eh ! Celui-là était à *moi* ! J'étais là le PREMIER !

— Je n'ai pas dit le contraire, si ? De toute façon, j'étais arrivé deuxième sur ce coup-là et maintenant c'est mon tour, alors tire-toi, faiseur de dictateurs !

Au milieu de tous ces piaillements, Zal entendit un étrange et doux rire. Malgré le diablotin accroché à une mèche de ses cheveux, il leva les yeux. Une fille à tête de loup était accroupie sur le rivage. Sa mâchoire était béante, elle haletait légèrement dans la chaleur de l'aube, sa langue rose comme un pétale sur ses incisives inférieures. Elle lui tendit la main et ses doigts griffus lui firent signe de s'accrocher. Elle souriait.

Les diablotins hurlèrent, lui grognèrent dessus et firent mine de l'attaquer. Elle n'y prêta aucune attention.

— Je suis Adai, dit-elle d'une voix bourrue et grondante. Viens, pèlerin. Prends ma main. N'aie pas peur d'être si près des portes de l'Enfer. (Son sourire devint un rire.) Tu es au pays de la liberté à présent, où l'ordure se lève aussi.

Il reposait à ses pieds, vomissant des algues pendant que les diablotins criaient sur elle, jusqu'à ce qu'elle en déchiquette un à mort d'un coup de mâchoire.

Inquiets que Zal meure de ses blessures, les démons lui permirent d'accélérer l'Enfer en le conduisant chez une femme Poisse qui lui donna une vision-rêve : elle expédia son esprit dans une réalité parallèle où il était plus capable, plus chanceux, meilleur dans tout ce que son cœur souhaitait.

Zal accepta, pensant qu'accélérer signifiait en finir bientôt.

Il passa plus de cent quatre-vingts ans dans ce monde alternatif.

Après les premiers mois, il se dit qu'ils l'avaient laissé en rade là-bas pour leur propre amusement. Après la première année, il abandonna l'idée de s'échapper. Il était un passager dans sa propre tête, un observateur muet de son meilleur soi. Il ne pouvait que regarder et écouter, pendant que Suhanathir Taliesetra retournait au monde de la Lumière et s'engageait dans la conquête du pouvoir en Alfheim, souhaitant toujours, une fois qu'il l'aurait obtenu, utiliser ce pouvoir pour le bien.

Dans le Vide, Zal se souvenait de la femme Poisse. C'était une création de brindilles assemblées avec des liens d'algues, qui croassait :

— Je l'envoie là où tous ses rêves se réalisent.

Et c'était ce qui se passait. Suhanathir Taliesetra s'éleva au sommet de l'arbre d'Alfheim et devint le Haut Seigneur, régnant sur tous les clans et tous les peuples de la Lumière. Pour ce faire, il n'eut pas à compromettre trop de principes, même lorsqu'il dut mentir, faire semblant de soutenir la structure qui l'épaulait, et s'attirer les faveurs des personnes clés. Les détails n'étaient pas importants. La Fleur Blanche était une rose qui fleurirait sur le tard.

Quand elle le fit, ses réformes nécessitèrent l'exil ou la suppression de ses opposants. Il avait espéré qu'ils en viendraient tous à partager sa manière de penser. C'était tellement logique, et surtout, vrai ! Il utilisait la persuasion magique qu'il avait apprise de ses pairs. La séduction æthérique de l'esprit était toujours employée pour ramener le mouton perdu dans le troupeau. La paix et l'harmonie étaient au prix d'une légère tromperie. Cela ne faisait qu'accélérer l'inévitable.

À son incrédulité grandissante, il y eut toujours des dissidents, ceux qui voulaient revenir à la hiérarchie forte de la Haute Lumière. Pour préserver les effets de ses changements législatifs, il fut contraint de maintenir une structure policée qu'un grand nombre de ses compagnons considéraient comme la source de tous les problèmes. Alors il fit des compromis pour le bien de l'autorité. Il maintint la hiérarchie sociale pour en rester à la tête. La Fleur commença à le critiquer : où était le pays libre qu'il leur avait promis ? Prenant tristement conscience de la vérité, il leur montra que la liberté et l'égalité totales ne feraient que créer un nouvel ordre, car les elfes ne raisonnaient que par l'ordre. Ceux qui souhaitaient faire comme ils l'entendaient ne furent pas limités, mais, pour protéger le principe de liberté, il dut exercer un contrôle strict sur les autres forces, en bienfaiteur, bien sûr, en bon esprit de justice. Il valait mieux que ceux qui ne désiraient aucun ordre, sauf la fraternité naturelle entre les esprits, soient aux postes de commande.

Une guerre civile couvait.

Il l'empêcha par une campagne discrète d'assassinats et de corruption. Chaque jour, il signait des mandats d'arrêts, ordonnait des exils, suppliait quelqu'un de renoncer à critiquer ses politiques insanes d'ouverture des frontières, de partage des richesses et des terres de Lumière avec l'Ombre et, au-delà, avec Faerie et avec le royaume effrayant et haï des démons.

Ceux de l'Ombre commençaient à migrer et à se disséminer du côté de la Lumière, des affrontements racistes se produisirent, ouvertement. Pour les circonvenir, Suha expédia des soldats pour rétablir l'ordre dans les régions et agrandit son armée pour maintenir la paix. Il redistribua des richesses anciennes volées et fut accusé de collusion avec les meneurs de l'Ombre, de haute trahison et de corruption. Lorsque certains agents du Jayon Daga, son service secret, se retournèrent contre lui et racontèrent les exécutions qu'ils avaient commises en son nom, il fut traîné devant le tribunal et jugé pour crimes contre la nature.

Suhanathir se retrouva en cellule, déconcerté par la stupidité qui l'entourait, qui l'écrasait, qui allait certainement trouver le moyen de le tuer pour se jeter dans une nouvelle ère de sectarisme et de massacres. Peuple stupide ! Il se demandait comment il en était arrivé là malgré le chemin accompli, dont chaque pavé était une bonne intention, une décision morale, un choix vertueux. Comment pouvait-on destituer quelqu'un qui avait offert une voie parfaite et se laisser berner par les gratifications ponctuelles qui flattent de médiocres intérêts personnels ? Il n'avait pas eu de vie privée pendant les quarante dernières années. Tout avait été consumé dans sa lutte interminable pour la survie politique. Le but lui avait semblé en valoir ce prix. Mais le but était désormais hors d'atteinte et, soudain, le prix paraissait disproportionné, car il ne serait jamais remboursé. C'était des créances sur son âme. Tant et tant de dettes.

Zal se souvenait de son emprisonnement dans le monde de Suhanathir, cristallisé par cet instant dans la cellule, quand il n'avait rien d'autre à faire que dormir. Suha rêvait d'un drapeau coloré flottant dans un ciel bleu et les larmes coulèrent dans son sommeil. Zal, toujours éveillé pendant cent quatre-vingts ans, ne ratant rien, regardait Suha avec haine et pitié, et souhaitait sa mort.

Alors le rêve se désagrégea et Zal se retrouva face à la femme Poisse, allongée, saoule et comateuse, dans un bain de rhum blanc et de sang. Elle ronflait comme un éléphant, ce qui était étrange de la part de quelqu'un qui n'avait pour nez qu'un trou sombre dans un morceau de bois pourrissant. Adai prit la main de Zal et l'aida à se lever. Son corps était blessé et endolori, comme il l'avait laissé dix-huit décennies plus tôt.

Trois minutes étaient passées en Démonia.

— Viens, dit Adai, ne lui laissant pas le temps de reprendre le contrôle de soi. Nous devons te conduire chez Madame, vite.

Elle le tira, ses griffes éraflant douloureusement sa peau tandis qu'elle le guidait dans de longues rues et par des passages étroits où des démons vibrant de santé le huaient et tentaient d'arracher son *andalune*.

Madame des Loupes leur accorda immédiatement audience. Elle les accueillit personnellement, sur le perron, et le regarda de haut, de son œil unique.

— Choisirais-tu la réalité plutôt que le rêve ?

— Toujours, croassa-t-il, appuyé contre Adai.

Le groupe de démons autour d'eux devenait une foule qui sentait le pouvoir de Madame et voyait qu'il était concentré sur une chose indicible : un elfe. Zal se demanda pourquoi les démons reculèrent soudain jusqu'aux limites de la petite place. Il vacilla sur ses jambes cotonneuses. Les mains d'Adai devinrent comme de l'acier sur ses bras, l'aidant à rester debout et immobile. Ses yeux larmoyaient, il ne voyait quasiment rien.

— Alors sois libre ! dit gentiment Madame, et elle le frappa sur le front d'un coup de son énorme bec noir, lui fracturant le crâne.

Zal s'en souvenait bien. Cela lui avait fait mal, comme rien d'autre dans l'univers. Elle parla dans le chakra de son œil, le centre énergétique de tout ce qu'il percevait.

— Que la lumière soit !

Bien plus tard, dans une autre agonie, dans une autre région de Démonia, il se souvenait devenir démon, ses ailes se dépliant et mettant le feu à ses vêtements. Tout faisait vraiment mal à cette époque. Il pleurait comme un petit enfant la plupart des nuits, mais c'était son secret. Et, un jour, il marcha dans les rues, un membre complet et respecté de la société démoniaque, libre de tout diablotin, et il entendit Sorcha chanter. Il se joignit à elle et commença à la suivre. Il la suivit toute la journée, s'accordant à ses chansons jusqu'à ce que, finalement, elle ne puisse maintenir son indifférence froide et se retourna.

— Tu es mon ombre ou quoi ? dit-elle sèchement et pourtant toujours mélodieuse.

— *Je suis ton frère*, chanta-t-il comme dans un opéra, plus sûr d'avoir raison qu'il l'avait jamais été.

Il rit instantanément, énormément, assez pour se plier en deux et manquer de tomber. Les démons qui l'accompagnaient le regardèrent avec suspicion, nervosité et envie. Sorcha essuya les larmes de flammes à ses paupières, se redressa, marcha nonchalamment vers lui en se déhanchant et le regarda droit dans les yeux, ouvrant ses lèvres pleines et rouges. Elle chanta :

— *Tu l'es, tu l'es, tu l'es*, d'une voix montant de plusieurs octaves, et elle continua à chanter en vers d'opéra légers :

C'est vraiment très particulier, j'aimerais que tu sois mon puîné,
Mais cet élan si enflammé exige d'être mesuré
À l'aune de règles magiques terriblement dures et tragiques,
Car je l'admets tu es logique, et vrai et droit et sympathique…

Elle s'interrompit pour respirer et recula, le regardant de haut en bas.

Ton visage est inamical, ton existence moins qu'un principe,
Tu parais presque indéfectible et tes oreilles sont des grimaces,
Pourtant tu es si méprisable et sensible et tout ce que tu es.
Comme frère chéri je te prends donc, bien que mon cœur se désespère
De continuer à chasser seule pour étancher ma soif elfique…

Ils se firent face, toute la rue les regardait. Un tacot léger tomba du ciel, comme son chauffeur, sidéré, oubliait de parler au vent.

Sorcha l'attrapa et l'embrassa passionnément sur la bouche, dans un grand bruit mouillé qu'on aurait pu entendre sur Mars. Elle se tourna vers son public et chanta :

Soyez heureux, je serai seule à souffrir cette calamité
Même si je peux déjà vous dire que, pour la baise, il n'est pas le pire !

Puis, elle ajouta :

Les fils des arbres étaient de tous les jouets mes favoris,
Mais à présent je vous confie l'intégrité de ce petit.
Et si vous tous m'écoutez bien, un feu d'amour vous brûlera
Jusqu'à ce que chacun ici et tous ailleurs changent d'avis !

D'une main aux griffes rouges, elle fit un signe de malédiction plein de panache et la marque flamboya dans les airs. Puis, elle se tourna vers Suha et parla normalement :

— Alors, frérot, on t'appelle comment à la maison ?

— Zal, dit Zal.

— On dîne à 18 heures. Va te promener, j'ai besoin de traîner avec mes copines et d'appeler tout le monde pour raconter qu'on m'a forcée à chanter une putain d'aria improvisée par un hippie amoureux des arbres. (Elle tendit un doigt.) La maison est par là. Ils t'attendront quand tu la trouveras.

Il se souvenait de s'être tenu dans la pièce sombre au *Solomon's Folly*, plein du désir malheureux d'ennuyer la nouvelle garde du corps, de prévenir tous qu'il ne voulait pas qu'on le suive, de les pousser hors de la zone de danger alors que ceux qui voulaient sa mort se rapprochaient. Il se souvenait d'avoir chanté « Blame It On the Sun », canalisant la voix de Stevie Wonder, puis d'avoir posé pour la première fois les yeux sur Lila Amanda Black quand elle entra dans la pièce, entourée d'un énorme champ magnétique qui n'était pas seulement dû à sa machinerie. Il se souvenait s'être interrompu, la gorge sèche, capable de la voir avant qu'elle le remarque. Elle était si proche qu'il aurait suffi de tendre la main pour la toucher, et il voulait tellement l'embrasser que, si elle avait avancé d'un pas, il l'aurait fait.

Bien sûr, elle l'aurait tué. Mais cela aurait été OK.

C'était un bon final, pensa Zal en perdant même la sensation de la main de M. Tête. Il espérait avec ferveur que Lila s'en sortirait bien.

Puis, il entendit une voix de femme qui chantait, claire, vraie et légère.

J'ai vu trois vaisseaux entrer au port…

— Mettez en panne, mes gars, lança une voix de garçon dans le gris si vaste. Regardez, là ! Des hommes à la mer ! Amenez le grappin et les filets, et faites vite ! Virez, virez, virez, un homme à la mer !

Une cloche de bateau sonna, sinistre et juste.

Zal entendit le bruit de la mer et sentit le mouvement des vagues.

— Qu'est-ce qu'on a là ? dit une voix de femme.

Soudain, on tira Zal le long des flancs d'un énorme vaisseau cuirassé, bien réel et solide comme devaient l'être de véritables matériaux, mais aussi froid et léger, un vaisseau fantôme.

Il atterrit sur le pont, frissonnant, son *andalune* à moitié gelé par l'æther glacial.

— Qu'est-ce qu'on a là ? répéta le garçon, dix ans, café au lait dans un uniforme de la marine trop grand, en ajustant son tricorne d'amiral.

Ses pieds nus dépassaient de son pantalon déchiré et une épée était attachée à sa taille par une large ceinture de cuir blanc qui en faisait trois fois le tour. Elle menaçait de le faire chuter, mais il conservait une bonne prise sur sa garde.

— Oh ! C'est Moitié, dit la voix de femme qui s'approchait dans l'épais brouillard. Mais qui est son compagnon ?

Zal leva les yeux vers l'inconnaissable visage d'Abida Ereba et dit :

— Voici mon assistant de recherche, M. Tête.

Il lui dédia ce qu'il espérait être un sourire de gagnant.

Chapitre 19

Lila ressentit une vive douleur dans l'oreille puis des griffes s'agrippèrent à son épaule.

— Tadaaa ! déclara Truc2magie dans la posture du maître de cérémonie, un grand sourire aux lèvres.

Max s'assit dans le sable, pas exactement de son propre chef, la bouche ouverte. Buster et Rusty bondirent en aboyant furieusement.

Truc2magie continua bravement à sourire.

— Je ne suis pas en retard ? Non ?

— *Tu me gardes pour la suite du spectacle ?* demanda sèchement Tath.

Lila ne répondit pas. Elle reposa ses armes et laissa la peau de ses bras se recomposer. Ce qu'elle fit lentement, comme du plastique chaud qui se refond. Les sections abandonnées flétrirent au soleil. Elle ne savait pas que c'était possible. Elle se rhabilla.

Les chiens faisaient des cercles anxieux autour de Max en gémissant. Max se contentait de regarder dans le vide, son tee-shirt flottant autour de son corps osseux comme un drapeau en berne. Buster gémit et haleta. Rusty pencha la tête de côté en regardant Lila, les oreilles montant et descendant, indécis.

— Disparais ! ordonna Lila à Truc2magie.

— Mais, je…

— Tout de suite !

Elle allait pleurer d'un moment à l'autre et elle savait que ce n'était pas pour elle. Elle ne le méritait pas.

Le diablotin babilla :

— Je veux vraiment aider. Je suis un conseiller professionnel pour toute sorte de disputes. Les réunions de famille sont une de mes spécialités.

Tath fit quelque chose que Lila ne comprit pas, mais elle sentit son énergie jaillir de son épaule et traverser le minuscule corps du démon comme un éclair. Le diablotin poussa un cri perçant et reprit sa forme de pierre. Le tourbillon de Tath se mua en plaisir et en satisfaction qui emplirent l'estomac vide de Lila. Cela lui donna l'énergie de ne pas pleurer. Elle épousseta sa chemise.

La bouche de Max bougeait. Lila devina qu'elle formait toutes les répliques spirituelles auxquelles Max pensait mais qu'elle ne disait pas. Max, intelligente et culottée, qui avait toujours quelque chose à dire sur tout. Lila espéra de toutes ses forces qu'elle se reprenne. Elle n'avait pas envie que sa sœur soit réduite à une parodie silencieuse d'elle-même. Elle avait juste voulu se débarrasser de cet horrible devoir, montrer ce qu'elle ne se sentait pas capable de dire.

— Je… euh…, commença Max. Je ne savais pas qu'on pouvait obtenir ça sur la Sécu. (Les mots sortirent de sa bouche automatiquement, comme si elle ne savait qu'à peine ce qu'elle disait. Elle leva le regard sur les yeux d'argent de Lila sans changer d'expression et bafouilla :) C'est super ce qu'on peut faire de nos jours, n'est-ce pas ? Pendant une minute, là, j'ai cru qu'on t'avait transformée en une sorte d'arme mortelle. C'est la version cool, non ? Peut-être qu'ils ont oublié celle avec le batteur à œufs avec ses accessoires et l'ouvre-boîtes. Il n'y a pas grand-chose d'utile dans une maison, là-dedans…

Elle s'interrompit mais sa bouche resta ouverte. Elle aspira de l'air et le laissa échapper lentement, enfonçant ses mains dans le sable.

Les chiens s'assirent ensemble, ils commençaient à s'ennuyer à présent que la partie intéressante était terminée.

— Qu'est-ce que… Je veux dire…, bégaya Lila. À quoi ça ressemble ? C'est vraiment moche ?

Elle avait besoin que Max le lui dise. Elle avait besoin de savoir et seule une sœur qui avait toujours tout su pouvait le lui dire. Max lui dirait ce qu'elle devait faire. Comme toujours.

Max réfléchit et recouvrit le mégot incandescent de sa cigarette avec un peu de sable.

— Tu sais, je crois que tu dois te débrouiller toute seule, cette fois, dit-elle après un moment, puis elle leva les yeux sur le visage de Lila, tentant de rencontrer son regard et s'y raccrochant autant que possible. C'est vraiment hors de mes compétences, ce truc. Un sacré accident, hein ?

— Max, dit Lila, tendue comme un tambour. Je pense que papa et maman ont été tués à cause de moi. De ça.

Max continua à entasser du sable. Lila la regarda faire.

— Les pyramides n'ont pas été construites en un jour, Li. Je pense qu'il va me falloir plus qu'une conversation sur la plage pour m'habituer, tu ne crois pas ?

Lila se contenta de hocher la tête, attendant de voir quel était le plan de Max mais aussi tellement reconnaissante que Max en ait un. Le visage de sa sœur était dur mais déterminé. Lila ne savait pas où Max puisait sa force. Elle avait toujours l'air prête à se faner mais, juste au moment où tout allait mal, elle tirait une bonne poignée de graviers de son âme et commençait à en frotter les problèmes, une vraie dure.

Max soupira.

— C'était un démon sur ton épaule ?

— Ouais, on peut dire ça.

— Autre chose dans l'inventaire ?

— Un elfe. Deux. Un mort. Un qui n'est pas là. Un fae. Celui qui est dans la voiture. Un démon. Plus grand. Pas là.

— Et cette femme avec les cheveux genre rayon de la mort ?

— Mon chef.

— Je ne l'ai pas aimée.

— Moi non plus.

— Elle a des yeux de prédateur, dit Max. Les gens comme ça…

Elle s'interrompit. Les gens avec des yeux de prédateur étaient dangereux. Maman disait toujours cela. Lila se demanda comment elle avait fait pour ne pas le remarquer pendant si longtemps.

Avec un grognement d'épuisement, Max se détacha du sable et épousseta son pantalon. Les chiens se levèrent lentement et coururent en cercle autour d'elle, attendant de rentrer.

— Julie se marie, annonça Max à personne en particulier, et elle s'étira, les yeux perdus sur les eaux de la baie vers le point lointain où les quartiers chics de la ville scintillaient avec l'extravagance obscène des lumières des casinos et des grands hôtels.

— Je sais, dit Lila. J'en ai entendu parler.

— Ouais, mais tu ne sais pas avec qui, dit Max en laissant ses bras maigres retomber avant de se pencher pour en glisser un autour des épaules de sa sœur. Désolée, petite. Il fallait que quelqu'un te l'apprenne. Roberto est l'heureux fiancé.

Lila se figea de surprise. Elle se souvenait, comme si c'était un autre monde, qu'elle et Roberto étaient encore ensemble à l'époque de sa mission en Alfheim. Elle n'avait pas pensé à lui depuis des lustres. Elle se dit qu'elle devrait ressentir quelque chose, mais elle ne savait pas quoi. Soudain, son esprit se remplit de Zal.

— C'est bien pour eux, dit-elle vaguement.

Max regarda les yeux de Lila, l'un après l'autre.

— J'aimerais savoir ce que tu veux dire. Il fut un temps où je le pouvais.

— Je veux juste dire que c'est bien pour eux, dit Lila.

— Tu penses à quelqu'un d'autre.

— Tu vois, qui a besoin d'yeux quand on a une sœur ?

Lila soupira, heureuse que Max soit là. Elle pencha la tête en avant jusqu'à ce que leurs fronts se touchent, un long moment, et Max ne s'écarta pas.

— Et où est-il ? dit Max, prenant le chemin de retour vers la maison.

— Je ne sais pas, dit Lila.

— Hmm. J'imagine qu'il est l'heure de faire des spaghettis et du gâteau au chocolat.

Lila sourit, un petit sourire fatigué.

— Ouais.

— Bien.

Max pressa sa main sur l'épaule de Lila, puis laissa retomber son bras pour adopter ce pas rapide qui nécessitait un bon balancement des bras. Elles traînaient toutes deux les pieds.

— Ç'a fait vraiment très mal ? demanda doucement Max alors qu'elles traversaient les dunes pour rejoindre la route.

— Ouais, dit Lila, et c'était bon de le dire, finalement.

Elle se sentit mieux.

Les chiens se bousculaient dix pas devant elles, pressés de rentrer, attendant qu'elles les rattrapent tous les quelques pas. Quand ils parvinrent en vue des voitures, elles marchaient tellement lentement qu'il leur était difficile d'avancer.

— Une cigarette ? proposa Max en tendant son paquet.

— Merci.

Lila en prit une et hésita, puis elle alluma le briquet tempête qui servait à activer le lance-flammes sur son bras gauche. La flamme jaillit du bout de son majeur et elle le tendit, comme un doigt d'honneur.

Max ricana et parla malgré le filtre dans sa bouche.

— C'est un peu excessif.

Lila alluma sa propre cigarette et tira une bouffée de l'épais mélange de tabac et de hachisch. Elle sourit et désactiva le briquet en hochant la tête.

— Attends de me voir trancher un concombre.

Max grommela. Elles s'arrêtèrent à l'unisson au coin de la route.

— Qu'est-ce que cette femme veut avec papa et maman, alors ?

— Je ne sais pas, dit honnêtement Lila. Mais je vais le découvrir.

Max opina.

— Tu penses sérieusement que c'est ta faute ?

— J'ai tué un démon, répondit Lila en coulant un regard vers Max pour voir si cela avait le moindre sens, et elle fut surprise de voir sa sœur hocher la tête. D'après le timing, ça ressemble à une vengeance.

— Tu as tué un démon, dit Max. Ah. (Elle hocha la tête, les yeux dans le vague à travers la fumée de sa cigarette.) Juste comme ça.

— C'était accidentel. Enfin, en quelque sorte.

— Ça va avec le boulot qui va avec le briquet, j'imagine ?

— Ouais.

— Je n'avais jamais pensé à toi comme tueur à gages. (Max rit et souffla la fumée par les narines.) J'imagine que c'est une progression naturelle à partir d'un alcoolique et d'une joueuse. C'est un pas en avant pour nous.

Lila regarda sa sœur à la recherche d'un sens caché qui allait bondir et la frapper mais il n'y en avait pas. Le demi-sourire désabusé et plein d'autodérision qui élargissait son visage mince était dérouté et triste, mais rien d'autre.

— C'est toujours mieux que la comptabilité.

— J'ai signé pour être secrétaire, dit Lila, sur la défensive. Je voulais me payer des études.

Cela lui semblait tellement lointain.

— Spider-Man a fait pareil, dit Max. Et ça n'a pas non plus très bien tourné pour lui.

Lila inspira une bouffée et souffla la fumée, sentant ses filtres sanguins commencer à flipper devant les polluants envahissant ses systèmes finement réglés. Une goutte de quelque chose entra dans sa tête, et Lila sentit ses lèvres s'étirer.

— Tu as des lance-toiles ?

— J'en obtiendrai, promit Lila. En tout cas j'en parlerai. Je ne suis pas sûre d'avoir la place. Pas sans commencer à ressembler à Hulk.

— Qu'est-ce que tu leur dois ? demanda Max en regardant la voiture noire, alors que les chiens gémissaient et s'asseyaient dans l'herbe au bord de la route, furieux d'être si près de la maison.

Lila haussa les épaules.

— Environ cinquante milliards. Je ne fais que deviner.

— Je vais te dire ce que tu leur dois. (Max fit tomber sa cigarette sur le sol et l'écrasa du pied.) Rien.

— Je... (Lila ne voulait pas admettre qu'elle n'y avait jamais pensé.) Je n'ai pas eu le choix.

— Exactement.

Max croisa les bras sur sa poitrine et frémit comme si elle remarquait enfin que la bise était froide. Sa peau se couvrit de chair de poule.

— *Elle a raison.*

Cela faisait si longtemps que Tath n'avait pas parlé que Lila l'avait oublié. Il faillit la faire sursauter.

— Mais..., commença Lila. Je serais morte, tu sais, et...

Max sourit, un sourire de réconfort, celui qu'on offre à quelqu'un qui a fait une grosse erreur et pâtit des conséquences, celui qui n'aide pas mais montre qu'on comprend.

Lila pinça la cigarette et la laissa tomber. Elle vit Malachi revenir de derrière la maison en attachant son pantalon qui tombait parfaitement. Il ouvrit la portière de l'Eldorado, la voiture se balança un peu quand il y pénétra. Une étrange douleur traversait Lila, à la fois physique et pas du tout physique.

— On devrait rentrer, dit-elle.

Max acquiesça de la tête, et les chiens se levèrent automatiquement. Ils retournèrent vers la maison. En montant les marches du perron, Lila entendit le bois gémir sous ses pieds et une autre sorte de douleur s'inséra en elle, juste sous le diaphragme. Ce fut ainsi jusqu'à ce qu'elle entre. Une nouvelle pièce, un nouvel objet, une nouvelle douleur.

Elle découvrit que ses parents vivaient dans une maison délabrée et négligée. Elle s'en souvenait comme d'un palais, mais c'était très médiocre. Il y avait un ruban de sécurité rouge sur la porte fermée qui menait au salon. Elle poussa la porte du bout des doigts. Max était déjà dans la cuisine. Il y eut un bruit derrière elle. Lila se retourna et vit Cara Delaware ouvrir la moustiquaire.

— Cette porte est scellée pour l'enquête.

Lila opina avec l'intention de faire sa propre enquête plus tard. Elle abandonna la porte pour l'instant.

— Que voulez-vous ?

— Je suis là pour aider.

— Vous pouvez aider en étant ailleurs, dit Lila. C'est un moment pour la famille.

— Nous devons parler de Démonia, dit Delaware. La voiture ira très bien. Je sais que c'est un moment difficile, mais je sais aussi que vous conviendrez que c'est assez urgent.

Lila se hérissa.

— *Elle a peut-être des informations qui en valent la peine*, dit Tath, l'espion froid alors qu'elle n'était encore que la fille en colère.

— OK, dit Lila. Donnez-moi une minute.

Elle alla expliquer à Max ce qui se passait.

— Pas de problème, dit Max en haussant les épaules.

On aurait dit que Max haussait les épaules pour se débarrasser des choses, mais ce n'était jamais vrai. Là, elles étaient voûtées, pour vider l'évier d'une bonne semaine de vaisselle sale.

Lila mit la radio, la branchant sur une station pop. Elle ne pouvait pas supporter le silence lugubre de la maison une seconde de plus. Max soupira. Cela fit mal de nouveau lorsque Lila sortit. Elle alluma la lumière. La lueur jaune aurait dû être joyeuse. Elle ne fit qu'éclairer la pièce et révéler à quel point elle était poussiéreuse et en désordre. La table était couverte de livres sur les jeux de cartes et de livres de recettes, empilés en désordre.

Elle allait sortir quand elle vit le calendrier. Il montrait la même scène de coucher de soleil en Nouvelle-Écosse que la dernière fois qu'elle était venue. Décembre, trois ans plus tôt. Les coins étaient recourbés et la couleur fanée.

En rejoignant la voiture de Delaware, Lila hocha la tête vers Malachi au passage. Il leva un doigt de la main qui reposait sur le dossier du siège avant, signe qu'il avait quelque chose à lui dire mais que ça pouvait attendre. Une bouffée d'affection à son égard fit que Lila se sentit vulnérable en ouvrant la portière de la berline ; elle s'assit à côté de Delaware. Elle ne fut pas surprise d'entendre le système de fermeture s'activer.

Delaware renifla, sentant la fumée qui s'accrochait aux vêtements et aux cheveux de Lila.

— Le département est vraiment désolé de ton deuil.

Lila opina, sans rien dire.

— S'il te plaît, rebranche ton système de communication sur l'Arbre d'Incon. Il y a beaucoup de nouvelles que tu dois connaître. (Elle attendit. Lila ne fit rien pour améliorer ses liens avec le monde extérieur. Delaware soupira.) Nous t'en avons beaucoup demandé pour la première année. Je te promets qu'une fois que ceci sera terminé, nous trouverons un moyen pour te donner plus de temps afin de retrouver une vie en dehors du service.

— Ce n'était pas le cas avant, rétorqua Lila.

— Nous n'étions pas sûrs que tu survivrais, répliqua Delaware. Et il y a beaucoup de gens qui aimeraient avoir accès à ta technologie. Nous devions être certains que tu n'étais pas un risque…

— Oh, s'il vous plaît, renifla Lila.

— Les démons et les elfes n'ont pas tenté de te capturer… Nous pensions…

— Non, ils ne l'ont pas fait, l'interrompit Lila. Ils me traitent comme une personne. Même ces putains d'elfes qui me voient comme une abomination n'ont pas essayé de me découper en morceaux pour m'examiner. Une petite noyade légère était suffisante pour eux, on dirait. Et les démons ont plutôt l'air de s'en foutre.

— Les systèmes qui te font fonctionner sont plutôt uniques, commença Delaware. Nous savons que d'autres aimeraient les étudier pour se les approprier.

— Eh bien, vous deviez être plutôt sûrs de vous pour m'envoyer dans des endroits où j'étais tellement en danger, dit Lila. (En disant cela, elle prit conscience que, bien sûr, ils ne l'étaient pas. Ils n'avaient pas su ce qui allait se produire. Ils n'avaient fait qu'espérer qu'elle soit à la hauteur de la tâche. Elle inspira soudain profondément.) Pour Zal… vous saviez que ce serait plus grave qu'un simple kidnapping. Vous le deviez. Et les démons… Toutes ces putains de missions… ce n'étaient que des tests de terrain.

Vous m'avez briefée comme si c'étaient de vraies missions, mais cela n'a jamais été le cas.

— Nous n'avions pas le choix. Il était impossible qu'il n'y ait pas de fuites dès que tu as commencé à montrer de quoi tu étais capable. Les elfes ne pouvaient que s'en foutre, alors ils ont été les premiers. Les démons sont les deuxièmes, moins susceptibles d'être un problème, et nous avions besoin de quelqu'un qui pouvait entrer dans leur société d'une manière inaccessible à un humain ordinaire. Toutes ces raisons étaient valides. Et, tu sais, les espions opèrent strictement avec ce qu'ils ont besoin de savoir. Tu savais ce que tu avais besoin de savoir. C'est comme ça que ça fonctionne.

— Je n'ai pas demandé à faire ce boulot, dit Lila. (Son épaule lui faisait mal. Sa hanche tirait. Elle fronça légèrement les sourcils.) Et si je n'en voulais pas ?

Delaware fit mine de ne pas avoir entendu la question.

— Lila, as-tu découvert comment Zal est devenu démon ?

Lila regardait le siège devant elle.

— Que ferez-vous si je ne vous le dis pas ?

Delaware avait gardé ses lunettes noires. Elle se tourna pour regarder l'avant de la voiture et dit de sa voix habituelle :

— Ne joue pas avec moi, Lila. Nous ne sommes pas une force de police ni une quelconque unité civile contre laquelle tu pourrais porter plainte. Non, tu n'as pas demandé à être réparée, mais nous t'avons fabriquée et tu es notre machine. Comme je l'ai dit, nous ferons notre possible pour t'offrir une vie en dehors d'Incon, mais le boulot passera toujours en premier. Ce ne sera pas une vie digne de ce nom. Ce n'est le cas pour aucun d'entre nous, précisément pour les raisons qui nous poussent à être ici, maintenant.

Elle désigna la maison du menton.

Lila fut heurtée jusqu'à l'os par cette déclaration. Elle était tellement choquée qu'elle pouvait à peine parler. Elle savait qu'elle n'aurait pas dû, qu'elle était suffisamment adulte pour s'attendre que, derrière cette façade de gentillesse professionnelle, il n'y ait que calcul. Mais c'était une nouvelle lame froide et cela faisait mal de toute manière. Autour de son cœur, Tath formait une spirale triste et lente.

— Je veux qu'on protège ma sœur, dit Lila quand elle put enfin parler.

— Démonia, dit Delaware.

— Je ne connais pas les détails, répondit Lila, se limitant aux faits. Il a fait un pèlerinage en Enfer.

— C'est le cas de beaucoup de démons. Est-ce ouvert à toutes les races ?

— Ils semblent penser que c'est un standard chez quiconque n'est pas né d'un œuf, dit Lila.

— N'est-ce pas un lieu ?

— C'est partout, dit Lila. Sur toute chose. En toute chose.

— Clarifiez, exigea sèchement Delaware.

— *Laisse-moi faire*, murmura Tath, et Lila lui donna le contrôle de sa voix.

— L'Enfer est un état de séparation de Dieu. Quiconque est séparé de Dieu est en Enfer, donc, où qu'ils aillent, c'est l'Enfer.

— C'est un truc religieux alors ?

— Spirituel, mais même ceux qui n'ont aucun sens du spirituel peuvent y entrer ou en sortir. La religion n'est pas nécessaire.

Delaware tambourina des ongles sur l'accoudoir, très insatisfaite.

— Comment sort-on de l'Enfer ?

— En acceptant ce qui est.

— Oh ! quelles foutaises ! soupira Delaware. Et après, quoi ? Que lui est-il arrivé après ?

— Je n'en ai pas la moindre idée, dit Lila en reprenant le contrôle sur sa voix. Il a dû s'en sortir et puis… il y a des démons connus comme les gardiens des portes de sortie. Ils doivent faire quelque chose pour marquer l'occasion ou… je ne sais pas. Quelque chose. Peut-être que ce qu'ils ont fait l'a changé. Mais ils parlent de représentants d'autres races entrant et sortant de l'Enfer sans qu'aucun d'eux ne devienne démon.

— Ce n'est pas cela, alors.

— Cela semble être une condition préalable à ce qui suit, quoi que ce soit. Traverser l'Enfer. Peut-être est-ce un test.

— Nous n'avons aucun indice d'un membre d'une autre race devenant démoniaque. (L'agitation de Delaware était visible comme une lueur dans l'air, tant elle était concentrée.) Ce n'est pas assez.

— Pourquoi ne lui posez-vous pas la question ?

— Il a menti, dit-elle.

Lila fronça les sourcils.

— Qu'a-t-il dit ?

Delaware fit une grimace de mépris.

— Que ça lui était arrivé pendant une fête alors qu'il dansait sur *Disco Inferno*.

Lila se mordit les lèvres. *Je ne rirai pas. Rire serait la dernière chose à faire.*

— Nous avons besoin de vérifications.

Tath prit le contrôle, il était vraiment bon en course de relais.

— Vous avez besoin d'un autre agent. Quelqu'un d'æthérique. Zal était un adepte complet. Les humains n'y parviendraient pas. Ils sont æthériquement passifs. Tenter de créer une forme démoniaque sur leur manifestation physique compromettrait leur biologie.

— *Même si,* ajouta Tath pour Lila seule, pensif, *il pourrait y avoir une possibilité quelque part.*

Delaware tourna vivement la tête.

— Voici au moins quelque chose de véritablement nouveau et utile, que nous n'avons pas dû extraire d'une impression machine.

— Sarasilien aurait pu vous le dire, rétorqua Lila.

Elle caressait Tath sans y penser, lequel ne réagit pas, ce qui pour lui était significatif.

— Nous enquêtons sur ce qui est arrivé à vos parents. (Cara changeait de sujet sans avoir l'air d'y toucher.) Nous ferons notre rapport dès que nous aurons quelque chose.

— Où sont-ils ? demanda Lila, qui avait peur de la réponse.

— Une autopsie est nécessaire. Les cercueils seront rendus à temps pour les funérailles. Informe-moi quand tu sauras ce que vous souhaitez.

Lila hocha la tête et mit la main sur la poignée de la portière. Elle attendit. Le système de fermeture ne se débloqua pas.

— Tu es toujours en mission, dit Delaware. Nous devons découvrir la vérité sur la transformation de Zal dès que possible. Prends le temps dont tu as besoin, puis trouve comment cela s'est passé. Retourner en Démonia n'est peut-être pas une bonne idée, pour l'instant.

— Les démons sont impliqués dans ce qui s'est passé ici ?

— Ne retourne pas là-bas si ce n'est pas nécessaire. Tu connais Zal. Peut-être te le dira-t-il.

Lila se raidit contre l'intérieur de la voiture et utilisa les senseurs de sa main pour scanner la porte à la recherche du système de verrouillage. C'était une barre en z assez solide pour arrêter un camion, mais il y avait un point de charnière juste à l'intérieur de la portière.

— N'essayez pas d'utiliser ma vie personnelle pour vous faciliter l'existence.

D'un coup de poing rapide, sa main traversa la plaque métallique couvrant l'intérieur de la portière, attrapa le mécanisme et défit les verrous, poussant la portière dès qu'elle s'ouvrit. En sortant, elle ajouta :

— Vous avez besoin de meilleurs verrous.

Delaware leva les yeux vers elle.

— Contente-toi de faire ton boulot. Tout le reste t'appartient. Mais mélanger le travail et la vie personnelle n'est jamais une bonne idée, fais-moi confiance.

Elle se pencha et tira la portière cassée pour la refermer. Le moteur se mit en marche, la voiture recula et s'éloigna dans le trafic des banlieusards.

— *Ta vie était comme ça ?* demanda Lila à Tath avant de se rendre compte de ce qu'elle disait.

Son cœur se serra et cela fit mal. Elle s'excusa. Elle se sentait fatiguée. Elle se tourna lentement et entra côté passager dans l'Eldorado où Malachi l'attendait. Elle posa les mains sur ses genoux, regardant un accroc dans sa peau se refermer avec d'élasticité d'un chewing-gum. Dommage que son cœur ne puisse faire la même chose. Cela aurait fait d'elle l'agent parfait : on se blesse, on souffre quelques minutes, on guérit et on passe au problème suivant. C'était ce que faisaient les machines, même si elles ne se blessaient pas. Elle devrait le noter pour en parler la prochaine fois qu'on lui déboguerait ses programmes. Une légère suspicion s'empara d'elle, les tripes, la peau, l'esprit et l'IA en même temps. « Tu es notre machine », avait dit Delaware. Et c'était Delaware qui avait retardé Lila lorsque celle-ci voulait prendre contact avec les siens, jusqu'à ce que Lila accepte d'abandonner l'idée, attendant d'être mieux installée, comme l'avait dit son gentil patron. À présent, elle se demandait si on lui avait fait prendre des pilules ou s'il y avait un interrupteur quelque part sur lequel il suffisait d'appuyer pour se débarrasser de sa volonté. Le pire était de savoir qu'ils n'avaient pas eu besoin de ce genre de truc. Elle voulait tellement s'intégrer au boulot, même avant sa transformation, qu'elle aurait dit « oui » à presque n'importe quoi, si cela avait pu rendre les costumes-cravates heureux et la faire accepter dans le monde des vrais boulots et de la sécurité. Après, elle aurait fait n'importe quoi pour avoir l'air ordinaire, l'attente n'avait jamais été trop longue, les tests n'avaient jamais été trop durs. Ç'avait dû être comme d'arracher son bonbon à un enfant.

Dans sa cage thoracique, Tath s'étendit et pulsa l'équivalent d'un soupir. Elle savait que c'était cela parce qu'elle avait touché le même nerf en lui qu'en elle-même.

— *Certaines personnes sont faciles à manipuler*, dit-il, et il les nomma tous deux.

— *Parfois*, répondit-elle, plus douce avec lui qu'elle l'aurait jamais été avec elle-même. *Et parfois elles se réveillent.*

— Qu'est-ce que tu veux, Black ? demanda Malachi de sa voix décontractée. On reste ou on part ?

Elle prit une profonde inspiration, luttant contre le grand mur de tristesse qui la regardait droit dans les yeux.

— On reste. Gare-toi devant la maison et prépare-toi à avaler assez de pâtes pour tuer un cheval.

CHAPITRE 20

— Je suis l'amiral de la Flotte, annonça le garçon couleur café, gonflant la poitrine en s'asseyant à la tête de la table dans la cabine du capitaine.

Il était perché sur trois coussins empilés sur une chaise pour lui permettre d'atteindre la table et il oscillait avec le vaisseau comme un cheval à bascule sur son océan imperceptible mais, étrangement, Zal trouva que cela lui conférait du sérieux.

Les sièges et la table étaient suspendus au plafond par des chaînes d'acier. Ainsi, tous ceux qui étaient assis étaient stables quand le vaisseau tanguait. Un lutin féerique aux ailes d'abeille voletait, portant un plateau, et servait des chopes fumantes, essuyant ce qui se renversait avec un minuscule torchon blanc qui pendait à son poignet. Sa présence akashique était suffisamment puissante pour qu'il puisse soulever le plateau rempli, ce qui n'était pas rien de la part d'une créature de la taille d'un petit chien. La seule chose qui empêchait la situation d'être agréable était le froid qui traversait l'*andalune* de Zal dès que les autres se rapprochaient de lui. Cela, et les vibrations basses, intenses, du vaisseau lui-même : c'étaient tous des fantômes, à une exception près.

Abida Ereba était assise légèrement en retrait, sur un grand lit circulaire suspendu à des chaînes dorées.

Le lit était recouvert de velours rose et des rubans roses festonnaient les chaînes. Des coussins de toutes les nuances de lilas et de violets débordaient de sa surface et un grand nombre d'entre eux étaient tombés sur le sol sur lequel des verminicules féeriques s'étalaient, absorbés dans le luxe satiné, soignant leur fourrure miteuse et forniquant régulièrement de manière enthousiaste. Zal ne regardait pas l'Ereba directement. Il avait peur de devenir aveugle. Plus ses yeux entraient en contact avec sa forme incroyable, plus il était excité. Il était convaincu qu'un regard direct – même un regard qui marquerait serait-ce qu'un intérêt professionnel pour ses superbes seins plantureux – provoquerait un orgasme de proportions apocalyptiques. Cela le gênerait et il avait peur de l'effet que cela pourrait avoir sur les fantômes.

Il était aussi convaincu que seule la présence de l'Ereba empêchait la Flotte de les consommer, M. Tête et lui, et il ne voulait pas la déranger. La nature des fantômes était la faim. Même celui qui avait aspiré sa main avait été impersonnel et impitoyable. Il voulait connaître la forme et la structure, akashiques et matérielles. Il voulait se connaître lui-même. Il désirait devenir réel. Zal pouvait survivre aux blessures fantomatiques mineures, particulièrement lorsqu'il était défoncé aux énergies élémentales, mais il ne pouvait survivre si on le dévorait entièrement. Il ne pensait pas non plus pouvoir survivre au regard de l'Ereba. Il l'avait regardée directement par surprise, au moment où elle avait parlé sur le pont, et il s'était évanoui tandis que tout sang quittait sa tête. Il était convaincu qu'elle lui avait souri et cette sensation douce était allée directement à son cœur, même si elle était passée par ses gonades. Il trouvait qu'elle ressemblait à Lila et aurait aimé vérifier, mais n'osait pas.

L'amiral but une longue gorgée à sa chope et regarda Zal avec abandon, puis il tourna les yeux vers la statue immobile qu'était devenu M. Tête. Les fantômes étaient rarement conformés pour parler ou exister sur de longues périodes, Zal regarda donc avec un intérêt égal ces êtres qu'il n'avait jamais vus. De sa position, l'Ereba les observait avec un léger amusement. Zal profitait de l'aura de jouissance créatrice pure qu'elle dégageait. Cela ne le surprenait pas que les verminicules soient submergés de sensualité. Il se sentait lui-même si intensément libidineux qu'il pouvait à peine concentrer son esprit sur autre chose que des images érotiques de Lila et de l'Ereba, individuellement ou ensemble, se déshabillant l'une l'autre, la souple déesse elfique et Lila l'humaine combative et en colère... Ce qui était surprenant parce que, pour lui et M. Tête, le vaisseau et son équipage ne représentaient rien d'autre qu'une mort immédiate et non célébrée. Pourtant, cela améliorait ce moment de tension.

Des marins entraient et sortaient de la pièce, passant au travers des murs comme des fantômes ordinaires. Leurs membranes impermanentes clignotaient entre ce moment d'incertitude matérielle et la dimension temporelle altérée de Thanatopia où ils flirtaient avec la mort. Des cloches sonnaient, le vaisseau craquait. Les voiles claquaient en tournant avant de prendre de nouveau le vent. Loin sous la coque, d'énormes moteurs commencèrent à vibrer d'un bourdonnement régulier.

— Mais, qui est toi ? exigea l'amiral en regardant Zal et gâchant un instant de rêverie dans lequel Lila, furieuse contre Zal d'avoir chorégraphié un strip-tease taquin sans participer, allait lui envoyer une antiquité sans prix à la tête.

Il sursauta et se força à ne pas regarder vers l'Ereba.

— Il est Moitié, dit encore Abida Ereba, comme si cela expliquait tout. Mais j'aimerais entendre son ami parler. Quel est son nom ?

— M. Vendredi Tête, dit rapidement Zal, se demandant si c'était un interrogatoire et si les réponses avaient de l'importance.

Il était sûr que c'était pour son propre bénéfice, vu qu'elle devait déjà tout savoir : chaque chose d'importance était connue d'elle. Entre les deux évocations pornographiques, il se demanda ce qu'elle faisait avec ces fantômes. Il pensa à sa conversation avec Malachi, et un frisson léger ramollit un instant son ardeur. Il ne voulait même pas y penser sous forme de mots. Quoi qui pouvait avoir un effet sur l'æther risquait de le dénoncer.

L'Ereba n'était pas comme d'autres choses, ni du Vide ni d'aucun des royaumes. Elle était Autre. Ce fait lui revenait constamment en tête, mais ce n'était rien par rapport à l'excitation douloureuse de son corps, qui trouvait malin de fabriquer des endorphines, des opiacés et des éclairs arcanoïdes dans son système, comme des chevaux fous écrasant à peu près tout sur leur passage.

— Ce truc ressemble à un jouet, déclara l'amiral, ramenant l'attention de Zal sur le moment présent. C'est comme un fantôme. Je vois des fantômes à l'intérieur. Comme s'il était une poupée pleine d'esprits.

— Oui, acquiesça l'Ereba. C'est exactement ce qu'il est. Zal, tu as fait un golem qui porte les morts d'un passé lointain, comme ce vaisseau porte les âmes oubliées de la mer.

— Donc les mondes élémentaux et nous sommes pareils, déclara l'amiral comme s'il arrivait à la conclusion d'un puzzle difficile.

Il regarda l'Ereba, cherchant une confirmation, et elle lui sourit. Elle ne semblait pas l'affecter, comme si ses effets génératifs lui étaient invisibles, ainsi que ses autres aspects.

Elle était pourtant la naissance, la vie et la mort. Elle était les moments entre deux, le temps lui-même, et l'espace.

Zal sut qu'une fois de plus, elle faisait quelque chose à son intention. Il commença à transpirer. L'attention personnelle de divinités était une forme de traitement dont il pouvait se passer.

— Vous les fantômes êtes des renaissances des vivants, dit-elle. Les élémentaux ne sont pas nés. Ils s'élèvent de l'Akasha depuis la non-forme vers la forme, et y retombent, et se relèvent sans esprit. Ceux qui sont des formes spirituelles élémentales viennent à l'esprit, mais de leur propre sorte. Vous êtes plus proches des vivants parce que vous êtes les enfants de leur esprit.

— J'ai vu les éléments primordiaux, intervint Zal parce que dans cette seconde il était incapable de ne pas le faire. (Il se sentit comme si les mots étaient des éjaculats de sa bouche, comme si l'Ereba avait causé un orgasme de l'esprit.) En Zoomenon. Des nombres. Des choses comme des idées. Des concepts changeants. Des composants propositionnels. Des fonctions. Des grammatons.

Il s'interrompit, haletant, conscient que son esprit lui faisait presque mal de l'effort consenti.

Les énergies dans son corps immatériel explosèrent. Physiquement, il n'avait rien, mais tout le reste se défaisait.

C'était la sensation la plus bizarre qu'il ait jamais eue de sa vie, et il en avait eu plein.

— Hmm… Les fantômes sont des constructions et les élémentaux sont des déconstructions ! Opposition. Organisation et entropie. Mutuellement… euh… incompatibles…

Le plaisir et le soulagement d'une grande idée, d'une grande pensée, d'une grande intuition le traversèrent depuis son cœur jusqu'à la plus grande portée de son corps extérieur, à quelques dangereux centimètres de l'Ereba. Elle caressa doucement sa périphérie de ses doigts, comme si elle touchait l'air, et Zal se convulsa d'extase, perdant connaissance plusieurs secondes.

Il revint à lui la tête sur la table. Il ressentait de la douleur dans ses doigts et se rendit compte qu'il avait creusé le bois avec ses ongles. Son entrejambe était mouillé et collant. Il avait l'impression de flotter sur un petit nuage.

L'amiral, aussi immunisé aux pitreries de Zal qu'à l'Ereba, contempla M. Tête et fronça les sourcils.

— Il est plein. Qui sont-ils ? Ce ne sont pas des fantômes non plus.

— Moitié ?

La voix de l'Ereba était légèrement moqueuse. Elle s'arrêta de le toucher et il put voir de nouveau.

— Ah ! dit Zal.

Il tenta de se remettre en position assise et découvrit que chaque mouvement était étrangement excitant. Il tendit la main vers sa chope pour faire diversion. Cela semblait être un mélange de rhum et de Coca et c'était un cocktail suffisamment ancien pour être un objet fantomatique. Il souffla sur le liquide aromatique puis hésita, fatigué, euphorique, assoiffé.

— Puis-je boire cela sans être transformé en une… chose ? Ou sans rester coincé ici pour l'éternité ?

— Probablement pas, dit l'Ereba.

Déçu, il repoussa la chope. Il aurait vraiment bien bu quelque chose. Alors il attrapa l'objet solide le plus proche – le bras de M. Tête – et tenta de s'adresser sérieusement à l'amiral même s'il n'était capable de parler que par petits groupes de mots accompagnés d'éclairs de plaisir qui secouaient tout son être. Il avait un sourire stupide.

— Je les ai trouvés. La plupart. En Zoomenon. Ils traînaient là. Dans une sorte de cuvette. J'ai trébuché dessus. Un coup de chance, vraiment. Ils ne sont pas tous là.

— Et qu'est-il arrivé aux autres ?

Il savait qu'on le testait.

— Je les ai mangés. Pas eu le choix. Survivre. Ooh !

Le regard surpris de l'amiral se riva de nouveau sur le visage de Zal.

— Tu as mangé des esprits ? Ceux qui ne sont pas encore morts ? Comme nous devons le faire ?

— *Vous* ne devez pas *forcément* le faire, dit rapidement Zal.

Il n'était pas sûr que l'amiral soit déjà totalement formé ou qu'il n'ait pas besoin de se remplir un peu pour rester soutenu.

— Mais sans cela tu aurais forcément dû mourir, rétorqua le garçon.

Donc, pas totalement formé…

Zal haussa les épaules. Il n'avait pas l'habitude des fantômes capables de raisonner. Il n'avait pas idée de ce qu'une forme complète signifiait puisque aucun fantôme n'y était parvenu, jusqu'à présent.

— Moitié Ombre. Nature vampirique. En quelque sorte.

Il avait conscience du ronronnement de l'Ereba. Le son, à peine audible, faisait vibrer son corps *andalune*. Il voulait la regarder pour vérifier si cela agissait comme du sexe pour elle, juste pour savoir, mais il ne voulait pas non plus mourir à un moment aussi intéressant.

— Les elfes sombres ont beaucoup en commun avec nous, dit l'amiral, qui se caressa le menton comme s'il était bien plus âgé et avait une barbe.

Cela fit sourire Zal.

— Les humains disent que nous sommes tous des produits de leur imagination, dit Zal. (Il essayait de trouver n'importe quoi pour établir un terrain d'entente qui éviterait des embrouillaminis à l'avenir… et qui pourrait faire parler l'Ereba pour qu'elle arrête de jouer avec lui. Résister à cela lui coûta toute l'énergie dont il disposait.) Ils disent que nous ne sommes pas exactement réels.

— Ils sont du bon fourrage, ces humains, déclara l'amiral en s'appuyant contre le dossier de sa chaise. C'est ce que je préfère. La force de leurs convictions est une viande puissante ! (Il se frotta le ventre comme s'il était bien plus gros.) Mais écoutons les esprits. Je n'ai jamais rencontré un mort vivant.

Ses yeux s'éclairèrent de plaisir.

Zal risqua un mouvement de l'œil pour apercevoir l'Ereba, qui semblait souriante et attentive. Elle ronronnait toujours. Le ronronnement et l'aura le rendaient presque insensible au reste de la pièce. Zal se sentait dériver sur une mer d'hormones qui recommençait à perturber la marée de sa maîtrise de soi.

— Ah ! M. Tête, comment ça se passe ?

Zal s'arc-bouta contre la table oscillante et tenta de ne pas trop s'éloigner de la créature d'argile.

M. Tête ouvrit sa longue bouche en forme d'arc et un millier de voix bafouillèrent en même temps. Il n'avait pas à bouger les lèvres. Les voix étaient elfiques mais d'un genre que Zal n'avait jamais entendu auparavant. Elles avaient du pouvoir, il pouvait les sentir affecter l'æther et l'affecter lui, même à travers sa pâmoison, dans toutes les fibres de son être. C'était comme d'être tiré dans toutes les directions, comme si ses tripes essayaient des formes différentes. Cela faisait mal. Il claqua sa main sur la bouche de M. Tête, sans réfléchir, et laissa échapper un cri de douleur alors qu'une bouche poussait sur sa main.

— Une seule voix à la fois, dit doucement l'Ereba d'un ton calme qui passait au-dessus du vacarme. (Zal jouit et sentit la sensation traverser son corps jusqu'à sa main abîmée, oblitérant la douleur par du plaisir, alors qu'une partie de l'*andalune* de l'Ereba l'éloignait de la bouche de M. Tête. Elle ferma la bouche de l'élémental de sa propre main et le silence se fit.) Petite Étoile, pourquoi ne parlerais-tu pas la première ?

Zal arracha sa main à la table et la berça sur ses genoux, il avait peur de la toucher. On aurait dit que c'était un pénis frémissant et tressautant d'un plaisir étrange se transformant en main ordinaire. Il n'était pas surpris que l'Ereba puisse lui faire ce genre de choses. Elle était le Nommeur et Nommer était le sommet de tout pouvoir. Elle ne faisait sans doute pas exprès de lui apporter ce genre de plaisir, mais elle était trop intense pour lui. Il la connaissait sous cette forme elfique, mais elle pouvait prendre n'importe laquelle.

Elle le regarda d'un air réconfortant qui caressa son corps entier et dit :

— Frotte-la, très cher.

Sa plaisanterie le poussa à la regarder. *Oh ! déesse !* pensa-t-il avant de s'évanouir.

Zal revint à lui lentement, le visage de nouveau sur la table. Il se sentait grisé d'hormones et ne voyait aucune raison de bouger. Les fantômes allaient les manger, ou pas. Une fillette à côté de lui parlait dans cette étrange langue ancienne. Il l'entendait à travers un brouillard. Elle disait que des gens appelés « Idunnai » avaient forgé une Faille. Ils avaient mis des prisonniers au bord de la Faille et des esprits en étaient sortis. Des sorciers avaient contrôlé ces esprits et les avaient envoyés dans le corps des prisonniers pour se mélanger à leur forme vraie et fabriquer une nouvelle sorte de gens. Mais cela ne fonctionnait pas très souvent. La plupart des prisonniers devenaient fous. On les pourchassait et on les expulsait à travers des portails, en Zoomenon où ils tombaient en pièces.

L'Ereba demanda combien, la fillette répondit beaucoup de gens. Tous ceux qui n'avaient pas de capacités magiques. Tous. Elle dit que ceux qui étaient réussis devenaient des sorciers d'une autre sorte. Pas Idunnai. Elle utilisa un mot elfique qui signifiait « visage d'ombre ». Lothalan. Ces Lothalan étaient rares. On les faisait se reproduire avec des mages Idunnai. Certains de leurs enfants avaient des magies fortes, héritant des caractéristiques idunes de contrôle æthérique. Mais d'autres étaient plus faibles et plus étranges. Elle dit que la plupart avaient été renvoyés, qu'on leur avait dit qu'ils allaient dans un nouveau monde à travers les portails. Mais ce n'était pas vrai. Ils étaient rassemblés et tués, leurs corps étaient envoyés en Zoomenon où on les laissait se décomposer en toute sécurité. Quelques-uns s'étaient échappés et avaient recouvré la liberté. Des monstres, dit-elle. Ni Idunnai ni Lothalan. Des monstres sans visage.

L'ardeur de Zal fut calmée par ce discours sur l'ingénierie æthérique. Ne restait que la résistance des endorphines que la caresse de l'Ereba faisait circuler. Ce qu'il venait d'entendre lui donnait envie de faire semblant de dormir. Il sentait l'attention des fantômes s'imbiber des informations comme des éponges sèches.

— C'était il y a longtemps ? demanda doucement l'Ereba.

La fillette nommée Petite Étoile dit qu'elle ne savait pas. Elle avait perdu le compte du temps.

Puis, l'Ereba lui demanda :

— Et maintenant, que voudrais-tu, ma petite ?

L'amiral se redressa.

— Elle peut se joindre à la Flotte, dit-il fermement. Tous ceux qui sont perdus peuvent le faire. C'est ainsi. J'en ai décidé ainsi.

— Ce n'est pas un fantôme, dit l'Ereba.

— Elle a une histoire, la corrigea l'amiral. Et aucune forme matérielle. Peu de souvenirs. Elle n'est qu'un rêve en marche.

— Est-ce l'autre monde, est-ce le monde des morts ? demanda la fillette avec espoir. Nous attendions d'y aller. L'attente fut longue, mais peut-être est-ce le cas pour tout le monde.

— Nan, dit Zal les yeux fermés, la tête collée contre le bois par la bave. C'est l'avenir. Tu n'es pas morte. Tu as juste perdu ton corps et maintenant tu dois en partager un nouveau avec… ceux que je n'ai pas mangés. Bienvenue.

Ravi de te voir. Étais-je en train de rêver ou vient-elle d'expliquer comment les elfes s'étaient divisés en deux races différentes et que ce n'était pas le fait de l'évolution, en tout cas pas d'une évolution normale ?

— Elfes ?

La fillette répéta le mot. Il était clairement nouveau pour elle.

— L'Ombre et la Lumière. La nuit et le jour. Le lumineux et le sombre. Un monde de contrastes et d'autres conneries, dit Zal. J'imagine que tu ne te souviens pas des noms de cette époque ? Toi ou tes amis ?

Il était plutôt impressionné par sa capacité à exploiter ces informations. Presque un talent féerique. Malachi serait fier de lui.

— Le mage qui nous a laissés ici, dit-elle. Lothanir Meyachi Saras Evayen de la Maison des Abhadha-Ilia. (Puis, elle utilisa un mot que Zal n'avait jamais entendu, juste lu dans de vieux livres de grammaire. Un pronom bisexué.) Shya était contre ces actions, mais shya n'avait pas le choix. Tous étaient contre shya. (Elle s'interrompit.) Vous parlez étrangement. Êtes-vous un des Lothalan ?

— Non. Et toi ?

— Je n'étais qu'une servante, dit-elle. Idunnai-ap.

Une fillette sans pouvoir æthérique.

Zal était presque comateux, vaguement conscient que l'Ereba exerçait un pouvoir sur lui parce qu'elle ne voulait pas qu'il fasse quoi que ce soit. Il se sentait incroyablement bien et incroyablement ensommeillé. Sa main était toujours posée sur le bras de M. Tête qu'il caressait, il espérait que la fillette pouvait le sentir. Il aurait aimé la rencontrer, qu'elle sache qu'il se sentait lié à elle, de manière compliquée, personnelle. Mais le bras de M. Tête n'était que de la poterie.

— À partir de maintenant, dit l'Ereba, chacun d'entre vous peut choisir une destinée. La mort ou la résidence dans le golem jusqu'à sa destruction. Mais si vous restez, vous ne parlerez que si on vous adresse la parole et vous ne contrôlerez pas votre vaisseau. Qu'en dites-vous ?

Zal s'endormit au son de voix qui le berçaient comme les mouvements de la mer. Il continuait à tenir le bras de M. Tête. Il faisait chaud. Il était à l'intérieur d'une femme. C'était bon. Il l'aimait beaucoup et c'était bien de sa part d'offrir aux brins perdus une chance d'être de nouveau tissés, même s'il ne leur restait pas beaucoup de place dans le tissu après avoir été perdus si longtemps.

Chapitre 21

Lila guida Malachi dans la maison, évitant la porte scellée, et dit à Max, de dos :

— Ce n'est peut-être pas le moment mais, Max, voici Mal, mon partenaire. Mon partenaire de boulot. (Elle ajouta rapidement ces derniers mots, ne voulant pas qu'un puzzle romantique pousse Max à fairc une plaisanterie.) Mal, voici ma sœur, Maxine.

Max se retourna et s'appuya contre le comptoir, la planche à découper était derrière elle et son couteau à légumes pendait au bout de sa main. Dans la cuisine, elle dégageait une présence détendue et d'un calme mortel. Lila n'aurait pas aimé être le sous-chef de Max en quoi que ce soit. Elle lui évoquait toujours Clint Eastwood quand elle était dans la cuisine, pleine de sang-froid languide, dure à cuire. Lila l'avait tellement enviée, elle l'enviait toujours d'ailleurs. Dans sa poitrine, Tath ricana, et elle le frappa doucement.

Max détailla Malachi des pieds à la tête, ne laissant aucun doute sur le fait qu'il pouvait être tout ce qu'il voulait tant qu'il comprenait que, dans la cuisine, elle était le roi. Roi était le bon mot, pas parce que Max faisait dans le travestisme, mais parce qu'elle avait ce genre d'autorité. Le naturel chat de jungle de Malachi et le côté Clint de Max se défièrent, fae à humain et homme à femme, puis la barrière s'abaissa. Mal haussa une épaule et Max sourit d'un coin de lèvres, arrogante et satisfaite.

Elle posa le couteau et s'avança pour lui offrir une main pleine d'ail. Ses narines frémirent, mais il prit la main sans broncher. Lila savait à quel point il détestait les odeurs tenaces, c'était donc une marque d'approbation majeure de sa part. Elle soupira.

— Par le passé, je me suis fait avoir par l'un des tiens, dit Max comme si elle parlait de tout et de rien. Alors, je te préviens, et je ne dis pas que tu vas le faire, mais si tu laisses quelque chose de désagréable arriver à ma sœur, tu finiras en hamburger sur mon grill.

Mal leva les sourcils et sourit.

— Mon plaisir.

Max hocha la tête, les yeux rusés.

— Je pars du principe que vous n'êtes pas responsables de tout le reste.

— C'étaient les elfes, répliqua Malachi, écartant l'idée qu'un fae pourrait être responsable de quoi que ce soit de négatif.

Il renifla, son regard glissa sur les kilos de viande hachée attendant d'être cuits.

— Et les humains, ajouta-t-il, les yeux visitant le reste de la pièce avant de revenir sur Max.

Lila remarqua qu'il avait tendance à la regarder tête baissée.

— *De la déférence*, dit Tath.

— *Peut-être devrais-tu te montrer, toi aussi*, dit Lila.

— *Tu penses vraiment que ce serait sage ? Même ton chat ne me connaît pas.*

— *Mmm.*

Soudain, Lila fut gênée d'avoir des secrets pour Max. Elle avait besoin de retrouver Max, à ses côtés, où était sa place. Mais les doutes de l'elfe étaient puissants.

— Hum hum.

Max s'était détournée de Malachi et débitait des centaines de minuscules morceaux d'oignons avec son grand couteau.

— J'ai beaucoup entendu parler des faes, ils... (elle hésita puis plongea avec détermination)... sont très présents dans les hôtelinos.

Lila savait que les faes étaient de gros joueurs expérimentés qui venaient écrémer la chance, propriétaires d'hôtelinos, connus pour leurs arnaques, garçons et filles offrant leurs services au flux incessant de touristes et de businessmen qui rendaient le métier si chaud. Quel que soit le jeu, ils étaient toujours meilleurs que les humains. C'était un problème récurrent dans les endroits où travaillait Max. Le seul art auquel les faes n'excellaient pas était la cuisine, essentiellement parce qu'ils avaient des goûts excessivement variés dont la plupart n'étaient pas acceptables pour un palais ou un estomac humains.

— C'est là où tu travailles ?

Mal haussa les épaules et fit comme chez lui. Il tira un sac-poubelle d'un rouleau sur le réfrigérateur et ramassa les bouteilles vides et les emballages. Il jeta un coup d'œil aux livres sur la table, comme ça, en passant, mais Lila savait qu'il buvait les informations sur sa famille comme si c'était de l'eau.

— J'étais chef de cuisine au *Tropicana*, dit Max.

— Tu étais ?

— Problème relationnel. Ne jamais sortir avec une collègue.

Malachi grogna, feuilletant un numéro plié du *Bayside Bugle* avant de fourrer le journal dans son sac en plastique.

Lila, ne sachant quoi faire, fouilla le placard sous l'évier à la recherche d'ustensiles de nettoyage. Le regard d'expert criminalistique de Mal était en train de lire une histoire de négligences dont elle aurait préféré se débarrasser. Naturellement, les quelques aérosols et détergents qu'elle trouva étaient soit vides, soit totalement secs. Le seul chiffon propre était un demi-tee-shirt roulé en boule dans un coin. Les éponges et les lavettes n'étaient que moisissures immondes, tachées et couvertes de vestiges figés. Papa ne parvenait jamais à fignoler le nettoyage et se débarrassait de ce qui le dérangeait dans la première cachette venue.

Elle s'accroupit dans l'ombre de la porte ouverte, près des jambes de Max, les larmes au bord des yeux, à se mordre les lèvres. Max et Malachi bavardaient pour se découvrir, plutôt superficiellement. Lila aurait dû se mêler à la conversation. Elle se mordit les lèvres un peu plus fort et tendit la main derrière une boîte de cirage, cherchant quelque chose d'utile. Elle découvrit une soucoupe débordant de graines raticides. La radio changea de morceau, la pièce fut envahie par le dernier single des No Shows, tout en drum'n'bass funky.

Elle se redressa vivement et se cogna la tête contre le plan de travail. Les larmes qu'elle était parvenue à retenir jaillirent. Elle était en train de les essuyer avec le tee-shirt lorsque, ingénument, Malachi dit :

— Hé ! Mais c'est Zal !

… *Je te ramènerai d'entre les morts. Pour pouvoir te tuer de nouveau…*

Lila pressa le tee-shirt contre son visage, essayant de ne pas respirer. Quand elle l'écarta, elle fut capable de se redresser et de lâcher :

— Ouais.

Malachi suivait la mesure de la tête, inconsciemment, tout en continuant sa plongée dans le quotidien antihygiénique des parents de Lila.

— N'a-t-il pas écrit cette chanson pour toi, Li ?

— Quoi ?

Lila ne pensait pas que ce soit possible. Elle ne le connaissait pas depuis suffisamment longtemps.

— Ils l'ont enregistrée juste avant votre départ en tournée. Un truc de dernière minute. Uniquement disponible en téléchargement. Il l'a écrite la nuit de votre rencontre. Comment ? Il ne t'en a pas parlé ?

— Mal, je dois te parler en privé, dit Lila, ennuyée.

Son regard disait : *« Devrions-nous vraiment parler de ça devant des civils ? »* Mais Max s'était déjà à moitié retournée, le couteau dressé.

— Il y a autre chose que tu as fait et dont je ne suis pas au courant ?

Elle avait l'air incrédule. Les No Shows étaient un groupe populaire, surtout grâce aux différentes races et influences qui le composaient. Ils étaient le cœur symbolique de la culture libre éclectique d'Otopia, un mouvement social de taille raisonnable qui n'était nulle part aussi important que sur la côte Pacifique. Bien entendu, Max en aurait entendu parler, qu'elle les aime ou non. Ils étaient vraiment connus. Lila se retrouva en train d'ouvrir et de refermer la bouche comme un poisson.

J'ai toujours des tonnes de munitions et pas une égratignure sur le visage…

—Cela faisait partie d'une mission, c'est tout, dit Lila, abandonnant son idée de ménage et fourrant le tee-shirt dans le sac-poubelle de Malachi en regardant ses yeux orange avec colère.

—Hum hum, dit Max, parvenant à donner l'impression que Lila allait devoir lui fournir tous les détails tôt ou tard.

—Mes missions sont confidentielles, dit Lila, inutilement vu que Mal venait de contrevenir aux règles, tellement fort qu'elles en gémissaient.

Il n'avait pas bronché, comme s'il s'en foutait. Peut-être s'en foutait-il. Elle s'interrompit pour y réfléchir pendant qu'il sortait pour mettre le sac dans la poubelle.

—C'est pour ça que Cruella surveille la maison ?

Max acheva de couper les légumes et attaqua la cuisson. Elle trouva un verre propre, y versa du vin et le tendit à Lila qui le descendit d'une traite. Les chiens ronflaient avec satisfaction dans leur double-panier sur le perron. C'était un après-midi paisible à l'exception de la pièce scellée qui monopolisait l'attention de Lila comme une bombe dont le détonateur était caché et dont on ne connaissait pas l'heure du déclenchement.

—Tu sais, déclara Max, apparemment concentrée sur sa casserole. Il ne faut pas être Sherlock pour deviner que ce qui la turlupine concerne maman et papa. Et je parie que tu sais ce que c'est.

Malachi resurgit et se lava les mains dans l'évier. Lila arracha un morceau d'essuie-tout et le lui passa.

—Non, je ne sais pas, dit Lila. (Elle remarqua que les oreilles de Malachi frémissaient : il avait entendu la phrase de Max.) J'espérais qu'on le découvrirait avant qu'elle revienne.

— Nous aurions besoin de pouvoirs magiques plus importants que les miens, dit Malachi en s'essuyant les mains, concentré sur chaque doigt et chaque ongle. Un nec…

Lila compléta le mot :

— Nécromant.

Ils se regardèrent un instant et sourirent.

— Quoi ? demanda Max en se tournant à moitié.

Lila était concentrée sur Malachi, toute sa douleur oubliée. Des faits importants lui revenaient à l'esprit, ils étaient dans un de ces moments parfaits de leur partenariat.

— Max a vu un démon qui ressemblait beaucoup à Teazle, dit-elle. Ça peut ne pas être lui, ses talents ne vont pas plus loin que d'envoyer les gens à la mort, d'après ce que je sais. Je ne crois pas qu'il les ramène.

Malachi hocha la tête.

— C'est peut-être une coïncidence. Des tas de démons se ressemblent pour un œil non entraîné. Et on ne sait pas quelle est la vraie forme de Teazle, il peut prendre celle qu'il veut. En outre, il a l'air de t'apprécier…

Ses lèvres firent une grimace de dégoût, exposant ses crocs. Il chiffonna l'essuie-tout.

… *quelque chose grince, hurle, saute, souffle, attend au bout du couloir…*, chantait joyeusement Zal à la radio.

— Je suis là. N'hésitez pas à me mettre au courant, je viens juste de comprendre que vous parliez de relever les morts, dit Max en les regardant avec anxiété.

La graisse derrière elle crépita, mais elle l'ignora.

— Je ne veux faire appel à personne, dit Lila en regardant toujours les yeux d'ambre de Malachi, espérant qu'il comprenne pourquoi, ce qu'il semblait faire : elle n'avait confiance en personne d'autre que lui.

Il inclina le menton pour confirmer.

— Je ne connais aucun parleur des morts. Tu as un plan ?

— Ouais. (Lila mit la main sur son cœur.) J'en ai un. On visite la scène et on découvre le coupable. Puis on y met de l'ordre. Pendant ce temps, ou immédiatement après, on retrouve Zal avant que mon ticket pour la prison en Démonia arrive à expiration. (Elle leva le poignet, toujours enchaîné.) On protège aussi nos arrières contre un démon tête de mort et une terroriste elfe de l'Ombre. Il pourrait aussi y avoir des problèmes à cause des défis en duel qu'on m'a lancés... Je ne suis toujours pas sûre du fonctionnement de ce genre de choses. Et puis...

On entendit la sonnette.

Malachi la regardait, bouche bée. Il y avait une odeur d'oignons brûlés.

Lila ne broncha pas.

— Je m'en occupe pendant que tu expliques les détails à Max. Nous avons besoin d'un endroit sûr pour la cacher, dit-elle, confiante en Malachi pour trouver une solution.

Elle rassura les chiens qui aboyaient et les enferma sur le perron arrière.

Consciente que c'était dangereux, parce que cela la liait un peu plus aux réseaux d'Incon, elle enclencha à contrecœur ses systèmes de défense, un peu en dessous du niveau Standard de Bataille. Il lui fallait retourner à la base et obtenir des informations avant qu'ils se rendent compte qu'elle n'avait pas l'intention de toucher son fonds de pension.

Elle scanna et aperçut deux silhouettes de l'autre côté de la porte, l'une grande et humanoïde, l'autre plus petite avec quatre pattes. Elle ouvrit la porte, la main gauche pendante et détendue, prête à se défendre à vitesse maximale.

Teazle, plus humain que la dernière fois, comme s'il s'était entraîné, souriait. Il tenait en laisse un chien fauve et blanc de race indéterminée avec une queue de renard et des oreilles de husky, ravi.

— Okie ! dit-elle, surprise, se penchant pour enlacer son chien.

Le chien jappa et gémit de plaisir en nichant son museau froid dans le cou de Lila. Elle leva les yeux vers le démon qui relâcha la laisse. Okie se secouait et léchait le visage de Lila.

— Je serai ton chien, suggéra Teazle, les yeux brillants. Même si tu me laisses au chenil les trois quarts du temps.

De l'autre côté de la maison, Rusty et Buster aboyèrent plus fort.

— Où… Comment tu l'as récupéré ? demanda Lila en caressant Okie, passant outre la remarque de Teazle.

— Je suis très convaincant, dit Teazle en rejetant ses cheveux derrière son épaule d'un mouvement plutôt efféminé. J'ai aussi payé les factures en retard. Tu n'as jamais entendu parler du débit direct ?

Okie la reniflait sous toutes les coutures, gémissant quand il rencontrait une odeur qu'il n'associait pas à Lila, comme le métal et l'huile. Dans sa poitrine, elle sentit une étrange chaleur. C'était mal d'être heureux dans les circonstances présentes, vraiment mal, mais elle l'était.

— Oojie, boojie, boozum, oui, oui…, disait-elle à Okie, enfonçant son visage dans son poil.

— Il y a quelque chose qui brûle, observa Teazle sans quitter Lila du regard alors que ses narines s'élargissaient.

À son ton, elle fut sûre qu'il ne parlait pas du dîner, mais elle utilisa la perche qu'il lui avait tendue.

— La sauce pour les pâtes. (Elle se redressa, se sentant obligée de l'inviter à l'intérieur à présent, et elle rougit… ce qui la rendit furieuse.) Il y a juste un problème. (Elle laissa ses doigts jouer avec la fourrure d'Okie.) Je ne te fais pas confiance et je n'invite personne en qui je n'ai pas confiance.

Il y eut un vif pincement dans son oreille et Truc2magie apparut.

— Si je peux…

— Non, dit Lila. (Okie jappa puis aboya à la vue du minuscule démon sur l'épaule de Lila, avec jalousie et colère.) Tout va bien, le rassura-t-elle. Ce n'est pas un animal de compagnie.

Les aboiements devinrent grognement.

— Tu ne m'as jamais appelé « Oojie Boojie », pleurnicha Truc2magie d'un ton maussade.

Teazle lui jeta un regard qui le força à se taire.

— Ton dégradant familier essaie de te dire que les propositions de protection, les offres de service et le retour de ceux que tu aimes ne sont pas des astuces qu'un démon utiliserait pour te berner. Si je voulais te faire du mal, je le ferais directement. Agir autrement serait déshonorant.

— Ma sœur a vu quelqu'un qui te ressemble tuer mes parents, dit Lila.

Le sourcil droit de Teazle se leva.

— Tu ne sais pas à quoi je ressemble.

Elle détestait quand il avait raison. Mais elle n'avait pas tort non plus.

— Et ça m'aide comment ?

Teazle leva les mains, paumes vers le haut. Sa version humaine était totalement convaincante, il avait même une bonne odeur. Le chien et elle l'avaient tous deux remarqué. Il soupira de manière théâtrale.

— Que dois-je faire ?

Lila baissa les yeux vers Okie. Rusty et Buster avaient cessé d'aboyer, probablement pour écouter. Une soudaine inspiration la frappa. Elle regarda Teazle, puis les marches qu'elle désigna du doigt.

— Assis. Pas bouger.

Le démon inclina la tête, tourna le dos à la porte et s'assit, entourant ses genoux de ses bras, surveillant la rue.

— Et ne laisse entrer personne, ajouta Lila en poussant Okie dans l'entrée. Et on n'aboie pas. Les voisins en entendent suffisamment comme ça.

Teazle lui fit paresseusement signe de la main droite. Elle ferma la porte et la verrouilla. Un problème réglé. En quelque sorte. Elle se demanda si elle pouvait le laisser ainsi indéfiniment…

Dans la cuisine, Max cassait de très longs spaghettis en deux pour les mettre dans la seule casserole qui lui restait tandis que Malachi parlait. Ils levèrent tous deux la tête quand elle entra, puis baissèrent les yeux vers Okie pour les relever immédiatement sur Truc2magie sur son épaule.

— Qu'est-ce que je t'ai dit sur les représentants au porte-à-porte ? demanda Max.

— Oh, c'est *mon* chien, expliqua Lila. Quelqu'un l'a ramené…

— Quelqu'un ?

— Du chenil, dit-elle, et elle enchaîna rapidement. Le dîner sera bientôt prêt ? Je meurs de faim…

Elle ouvrit la porte de derrière et présenta les chiens les uns aux autres pour éviter des questions auxquelles elle n'avait pas envie de répondre.

— Aloooors, c'est ta maison ! s'exclama le diablotin alors que la moustiquaire se refermait en sifflant. (Il regarda autour de lui, ne faisant aucune attention aux chiens qui tentaient de bondir vers lui pour le renifler.) Quel endroit tragiquement petit bourgeois. Le désespoir banlieusard des communautés principales d'Otopia peut rivaliser avec n'importe quel tourment dont rêverait un diablotin. Si subtil et pourtant tellement accablant. Eh bien, je parie que tu étais une harpie pleine de colère sur le chemin de la rédemption classe moyenne bien avant qu'on te pulvérise et te transforme en actionbot. Oh ! Regarde ! Il y a un mec dans la maison d'à côté qui nous prend en photo. J'imagine qu'on devait s'y attendre avec le ruban de police et ce genre de trucs…

— Quoi ?

Lila abandonna l'idée de griller le diablotin au barbecue sur une broche et se retourna. Il y eut un mouvement soudain de rideaux depuis la grande maison faussement géorgienne toute proche. Qui vivait là ? Elle ne s'en souvenait pas. Elle s'avança, prête à prendre l'appareil photo et à l'aplatir. Puis, elle se rendit compte que l'Arbre d'Otopia effacerait les images, puisqu'il était illégal de faire circuler des images de scènes de crime.

— Certaines personnes sont de véritables fouille-merdes, dit le diablotin de manière cinglante. Quoi qu'ils pensent d'eux-mêmes. Des ratés total. Plus bas qu'un diablotin, genre asprit qui n'a que le pouvoir de jurer et celui de dire « non ». Non, pas ici, c'est vrai. Ici, ça te donne une grosse maison. J'ai vu ça tout au long de votre histoire. C'est comme si aucun de vous n'avait le sens de ce qui est bien ou mal. Vous ne stoppez jamais les pires quand il le faudrait, par contre vous n'hésitez jamais à enfermer les meilleurs avant qu'ils finissent leur phrase. (Il cracha une minuscule flamme jaune et roussit quelques brins d'herbe sèche qui jaillissaient entre deux planches.) Sais-tu que les démons inférieurs viennent ici en vacances pour se rassurer sur leur situation ?

— Ta gueule, dit Lila.

Elle calma les chiens. Rusty et Buster avaient accepté Okie sans problème. C'était Truc2magie qu'ils n'aimaient pas. Ils lui grognaient tous dessus pendant qu'il leur faisait des grimaces.

Elle devait se débarrasser du diablotin, au moins assez longtemps pour que Tath examine la scène du crime. Elle envisagea de demander conseil à Teazle, mais elle ne voulait pas qu'il s'approche ni se sentir encore plus redevable. Elle décida de prendre le code des démons au pied de la lettre :

— Que dois-je faire pour que tu ailles faire un tour quelques heures ?

— Pas pour toujours ? pépia le diablotin plein d'espoir.

Lila gronda intérieurement.

— Je pensais que c'était trop demander.

— Je *savais* que tu commençais à m'apprécier ! Bien sûr, tu pourrais me tuer facilement. Je le sais. Mais c'est un honneur que cette question, m'dame. Un honneur ! Bien sûr, je pourrais en profiter pour visiter la ville, j'imagine… Disons pour cent dollars ?

Lila se redressa après avoir versé de l'eau fraîche dans les bols des chiens et fronça les sourcils.

— Je croyais que les diablotins s'attachaient jusqu'à la sortie de l'Enfer ? Sans sursis.

— Bien sûr, c'est *techniquement* vrai, déclara Truc2magie, se frottant les pattes et matant la nourriture des chiens d'un air affamé. Mais pour ceux qui ne souhaitent pas notre mort, on peut tordre quelques règles. Pas de mal à ça. Avant de partir, je dois toutefois te rappeler quelques points saillants de ton Enfer personnel, comme il en est de mon devoir. (Il se redressa bien droit et mit la main sur le cœur.) Il faut que tu acceptes le fait que tu as été arnaquée par tout un tas de gens qui s'en foutent royalement. Maintenant, tu es un esclave de l'État et tous ceux qui sont concernés ont leurs propres projets, dans lesquels tu es impliquée mais qui ne te concernent pas. Ils sont soucieux, c'est clair. Mais qui ne se soucierait pas d'un investissement aussi hasardeux qui se balade avec un demi-cerveau personnel ? C'est tout ce qu'ils savent. Ils feront tout leur possible pour que tu restes dans le rang, ouais, ils iront jusqu'à te donner une fausse vie avec un gentil chien, une maison et quelques rendez-vous avec un elfe bien chaud. Bien sûr que c'est vrai. (Il s'interrompit pour reprendre son souffle.) Maintenant, donne-moi les cent dollars.

Lila envoya une instruction bancaire par l'Arbre.

— Et qu'est-ce que je peux y faire ? Si sortir de l'Enfer c'est accepter la réalité, que puis-je faire pour y parvenir ?

— Tu te débrouilles, dit le diablotin en haussant les épaules. Pas mon problème. Écoute ton cœur, comme ne disait jamais ma vieille mère, parce que personne en Démonia n'a besoin de le savoir. Tu vois, j'ai déjà dépassé les bornes. Mon boulot s'arrête dans la déclaration de ce qui est.

Lila lui expliqua comment récupérer le liquide dans une banque.

— Une chose, dit-il en lâchant enfin son oreille. J'en connais un bout sur l'Enfer. Tu peux y rester si tu veux. Rien de particulier ne se produira. Il n'y a rien de spécial. Parfois, ç'a l'air bien mieux que la réalité, quand on ne connaît pas la réalité et que ç'a l'air douloureux d'y parvenir. Tu choisis. C'est tout. Tout le monde a le temps et tout le monde choisit. Tu me comprends ?

— Pourquoi l'as-tu choisi ? demanda Lila.

Le diablotin resta silencieux un instant.

— Je me le demande, dit-il en baissant la tête puis, sans prévenir, il se transforma en une petite boule de feu orange et fonça à travers la moustiquaire jusque dans le jardin, laissant un trou de la taille d'une balle de tennis.

— Eh ! C'est cinquante dollars, là ! hurla-t-elle après lui. (Les chiens la regardèrent bizarrement.) Ne posez pas de questions, leur dit-elle. Quand je l'ai trouvé, il était abandonné et j'étais fatiguée.

Dans la cuisine, les pâtes étaient dans l'eau. Max écoutait Malachi dans son numéro d'agent secret qui ne pense qu'au bien-être de tout le monde. Ils étaient tous deux assis à table. Tous les magazines *Great White Poker* appartenant à la mère de Max et Lila avaient été entassés sur le plan de travail. Le numéro en haut de la pile promettait : « Comment faire augmenter les mises ! »

— Je vais farfouiller à côté, dit Lila entre deux phrases de Malachi. Restez ici, je reviens dans dix minutes.

— Je viens avec toi, dit Malachi en commençant à se redresser.

— Non, dit Lila en levant la main. J'ai l'IA. Je trouverai ce qu'il y a à trouver, après, tu pourras faire un passage æthérique si tu veux.

C'était une excuse un peu faible, mais il vit sa détermination et resta assis.

— D'accord. Vas-y.

Elle hocha la tête et se glissa dans le couloir. Son statut IA était toujours sur alerte, et elle le laissa ainsi, l'interrompant seulement pour que l'IA configure une série de réponses à toutes les commandes entrantes d'Incon. Puis, elle vérifia ses flux sortants et détacha une minicaméra d'une cavité de son bras. Elle grimpa à l'étage, installa la caméra dans sa chambre et connecta tous ses centres d'information dessus. Ce n'était pas une ruse extraordinaire, mais elle espérait que, comme elle avait été si obéissante par le passé, ils tomberaient dans le panneau s'ils tentaient de jeter un coup d'œil à ce qu'elle faisait. Elle ne s'attarda pas pour chercher quels changements Max avait apportés à la pièce, elle ressortit comme s'il s'agissait d'un bâtiment quelconque à vérifier, mais elle perdit son sang-froid lorsqu'elle atteignit le couloir du rez-de-chaussée.

Elle se figea devant la pièce scellée et examina la porte. Des taches de doigts en décoraient les bords sous les lignes rouges et blanches du ruban de police, vestiges d'années passées à tirer ou à pousser la porte sans se soucier de la poignée ; elle-même avait laissé des traces. Elle observa le ruban de plus près. Il ne lui fallut qu'une seconde pour forcer la serrure pitoyable, pousser la porte et passer sous la ligne de ruban à hauteur de hanche.

Elle vit les cartes, le verre de vodka, les creux dans le sofa, le piano blanc, les photographies poussiéreuses mal cadrées. Elle attendit qu'une intuition ou une peur la frappe, comme un train percutant une voiture, mais elle ne fut happée que par un sentiment d'irréalité. Elle se souvenait parfaitement de la pièce, mais l'examiner était comme visiter le musée de sa vie passée, si lointaine que cela paraissait archéologique. Elle ressentit de la nostalgie, puis une anxiété prégnante qui lui donna envie de fuir à toutes jambes.

Elle détailla les cartes : deux de carreau, six et neuf de pique, valet de cœur… main de merde. Le reste du paquet s'étalait près d'une éclaboussure séchée de vodka tonic. La carte suivante : huit de pique. Pourquoi cette carte était-elle retournée ? Peut-être sa mère venait-elle de la ramasser ?

— *Laisse-moi faire*, dit Tath.

Elle faillit sursauter. Sa présence était devenue tellement familière qu'elle ne savait plus quand il avait commencé à faire partie d'elle.

— Comment ? demanda-t-elle, mais il suintait déjà d'elle, sa forme æthérique bien plus puissante que ce qu'elle avait anticipé : à cause d'avoir fait le plein de démon ?

— *Faut bien que cela serve à quelque chose*, dit-il.

Elle ne pouvait pas vraiment voir son corps *andalune* dans cette lumière, pas en Otopia, mais elle sentait où il commençait et où il se terminait.

— *J'ai besoin du tout*, dit-il, et elle se retrouva immergée en lui.

Ils n'avaient pas été dans cette configuration depuis cette fameuse nuit dans le palais d'Arië. Elle savait que, si quelqu'un entrait, il ne verrait qu'un elfe. Son pouvoir et son glamour la couvraient totalement. Elle se retira pour lui laisser le contrôle corporel, surprise de la sensation. La dernière fois, on l'avait forcée à faire cela. Cette fois, elle était volontaire, mais elle ressentit une étrange vulnérabilité, en elle comme en lui. Il enveloppait son corps mais il ne touchait ni son esprit ni son cœur. C'était une tendresse très particulière.

Si Tath avait remarqué quelque chose, il passa outre pour exulter brièvement de sa liberté.

— *Résidu*, dit-il, et elle n'avait aucune idée de quoi il parlait, elle ne détectait rien. *Il y en a partout, comme des déchets de magie.*

— *Ce qui veut dire ?*

— *Un nécromant les a emmenés en Thanatopia, il leur a volé leur temps.* (Il inspira par les poumons de Lila, tendit la main et toucha les cartes, l'une après l'autre, du bout des doigts.) *Malheureusement, je n'ai pas de sang de tes parents, sinon je pourrais le traquer.*

— *Le mien ne suffit pas ?*

— *Non.*

Il toucha le verre et frémit, sa silhouette entière frissonnant de perturbations æthériques. Lila crevait d'envie de lui demander ce qu'il y avait, mais elle n'osa pas l'interrompre. Elle pouvait sentir la maîtrise de soi de l'elfe. Sa révulsion était puissante, mais il n'en tenait pas compte. Il y avait tant de choses qu'elle ignorait sur le royaume de la mort, tant de choses dans l'approche de Tath qui défiait ses connaissances humaines.

— *Tu peux voir qui a agi ? Où il est allé ?*

— *Seulement en suivant ses traces.* (Il retourna au verre et le souleva, le tenant soigneusement.) *Ça disparaît. C'est déjà très ancien.*

— *Tu veux dire le poursuivre ? En Thanatopia ?*

— *Oui*, soupira Tath, et il retourna le verre, regardant le fond épais qui avait la forme d'une lentille irrégulière. *Le temps est le lieu. Tu penses que cette pièce est toujours au même endroit, mais chaque seconde qui passe altère sa position dans le tissu entier. Quand tes parents ont été emportés, ce n'était pas ici. C'était en Autrefois. Même la trace du monde ne peut y retourner ; pourtant, si tu en avais le talent, tu pourrais... mais tu ne l'as pas. D'ici, nous ne pouvons pas atteindre Autrefois sans faire la traversée. Nous ne pouvons suivre sa trace qu'en Thanatopia.*

Lila n'était pas sûre de comprendre mais ce n'était pas un problème.

— *Et tu as besoin de sang ?*

— *J'ai le démon à chevaucher. Je n'ai pas besoin de sang. L'esprit du démon m'aidera à traverser. Mais j'ai besoin d'une forme vivante pour revenir. La part de nous qui passe en Thanatopia n'est pas le corps matériel, mais l'æthérique. Toutefois l'æther ne peut exister ici sans la forme matérielle et nous ne pouvons revenir sans.*

— *Comment a-t-il pris mes parents ? Nous sommes humains. Pas d'æther.*

— *Les humains ont des corps subtils qui peuvent traverser. Je crois que vous appelez ça le « voyage astral ». Ces formes sont quasi æthériques. Je n'y connais pas grand-chose. Je n'ai jamais traqué ni parlé à un mort humain.*

Il reposa le verre exactement où il l'avait pris, s'assit à la place de la mère de Lila et ferma leurs yeux. Lila avait froid et elle était nerveuse aussi. Tath était calme, mais elle le sentait frémir et trembler, comme électrocuté. Il était fort, triste, déterminé.

— *Si nous devons les retrouver, il faut le faire dans les heures qui viennent. Je n'ai aucun instrument, aucun charme, rien. Seulement mon pacte avec les non-morts.*

— *Les quoi ?*

Elle n'était pas sûre de l'avoir bien entendu. Il ne répondit pas à sa question mais lui annonça :

— *Lila, tu vas devoir venir avec moi. Sinon, je serai coincé en Thanatopia, comme si j'étais vraiment mort, et je ne retraverserai jamais. Je n'ai jamais transporté un esprit, mais c'est possible. Comme je peux chevaucher le démon, je peux être chevauché.*

— *Comme une conga ?*

Elle lui fournit une image de danseurs en ligne sur des tambours.

— *Quelque chose comme ça.* (Il sourit presque, la douce lueur de l'affection clignotait en lui comme celle d'une luciole lointaine.) *Mais c'est toi qui devras me porter au retour, car tu es la seule à pouvoir retrouver le chemin d'Ici et Maintenant. Ta forme astrale appellera et sera appelée par ta forme corporelle. Tant qu'elles persistent, tu seras capable de les retrouver.* (Il ouvrit leurs yeux et regarda autour de lui.) *D'autres nécromants sont venus ici, mais ils n'ont pas suivi les traces. Je sens leur toucher. Des faes. Ils doivent savoir que c'était un démon et qu'il est passé par les portails des morts. Il a traîné tes parents avec lui.*

— *Mais, ils sont morts…*, dit-elle, hésitante.

Tath resta silencieux.

— *Tath, s'ils ne le sont pas, pourquoi ont-ils l'air tellement morts sur la photo ? Pourquoi ont-ils été emmenés en…* (Elle s'interrompit. Un frisson la parcourut, qui n'avait rien à voir avec Tath ou avec l'endroit où ils se trouvaient.) *Sont-ils morts ?*

— *Quand un esprit chevauche par le portail, le corps abandonné conserve la vie, à moins qu'il soit trop endommagé. S'il meurt, l'esprit reste en Thanatopia comme n'importe quel mort. S'il survit, l'esprit peut revenir. Mais ceux qui ne sont pas nécromants ne peuvent pas traverser à volonté. Seul celui qui a fait un pacte avec les non-morts a la capacité de franchir la frontière. Si on t'emmène, il faut aussi qu'on te ramène.*

— *Alors, quoi ? Ils sont coincés là-bas ?*

— *C'était une punition pour certaines dynasties*, dit Tath, mais il n'entra pas dans les détails et Lila ne l'y poussa pas.

— *S'ils reviennent, le temps passé a-t-il de l'importance ? Peut-on revenir à n'importe quel moment ?*

Elle ne voulait pas espérer.

— *Le temps qui passe fait partie de la punition. L'entropie laisse des traces. Plus longue est la séparation entre le corps et l'esprit, pire est le retour. Parce que le temps passe différemment en Thanatopia. Après un certain délai, aucune réunion n'est possible.*

— *Pire que la mort ?*

— *On les appelle les « Brisés ». Les âmes perdues qui semblent être elles-mêmes, mais qui sont constamment déchirées entre les différentes réalités. Ce n'est pas une existence plaisante. Ils ignorent s'ils sont vivants ou morts.*

Lila resta silencieuse un instant.

— *Qu'est-ce qui arrive aux gens ordinaires, là-bas ?*

— *Durant ton existence ici, tu as une vie en Thanatopia, identique en toutes choses. Mais là-bas, tu n'existes que sous ta forme astrale, sans énergie. À ta mort, ton corps est libéré et tu ne peux persister dans les réalités physiques. Par la suite, l'être astral continue à avoir une brève existence incorporelle en Thanatopia. Les vivants et les morts y sont présents sous des formes différentes. C'est difficile à expliquer sans te montrer.*

— *Donc, on peut parler à des gens qui sont morts ?*

— *Oui. On peut même leur parler quand ils sont encore en vie, mais seuls les nécromants savent le faire. C'est notre secret.* (Il anticipa sa réflexion) *Tu ne peux pas les prévenir dans le passé. La méthode qui le permet est effrayante et les vivants ne suivent pas les avertissements de leur forme morte, particulièrement les humains. L'astral n'utilise pas la voix.*

Il était persuasif.

— *D'accord*, dit-elle. *Si on y va, on y va. Débarrassons-nous-en. Les spaghettis vont être prêts dans deux minutes.*

— *Comme tu le souhaites*, dit-il.

— *Comment...* ? commença-t-elle, mais la pièce avait déjà disparu.

Chapitre 22

Zal se réveilla en sursaut. Il s'attendait à voir des fantômes, à entendre des cloches, à sentir l'océan, mais il n'entendit que le bruit d'une télévision lointaine et sentit le moelleux d'un lit d'hôtel. Il roula sur le dos et se retrouva face au visage implacable, gigantesque et argileux de M. Tête ; dans l'obscurité, on aurait dit une montagne noire géante.

Il faillit en tomber du lit. Remontant le drap jusque sous le menton, il observa les traits immobiles et les yeux éternellement ouverts de l'homme d'argile.

— Une statue de Bouddha n'aurait jamais fait ça, dit-il d'un ton accusateur sans être sûr de savoir ce qu'il voulait signifier.

L'homme de grès ne réagit pas, une statue encombrante qui aurait pu être volée sur la façade d'un hôtelino de luxe pendant une cuite d'ivrogne. Zal regarda autour de lui, ses yeux s'ajustaient à l'obscurité et reconnaissaient le décor. Il aurait pu être n'importe où en Otopia, mais il était dans un appartement Bellevue Deluxe. Il ressemblait à celui qu'il avait laissé derrière lui à Illyrie. Ils se ressemblaient tous.

Il était tout habillé, de ses vêtements sales et déchirés, bottes comprises. Il y avait quelque chose de poisseux dans son pantalon, mais c'était moins décourageant qu'il l'avait craint. Il se sentait plutôt satisfait de lui-même, sans véritable raison, puis il se souvint : Lila, Démonia, Malachi, Lila.

— Quel jour sommes-nous ?

Il décrocha le téléphone.

— Allô. Oui. Où se trouve cet hôtel ? Merci. Quelle est la date et l'heure ? Merci. Envoyez-moi un sandwich à la viande et du jus d'orange. Un seau de jus d'orange. Et des antalgiques. Non, une boîte entière. Et appelez-moi un taxi. Pour Ikea. Oui. Ikea. Oui, maintenant. Je sais qu'il est minuit. Un sandwich, du jus d'orange, des pilules, un taxi. Parfait.

Zal attrapa une pomme sur la table de nuit et se glissa jusqu'à la salle de bains, s'entraînant à être silencieux. Il était tellement concentré sur ce qu'il faisait ou, plutôt, sur ce qu'il allait faire une fois loin d'Otopia, qu'il se cogna la hanche contre le coin de la commode. Cela ne fit pas beaucoup de bruit, mais ce fut douloureux. Sa peur des fantômes lui avait donné l'habitude de garder son *andalune* très serré, ce qui le rendait aussi maladroit qu'un humain. Il essaya de se détendre. Cela ne lui ressemblait pas de paniquer. Se rendre compte de son état le dessaoula, ce qui lui fit comprendre qu'il avait été bien défoncé.

Son odorat lui révéla que le silence n'avait pas d'importance : il puait. Malgré son besoin de propreté, il s'accorda un peu de temps pour libérer son *andalune*. La pause et la détente ne suffirent pas.

Il essaya de se contraindre, sans savoir comment s'y prendre, la maîtrise de son *andalune* ayant toujours été quelque chose de totalement naturel. Rien ne se produisit. Il mordit dans la pomme, convaincu que le contact avec un fruit de la nature ferait sortir l'*andalune* de sa cachette. Les fruits étaient nombreux sur ses commandes d'hôtel, puisqu'il n'y avait pratiquement rien d'autre dans une chambre standard qui soit bon pour le corps spirituel.

Il y eut un bref tremblement dans sa gorge, quelque chose de bizarre. La pomme était acide. Il avala et mordit de nouveau, mourant soudain de faim, tellement qu'il en avait mal au ventre. Il eut une convulsion au niveau du diaphragme, où résidaient les deux chakras centraux, puis la pomme entra en contact avec son corps spirituel, provoqua la réaction qu'il avait espérée et l'*andalune* se libéra. Une flamme violemment jaune le recouvrit. La chaleur augmenta brusquement, et il sentit une odeur de brûlé, de la fumée dans ses yeux et une sensation de démangeaison sur tout son corps. Son *andalune* jaillissait.

L'alarme du détecteur de fumée se mit à hurler. La lumière d'urgence s'alluma automatiquement. Il s'aperçut dans la grande psyché au-dessus du plateau de fruits. Il était nu, des cendres blanches couvraient ses épaules, comme de la neige, et saupoudraient sa peau aux endroits où il avait porté des vêtements. Il était choqué et mince, et il ressemblait merveilleusement à David Bowie.

La porte s'ouvrit, deux visages de faes apparurent dans l'embrasure, les mains sur les oreilles.

— Ne me regardez pas comme ça, dit-il, et sa voix était bien plus sanguine qu'il se sentait. Je n'ai rien fait.

Une fois l'hôtel rassuré qu'il n'y ait pour dommage qu'une odeur de roussi, Poppy et Viridia tentèrent de lui arracher toute l'histoire pendant qu'il s'habillait. Elles lui tendaient ses vêtements à bout de bras et, quand il faisait mine de se rapprocher pour les endormir, elles reculaient et lui envoyaient de la poudre de pixie qu'il ne pouvait éviter. Finalement, voyant qu'il allait bientôt tomber sous leur charme si elles parvenaient à l'atteindre encore avec leur poudre enchantée, il leur désigna la porte.

— Il y a là le plus grand mystère de mon périple, les filles, ronronna-t-il doucement comme s'il était déjà enchanté. M. Vendredi Tête. Une créature élémentale comme on n'en a encore jamais vu, formée par mes propres pouvoirs alchimiques.

— Pfffff, renifla Viridia en se rapprochant malgré elle sur la pointe des pieds.

Poppy avait plus l'habitude de résister à sa propre curiosité, mais pas beaucoup. Elle hésita et regarda Zal avec suspicion et admiration.

— Toi, comme si tu n'étais pas déjà un wunderkind sous tous les rapports, tu étudies des arts transformatifs ? C'est trop. Même si ce n'est qu'un accident du genre qui n'arrive qu'à toi. Je pense que je vais bientôt te haïr.

— Enfin ! répondit Zal avec un profond soupir de soulagement. J'avais peur que tu ne comprennes jamais le message.

Poppy lui montra ses petites dents délicates.

Viridia, qui était assez près pour toucher le golem, siffla soudain et recula, frappant avec nervosité le sol des pieds.

— Beurk ! C'est un vaisseau.

— Un vaisseau ?

Poppy la rejoignit aussitôt, reniflant la statue immobile de M. Tête.

Zal les regarda toutes deux s'enrouler de manière sinueuse autour de l'elfe d'argile, conservant une distance de sécurité, tout en inspirant tout ce qu'elles pouvaient. Leurs bras, leurs doigts et le bout de leurs nez s'allongeaient et s'affinaient, tandis qu'elles devenaient transparentes, prenant leur forme spirituelle qui scintillait comme de l'eau. La force d'attraction de leur pouvoir croissait, gorgée des informations æthériques qu'elles aspiraient. Zal se permit un sourire tendre. Elles étaient parfaitement accros.

Comme il se glissait dehors, parfaitement silencieux, il les entendit murmurer comme deux petites filles :

— C'est un calice.

— Un calice spirituel.

— Un calice spirituel très puissant.

— C'est… c'est un graal.

— Oui ! Oui, un graal ! Ce doit être cela.

— Je n'en avais jamais vu avant, mais j'en avais entendu parler.

— Moi aussi, moi aussi. Le dernier a été perdu dans les terres d'antan, caché par Famka l'idiote dans la grande obscurité pour qu'il soit en sécurité, mais, bien sûr, elle a oublié où.

— Ça compte quand même.

— Oui. Nous les avons tous. Tous jusqu'au dernier. Enfin, presque tous.

— Pas celui-ci. Nous n'avons pas celui-ci.

— Oui, nous ne l'avons pas encore…

Zal rangea cette information pour plus tard et dévala l'escalier de secours pour sauter à l'arrière du taxi moto qui l'attendait. Il ne fut pas facile de faire comprendre au chauffeur où il souhaitait se rendre et qu'il refusait de porter un casque, mais, après lui avoir glissé cent dollars de la Côte, la moto s'élança à une vitesse satisfaisante, qui fit larmoyer ses yeux.

Le portail de Démonia s'élevait alors qu'ils approchaient. Zal remercia intérieurement la chaîne d'ameublement ouverte vingt-quatre heures sur vingt-quatre en quittant

Otopia pour se retrouver dans le parc dont il était parti bien plus tôt. Le parc était noirci et puait la fumée. À l'endroit où avaient été placées les flûtes, il ne restait que des moignons dépassant du sol. Il trouva les restes carbonisés de quelques fêtards n'ayant pas eu de chance et frémit au constat que les élémentaux ne traitaient pas toujours très bien leurs adeptes. Sa propre escapade semblait tout à coup bien plus improbable. Une bouffée de nausée lui fit presser le pas pour quitter l'endroit, ne faisant aucun cas de sa faim et sa soif, de ses sentiments contradictoires de force et de fragilité. Visible uniquement sur son dos, sa balise brûlait d'une chaleur spirituelle qui se mélangeait à son *andalune* d'une nouvelle manière, mais il pouvait sentir son feu particulier dans tout son corps. Là où il avait l'habitude de connaître son environnement aussi bien à travers ce qu'il voyait qu'à travers les choses vivantes – des étincelles et des tranches de vie vibrantes qui chantaient pour son âme –, il ressentait à présent partout la promesse de la combustion. Il se demanda si cela allait s'atténuer.

Courir sans réfléchir lui permit de traverser rapidement les rues encombrées ; il ne prêta pas attention aux appels, répliques et invitations à des fêtes. Il était sourd à tout cela, il ne pensait qu'à Lila et à l'endroit où elle pouvait être, mais ses oreilles percevaient des fragments de choses horribles qui le faisaient courir plus vite encore. Bien sûr, elle n'aurait jamais dû venir ici avec pour seul guide une mondaine écervelée comme Sorcha, qui ne comprenait pas que les valeurs et les esprits humains étaient si différents des siens, et ne se souciait pas de se demander pourquoi. Il se souvint de sa propre introduction à la vie démoniaque et frémit. Il savait qu'il n'avait survécu que par sa volonté de suivre le courant et une chance aussi incroyable qu'inexpliquée. Il n'avait aucune valeur, du moins aucune qui le lie à d'autres gens, cela n'avait donc pas été trop difficile. Même l'Enfer n'avait été qu'un affront léger aux vestiges des illusions de son enfance et aux reliques de son éducation elfique, pas l'abattoir de son identité entière comme c'était le cas pour certains. Il était creux. Cela aidait énormément. Mais Lila ne l'était pas et elle était foutrement têtue : il ne pouvait l'imaginer comprendre la relation entre le trivial et le sacro-saint des valeurs démoniaques, et c'était exactement le genre de mélange que Démonia dévorait tout cru.

Lorsqu'il arriva devant le manoir Ahriman et vit les bannières blanches, il s'arrêta de réfléchir. Les serviteurs détournèrent le regard et s'écartèrent, alors même qu'ils faisaient tout pour prendre sa chemise et sa veste, le pousser à l'intérieur, le guider directement vers les personnes qui pourraient lui dire ce qui s'était passé. Il comprit que cela concernait quelqu'un qui lui était lié. Il n'y en avait pas beaucoup. Tout en lui se figea, dans l'attente d'informations. Cela vint trop vite, bien sûr. Sorcha, alertée par ses gens, accourut dans ses vêtements de deuil. Comme une sorte d'antipape fou, pensa-t-il, s'émerveillant des inventions désespérées de son esprit pour le distraire. Elle ne dit qu'un mot :

—Adai.

Alors il put respirer, heureux et désolé tout à la fois. Puis Sorcha expliqua les détails, et sa douleur comme son soulagement furent éclipsés par la colère. Il y eut tout de même un instant dans lequel il sut que les relations entre Lila et lui, à peine commencées, ne seraient plus jamais les mêmes. La culpabilité et la tristesse le refroidirent. Il réunit ce dont il avait besoin dans ses appartements et donna ordre à l'intendant de convoquer un drac. Pour ce qu'il devait faire, il avait besoin d'ailes et de la capacité de vol dans l'Interstitiel. Finalement, dans le placard de la salle de guerre familiale, il prit le compas d'ivoire qui trouvait toujours, où qu'il soit, celui qui portait la malédiction de la Maison Ahriman, comme ce devait être le cas du meurtrier d'Adai.

Sorcha le suivait comme un chien. Elle était désolée, il pouvait le deviner dans son silence. Elle n'essaya même pas de lui demander ce qu'il faisait, elle se contentait de traîner derrière lui ; ce ne fut que lorsqu'il atteignit le pont sur le toit qu'elle attrapa sa ceinture.

— Je dois venir aussi.

— Cela peut te tuer.

— Je le dois.

Il hocha la tête, une fois, et accepta sa culpabilité.

— Ne fais rien à moins que je tombe. Reste en dehors de ça.

— Oui, dit-elle.

La cavalière du drac grommela en voyant deux passagers. Sa bête, une créature semi-intelligente, avait une envergure qui ridiculisait le ballon Ahriman, elle avait à peine la place pour atterrir sur le pas d'atterrissage. Comme Zal, la créature avait une aura d'énergie spirituelle æthérique à peine visible dans la nuit de Démonia. Une vaguelette scintillante de luminescence, comme un plancton d'eau profonde, ruisselait de ses écailles chromatiques. Des traînées de magie, rendue sauvage par ses surfaces perturbatrices, lui donnaient un air fae. Seul l'endroit où le harnais était attaché à son dos, entre ses ailes, était libre d'æther. Zal évita les cornes et les picots et se positionna, passant ses jambes dans les courroies. Sorcha se plaça derrière lui et s'attacha. La silhouette maigrelette de la cavalière se tourna vers eux.

— C'est une chevauchée vengeresse, n'est-ce pas, maître ?

Zal opina sinistrement.

— Puis-je avoir le compas ?

Zal lui remit l'objet mince qu'elle plaça devant elle. Le drac tourna son énorme et laide tête de dragon et Zal vit la peau fine couvrant les trous où se seraient tenus les yeux d'un véritable dragon, les veines y brillaient d'un noir bleuté et, entre elles, il y avait une lumière intérieure d'un blanc aveuglant. La lumière changea comme de l'eau quand la créature s'accorda avec le pouvoir du compas. La cavalière lui parla et le drac lui répondit d'une voix étrangement douce. Puis la cavalière dit à Zal :

— Elle dit que vous avez l'odeur de Zoomenon. Elle refuse de s'y rendre.

— Aucune crainte de cela, dit Zal, inconfortablement conscient du mélange unique de puissance physique et de pouvoir æthérique de la bête, et de son esprit qui le surveillait de près.

Il observa de nouveau la tête sans yeux et ne vit rien qu'il puisse reconnaître alors même qu'elle voyait en lui.

La cavalière grommela :

— Elle dit que vous portez la marque d'un dragon dans votre esprit.

Elle semblait jalouse.

— Je serais ravi d'en discuter à un autre moment, dit Zal en exerçant un contrôle serré et inattendu sur lui-même.

Le drac hocha la tête sur son long cou… indéniablement l'équivalent d'un gloussement. Un prédateur reconnaissait un instinct semblable au sien. Il s'élança du toit d'un coup de patte qui fit craquer et gémir les étançons. Quelques tuiles glissèrent et s'écrasèrent sur la route bien en dessous d'eux, tandis qu'ils s'élevaient à une vitesse vertigineuse, grimpant en spirales jusqu'à l'air raréfié au-dessus de la ville. Le trafic de machines volantes et de zeppelins-en-commun était dense, mais le drac navigua sans effort, frôlant le ballon 18 et faisant hurler et s'écarter ses passagers des rambardes du pont panoramique. Le pilote du ballon salua le vol du drac avec envie, même si son vaisseau oscilla dangereusement avant de se redresser.

Le compas murmura des instructions dans sa musique particulière à la cavalière, et celle-ci sortit sa longue-vue enchantée et polit la lentille nacrée avec un chiffon doux.

Accrochée à sa taille, Sorcha sifflait dans l'oreille de Zal.

— On a fait tous les arrangements. Même ta DJette récalcitrante m'a laissé la conduire ici. Elle s'occupe des percussions avec Mizjah. Ce qui me rappelle… Où étais-tu ?

Zal se retourna, les mains occupées par la lance à filet. Il montra sa colère :

— Tu as laissé tomber Lila pour un putain de rythme ?

— Elle est plus que capable, rétorqua Sorcha, la culpabilité rendant sa réplique moins puissante qu'elle l'aurait voulu. De toute façon, ce n'est pas n'importe quel rythme… celui qui ouvre les portes de la Joie ! D'ailleurs, pourquoi t'es-tu pointé pour repartir immédiatement, sans un mot ? Si tu étais venu dîner, rien de tout cela ne serait arrivé.

La cavalière du drac demanda le silence pour écouter le compas. Zal serra les dents, son dos se voûtait sous la douleur soudaine de la perte d'Adai. Derrière lui, Sorcha caressait son *andalune* pour le réconforter. Leur dispute avait eu l'effet dont ils avaient tous deux besoin : ils s'étaient rapprochés. Il se concentra pour laisser cette sensation le parcourir. Le drac changea abruptement de trajectoire, la cavalière observait à travers sa longue-vue pour percer les voiles afin de voir la dimension physique précise vers laquelle leur proie s'était enfuie.

— Alfheim, déclara-t-elle avec conviction, sa voix était presque un ronronnement.

— C'est ici que tu descends, dit Zal à Sorcha en se redressant.

— Absolument pas, feula-t-elle.

Elle avait le droit à la poursuite, s'ils suivaient la loi à la lettre.

— Désolé, dit-il, fourrant la lance à filet sous ses cuisses tout en se retournant pour la maîtriser, toute vibrante de puissance et fragile comme un colibri, son énergie faisant tinter la sienne. (Elle n'était pas aussi forte que lui, il utilisa cet avantage pour la déloger.) Mais si je ne reviens pas, je ne veux pas que tu finisses à la merci du dirigeant actuel de mon vieux pays. Leurs lois sont anachroniques comme tu ne peux pas imaginer.

Elle lutta et griffa. Le drac, sentant une mutinerie à bord, dériva bas au-dessus de la banlieue de Bathshebat, frôlant le lagon. Zal libéra Sorcha des sangles d'un coup sec et la poussa. Elle tomba, sa robe blanche claquant comme un nuage autour d'elle. Avec cette présence d'esprit qui l'avait toujours surpris, elle lui jeta un petit objet, guidé par une bribe de chanson. Il l'attrapa – son Oiseau chanteur – et avec lui des paroles qu'elle envoya dans son oreille avec la précision de ton pour laquelle elle était célèbre :

— Ne va jamais à la bataille sans accompagnement.

— Prêt maintenant ? demanda la cavalière comme le drac leur faisait traverser l'océan en battant des ailes, leur vitesse de vol au-delà des capacités de n'importe quelle autre créature.

— On y va ! dit Zal.

La cavalière hocha la tête avec satisfaction et donna une consigne à sa monture. Le drac ouvrit sa puissante gueule de crocodile, son cri inaudible brisa la frontière entre les mondes. Ils entrèrent dans le Fluxæthérique, protégés par l'aura perturbateur du drac qui s'accorda aux fréquences d'Alfheim. Ils jaillirent dans un ciel d'aube au-dessus de l'ondulation d'une forêt sans fin, l'air était plus froid et plus clair.

Le drac se reposa dans une glissade satisfaite. La cavalière nettoya la lentille et écouta le compas. Ils tournèrent et tournèrent encore, s'éloignant silencieusement du soleil levant. Zal approcha l'Oiseau chanteur de son oreille droite et en ajusta la configuration. Les guitares et les percussions obsédées de funk de Sorcha le frappèrent, aiguisant ses sens qu'il concentra sur la pointe émoussée et brillante de la lance à filet. Autour de la hampe, dix filets s'accrochaient aussi légèrement que de la soie d'araignée, le potentiel æthérique de leurs enchantements chatouillant ses doigts alors qu'il ajustait sa prise et s'entraînait à la lancer sans toucher au drac ou à sa cavalière.

Cette dernière rangea sa longue-vue dans une boîte.

— Alors, vous avez vraiment parlé à un dragon ? demanda-t-elle en croisant les bras.

— Il m'a parlé, dit Zal, tentant de décourager la conversation.

Il devait être meilleur en psychologie démoniaque car elle comprit, mais elle était peut-être déjà mal à l'aise d'une curiosité qui dépassait son professionnalisme.

Elle le regarda avec respect et hocha la tête puis, un instant, il vit le drac le regarder à travers les yeux de sa cavalière, un regard bien plus pénétrant et circonspect qu'aurait pu l'être un équivalent démoniaque ou humain. Il lui rendit son regard et la cavalière rit.

— Alors quand allez-vous cesser vos querelles ridicules ? dit-elle, mais ce n'était pas sa voix, ils le savaient tous deux, et ils ne firent pas l'effort de répondre.

Le drac les emporta sans effort vers un endroit profond de la Forêt Ténébreuse, un lieu où l'on pouvait s'attendre à trouver un assassin de l'Ombre en cavale. Près d'une rivière entre deux clairières, ils aperçurent un campement Saaqaa qui avait l'air désert, comme c'était toujours le cas dans la lumière bourgeonnante du matin, alors que seuls leurs chats et leurs autres animaux de compagnie diurnes profitaient du soleil.

La cavalière désigna du doigt une hutte qu'ils approchaient par l'ouest.

— Si vos mages sont assez bons, vous pouvez lancer, dit-elle.

Elle voulait dire que les sorts devaient être assez puissants pour percer à la fois la barrière physique de la hutte et tout enchantement qui avait pu servir à la construire, puis assez précis pour dénicher sa proie sans prendre d'innocents dans l'étreinte mortelle du filet. Elle ne mentionna pas le talent de base nécessaire pour lancer le javelot et il espéra que c'était plus une marque de confiance dans sa réputation que le fait qu'elle s'en foutait.

Dans sa tête, c'était comme si tous les musiciens de Démonia faisaient de leur pire pour lui donner envie de danser : une overdose heureuse de hardcore. Il se retrouva à battre la mesure de tout son corps sur les effets sonores psychédéliques sci-fi auxquels quelqu'un était devenu accro pendant l'enregistrement. Mieux valait cela que la colère ou la douleur, rien ne purifiait l'intention comme les énergies joyeuses, ouvertes et flamboyantes, quelle qu'en soit la source et quelle qu'en soit la cible. Ils virèrent de bord pour repasser au-dessus du campement. Zal prépara la lance, se retournant et libérant une raideur dans son bras.

Le drac fit un plongeon suicidaire, et l'æther jaillit de ses ailes, égaillant les oiseaux autour d'eux. Les chats au soleil s'enfuirent alors que son front d'onde les frôlait. Zal se pencha, sûr et pur, la cible bien claire dans son esprit alors que le campement n'était qu'un brouillard de bruns et de verts. La lance jaillit de sa main, sa ligne se déroulant dans un gémissement du moulinet accroché au harnais.

Il sentit la détonation des enchantements – comme si quelqu'un dans un rayon de plusieurs kilomètres pouvait ignorer la réplique æthérique – puis la ligne se rigidifia, le drac feula et le moulinet hurla, fuma, atteignant sa limite. On aurait dit qu'une main invisible venait de les frapper. Le drac redressa son vol, grimpant en chandelle, et le harnais glissa, geignit, mais ils tractaient ce qu'ils avaient attrapé. Le drac lutta un peu lorsque des morceaux de forêt s'accrochèrent à leur prise, mais sa puissance se joua facilement d'un toit de hutte et de quelques branches et lianes. Zal espérait seulement qu'il en était de même pour la personne dans le filet. La cavalière lui tendit la poignée du moulinet, qu'il verrouilla sur la bobine avant de commencer à enrouler, tandis qu'elle ressortait sa longue-vue et les orientait vers Démonia.

S'il y eut une réaction dans le campement, elle vint trop tard pour les gêner. Zal rembobina la ligne jusqu'à ce que le filet soit entré dans le sillage æthérique du drac, puis ils quittèrent l'air frais de la magnifique journée d'Alfheim avant que quiconque puisse les remarquer. Les elfes ne disposaient pas de terreur des airs équivalente au drac et, à présent qu'ils étaient partis, d'aucune preuve non plus. Pendant des siècles, cela avait été matière à dispute entre sorciers elfiques : pourquoi les dragonidés favorisaient-ils les démons et les faes ? Certains prétendaient que c'était la conséquence d'un crime contre la nature, mais de qui et en quoi, ce n'était pas clair ; d'ailleurs, les dragons fréquentaient certaines parties d'Alfheim, que leurs lointains parents l'acceptent ou non. Cela n'avait aucune importance pour Zal, il souhaitait seulement interroger son prisonnier.

À sa demande, le drac les déposa, lui et sa prise, loin de Bathshebat, au Lieu des Pierres, une région de rochers nus n'offrant aucun abri. Les signes de duels anciens étaient disséminés comme des taches de peinture et le sol exsudait la douleur et la peur des vaincus. En descendant du drac, il frissonna au souvenir de Zoomenon.

— Revenez me chercher au crépuscule, dit-il tandis que le drac faisait du surplace, ses ailes frémissantes transformant l'air en minuscules vaguelettes tout autour d'eux.

La cavalière hocha la tête et Zal descendit sur le sol à vingt mètres du filet immobile. Puis il regarda le drac glisser dans les airs le long du rivage avant de trouver un endroit à quelques kilomètres de là pour se poser et profiter du soleil. Zal éteignit l'Oiseau chanteur, le rangea dans sa poche et, seulement alors, se tourna vers sa proie.

— Tu pensais vraiment t'échapper ? demanda-t-il tranquillement dans la langue ancienne en tirant une dague de sa botte. (Il se forçait à adopter la précision affectée de la provocation, qu'il détestait puisqu'elle était née de générations de manipulations et de haine méprisables.) Ou tes maîtres t'ont-ils assuré que c'était possible ? Si la hutte était ta maison, tu dois être bien pauvre, et suffisamment stupide pour être convaincue de n'importe quoi. Parle-moi et peut-être pourras-tu t'en sortir pour retourner fouiller le sol comme un animal.

Dans le filet, le corps bougeait et luttait pour former les mouvements de la Danse de l'Ombre qui lui permettrait de lancer un sort afin de devenir invisible, mais il était efficacement piégé.

Zal s'assit et attendit, jouant avec la dague entre ses doigts. La lame était froide et la pointe brillait d'une couche du venin de Sorcha : un poison qui ne lui ferait pas le moindre mal. Pour ses ennemis, par contre, le poison était accordé aux instructions de Sorcha. Zal sentait le fil ténu qui le raccordait à sa substance hostile, son cœur à ses molécules æthériquement liées. Il y avait tant de choses fascinantes chez les démons. Il se concentra dessus pour passer le temps, tandis que l'elfe dans le filet luttait contre elle-même. La lame de la dague coupa son *andalune* en le touchant, mais Zal ne se souciait pas de cet affaiblissement, il avait appris à se soigner rapidement de tous les assauts du métal. En outre, la blessure était méritée : il avait failli à Adai et une autoflagellation æthérique valait moins que l'offense. Zal se ressaisit, il n'était pas devenu démon pour rien. Le code d'honneur de la culpabilité et de la rédemption était un sentier futile. Il valait mieux laisser les elfes s'y accrocher avec leurs jeux de bonnes manières. Lui-même n'en était pas arrivé là pour retomber dans ce genre de travers.

Il se retourna avec impatience.

— Vais-je devoir attendre éternellement ?

Le soleil était plus haut qu'en Alfheim et il chauffait avec vigueur, brûlant le brouillard nocturne sur le rivage. L'elfe captive se tordait de différents inconforts.

— Vous allez me tuer de toute manière, tomba finalement la réponse, maussade.

— N'y compte pas, dit Zal, se faisant soudain penser à son père. Je n'ai pas une réputation de miséricorde. Maintenant, dis-moi qui t'a envoyée et pour quoi faire. Adai n'était pas ta cible, sa mort ressemble plutôt à une mésaventure. Sorcha m'a informé que tu as tenté de tuer Lila, mais, après tant d'efforts pour entrer dans un rassemblement de démons, tu as raté ton tir et tenté de t'enfuir de manière pitoyable par la mer. Ce qui, n'importe qui aurait pu te le dire, était le pire des choix.

— N'importe qui proche de vous, cracha l'elfe.

— Je ne pense pas, dit Zal avec calme. N'importe qui en Alfheim pourrait affirmer cela, même si je suppose que, en cas de réussite, ta réputation d'assassin aurait pu attirer l'attention d'une famille régnante. Après tout, pour une petite fouisseuse comme toi, ce n'est jamais facile de se faire un nom. Personne en Alfheim n'accepterait un défi de ta part, vu que tu es de l'Ombre, de basse caste et de nulle part, sans aucune famille. On ne t'aurait même pas engagée pour garder une caravane de marchands. (Zal allait aussi loin que possible, convaincu que, au moins, il avait raison sur cet aspect de l'histoire.) Dommage que tu sois un si mauvais archer !

— Le démon blanc a pris ma flèche, siffla-t-elle. Mon tir était parfait. Cette créature n'avait aucun moyen de l'arrêter. Mon poison était létal. Rien n'aurait pu la sauver.

— Il était donc inconsidéré de tirer alors que quelqu'un comme lui se tenait à côté d'elle. Tu as gâché le travail de toute ta vie par une mauvaise évaluation, dit-il, désapprobateur.

— Comment pouvais-je savoir qu'il allait se sacrifier pour elle ? Il faisait partie de la famille…

Zal frappa.

— Il faisait partie de la famille qui t'a engagée, c'est ça ?

— Elle avait déjà tué un fils. Elle devait mourir. C'était mon boulot. Il n'y a aucun déshonneur là-dedans.

— Mais cette famille a mis au monde le tueur le plus mortel de tous les mondes depuis dix générations. Tu pensais vraiment qu'ils allaient engager une petite elfe de merde pour une tâche honorable ? Que devais-tu faire si tu échouais ? (Il sentit sa haine comme un second soleil et sut immédiatement qu'il avait de nouveau raison. Il était désolé pour son innocence et répondit à sa place.) Bien sûr, tu aurais dû te suicider, comme un bon assassin, laissant un merveilleux poème de mort sur ta petite vie tragique pour qu'on puisse bien se marrer. L'idée que tu pouvais être le divertissement de la soirée ne t'a pas effleurée ?

Elle sanglota.

— Non, j'avais ordre de la tuer et, si je n'y parvenais pas, de vous tuer vous, votre sœur ou votre épouse. N'importe lequel faisait l'affaire.

Il sentit l'inspiration venir, comme si elle souhaitait qu'il sache tout et le lui faisait savoir, ce que d'une certaine manière, elle faisait.

— Mais si tu avais réussi ton coup, que se serait-il passé ? Tu aurais disparu en Alfheim avec quelque chose et tu n'aurais plus jamais assombri leurs portes. La Principessa m'aurait mortellement insulté et j'aurais été obligé de défier la maison de Sikarza. Teazle aurait dû relever le défi et je serais mort. Lila serait morte et les Otopiens auraient perdu leur agent le plus utile, le seul qui avait le potentiel pour devenir puissant en Démonia. Les elfes auraient perdu leur seul représentant avec une once de bon sens, moi. Et la Principessa aurait pu prétendre que sa famille avait sauvé Démonia d'un afflux de pouvoir étranger et serait grimpée au sommet des familles régnantes. C'était un risque qui en valait la peine, même pour quelqu'un comme toi. Mais tu as échoué. À cause de Teazle. C'est très intéressant. Telle mère, tel fils, mais dans un jeu différent, je parie. Teazle ne gagne rien si sa mère devient une puissance. Comme elle, il ne peut que se réjouir d'être débarrassé de quelqu'un d'aussi gênant que son frère, et cela ne sert pas ses intérêts de participer aux plans de sa mère ou à la mort de Lila. Il ferait bien mieux de l'épouser. Alors, il aurait obtenu un pouvoir étranger et de l'influence, surtout en Démonia, plus la réputation d'une partenaire très puissante, qui était déjà importante avant même qu'elle arrive ici. Il est assez jeune pour avoir encore un cerveau stratégique, or ce mariage serait suffisant pour éloigner n'importe quel autre prétendant. Sauf moi. Mais je pourrais être un bonus supplémentaire si je pouvais convaincre Lila de se joindre aussi à moi. Notre association à trois formerait une structure de pouvoir ne ressemblant à aucune autre, potentiellement inattaquable. Ce serait suffisant pour fonder une nouvelle lignée, qui n'ait aucun lien avec les lignées précédentes. Plus d'obligations. Et bien sûr, il y aurait eu Adai, la seule d'entre nous capable de nous offrir une descendance. Quel plan intéressant. La Principessa voulait que tu empêches cela, je parie, et tu l'as fait. Elle peut affirmer que tout ce que tu as fait n'était qu'une vengeance pour son pauvre avorton. Elle ne perd rien, quoi qu'il arrive, et elle a beaucoup à gagner. À moins que Teazle fasse le grand nettoyage, auquel cas elle risque sa tête. Bien sûr, tout dépend de Lila, un détail que la Principessa a sans doute omis car elle ne peut imaginer que quelqu'un refuse la demande de Teazle, alors que je ne peux imaginer Lila donner sa main à qui que ce soit. Mais bon, quel que soit le raisonnement, tu n'es qu'un embarras, une preuve vivante et, à moins que tu sois prête à témoigner devant un tribunal pour dégager Lila de toute responsabilité dans la mort d'Adai, je peux faire de toi ce que je veux.

Le filet n'était plus que désespoir sanglotant.

— Reprends-toi, ça pourrait ne jamais arriver, poursuivit Zal sur un ton plus conciliant. Je suis notoirement fou. Pendant qu'on y est, quel poison as-tu utilisé pour la flèche ? Je n'ai pas vu grand-chose de ton taudis, mais certains piliers totems avaient l'air médicinaux, ce qui suggère un intérêt pour la pharmacopée. Tu trouverais de très bonnes relations commerciales ici si tu y consacrais un peu de temps.

Entre deux sanglots, elle déclara :

— Vous êtes une abomination.

— Ah ? Tu n'es pas croyante, non ? (Zal se mit à jouer avec la lumière réfléchie par la dague sur la surface des rochers, projetant de petites lueurs dorées sur le filet.) Zal a trahi Alfheim parce qu'il a découvert ce que sont les démons et qu'il a préféré faire de la musique plutôt que la guerre contre son propre peuple. Vulgaire et de mauvais goût...

— Vous avez abandonné la cause de l'Ombre et la Fleur Blanche ! (Il y eut des bruits de tâtonnements dans le filet, puis l'elfe fit passer ses doigts gris entre les mailles, ils tenaient une marguerite blanche, sèche et aplatie.) Vous étiez l'un des nôtres.

Zal réprima un frisson alors qu'un froid le saisissait.

— J'ai *lancé* la Fleur Blanche ! siffla-t-il.

— Lila a assassiné Dar. Tout le monde le sait. Il a tenté de vous sauver du Jayon Daga et, à présent, il est mort et vous êtes parti. Vous nous avez laissé pourrir. D'après vous, qui est resté derrière ?

— Rien ne vous arrête, dit-il, conscient que sa réponse était faible même si elle était vraie.

— Dar vous a supplié de revenir mais vous êtes resté ici, pour… pour quoi ? La musique ?

Son mépris était comme un couteau dans son flanc.

— La musique est importante. Et la cause n'est qu'un problème supplémentaire dans le même vieux drame, dit Zal. Si nous gagnions, nous ne ferions qu'accaparer un pouvoir semblable à celui d'aujourd'hui et nous commettrions les mêmes iniquités, encore et encore. De toute façon, il n'y avait personne disposant de suffisamment d'influence du côté diurne pour nous aider. Nous avions besoin d'une meilleure raison que la seule injustice pour les convertir.

— Oui, et maintenant que les failles s'étendent, il y a encore plus de raisons d'écraser la merde de l'Ombre, puisque tout le monde sait que nous suivons les flux sauvages. Or d'où viennent-ils sinon des failles du Vide que nous entretenons pour obtenir suffisamment de pouvoir afin d'écraser la Lumière ? Arië était leur espoir de stabilité et vous l'avez éliminée. Maintenant, ils n'ont aucune raison de ne pas nous exterminer ouvertement, et c'est exactement ce qu'ils commencent à faire. Mais vous ne pouvez pas le savoir puisque vous êtes bien trop occupé à chanter et à être adulé par des humains stupides qui se foutent que leur monde s'effondre. J'étais heureuse d'avoir une chance de vous tuer. Vous voir ainsi est pire que de vous voir mort.

Zal ne répondit pas. Il savait que tout ce qu'elle disait était vrai et il avait l'habitude de la vérité, et de la douleur qui venait avec. Cela ne le troublait donc pas. Il pensait plutôt à M. Tête et à sa mère.

— Sais-tu comment les elfes de l'Ombre sont nés ? demanda-t-il en regardant la chaleur du soleil rougir le poison de Sorcha.

Il s'approcha du filet et donna un coup de dague entre les mailles, blessant légèrement l'elfe à la cuisse.

Elle frémit.

— Qu'est-ce que c'est ?

— Ça ? C'est une protéine intelligente, æthériquement accordée, qui fera tout ce que je lui demande, dans les limites de la raison. Un poison, si tu préfères. Je te dirai même ce que je vais lui demander si tu me dis quel poison tu allais utiliser sur Lila. Était-ce démoniaque comme celui-ci ou l'as-tu fabriqué toi-même ?

— Je l'ai fabriqué, feula-t-elle, tentant d'atteindre sa jambe sans y parvenir.

Elle pouvait à peine respirer tellement le filet était serré.

— Et Teazle en est à présent porteur, remarqua Zal langoureusement, comme s'il profitait de la lumière et de la chaleur du jour. Le tuer serait un sacré coup. Aussi important que de découvrir que les Saaqaa sont des elfidés, sang et æther, et qu'il ne pourrait y avoir l'Ombre sans la Lumière.

— Comment savez-vous cela ?

Elle déglutit, commençant à haleter à présent que le soleil les frappait directement.

— J'ai trouvé quelque chose.

— Votre parole ne suffit pas.

— J'ai des preuves. Et je te recommande de croire la vérité quand tu l'entends, simplement pour ne pas perdre en malentendus le peu de temps qu'il nous reste.

Il la regarda longuement pour s'assurer qu'elle saisissait ce qu'il voulait dire, que le poison allait faire effet. En la voyant respirer calmement, il sut qu'elle comprenait. Il aurait pu mentir, elle ne l'aurait pas su, mais il était trop las pour avoir recours aux subterfuges.

Elle réfléchit puis demanda avec ressentiment :

— Alors, comment ont-ils été créés ?

— En croisant des elfes de la Lumière avec des fantômes. Enfin, je pense que c'étaient des fantômes. C'est difficile à dire. La langue qu'elle utilisait quand elle m'a parlé était tellement ancienne. Je pourrais avoir mal compris. Quelque chose qui venait de l'Interstitiel après qu'on a ouvert un portail sur le plan akashique et qu'on a mis des gens à proximité. Ce ne sont pas toujours des fantômes, n'est-ce pas ? De toute manière, les survivants ont été croisés avec différents cocktails d'autres elfes jusqu'à ce qu'on obtienne ceux de l'Ombre. Les Saaqaa sont des rejetons qui ne correspondaient pas au résultat attendu. D'autres furent envoyés en Zoomenon et abandonnés, morts ou vifs. C'était la partie Tri, j'imagine que la première partie était les semailles, puis la moisson, et enfin…

Il s'interrompit, nauséeux.

— Pourquoi ? demanda-t-elle après un long silence.

— Je l'ignore, répondit-il. Mais j'aimerais bien le savoir. J'ai suffisamment de preuves… si j'ai jamais le temps de les trier, ce qui dépendra surtout de ma faculté à rester en vie dans les prochains mois. Alors il faudra trouver le moyen de les présenter en Alfheim. Ce qui nécessite que des gens sachant que j'exprime la vérité alertent des gens possédant un cerveau.

— Vous aviez raison. Je n'ai aucune influence, dit-elle.

— Je n'ai pas dit que tu pourrais le faire. Je veux que tu saches que je ne mens pas lorsque je dis que soit tu témoignes que tu as tué Adai, pour sauver Lila d'un procès public, soit je te tue. C'est ton choix. Le seul qui m'intéresse. Je n'ai rien à foutre de l'histoire de l'Ombre. Ç'a attendu un millénaire, ça peut encore attendre.

— Ils me tortureront jusqu'à ce qu'ils obtiennent toute l'histoire, dit-elle amèrement.

— Alors dis tout, tout de suite. Ce ne sont pas des barbares.

— Et que se passera-t-il ?

— La Principessa aura tout prévu pour s'en sortir. Elle ne s'en souciera pas. Elle portera peut-être plainte contre toi pour manque de professionnalisme, mais, vu la minutie des procédures légales, cela m'étonnerait. Ta honte sera suffisante pour les démons. Ils te considéreront comme une créature perdue, en dessous de tout, tu pourras donc partir. Ils ne te prêteront plus la moindre attention, à moins que tu tombes sous la coupe d'un diablotin. Tu pourras rentrer chez toi, faire du jardinage, préparer du poison, devenir une vieille folle qui raconte que les chasseurs de la nuit sont aussi des elfes.

Le soleil était implacable à présent. Zal pouvait sentir les vagues de douleur qui traversaient l'elfe sous les radiations intenses, et il compatissait.

— Emmenez-moi où je dois parler, dit-elle.

Il se leva et fit signal à la cavalière du drac.

— La drogue n'était pas vraiment un poison, l'informa-t-elle tandis qu'il tranchait quelques mailles du filet pour qu'elle puisse se lever. C'était un thanatritique, pour récupérer l'âme après la mort et la distiller. Un outil de nécromant pour extraire les informations des cadavres. Il ne m'appartenait pas. L'agent de la Principessa me l'a donné. Le démon est porteur, mais cela ne lui fera aucun mal. Il n'en restera peut-être même pas assez pour être actif à sa mort. (Elle laissa Zal la mettre sur ses pieds et lui dédia un regard de résignation lasse.) Mais je fabrique des poisons. Seulement ceux qui tuent.

Le drac atterrit et feignit de s'intéresser à l'horizon tandis qu'ils s'approchaient et trouvaient leur place sur son harnais. Zal installa l'elfe devant lui et la maintint puisqu'elle était incapable d'utiliser ses bras ou ses mains. L'épuisement et la peur affaiblissaient le corps *andalune* de l'elfe, et il lui permit de se reposer sur lui, ses cheveux noirs étaient doux sur sa joue, ses longues oreilles s'agitaient contre son cou. Le regard qu'elle lui adressa était triste lorsqu'il la confia à la police démoniaque. Alors, soudain, il vit sa vulnérabilité. Cela le mit en colère.

— J'aimais ma femme, dit-il d'une voix étranglée avant de se retourner pour rejoindre le portail d'Otopia.

Lorsqu'il traversa, fatigué et en sueur, le drac était parti depuis longtemps et l'après-midi était chaud et humide.

Chapitre 23

Il y eut un tremblement, comme si le monde avait frémi, puis Lila se retrouva dans le salon, exactement comme avant, mais la pièce bougeait comme un océan. Tout ce qui avait été solide et matériel – les meubles, les murs – possédait une qualité subtilement indéfinissable, leur certitude matérielle avait disparu et leur nature d'objets temporairement composés d'énergies en vibrations harmonieuses lui était totalement visible. Et elle était dans le même état. Et Tath aussi. Tout avait ce charme évanescent. Elle vit immédiatement à quel point toute chose était fragile, et à quel point c'était miraculeux, étrange. À travers tout ce qui était surgissaient des vagues plus profondes, et des mouvements, des courants et des flux, si lents et si majestueux que, dans une ère de temps humain, ils se déplaceraient à peine. Pourtant elle percevait leur puissance vitale, leur force irrésistible.

Sur cette toile de fond, l'éclat de quelque chose d'aussi délicat qu'une aile de moucheron et d'aussi solide que la pierre se dispersait dans la mer subtile : les restes du démon qu'ils avaient utilisé, les traces de son esprit s'enfuyant dans le vent æthérique, emportées, perdues pour toujours.

— Putain de merde ! s'exclama-t-elle.

Tath était d'accord avec elle, de façon plus retenue, son corps émeraude et vert printemps renfermant le sien.

Il était tendu et sur ses gardes, comme s'ils étaient en danger. C'était étrange pour Lila. Rien ici ne pouvait être dangereux puisque tout était parti d'un mouvement essentiel, un espace, un temps, un émerveillement.

— *Tes parents ne sont pas ici. Évidemment, nous l'aurions su tous les deux s'ils avaient choisi de traîner en arrière. Pour les trouver nous ne pouvons que retourner au dernier point où ils étaient présents, puis entrer dans l'au-delà avec eux. Nous devons utiliser la pièce pour reculer dans le temps*, dit l'elfe, sa voix dans sa tête aussi douce qu'un duvet. *Mais je ne peux pas faire cela moi-même. Je dois appeler l'un des non-morts.*

Il hésita.

— Quel est le problème ?

Il attendit un instant et elle sentit sa tension augmenter.

— *Je peux sentir ma mort m'appeler.*

Sa voix était mélancolique. Fatigué, plein de culpabilité, il voulait répondre à cette invitation. Mais il ne se permit qu'une seconde de lassitude et il se secoua, pour résister. Elle allait parler mais il l'interrompit, poussant le cri le plus étrange qu'elle ait jamais entendu, silencieux à ses oreilles mais fort dans son cœur.

— Tu n'as pas à…, commença-t-elle, déterminée à parler.

— *Je le dois*, dit-il. *Maintenant, tais-toi.*

Ils attendirent, toujours capables d'entendre les petits bruits de la maison, l'entrechoquement des casseroles dans la cuisine, les murmures de la conversation de Max et Malachi, le grincement d'une patte de chien sur les planches nues du porche arrière, le moteur d'une voiture. Puis, sous ces sons étouffés, un pas encore plus feutré se glissa, vibrant sur des fréquences imperceptibles dans le monde des vivants, ne touchant que les subtiles profondeurs de cette existence particulière. Ferme, régulier, il se rapprochait, et Lila aurait tremblé si son corps avait répondu à ses sensations.

La panique l'envahit quand elle se rendit compte qu'elle avait perdu son lien avec l'IA – même si elle n'en avait pas besoin – et qu'elle n'avait plus de contact avec quoi que ce soit. Elle n'était pas sûre de ce qu'elle ressentait parce qu'elle ne pouvait…

— *Arrête !* ordonna Tath. *Tu vas très bien. Tu n'es simplement plus dans ton corps.*

Pour le prouver, il se leva et elle le suivit machinalement. Derrière elle, son corps resta sur le canapé, les yeux fermés, pâle et immobile. Lui se déplaçait avec la légèreté d'un flottement dans l'espace et elle se vit telle une marionnette punk dont on avait coupé les fils, la jupe sur ses jambes qui auraient pu être humaines si ce n'avait été le chrome juste au-dessus de ses bottes noires.

La désincarnation n'était pas pire que les semaines qu'il lui avait fallu pour trouver des sensations dans ses prothèses mécaniques. Du moins, ce n'était pas *beaucoup* pire. Une chose la réconforta étrangement : à l'époque, un elfe aussi avait été avec elle dans un rôle de veille attentive, la présence constante mais non intrusive de Sarasilien l'avait sauvée du désespoir. Elle se reprit et attendit les instructions de Tath.

Les bruits de pas atteignirent la porte. À travers le voile matériel qui ne l'interrompit pas plus qu'une brise, il traversa le seuil, humain de forme, les oreilles plutôt longues, tout de gris vêtu. Il n'avait pas de traits, sa silhouette était brouillée et mouvante, comme un croquis au pastel inachevé se limitant aux couleurs primaires. Les bords semblaient se fondre dans l'espace autour de lui et les vibrations produisaient une lumière d'arc-en-ciel tremblotant.

Il était entouré d'une zone d'influence dans laquelle tout était sous son contrôle. Tath et elle étaient inclus dans cette sphère et elle sentait son potentiel qui ne se contentait pas de la cerner mais interpénétrait chaque fibre de son être. Il n'était pas nécessaire de parler car toutes les pensées étaient comprises, tous les désirs connus. Rien ne pouvait être caché. Elle comprit implicitement qu'elle et Tath étaient jugés, sans savoir sur quels critères, et, dans ce lieu de connaissance partagée, elle aperçut la finesse du fil qui les retenait à l'existence. Cet être avait le pouvoir de les séparer du monde matériel, de les perdre ici ou de les bannir loin de toute réalité, de les réduire à rien. On ne pouvait savoir pourquoi, ni ce qu'il ferait à présent qu'ils avaient attiré son attention. Ils devaient endurer ses raisons, c'était le prix à payer pour les vivants en Thanatopia.

Lila aurait dû être terrorisée, mais elle ne l'était pas. Son destin était hors de son contrôle et elle ne ressentait que du calme. Tath était résigné. Il ne s'attendait pas à survivre à de trop nombreuses rencontres avec cet endroit et ses habitants naturels, et il ne savait toujours pas pourquoi il était devenu l'elfe le plus éloigné qui soit de sa nature – un nécromant – quand tant d'autres avaient simplement disparu de la face de l'existence à cause de leur présomption.

L'être non-mort, qui ne ressemblait en rien à un non-mort de fiction, et pas non plus à un vivant, s'approcha d'eux. La pièce se brouilla comme si elle se mouvait dans l'eau, à l'intérieur d'un étrange aquarium, et Lila voyait des traînées d'or et d'argent franchir la sphère du non-mort ; puis les couleurs vacillèrent. L'obscurité vint, repartit, vint, repartit. Le temps se détricotait autour d'eux.

— Oh ! Tath ! murmura-t-elle parce que leur vœu se réalisait.

Les traînées de lumière cessèrent, la pièce redevint claire. Elle vit ses parents sur le canapé, comme elle les avait vus sur la photo, morts. Debout sur la table, un pied à côté du verre de vodka renversé, se tenait le nécromant indigo dans la chambre duquel elle avait déboulé dans le souk. Il tenait une bouteille à la main dont il enfonçait le bouchon. Puis il frissonna et se retourna pour regarder derrière lui, directement vers Lila.

Elle tenta de l'attraper mais, sur une grimace effrayée, il disparut.

Tath avait dit qu'il avait dérobé les esprits et s'était enfui. Leur guide non-mort acquiesça. Ils le suivaient déjà, du moins c'était ce que pensait Lila car ils se déplaçaient de nouveau, mais, cette fois, ils quittèrent la pièce d'une manière qu'elle ne comprenait pas. Ce n'était qu'à travers l'esprit de Tath qu'elle arrivait à percevoir leurs mouvements dans l'espace et le temps à l'intérieur du bouclier. Lila fut submergée par une sorte de soulagement : ce n'était que ça, la vengeance d'un démon, ça n'entrait pas dans le cadre d'un plan plus vaste. Ce n'était pas la faute de l'Agence. Mais le soulagement disparut rapidement.

— *Tu te rends compte de ce qu'a ce démon ?* lui demanda Tath.

Lila devina que « l'esprit de mes parents » n'était pas la meilleure réponse.

— *Du pouvoir sur toi. Comme les gens qui ont fabriqué ton corps machine et ton esprit. Et ces gens ont l'autre partie de ce pouvoir : les corps de tes parents. Bientôt, il viendra un moment où tu devras décider combien ces vies, et sous quelle forme, sont importantes pour toi. Que sacrifierais-tu pour eux ? Quel marché passerais-tu ?*

— Mon intention était de les ramener et de les restaurer, pas de passer un marché, dit-elle, mais elle n'était plus très sûre que ce soit aussi simple.

En quelques minutes, elle avait découvert le peu d'influence qu'elle avait sur les événements, du moins dans cet endroit.

Les mots de Tath venaient du cœur. Elle comprenait qu'il avait déjà fait son choix, longtemps auparavant. Elle ne voulait pas poser de questions, parce que la tristesse de l'elfe l'informait déjà que cela n'avait pas fonctionné comme il l'aurait souhaité.

— *Tant que tu as de la force et de l'influence, tous tenteront de te contrôler*, dit Tath avec lassitude, acceptant qu'il ne puisse rien lui cacher. *Mais tu peux choisir à quel point ils en seront capables.*

— Ils ne peuvent pas…, commença Lila, mais elle savait que c'était un mensonge.

Elle ne serait libre que dans la mort. Elle n'avait pas besoin d'un manuel d'espionnage pour se rendre compte qu'Incon disposait d'un accès et donc d'un contrôle externe sur les composants avec lesquels ils l'avaient reconstruite. La question était : « à quel point ? » Elle n'avait jamais laissé cela la perturber avant. Le déni était tellement confortable. Mais la question se posait. Il suffisait de se souvenir des horribles épisodes avec le programme Standard de Bataille, complètement bogué, pour se rendre compte qu'elle était facile à prendre en charge à distance, quelqu'un dont on pouvait dériver la conscience quand un système l'estimait nécessaire. Pour la première fois, elle se demandait comment elle pourrait se libérer, si seulement c'était possible.

— *C'était bien d'être innocent, non ?* murmura Tath.

Pendant un moment, elle était trop abattue pour répondre, mais, des tréfonds de son être, naquit une voix déterminée qui dit :

— Ces jours sont finis, et bon débarras ! On ne peut combattre ce qu'on ne voit pas. Je préférerais acheter la vérité, quel qu'en soit le prix…

Mais elle bafouilla un peu sur la fin car des images défilèrent dans son esprit, de ses parents, de sa vie, de ses amis, de Sarasilien, de Jolene, de Zal et même de Malachi. Dar et Tath en train de jouer ensemble. Elle désirait qu'ils soient tous à ses côtés, tous en forme. Elle le voulait tellement fort que cela semblait pouvoir être. Et elle se vit pousser ces images sur un comptoir vers le démon indigo. Les doigts ensanglantés de celui-ci les attrapaient avec avidité et les glissaient hors de portée. Il riait et son sang l'éclaboussait, et elle le couvrait de pièces d'or, de ses poches, de ses mains, comme de l'eau, jusqu'à ce qu'il en soit totalement enfoui ; il riait toujours pendant que des images de bonheur s'échappaient de la tête de Lila comme des grains de sucre dans un sablier.

— *Les taux d'intérêts sont meurtriers*, murmura l'elfe avec approbation, partageant sa vision.

C'était la première fois qu'elle l'entendait faire une telle plaisanterie. En dépit de tout, elle sourit.

Leur poursuite prit fin. Le non-mort qui les avait portés fondit et s'évapora. Ils se retrouvèrent sur un promontoire herbeux devant une mer scintillante. À quelques mètres, le démon était accroupi, plusieurs bouteilles à la main, sa queue frappait paresseusement l'herbe verte et les fleurs autour de lui. Sa grimace agitée paraissait déplacée dans ce lieu idyllique. Derrière lui, de nombreux non-morts – des brumes lumineuses en forme d'œufs – étaient rassemblés sur le rivage, où des bateaux étranges prenaient des passagers en longues files régulières : humains, elfes, faes, démons, animaux… Lila vit beaucoup de choses. L'océan brillait jusqu'à l'horizon, vide.

— *Aucun esprit possédant un corps vivant ne peut traverser cette mer. Mais on peut embarquer sur ces bateaux si les non-morts le permettent.*

Le ton de Tath supposait qu'il n'avait jamais traversé.

À bord des bateaux, d'autres formes de lumière guidaient les passagers vers des endroits variés. Plus elle les observait, plus les formes changeaient, jusqu'à ce qu'elle ne soit plus sûre de voir des bateaux, des gens, des animaux ou un océan. Mais si elle détournait le regard puis le ramenait du coin de l'œil, leurs silhouettes en Technicolor revenaient.

Le démon siffla.

— Que me vaut le plaisir de cette poursuite, elfe ? Il est rare que l'un d'entre vous se dérange pour découvrir les arts véritables du pouvoir spirituel. Souhaites-tu prendre une leçon, petit ? Sans l'aide des Lumineux, tu n'es assurément pas à ma hauteur. Leur faveur me pousse à la clémence. Parle.

Tath s'assit dans l'herbe et y passa ses doigts doucement. Le démon avait raison.

— Je souhaite récupérer la bouteille que vous tenez et qui contient les esprits volés des parents de Lila Black.

— Vraiment ? Et pourquoi donc ? Ce n'est qu'une babiole avec laquelle je m'amuse.

La réponse de Tath fusa avec la sécheresse foudroyante que Lila n'avait entendue que dans sa bouche, comme si c'était lui et non le démon qui disposait de tout le pouvoir.

— Votre connaissance de la famille est tristement désinformée, si vous croyez que ses proches alliés se limitent à celle-ci. Lila est la bien-aimée de Zal Ahriman et elle est sous sa protection. De plus, elle est liée à sa famille en Alfheim, dont je suis un cousin. Vous et moi avons donc un problème à régler par le Jeu ou par le combat. Je vous défie ici même. N'allez pas plus loin avant que ce soit résolu.

Lila regardait les bouteilles, se demandant laquelle était la bonne. Elles se ressemblaient toutes de manière déconcertante. L'une d'elles contenait-elle la vie même du démon ? Et les autres ? Elles semblaient n'être que des flacons de cristal de différentes nuances de violets, ordinaires.

Les longues lèvres de crocodile du démon se retroussèrent et Lila pensa y lire de la déception.

— En effet, j'ignorais qu'elle disposait de telles connexions… (Il s'interrompit pour réfléchir et frémit, frissonnant de toute sa peau.) Cependant, comprenez-moi, je lui dois une mort douloureuse ou deux. Peut-être pourrais-je envisager l'indulgence. Vous êtes un cousin, dites-vous ? Je croyais que la famille elfique de Zal (il s'interrompit pour cracher de mépris) l'avait abandonné à cause de ses hérésies.

— C'est le cas, mais nous ne sommes pas tous déloyaux, répliqua Tath doucereusement. Et vous êtes avisé d'hésiter, si on considère que nous défendons les nôtres comme vous vous défendez.

— J'ai peine à imaginer une telle menace de la part des elfes, dit le nécromant, mais quelque chose le gênait profondément.

Lila prit le contrôle de la voix de Tath.

— Alors réfléchissez à ce qu'un incident international vous coûtera quand les forces otopiennes découvriront comment écarter vos doigts collants de leurs affaires.

Au son de la voix de Lila, le démon sursauta et regarda Tath de plus près.

— Madame Black ! Vous êtes décidément plus intime avec les elfes que je le croyais possible !

Il y avait un certain respect dans sa voix.

Lila sentit sa chance.

— Si vous mettiez un terme à ce duel, nous pourrions envisager une relation plus profitable. En tout cas moins contraignante que celle de devoir se montrer toujours plus malin que l'autre.

— Je n'en suis pas sûr. (Le démon regarda ses bouteilles, les retourna et les manipula comme un illusionniste préparerait une partie de bonneteau.) Ce duel est un défi plus intéressant que tout autre que j'ai engagé jusqu'ici. Quelle coopération pourrait être artistiquement aussi riche ?

— Alors, combattons.

— Nous combattons déjà, répliqua le démon en haussant les épaules. Mais c'est le genre de combat qu'on ne peut entretenir longtemps. (Il leva une bouteille dans la lumière et regarda à l'intérieur en plissant les yeux.) Usure. Cruauté. Briser des cœurs et des âmes. Les disséminer là où on peut appliquer des moyens de pression. Ne rien laisser couvert. Nul lieu trop bas pour s'abaisser. Nul truc trop ignoble…

— Que pensiez-vous faire avec mes parents ?

— Je pensais fabriquer quelques bouteilles supplémentaires, les mélanger et les cacher pour que vous les cherchiez. (Il en ouvrit une et la renversa en la secouant, rien ne se passa.) Regardez, celle-ci est vide. Maintenant, votre ami vous dira que, avec le temps qui passe, les possibilités de résurrection s'amenuisent, mais, tant qu'ils sont dans ma bouteille, les esprits de vos chers disparus n'iront nulle part, ne vieilliront pas, ne se dégraderont pas. Voyez. (Il ramassa un autre flacon.) Vous pourriez les garder en sécurité pour toujours. Pas de voyage sur les bateaux pour eux. Toujours près de vous. Et s'ils ne se rebellent pas, vous pourrez les laisser sortir pour discuter, ici, au bord du monde.

Il la regarda à travers le flacon, un œil énorme déformé par le verre violet.

Dans le discours du démon, Lila perçut une conviction qui lui sembla nouvelle. Pas dans ses mots, mais dans l'intention, comme si, ici, seule l'intention avait une portée et un réel pouvoir. Les actes n'étaient pas significatifs. Seule la détermination, la vision de l'individu et sa concentration avaient de l'importance. Le démon n'avait pas intérêt à lui faciliter les choses, quel qu'en soit le prix. Elle sentait son engagement satisfait dans une vie entière de lutte et de douleur, comme s'il s'amusait de son absence de pouvoir, de sa rage et de sa douleur. Plus elle essaierait de combattre, plus, sur ce plan, il deviendrait puissant et plus elle s'affaiblirait. Elle pourrait lancer toute son énergie contre ses pièges et ses feintes, l'abattre une centaine, un millier de fois, elle ne trouverait pas sa vie cachée. Et même si, par chance, elle retrouvait les esprits de ses parents, que ferait-elle ? Défier le savoir de Tath et les ramener à une vie qui serait un enfer ? Les laisser se réveiller dans un laboratoire pour tenter de reprendre leur vie ordinaire tandis qu'elle se montrait, monstre de technologie venue les hanter avec son désir de revenir aux temps révolus ? Même si, dans le meilleur des cas, ils l'aimaient et utilisaient cette expérience pour refaire leur vie d'une meilleure manière, qu'est-ce qui empêcherait cette créature de les reprendre, quand elle le voudrait ? Ou pire ? Lila connaissait les démons.

— *Que se passerait-il s'ils sont dans la bouteille mais ne peuvent pas revenir ? Que se passerait-il si on ouvrait la bouteille ?*

— *Alors ils prendraient le bateau*, dit Tath.

— *Les bateaux ne sont qu'une métaphore, n'est-ce pas ? Je veux dire, ce ne sont pas vraiment des bateaux ?*

— *Non. Ce sont les non-morts qui rassemblent les morts sous des formes faciles à concevoir. En traversant l'océan, ils muteront et les morts prendront la même forme, puis les morts seront libres de retourner en Akasha, en tant que composants, sans plus de conscience, sans plus d'individualité. Comme dans la mort biologique, ils reviendront au stade basique, de l'énergie.*

— *Il n'y a donc pas de vie après la mort ?*

— *On délaisse ce qui est achevé*, dit l'elfe avec espoir.

— *Alors, allons-nous-en*, dit-elle silencieusement à Tath.

À présent, elle comprenait pourquoi il avait été désolé que son vœu se réalise.

— Vous partez déjà ? demanda le démon avec une fausse politesse tandis qu'ils se levaient.

Les bateaux s'éloignaient doucement et mettaient les voiles. Aux marges de la vision, d'autres bateaux apparaissaient sur les hauts-fonds, comme des rêves se formant au bord de la nuit.

— Vous avez gagné, dit-elle calmement. Je rentre chez moi. Je pense que n'importe quelle cour reconnaîtrait que votre grief a été compensé. C'est terminé. Félicitations.

Le démon se leva.

— Vous ne pouvez pas vous en tirer aussi facilement.

Mais il n'avait pas l'air très sûr de lui.

Lila haussa les épaules.

— J'en ai fini avec vous, même si je ne peux parler pour mes amis et mes parents. D'ailleurs, je vais épouser Teazle Sikarza. J'essaierai de le convaincre de ne pas vous défier.

Elle ne savait pas d'où venait cette idée, née simultanément dans son esprit et sur ses lèvres, mais elle comprit en souriant qu'elle l'aimait beaucoup. Bien sûr, une seconde plus tard, elle trouva l'idée choquante, épouvantable et impétueusement folle, mais elle ne parvint pas à déloger le sourire ni la petite lueur de satisfaction qu'elle affichait.

— *Tu es une éducation à toi toute seule*, murmura Tath, conciliant comme le Sahara.

À l'évidence, le démon le pensait aussi. Il se leva d'un bond, avec anxiété, et lui emboîta le pas en portant soigneusement ses flacons.

— Supposez que je vous rende vos parents maintenant. Pourrions-nous considérer que le problème a trouvé une conclusion honorable ? Vous m'avez assassiné, enfin, vous avez tenté, mais je suis toujours en vie et les voici, tout aussi capables de revenir à la vie, indemnes.

— Soit, mais ce n'est pas certain, n'est-ce pas ?

— Seuls quelques jours ont passé dans les dimensions physiques. Tant que les corps vivent il n'y aura que des… chambardements mineurs. Voyez donc, les nécromants et vous-même, nous passons notre temps à voyager loin du monde des objets matériels, vivants… et nous revenons, encore et encore.

— *Personne de réellement vivant ne passe plus de quelques heures ici*, lui dit Tath. *La limite recommandée par les non-morts est de quatre heures. La forme astrale perd sa capacité à se connecter au corps physique très rapidement, une fois dépassé le seuil immédiat du fil temporel, comme nous l'avons fait en venant ici. Il y a une période de demi-vie de six heures, en temps relatif.* (Il s'interrompit puis ajouta, avec une perfection clinique et calme :) *Je sais ce que tu ressens, mais je ne te conseille pas de tenter de ranimer tes parents après ce délai.*

Le démon attendait anxieusement. Lila faisait semblant de réfléchir alors qu'elle répondait à l'elfe :

— *Les gens dans le coma reviennent après des années.*

— *Les gens dans le coma ne sont pas ici. Ils se reposent ou voyagent dans le monde du corps, en silence, jusqu'à ce qu'ils soient capables de se reconnecter. À défaut, ils restent sur le même fil temporel que leur monde physique, comme les fantômes. Quand nous avons traversé la première fois, nous aurions pu rester là sans nous dégrader, mais j'ai été témoin de résurrections inopportunes des voyageurs qui se sont aventurés trop loin du Bord Matériel. Ne pense pas que son offre soit équitable.*

— *Puis-je leur parler, ici ?* demanda-t-elle.

— *C'est possible*, dit Tath.

Lila tendit la main. Le démon lui tendit un flacon bleu, en forme de goutte, de la taille d'une petite bouteille de bière, avec un bouchon attaché à une fine chaîne en or. En la prenant, elle sentit sa substance particulière qui ressemblait plus à son corps énergétique. Cela avait pu être du verre dans le monde physique, mais ce n'était ici qu'un nœud serré d'énergies, froid au toucher, aussi dense et imperméable que du plomb.

— Nous sommes quittes, dit-elle sans plus regarder la créature. Tire-toi !

Le démon recula de quelques pas et envoya un regard plein de ressentiment à Tath. Il s'inclina à contrecœur mais avec respect, puis disparut soudain.

La tension nerveuse de Tath diminua, mais il conserva une vigilance que Lila n'aimait pas.

— Nous ne sommes pas en sécurité ici ? lui demanda-t-elle en regardant la bouteille, le bouchon, la chaîne.

Elle se demanda ce qu'elle ferait si le démon l'avait roulée et que la bouteille était vide.

— Nous ne sommes en sécurité nulle part ici, répondit l'elfe.

Lila eut brièvement l'aperçu d'un paysage mental : l'expérience de Tath en ce monde. Elle vit les formes brillantes des Lumineux et des esprits des nouvellement morts, mais aussi des régions si vastes et si étranges qu'il n'y avait pas de mot pour les décrire. Dans ces lieux existaient d'autres êtres, ressemblant aux Lumineux mais sombres, et parcourus d'étincelles, leurs champs énergétiques variant de façon imprévisible pour prendre des formes plus tolérables à l'œil, et des formes qui devenaient des champs plats de dimensions inconnues parce que leurs topographies étaient trop étranges pour être comprises. C'était un monde d'intentions, de conscience réduite à son expression la plus pure, avant que les mots et les images s'en emparent et les transforment en potentialités ordonnées ou en rêves familiers. Un grand nombre de ces formes n'avaient pas l'aspect plaisant des Lumineux. Subtiles et malveillantes, renfermées sur elles-mêmes, elles se transformaient au-delà de l'attirance et de la compréhension. Telles étaient les choses qui effrayaient Tath, leurs milliards de formes et leurs états inconnus. C'était un lieu sauvage, frontière avec la région akashique d'æther brut, avec les royaumes matériels de possibilités et avec un univers de conscience pure où les seules limites étaient celles de l'imagination. Dans cette région, les mondes prenaient forme et naissaient, tandis qu'ici, sur l'océan visionnaire, ils perdaient leur cohérence et mouraient dans un chaos d'énergie.

Dans un tel endroit, un elfe et une humaine n'étaient que de brefs instants d'organisation passagère et d'intérêt potentiel. Tout était semblable dans le chaos, mais les entités actualisées étaient uniques et particulières, peut-être dotées d'un esprit capable d'agir ou de décider. Ici, ils étaient des proies, de minuscules poissons dans la mer.

— *Les grands esprits peuvent y survivre*, dit Tath, mais il n'avait pas l'air convaincu qu'ils fassent partie des élus.

— *Et qu'est-ce qui fait un grand esprit ?* demanda Lila avec défiance.

— *La réalisation parfaite et la conviction*, répondit-il. *Ne traîne pas pour ce que tu as à faire. Nous sommes loin du Bord et le temps passe vite à l'orée de la roue.*

Lila n'était pas persuadée qu'ouvrir le flacon ne s'apparenterait pas à un meurtre, puisqu'elle détenait le pouvoir de les sauver. Max comprendrait-elle la différence ? La comprenait-elle elle-même ? Et il y avait cette petite voix sinistre, dans son esprit, qui disait que peut-être l'elfe mentait. « *Tu ne te souviens pas d'Alfheim ? Comme ils peuvent attendre, varier, tromper et mentir ? Qui en retirerait un avantage ?* »

Mais, entre ses mains, il y avait papa et maman, toute leur vie, et celle de Max et la sienne. Auraient-ils envie de revenir ? Voulait-elle qu'ils sachent que tout était sa faute, une terrible, une horrible erreur ?

Une rage soudaine s'empara d'elle. Non, elle n'avait rien à voir avec le fait qu'ils se retrouvent à la fin de toute chose, leur vie ordinaire détruite. Elle n'avait pas demandé à être le pion ignorant de l'Agence durant son premier et funeste voyage en Alfheim. Elle n'avait pas souhaité sa résurrection métallique. Elle ne s'offrirait plus en martyre pour les responsables de tout ça – son cœur se durcit d'une détermination qu'elle n'aimait pas – et elle n'allait pas non plus leur offrir un autre moyen de pression contre elle-même.

De ses mains tremblantes, elle déboucha la bouteille, surprise que cela soit si ordinaire, un tout petit geste qui signifiait tellement.

Ils furent là, dans le champ, avec elle. Maman avait l'air aussi surprise que si on venait de lui distribuer cinq as. Papa, toujours aussi débraillé, légèrement maladroit, regardait autour de lui avec soulagement et un peu de désespoir.

— Lila ? dit sa mère. C'est toi ?

Elle plissait les yeux comme si elle ne voyait pas bien, le début d'un sourire d'espoir sur les lèvres.

— Lila est ici ? demanda son père, se retournant et la découvrant. Oh ! mon Dieu ! C'est vraiment elle ! Lila ! Lila !

Il l'attira dans ses bras, la soulevant et pleurant en même temps.

— Oh ! non ! dit sa mère en se joignant à l'embrassade. Si tu es ici, c'est que tu es morte. Nous avons tellement espéré que tu sois vivante, quelque part.

— Je ne suis pas morte, dit Lila, se sentant déchirée entre la joie et la douleur, le bonheur et le désespoir. Je suis vivante et je suis venue pour vous.

— Mon bébé, dit sa mère doucement, fièrement, la serrant fort dans ses bras.

Personne ne dit rien ni ne bougea pendant un long moment. Puis, sentant la gêne grandissante de l'elfe en elle, Lila se força à parler.

— Maman, papa, savez-vous ce qui vous est arrivé ?

Ils la lâchèrent doucement et se regardèrent, troublés.

— Pas exactement, dit son père. Mais nous savons… c'est la mort, n'est-ce pas ? Quelque chose est venu et nous a tués. Je n'ai rien senti, juste une coupure froide, et nous avons disparu. Il nous a eus pendant que nous nous disputions.

Il eut l'air honteux.

— Non, dit sa mère, prenant doucement le bras de son père. Pas maintenant.

Elle regarda Lila avec des yeux soudain plus perçants et plus présents que ce dont Lila avait l'habitude, comme si, en perdant son existence corporelle, elle s'était débarrassée de toutes ses frustrations.

— Je voulais vous… vous sauver, bégaya Lila. Mais je… je ne pense pas pouvoir le faire. Je… je dois partir dans un instant et… je voulais…

Elle pleurait trop et sa gorge était trop serrée pour continuer.

Il y eut un instant de communication silencieuse entre ses parents, aussi rapide que la lumière, et elle envisagea que Tath leur ait parlé, d'une manière ou d'une autre, mais ce fut trop rapide pour qu'elle en soit certaine.

— Non, dit son père, et il mit son bras autour de ses épaules, sa tête contre la sienne. Nous en avons parlé quand nous nous sommes rendu compte de ce qui se passait. J'ignore comment nous l'avons su, mais nous l'avons su, dès que nous avons traversé. C'était comme si nous l'avions toujours su. Quand on traverse, quand on traverse vraiment, on voit les choses différemment. Comment c'était, ce qu'on était, ce qu'on a fait. Nous ne voulons pas revenir et reprendre notre existence telle qu'elle a été.

— Mais vous pourriez changer les choses, réparer, renifla Lila. Maintenant que vous savez, ce serait tellement mieux.

— Peut-être, dit sa mère en regardant les bateaux. Mais ton guide spirituel ne le pense pas. Et je me sens tellement sereine ici. C'est si paisible.

— Si vous partez, vous disparaîtrez, pleura Lila. Et il y a tant de choses que je voulais... que je voulais...

— Lila, c'est une bonne chose, dit son père. Dieu sait, après toutes les erreurs que nous avons commises, que c'est un miracle que l'un d'entre nous ait ce choix, et c'est une chose terrible, je sais. Mais tu n'as pas causé notre mort, Lila. Ce n'est pas ta faute. Et nous ne sommes pas malheureux, regarde-nous. Nous avons eu nos moments et nous vous avons eus, Max et toi, et c'étaient les meilleurs moments qu'on pouvait avoir, même si on a parfois vraiment merdé.

— Vous pourriez traîner dans le coin, devenir des fantômes, dit Lila. Vous pourriez vivre le long de notre fil temporel. Vous nous verriez.

— Et nous ferions quoi ? Vous hanter à chaque instant ? (Sa mère lui caressait le dos.) Je sais que tu ne veux pas dire au revoir. Mais demande-toi combien de gens ne connaissent jamais cet instant et le regrettent toute leur vie ? On aurait pu être écrasés par une voiture et tu ne nous aurais jamais revus.

— Mais je dois... je voudrais dire tant de...

— Nous savons, dit son père, souriant avec l'aisance de l'homme qu'il avait toujours voulu être et qu'il avait bu pour oublier. (C'était comme si tous les morceaux brisés de sa vie s'étaient soudain rassemblés. Et c'était une grande miséricorde, une grâce qu'aucun d'eux n'avait imaginé connaître. Les larmes de Lila étaient à présent aussi joyeuses que tristes.) Nous nous aimons. Nous comprenons. Il n'y a rien à pardonner et aucune raison d'être triste.

— Mais je ne vous verrai plus, dit Lila de manière pitoyable.

Elle ne voulait pas admettre combien elle avait désiré cette étreinte tous les trois ensemble, depuis si longtemps, ni combien elle souffrirait qu'elle ne se reproduise plus.

— Lila, dit sa mère en prenant sa main. Oh ! (Elle la toucha prudemment, puis la tint comme elle l'avait toujours fait.) Comme c'est merveilleux… (Elle caressa du regard le visage couvert de larmes de Lila.) Mieux que l'original, je parie. De toute façon, ce n'est pas important. Ton guide nous dit que tu mourras aussi si tu t'attardes encore. Il est temps. Je sais que tu n'es pas prête, mais nous le sommes. Tu ne dois jamais t'inquiéter de cela. Rentre à la maison maintenant. Nous avons d'autres choses à faire et d'autres endroits à voir.

— Non, je ne peux pas, gémit Lila, plus faible qu'elle l'avait jamais été, mourant d'envie d'être plus forte, et meilleure, et plus sûre.

Elle pensait qu'ils allaient la tancer comme ils l'avaient toujours fait, et lui recommander de s'occuper de Max, de bien faire son travail, d'être forte, mais ils ne le firent pas. Ils la tinrent doucement entre eux et leur calme passa en elle. Finalement, elle fut capable de les laisser partir. Elle souffrait toujours des sensations de perte et de peur, mais celles-ci ne la contrôlaient plus. Elle était ce qu'elle était, pas la grande sœur parfaite, ni la meilleure des filles, ni un honneur pour sa famille, ni une personne louable, ni un héros avec du cran, ni un parfait serviteur cyborg. Aucune description ne lui correspondait vraiment et ce n'était pas important.

Ses parents se prirent par la main, un peu maladroitement puisque leur union n'avait pas été si amicale… Ils se tenaient avec la prudence des petits enfants. Puis, sa mère s'arrêta et se tourna un instant, un léger sourire sur les lèvres, même si Lila vit aussi des larmes sur ses joues.

— Souviens-toi toujours, dit-elle avec un clin d'œil malicieux, tu es un as !

— *S'il te plaît*, murmura Tath.

Lila ferma les yeux et pensa à la maison.

Chapitre 24

Lila avait terriblement froid, elle se sentait lourde et sèche comme une pierre, et elle avait mal comme si elle avait couru jusqu'à l'effondrement. Elle avait des douleurs vives aux épaules et aux cuisses. Tath s'enroulait lentement comme un vieux chat arthritique dans sa poitrine alourdie. Lila ouvrit les yeux et découvrit le visage d'un des techniciens de l'Agence. Il hurla et laissa tomber un gadget électronique sur son ventre. Les lampes la regardaient d'un air furieux depuis un plafond bas et blanc. Des câbles de diverses couleurs serpentaient dans les rails au-dessus d'elle. La puanteur du vinyle trop lavé se mélangeait avec des odeurs étranges de forêt, de musc épicé et d'ail.

— Elle est éveillée.

C'était la voix de Zal, venant de haut, derrière elle. Elle tenta de bouger, mais son corps rejeta l'idée d'une vague douloureuse. Elle se rendit compte qu'elle était couchée sur un chariot-brancard et que sa tête et ses épaules reposaient sur les jambes de Zal, ses cheveux longs lui chatouillèrent le visage lorsqu'il se pencha. Il posa doucement sa main contre sa joue et elle se reposa contre elle, réconfortée et étonnée de l'être.

Elle entendit quelqu'un pleurer.

— Max ?

— Elle est avec moi, l'informa la voix proche de Malachi.

Lila pencha lentement la tête pour regarder dans sa direction, mais elle fut distraite par un scintillement au-dessus d'elle. Entre les lampes, si bien camouflé qu'il avait été invisible, Teazle pendait au plafond tel une toile d'araignée. Son cou de dragon se déroula pour que sa tête approche la sienne. Ses yeux étaient aussi blancs que l'hiver arctique, avec juste une trace de bleu. Ses oreilles triangulaires se dressèrent, puis il émit un gémissement typiquement canin, ouvrit sa bouche pleine de crocs et laissa pendre sa langue indigo. Il lui lécha le nez.

— Il y a partout des gens qui vont et viennent avec toutes sortes d'appareils. Tu veux que je les tue pour toi ?

— Non, répondit-elle, même si elle aimait beaucoup l'idée. Que faites-vous tous ici ?

— Max t'a trouvée et a cru que tu étais morte, alors elle a appelé l'Agence. Ils sont venus mais Teazle, Okie, Rusty et Buster ont fait du bon boulot en blessant quiconque approchait la maison, jusqu'à ce que je les persuade d'arrêter, expliqua patiemment Zal. Nous avons tous été arrêtés et nous t'avons accompagnée dans leurs installations médicales. En fait, ils ne le voulaient pas, mais nous avons insisté, n'est-ce pas, Mal ?

— Plein de gens ont insisté, dit une autre voix familière ailleurs dans la pièce.

À contrecœur et avec difficulté, Lila se redressa. Sarasilien était assis, une expression amusée sur le visage. Le docteur Williams était à côté de lui, un sourire très « las du monde » scotché aux lèvres. Plusieurs techniciens traînaient autour, y compris celui qui avait récupéré son instrument sur la couverture. Les chiens étaient couchés sous les sièges, endormis.

— Il est difficile de nous résister quand nous insistons, dit Zal en la serrant contre lui, son visage près du sien.

Son corps *andalune* s'enroulait autour d'elle comme de la fumée. En lui, elle pouvait sentir une détermination terrible complètement en désaccord avec sa surface complaisante.

— Si tous nos réservistes n'étaient pas sortis pour s'occuper de cette crise, je peux vous assurer que notre résistance aurait été bien plus efficace, intervint Cara Delaware, le visage aussi glacial que son timbre de voix.

Elle se tenait très droite, comme amidonnée, mais son visage était presque gris sous son maquillage et ses yeux étaient rouges d'épuisement.

Teazle lâcha un ricanement déplaisant et pourchassa Delaware du regard. Elle ne montra pas qu'elle l'avait remarqué, ce que Lila prit pour un signe de fatigue extrême ou de stupidité.

— Quelle crise ? murmura Lila, fermant les yeux pour ne pas croiser quelque chose d'aussi déplaisant que le regard de Delaware.

Elle était endolorie et épuisée de toutes les manières possibles. Zal chantonnait doucement dans son oreille. Elle se demanda s'il savait pour Adai.

— Tu pourras t'en inquiéter quand on t'aura donné l'autorisation de reprendre le travail, répondit Delaware. Tous les autres seront libérés après interrogatoire, si nous sommes satisfaits.

— Les Otopiens subissent d'étranges tourments nocturnes et des rencontres avec ce qu'ils pensent être des extraterrestres, siffla Teazle. Des créatures qui défient toutes les lois naturelles. (Il laissa traîner le mot « naturelles » avec un mépris extrême.) Ils pensent qu'ils sont attaqués ou sous la menace d'une attaque et ont expédié toutes leurs forces pour capturer et interroger une de ces créatures.

Cara retroussa les lèvres.

— Vous n'êtes pas ici pour spéculer sur des choses confidentielles…

Zal toussa.

— Je ne veux pas gâcher la fête, mais ne pensez-vous pas qu'il est temps de cesser les conneries et de vous adapter à ce que vous avez sous le nez ?

Elle se tourna vers lui, glaciale.

— Et qu'est-ce que ça peut bien être ?

— Un groupe intermondes d'alliés aux pouvoirs uniques, rassemblés par la personne que vous croyiez pouvoir utiliser comme un robot espion.

— Vous n'avez aucun pouvoir au sein de vos races ou de vos mondes respectifs. Des talents et des forces peut-être, mais aucune autorité… (Elle leva les yeux vers la silhouette de Teazle, son corps musculeux pendant aux dalles fragiles du plafond par un lien extrêmement tenu. Delaware frémit.) En tout cas, plus d'autorité à présent.

— Elle a raison, dit Teazle de sa voix déformée, avalant la moitié des mots tel un monstre de série B. Nous n'avons aucune autorité ici, ou ailleurs. Après avoir été un minable employé des services secrets, tu es devenu un hérétique cinglé faisant semblant d'être une pop-star. Le fae n'a pas la loyauté d'une mouche à merde ni sa capacité de concentration, même sous forme humaine. La frangine est un coq au chômage qui réussit à faire brûler des spaghettis. Et j'ai autre chose à faire que de recevoir les ordres d'une minable bureaucrate humaine. Nous devrions laisser les humains à leur hystérie avec les phalènes et choisir un meilleur endroit.

Son discours était une invitation ouverte à laquelle Zal répondit par un flux d'énergie. Lila pouvait sentir son sourire dans le tourbillon de son *andalune*, et les débuts d'une conspiration : ils préparaient ou commençaient à exécuter un plan et, même s'il n'y avait quasiment aucune magie dans ces lieux, ils en avaient suffisamment pour parvenir à quelque chose avant la fin de la journée.

Quelqu'un arma un flingue. Près de la porte, des gardes pointèrent leurs armes vers Teazle, d'autres vers Zal, d'autres, incertains, vers le sol.

— Vous n'allez nulle part, dit Delaware. Vous n'êtes que des poids morts. Vous en avez dit assez ces dix dernières minutes pour assurer votre incarcération.

— Où sont mes parents ? demanda Lila. Vous les avez libérés ?

— Dans leur condition actuelle, les médecins disent qu'il y a un espoir de guérison…

— Ils sont morts, interrompit Lila.

La pièce fut plongée dans le silence. Delaware se mordit la lèvre, comprenant qu'elle venait de révéler qu'ils avaient été en vie jusqu'à récemment.

Lila sentit le regard de Max sur elle.

— Que veux-tu dire ? Ils étaient morts avant. Non ?

Son regard, accusateur, se tourna vers Delaware, puis vers Malachi.

— Vous les conserviez dans de la glace au cas où on aurait pu les ramener, n'est-ce pas ? demanda Lila, parlant à Delaware mais regardant Max. Peut-être m'auriez-vous envoyée en Thanatopia pour, sous prétexte de les récupérer, découvrir comment utiliser cet endroit, comme un nécromant ? À moins que vous vous soyez servi d'eux comme du lest pour me garder en vol.

— Nous avons besoin de toutes les informations que nous pouvons obtenir, répondit Delaware, froide, le visage de marbre. Toi et tous les humains en ont conscience. Toutes les autres espèces ont l'avantage d'une connaissance préalable. Nous ne savons rien. Nous devons faire notre possible pour assurer notre sécurité. Je n'ai pas besoin d'exercer un chantage pour faire de cela un but essentiel.

— Il y a beaucoup de trous en Démonia, dit Zal comme si de rien n'était. Comme en Alfheim. Mais il n'y a pas autant de failles qu'ici en Otopia. Et ça empire. J'ai entendu dire que les faes n'en étaient pas ravis non plus. Je déteste vous interrompre de nouveau, mais il me semble qu'il y a des questions bien plus importantes pour l'instant dont personne ne parle. Si j'étais vous, je me demanderais si l'incursion de créatures étrangères n'y est pas liée. Peut-être aimeriez-vous en prendre note ?

Il sourit à Cara, mais son sourire n'atteignit pas ses yeux.

Delaware hocha la tête et l'un des techniciens fit quelque chose sur son portable.

L'IA de Lila s'enclencha. Elle s'était habituée à son absence et la sentir resurgir aussi soudainement dans son esprit fut un choc terrible. Sa conscience s'étendit et, dans le même instant, sa volonté fut neutralisée par l'IA. Elle se sentit tellement loyale et tellement reconnaissante envers l'Agence. Comment avait-elle pu permettre à sa vie privée, aussi tragique soit-elle, d'interférer avec son travail ?

Tath, qui avait été faible et silencieux jusque-là, remua soudain dans sa poitrine.

— Hmmm, dit Malachi avec un mécontentement qui ne lui ressemblait pas. Si ça ne vous dérange pas, je m'occupe de ça.

Il tendit la main et le portable s'échappa des mains du technicien pour voler jusqu'à la sienne. Il lâcha Max, toujours en pleurs, qui mit ses deux mains sur sa bouche et ouvrit de grands yeux incrédules.

— Cela ne vous apportera rien, dit Delaware. Nous en avons d'autres et nous avons les codes. Nous pouvons les activer plus vite que vous pourriez les craquer.

— Il est temps de partir, les mecs, dit Malachi, et les techniciens se rangèrent derrière lui.

— Graham ! Yvonne ! claqua la voix de Delaware, mais son ordre ne rencontra que de sourdes oreilles.

— Ne me comprenez pas mal, dit tranquillement Malachi, entouré de blouses blanches. Je n'ai rien contre vous ni votre opération. J'ai été heureux de vous aider et je le referai, mais je dois régler des affaires intéressantes avant. C'est-à-dire que vous devez rendre à Lila son autonomie, sinon, à partir de cet instant, les faes cesseront toute relation diplomatique amicale avec vous. Ce qui pourrait être embarrassant dans la mesure où vous allez avoir besoin de notre aide pour régler votre petit problème.

— Mais…, bredouilla Delaware en se tournant vers Sarasilien et le docteur Williams.

— La poudre de fae est très convaincante, dit Sarasilien en regardant Malachi avec respect. Et, pour les sens humains, quasiment indétectable. Le docteur Huggins et le docteur Peacock sont sous son contrôle jusqu'à ce qu'on puisse les laver.

— Vous êtes l'expert magique ici, lui dit sèchement Delaware. Il est de votre responsabilité de nous protéger contre ce genre de traîtrise.

— J'ai passé des mois dans le laboratoire à tenter de résoudre des questions avec l'équipe criminalistique qui enquête sur la Bombe-Q, à part ce bref interlude avec les elfes et leur tentative d'éliminer Zal. D'ailleurs, Malachi a l'autorisation de faire ce qu'il veut. Cela fait partie de ses attributions. Il a donc parfaitement le droit d'utiliser des moyens de persuasion magiques mineurs contre des officiels de rang inférieur s'il les soupçonne de pratiques contraires à l'éthique.

Le docteur Williams se tourna vers Sarasilien avec un intérêt neuf. Elle suivait la conversation comme une chouette, la tête tournant avidement vers chaque nouvelle contribution.

— Alors vous êtes prêts à nous trahir tous ? railla Delaware.

— Trahison est un mot stupide, vous n'êtes pas en danger. (Sarasilien bougeait à peine.) Mais Malachi n'est pas le seul ici à pressentir de mauvaises conséquences dans votre utilisation de Lila comme d'un mécanisme contrôlé à distance. Même si ce n'était pas inacceptable, il existe une possibilité de la neutraliser et de l'utiliser contre vous, comme Malachi l'a démontré.

— L'autre raison pour laquelle cela ne fonctionnera jamais, intervint le docteur Williams, c'est que, à présent, les intérêts de Lila et ceux de l'Agence sont en opposition. Soit vous travaillez tous ensemble dans un esprit de confiance et de coopération, soit tout ça se terminera très mal. Cara, c'est votre problème. Vous ne pouvez pas traiter le problème selon vos règles essentiellement parce qu'aucune des personnes concernées n'y adhère. Il est temps d'envisager une approche différente.

Delaware la toisa avec une aversion rigide.

— Qu'avez-vous en tête ?

— Vous pourriez prendre des vacances. Je vous ai écrit une note en ce sens. Le surmenage peut être quelque chose de terrible.

— Je n'ai aucune intention de partir au milieu d'une crise !

Le docteur Williams eut l'air consternée.

— Oh ? Mais je l'ai déjà envoyé. Votre autorisation est ici. De plus, le directeur est tellement content de votre travail qu'il a arrangé une promotion pour votre retour. Vous pouvez partir quand vous voulez. Votre remplaçant est en route.

Teazle ricana.

— C'est mieux comme ça. Finalement quelque chose d'intéressant. Une mutinerie, et nous ne savons pas de quel niveau l'ordre vient réellement. J'aime beaucoup.

Delaware était mortellement pâle, incapable de parler.

Alors une boule de feu, légèrement fumante, traversa le mur pour atteindre l'épaule de Lila. Avec un petit bruit sec, Truc2magie se manifesta et regarda les visages surpris autour de lui.

— Oh ! pas trop tôt ! Je sens beaucoup de colère dans cette pièce, beaucoup d'esprits agités pleins des vibrations de la confusion et de l'impuissance, avec juste une pincée piquante d'incompétence. En commençant par vous, madame. (Il désignait Delaware.) Vous avez fait un travail de maître. (Il s'inclina profondément et enfonça ses griffes dans l'épaule de Lila avec un frisson de satisfaction.) Alors, comment va tout le monde ?

Il y eut un instant de silence réfléchi tandis que tout le monde regardait le diablotin.

Puis, Delaware se retourna et quitta la pièce, frôlant les gardes armés sans se retourner. Ils entendirent le bruit de ses talons dans le couloir disparaître lentement.

— J'ai dit quelque chose de mal ? demanda Truc2magie, les sourcils levés presque au-dessus de sa tête.

Sarasilien se tourna vers le docteur Williams.

— Pensez-vous qu'elle fera un ennemi de valeur ?

Tout le monde écoutait, temporairement réduit au silence par les événements. Lila nota que son IA effaçait Delaware de ses listings hiérarchiques, mais aucun nom ne remplaça le sien.

— Ce qu'elle perd est son problème, soupira Williams. Elle n'était simplement pas faite pour occuper cette position. C'est une question de tempérament, le sien l'a poussée à commettre plusieurs erreurs de jugement... Et c'est assez proche de la vérité pour être la seule explication que je fournirai jamais.

L'elfe hocha lentement la tête, appréciant presque d'un sifflement une manœuvre particulièrement intrigante et impressionnante.

— Je ne vois pas de remplaçant, dit Lila, toute son attention concentrée sur le docteur Williams mais, pendant qu'elle parlait, l'organigramme de l'IA se réarrangea.

Malachi retrouva la place dont il avait été effacé au moment où elle s'était réveillée. Le statut « sujet à caution » de Sarasilien disparut et ses privilèges lui furent rendus. Le propre dossier de Lila, qui avait toujours été bref et limité, s'étendit soudain, comme un accordéon, truffé de nouvelles informations. Elle gravissait cinq échelons hiérarchiques, ce qui la mettait à égalité avec Sarasilien lui-même. C'était comme de regarder des fleurs bourgeonner et fleurir en quelques secondes. Puis, de nouvelles fleurs s'ajoutèrent : le nom de Zal apparut, et celui de Teazle…

Alors, le docteur Williams, qui avait été en train de tripoter l'interface de son Berry en marmonnant, projeta l'organigramme sur un mur pour que tout le monde puisse le lire.

— J'ai fait quelques ajustements, dit-elle, fouillant une poche pour en sortir ses lunettes, les dépliant prudemment avant de les glisser sur son nez. Si vous êtes d'accord, Zal, Teazle, j'aimerais que vous considériez cette proposition…

Elle sortit une lampe stylo de sa poche supérieure et commença à dessiner des lignes. Elle dessina un cercle autour de Lila, Zal, Teazle et Malachi.

— Vous seriez le groupe opérationnel. Le bureau, le staff technique et moi-même formerions votre équipe de ressources. (Son propre nom apparut : « docteur Williams, directeur des Ressources et Opérations pour le Groupe Intermondes. ») Les responsabilités de Lila concernent naturellement Otopia, ce que je n'attends pas de représentants étrangers dont les intérêts peuvent être ailleurs. Ce groupe n'a pour but que d'enquêter sur des problèmes intermondes afin de les résoudre à la satisfaction mutuelle. Si vous ne souhaitez pas participer, vous devez le dire maintenant, parce qu'il est grand temps que nous nous intéressions de près à des rapports intéressants comme celui-ci… (Elle s'affaira sur son Berry et murmura :) Machine stupide… les boutons sont trop petits… allez, nom de Dieu…

Une vidéo remplaça l'organigramme sur le mur. Malachi et Max s'approchèrent du brancard de Lila. Teazle retourna la tête pour la visionner à l'endroit.

Sur l'image, un humain et un démon qui ressemblait à une personne-chat regardaient la caméra avec un léger trac.

« *Nous faisons partie d'une équipe d'analyse mathématique qui travaille sur la physique de la nouvelle cosmologie…* (L'humain, un jeune homme, regarda son collègue et s'éclaircit la voix avant de poursuivre :) *Nous avons étudié le schéma des failles dans les diverses régions et nous l'avons comparé avec ce que nous connaissons de la science akashique sur l'espace-I. Nous consultons aussi d'autres groupes de recherches concernant des phénomènes inexpliqués… quand ils ont des renseignements utiles. Vous faites maintenant partie de l'organisation. Cela ne dépend pas vraiment d'un gouvernement, mais nous avons des subventions et…*

— *Digression*, murmura le chat.

— … *Euh… le fait est que nous avons des raisons de croire, si nos équations sont valables, qu'une instabilité fondamentale gouvernerait l'espace-temps et la matrice æthérique permettant à nos mondes de coexister. Cela empire et diverses activités augmentent l'instabilité. Cependant, la théorie issue de nos travaux prédit l'existence d'un autre monde qui serait la cause première du problème. Pour l'heure, personne ne semble capable de le détecter.* (Il coula un regard au chat qui hocha la tête avec sagesse.) *Son absence signifie apparemment que le tissu de nos dimensions commence à se déchirer et que nous ne pouvons pas l'en empêcher. C'est raisonnablement lent. Il s'agirait d'années, pas de mois. Une décennie jusqu'à l'instabilité fatale. D'ici là, nous ne savons pas ce qui se produira, vu que les choses empirent. Mais elles vont empirer, probablement par bonds inégaux.* »

Il s'interrompit, but une gorgée d'eau dans un verre jusqu'ici hors champ de la caméra.

« *Cela dit,* s'anima le chat d'une voix douce, *nous estimons que, si ce monde peut être trouvé et, d'une manière ou d'une autre, réintroduit dans la matrice, le schéma se stabilisera. Les équations prédisent que la présence du septième royaume équilibrerait tout le reste, le gauchissement n'étant qu'un effet de son absence.* »

— Comment pourrait-il exister et ne pas être là en même temps ? demanda Zal au moment où le chat ajoutait :

« *Bien sûr, il semble impossible que quelque chose existe et, simultanément, ne soit pas là. Nous postulons que le septième royaume a d'une quelconque manière été séparé de notre continuum et s'en retrouve détaché, qu'il n'est donc pas inexistant dans le grand cosmos. S'il a été détruit, bien sûr, rien ne pourra être fait. Démonia, Alfheim et Faerie indiquent par ailleurs, selon leurs archives, que les problèmes d'instabilité existaient, bien qu'à des niveaux très inférieurs, avant l'événement Bombe-Q en Otopia. Nous n'avons jamais songé à chercher d'autres mondes avant ce jour. S'il y a des preuves… Je ne suis pas autorisé à en parler. Un autre département s'en occupera. Cela conclut le résumé de nos recherches.* »

L'enregistrement prit fin.

— Bien, je pense que tout est dit. (Williams éteignit le projecteur et rangea son Berry dans sa poche.) Maintenant, messieurs dames, si vous pouviez retourner à votre travail ; je raccompagnerai Lila et sa sœur chez elles et pour arranger le retour immédiat des corps de M. et Mme Black. Si cela te convient, Lila ?

Lila inspira profondément.

— J'aimerais être seule un instant, dit-elle en descendant du chariot.

D'un mouvement de tête, elle signifia à Zal qu'il était inclus dans le « seule » et adressa un petit sourire triste d'excuse à Max. Quand elle passa devant Malachi, il lui fit comprendre qu'il s'occuperait de Max. Lila lui prit des mains l'appareil qu'il avait magiquement subtilisé au technicien. Les soldats gardant la porte s'écartèrent silencieusement pour elle.

Elle réaccorda son accès à l'IA et enclencha l'interface totale. L'esprit-machine supplémentaire se coula dans le sien avec fluidité. Elle n'avait qu'à formuler une pensée pour que toutes ses capacités soient sous contrôle. Elle ferma la porte derrière elle et la verrouilla, utilisant ses nouvelles autorisations de sécurité pour invoquer le protocole 11b (annulation temporaire des ordres venant de haut niveau en cas d'urgence ou de menace) et s'assurer qu'il ne pouvait pas être outrepassé. Elle fit de même avec le système de contrôle dans sa main, interdisant tout accès extérieur. Pas seulement à cette unité particulière, mais à toutes les unités contenant un programme similaire.

Sur son épaule, Truc2magie lui tirait les cheveux, elle ne lui prêta pas attention. S'orientant grâce à ses schémas internes, elle s'enfonça dans le bâtiment.

— Où allons-nous ? pépia Truc2magie. Tu as une mission ?

Elle ne répondit pas. Dans sa poitrine, Tath, épuisé, la regardait avec un intérêt paisible. Elle franchit des portes qu'elle n'avait jamais eu de raison d'ouvrir, leurs mécanismes se déverrouillant au contact de ses doigts. Elle débloqua aussi des zones sécurisées des systèmes IA de l'Agence, dans lesquelles plusieurs millions de programmes opérationnels étaient conservés, et localisa ceux qui donnaient accès à distance à ses logiciels internes pour les examiner de près. Elle recherchait surtout une commande maîtresse, probablement plusieurs niveaux de sécurité au-dessus de ce qui lui était autorisé. Elle savait qu'il devait exister un moyen de la faire taire et de l'éteindre. Elle jeta aussi un coup d'œil au flux de coms pour connaître ce qui perturbait la plupart des autres agents.

D'étranges rapports sur des événements surnaturels noyaient les lignes.

Elle patienta dans un sas, le temps qu'il achève son cycle sécurisé, en compulsant des données. Dans tout Otopia, mais surtout dans les régions isolées, des témoins rapportaient des rencontres avec des créatures humanoïdes, grisâtres et aux yeux rouges, qui se déplaçaient à des vitesses incroyables et semblaient hanter certains endroits. On parlait aussi de personnes étranges arrivant tard dans des lieux isolés pour requérir des services et prononcer des avertissements cryptiques concernant des désastres imminents, généralement mineurs, même si l'un avait concerné l'effondrement d'une mine de plomb dans lequel deux hommes avaient été tués. Les médias abondaient en spéculations selon lesquelles il s'agissait de non-morts, de vampires et de goules venus de Thanatopia : un lieu dont la presse populaire ne se lassait pas. Lila était prête à ne pas tenir compte de ces assertions, car très improbables. De toute manière, même si ces choses étaient dérangeantes, elles n'avaient présenté aucun danger jusqu'ici.

Le sas s'ouvrit sur la salle des machines, dans les sous-sols profonds, où certains des ordinateurs les plus sensibles d'Otopia étaient enchâssés dans des sarcophages. Seuls des ingénieurs de maintenance avaient accès à la salle, pour effectuer des tests à des moments qui ne coïncidaient pas avec sa visite.

— Que vas-tu faire ? demanda Truc2magie en cherchant des yeux quelque chose à vandaliser avec un enthousiasme abominable.

Lila se dirigea droit sur un des points d'accès de l'interface, souleva le couvercle et brancha les câbles pertinents sur son bras, précisément où les techniciens connectaient leurs petites unités portables, et continua sa recherche d'un cheval de Troie pendant qu'elle verrouillait le sas à l'aide des règles 11b, empêchant quiconque d'entrer.

Au même instant, diverses personnes tentaient de découvrir ce qui se passait et prenaient des mesures pour l'empêcher d'endommager l'installation principale. Elles verrouillèrent les fichiers du personnel, les données d'espionnage et tous les processus sécurisés importants pour leurs opérations principales, mais Lila n'était intéressée que par certaines parties de sa propre programmation. Grâce au 11b, elle put s'isoler de son propre chef. C'était logique : elle devait être capable de verrouiller son IA si on interférait avec ses systèmes ou si elle devenait un danger pour les autres. Mais la médaille avait une face et un revers. Si un programmeur réussissait à prendre contrôle sur elle, ce serait l'occasion idéale pour pénétrer dans le réseau entier. Rien n'était parfait. Elle détailla les règles 11b et remarqua un addendum aussi spécial qu'étrange :

« Exception système, agent Black. Cette unité est considérée sûre pour tous les systèmes externes... »

Suivait une longue bande d'informations incompréhensibles se référant à des documents hautement confidentiels auxquels elle n'avait pas accès. Son IA la résuma à une conclusion qui lui fit interrompre toutes ses recherches, excepté celle du cheval de Troie.

Les gens de la sécurité ne la percevaient pas comme un objet piratable, parce que les systèmes qui avaient été utilisés pour la créer étaient d'un type inaccessible aux races technologiquement compétentes. Il était question d'un « Artefact Rosetta » et du fait que ses machineries étaient d'un ordre différent.

Elle absorbait l'information lorsque son IA interrompit brusquement la chasse au Troyen. Toutes les tentatives d'interfaçage passaient par ce truc, ou ce programme : l'Artefact Rosetta. La machine qu'elle tenait toujours en main, comme les autres qui n'étaient en fait que de simples interfaces, requit un mot de passe programmé pour initier un changement de commandement. Craquer un mot de passe inconnu de dimensions inconnues excéderait la durée de vie de son réacteur. Lila se voûta sous le poids de l'échec.

Alors qu'elle était concentrée sur les infos de l'IA, le diablotin était descendu le long de son bras et s'amusait avec le câblage, faisant des nœuds avec des câbles inutilisés.

— Hmm, dit-il en sentant la déception de Lila. Au moins, tu auras essayé, non ? C'est mieux que de rester assis à écouter toutes leurs conneries en attendant qu'ils prennent une décision. Imagine qu'il n'y ait rien à faire. Tu ne pensais tout de même pas qu'ils allaient te laisser faire ?

Elle avait déjà passé en revue différents scénarios, cherchant la localisation physique de l'Artefact. Il n'était listé nulle part.

D'un coup sec, elle arracha les câbles de son bras et s'assit au sol. La détermination qui l'avait conduite ici, convaincue qu'une liaison directe ferait la différence et qu'elle pouvait faire quelque chose, avait disparu. À part localiser l'Artefact, elle ne voyait pas de solution. Mais, même ainsi, elle pouvait découvrir que ce n'était qu'un objet inamovible sur le chemin de sa liberté.

Le signal d'un appel clignota devant ses yeux. Elle sut qui la contactait sans recourir à l'affichage. Elle accepta l'appel.

— *Lila?* (La voix du docteur Williams était douce et inquiète.) *J'imagine que tu as tout découvert, sur toi et sur les codes. J'attendrai, si tu es prête à en parler.*

Lila coupa la communication et annula toutes ses commandes, laissant les portes s'ouvrir.

Le diablotin chuchotait pour lui-même.

— … lapin passe et descend dans le trou, puis autour de la racine de l'arbre…

Tout en faisant un nœud particulièrement compliqué.

— Il n'y a aucun moyen de faire demi-tour, dit-elle.

Tath soupira.

— Tu veux retourner où ? demanda le diablotin en tirant sur les câbles pour tester la résistance de son nœud.

Lila se leva, ressentant une nouvelle douleur dans sa hanche.

— Allons-y, dit-elle, et elle attendit que la minuscule créature remonte sur son épaule.

Le diablotin se déplaça lentement, et fit la moue.

— Tu ne me détestes plus ? Il fut un temps où tu serais partie sans moi.

Lila examina la petite chose laide, assise, hésitante, sur l'épaule en lambeaux de sa veste comme un dieu minuscule.

— Tu es juste quelqu'un comme moi, dit-elle en franchissant le sas, en route vers la salle d'examen.

Chapitre 25

— … Un groupe intermondes d'alliés aux pouvoirs uniques ? disait Teazle à Zal avec incrédulité. Qu'est-ce que c'est, une comédie ?

Zal haussa les épaules et lui décocha un regard « ben alors, fais-moi un procès ».

— Cette femme était tellement énervante, je n'ai pas pu m'en empêcher.

Ils se retournèrent lorsque Lila réapparut, tout le monde l'observant avec diverses inquiétudes, attentes et curiosités.

— Tu vas bien ? murmura Zal.

— Non, dit-elle. Je me demandais si vous accepteriez de passer dans une autre pièce pour que je puisse parler seule avec le docteur Williams.

Elle jeta rapidement un coup d'œil à Zal et à Max pour voir si sa requête ne les ennuyait pas mais, même si c'était le cas, aucun d'eux ne le montra. Malachi parlait d'un ton chaud, poussant tout le monde dehors avec compétence, parlant de rafraîchissements, détachant les laisses des chiens. Finalement, Lila et le docteur Williams se retrouvèrent seules sous l'éclairage froid.

— C'était un sacré coup d'État, dit Lila.

— C'était nécessaire, répondit le docteur Williams. Cara était devenue trop nerveuse pour être efficace. Et qui est ce petit ?

Elle regardait Truc2magie avec intérêt.

— C'est ce qu'on gagne en Démonia quand on va en Enfer, dit Lila, sachant que Truc2magie était dans ses rapports et qu'elle n'avait pas besoin d'entrer dans les détails.

Williams se contentait de faire la conversation pour préparer le terrain à d'autres sujets.

— Je suis un Seigneur de l'Infernal temporairement gêné par une malédiction, la corrigea Truc2magie, hautain. Vaincu par ta beauté et ta situation désespérée, je suis devenu ton compagnon d'aventure, d'adversité et d'analyse. Je suis aussi bon que ton elfe ou ton fae.

Dans la poitrine de Lila, Tath riait, mais son amusement ne touchait pas le cœur triste de Lila. Elle partagea un regard franc avec le médecin.

— Je n'aime pas le monde dans lequel je suis, dit-elle. Je n'aime pas ce qui s'y passe. Je n'aime pas que l'Agence me mente. Je ne m'aime pas d'y avoir cru quand j'aurais dû prêter attention à ce qui est vrai.

— Tu aimes Zal, laissa tomber le médecin de son habituel ton léger. Et Malachi. Tu as ta sœur. Tu sembles avoir attiré quelques admirateurs démoniaques. C'est plus que peuvent prétendre la plupart des gens.

— Ouais, mais cette fille-ci croyait en un certain nombre de choses, dit le diablotin, inspiré. Comme la vérité, la justice, l'aventure, le bien, l'héroïsme, le salut et tout un tas d'autres conneries sucrées avec lesquelles vous autres aimez vous remplir la tête matin, midi et soir. Ce que vous lui offrez en échange de l'univers se limite à deux amants sensationnels, quelques amis et une parente. J'ai entendu beaucoup de bonnes choses sur le rapport des elfes avec le sport en chambre et nous savons tous que les démons sont de bons coups, mais vous devez prendre en compte ce que ça pèse quand c'est mis en balance avec vos grandes et puissantes motivations abstraites, comme la bonté, la pureté, la justesse, l'éthique professionnelle et l'idée que le monde est un bon endroit où vivre, évoluant vers un état modérément plaisant. Les faes ont fait du bon boulot avec cet endroit, pas d'erreur.

Williams considéra le diablotin un instant.

— Je vois que mes services dans le département psychologie sont menacés. Tous les diablotins sont comme ça ?

— Rares sont ceux qui ont mon intellect et mes pouvoirs ésotériques d'intuition, m'dame, dit modestement Truc2magie.

— Je n'aime pas non plus être réduite à un article de magazine, ajouta Lila. Même si tu as raison. (Elle tourna la tête vers le diablotin). Tire-toi maintenant, je dois parler de quelque chose que tu n'as pas le droit d'entendre.

— C'est bien parce que tu le demandes gentiment, dit le diablotin qui bondit de son épaule, immensément satisfait de lui-même.

Il s'aplatit comme une ombre et se glissa entre la porte et son cadre pour sortir.

Williams le regarda partir puis leva les yeux vers Lila.

— Tu as changé d'avis concernant Alfheim ?

— Tout est mauvais dans ces affaires, dit Lila. Moi incluse. Ce que j'ai fait était mal, mais j'ai dû le faire. Je n'avais jamais pensé être le genre de personne qui se retrouve dans cette position. J'ai l'impression d'avoir été roulée. Vous auriez dû me parler des vraies raisons de ma reconstruction. Vous auriez dû me parler de l'Artefact. Delaware aurait dû admettre qu'elle voulait utiliser mes parents comme une excuse pour s'informer sur les nécromants. J'aurais dû faire plus attention aux véritables différences entre mon monde et celui des démons, pour ne pas déclencher de guerres que je ne peux pas gérer. J'aurais dû refuser dès le début. Mais rien ne s'est produit ainsi et je déteste ça. Je veux être quelqu'un de bien. Je veux être irréprochable. Je veux être capable de réparer. Je veux être libre. Je veux être normale. Je ne suis rien de tout ça. Et il y a quelque chose qui ne va pas chez moi. J'ai des douleurs aux jointures de mes bras et de mes jambes. La femme de Zal – je ne savais même pas qu'il en avait une – est morte à cause de moi. Je ne sais pas s'il est déjà au courant. Papa et maman sont morts et maintenant je dois avouer à Max que c'était ma faute. Et la seule chose dont je me sente capable est de rester ici à me plaindre comme si j'avais quatre ans. Et ça aussi je déteste.

—Alors, qu'allons-nous faire ?

—Nous allons découvrir ce qui se passe, dit Lila. Et si vous avez cet Artefact caché quelque part, vous feriez mieux d'espérer qu'il ne tombe pas dans de mauvaises mains. Je vais regarder ça et, si je le trouve, je le garderai pour moi. Vous pouvez en être sûre.

Elle interrompit sa déclaration pour permettre à la psychiatre de s'expliquer ou d'objecter, mais celle-ci se contenta de hocher la tête.

—Beaucoup de choses à accomplir et peu de temps. Et tu as un deuil à faire et d'autres gens qui ont besoin d'attention. Tu ferais mieux d'y aller. Quand tu seras prête, vois avec l'équipe médicale, mais c'est toi qui décides. Nous sommes là pour t'aider.

—Bien sûr, dit Lila, laissant les mots être aussi ambigus que possible.

Elle ne ferma pas la porte en sortant. Elle trouva ses amis dans un salon réservé au personnel. Elle n'entra pas immédiatement, les écoutant parler tandis qu'un chien croquait un biscuit.

— Pour la dernière fois, qui n'aime pas le disco ? disait Zal. Le disco a été l'une des plus grandes forces d'unification et d'émancipation de l'histoire de la musique moderne, cela a brisé les barrières d'identification de race, de classe et de genre. Et le son est fantastique. Je vais vous dire qui ne danse pas quand il entend du disco, les connards, voilà qui ! Le disco est une célébration de tout ce qui nous unit. Et c'est fun. Et ça fait du bien. Et j'en ai marre du reste. (Il soupira en inspirant, puis en expirant. Puis, il dit, beaucoup plus calmement :) En plus, j'ai toujours voulu être comme James Brown ou, à la rigueur, Olivia Newton John.

— Tu es plus vieux que tu en as l'air, murmura Malachi. Au moins, tu as les cheveux qu'il faut pour Newton John.

— J'aime bien le disco, dit Teazle de sa voix humaine. Ce que je n'aime pas, c'est ce café. Avec quoi est-il fait ? De la pisse de chat ? Ça ne marchera jamais.

— Il a raison. (Max avait l'air épuisée.) Quand Lila reviendra, on trouvera quelque chose de mieux… je veux dire… pouvons-nous y aller ? Je veux rentrer à la maison.

Lila tourna le coin et se tint sur le seuil de la porte. Elle tenta de sourire et pensa presque y être parvenue.

— Venez, dit-elle. Il est temps. Rentrons à la maison.

EN AVANT-PREMIÈRE

Découvrez la suite des aventures
de Lila Black :

DESTINATION FAERIE
(version non corrigée)

Traduit de l'anglais (Grande-Bretagne) par Sara Doke.

Chapitre premier

Une aube sale aux nuages déchiquetés se glissait vers le point du jour en Démonia. Les vents capricieux balançaient les paniers de cueillette derrière la fenêtre et de petites traînées de magie sauvage pétillaient et s'évaporaient entre les brins d'osier tandis que Lila les regardait aller et venir. Soudain, la silhouette du collecteur ronchonnant et grognant apparut sur le balcon.

Le vieux démon était presque pétrifié par l'âge, mais ses mouvements étaient sûrs. Cornu, épineux, bleu et couvert de nœuds, il grimpait le long des murs sur ses pieds collants et retirait les paniers de leurs crochets, les remplaçant par des vides et fourrant les pleins dans un grand sac sur son dos, avec l'expertise d'une centaine d'années de pratique. Il ne prêta aucune attention à Lila alors qu'elle se tenait debout devant la haute porte-fenêtre qui menait sur son balcon privé. Pour sa part, elle tourna les yeux au-delà de la lisière occidentale de la cité, vers le lagon. Ce n'était pas poli de regarder fixement les vieux démons, et ils lançaient des malédictions intéressantes aux voyeurs.

L'un des pieds du collecteur adhéra brièvement au panneau de cristal dans un miracle biologique de minuscules écailles, poils et de magie, puis il disparut sans laisser de traces. On disait qu'il n'existait aucune surface sur lesquelles ces créatures – dont Lila ne pouvait se souvenir du nom : il y avait plus de types de démons différents que d'espèces en Otopia – ne pouvaient pas marcher, même le visage de l'éternité.

On disait beaucoup de choses de ce genre en Démonia. Pour une humaine, ces petits dictons mortels devenaient irritants et pompeux après un moment. C'était d'autant plus irritant, si on restait dans le coin, de découvrir que la plupart d'entre eux étaient vrais. Elle fronça les sourcils en resserrant sa robe de chambre en soie et croisa les bras. La vision de la ville qui s'éveillait n'était pas réconfortante.

Dans la lumière de l'aube, les ballons et les bateaux qui ne cessaient jamais de naviguer dans l'air ou dans l'eau réduisaient leurs enchantements et changeaient leurs drapeaux de signal aux couleurs luisantes de la nuit pour celles, vives mais ordinaires, du jour. Les dirigeables et les zeppelins perdaient leur ressemblance avec des lucioles géantes pour redevenir de simples ballons. Puis, la fantaisie criarde géante du Théâtre des Arts éclata soudain sur le quartier Mousa : le soleil était suffisamment haut pour atteindre son toit. Lila changea les filtres de ses yeux pour ajuster sa vision à la lumière éblouissante et poursuivit son observation : des démons partout, occupés, actifs, pleins d'énergie comme s'il n'y avait pas de lendemain. Elle se sentait fatiguée, le genre de fatigue qui suit l'activité frénétique, la peur et la tristesse, plaisante mais toujours épuisante, nécessitant un long repos solitaire.

Il y eut un soupir et un bâillement derrière elle, suivi par le léger froissement de draps de soie. Au ton de la voix, elle sut que c'était son mari, Zal, qui se retournait et s'étirait de son côté du lit. Il dormait profondément, pour un elfe, et il aimait à faire semblant d'être comateux tard le matin, tout en étant secrètement éveillé à composer des chansons dans sa tête. Il disait que c'était le meilleur moment de la journée pour imaginer de nouvelles choses, avant d'ouvrir les yeux, avant que le monde accapare l'attention et tente de la faire cadrer avec les faits de la veille plutôt qu'avec les possibilités de la journée. Elle supposa donc qu'il était parfaitement conscient mais faisait semblant d'être endormi.

Une étincelle messagère, aux couleurs de la maison, voleta sur la balustrade et déposa un nouveau panier couvert à la poignée enrubannée sur le sol du balcon, après avoir peiné un instant pour trouver un espace parmi tous ceux qui recouvraient la table, les chaises et certains des plus grands pots de fleurs. Elle salua Lila d'un mouvement de son ridicule petit chapeau bleu et fila vers le toit, pétant du méthane qui prit feu au contact de sa queue jetant des étincelles, ce qui la propulsa vers le ciel. Le vent faisait danser et voleter les rubans. Une minute plus tard, les nuages se dissipèrent complètement et le soleil brilla d'une chaleur printanière à travers la fenêtre. Il faisait délicieusement chaud.

Entendant un léger bruit de pas derrière elle, Lila se retourna. Un démon blanc, griffonesque, dragonesque, chevalin, avec des plumes, de la fourrure, des piques et des airs de grand chat venait de traverser la pièce. Il se coucha dans le losange de soleil à côté d'elle et ferma ses grands yeux d'argent pour profiter de la chaleur. Sa longue queue s'était enroulée de plaisir vers le haut, en demi-cercle, tandis qu'il opérait des arrangements mineurs pour adopter la position parfaite. Ses ailes, avec leurs bords épineux pointus comme des rasoirs, étaient repliées contre son dos. Ses côtes se soulevaient sous sa peau iridescente tandis qu'il respirait et, ailleurs, des muscles fins comme des barres d'acier couraient tels des cordes puissantes, alors même qu'il était – elle en était certaine – déjà parfaitement endormi. Teazle, son mari, était champion de Démonia en ce qui concerne le sommeil.

Il pouvait s'endormir en un instant, mais Lila le surprenait toujours en train de se relever au milieu de la nuit. Il s'endormait sous forme humaine, par politesse, puis il se glissait hors du lit pour reprendre sa forme naturelle. Celle-ci n'était pas faite pour les lits humanoïdes et avait tendance à déchirer les draps et le matelas. Il avait son propre nid qui pendait au plafond comme une ruche géante. Il disait que les fourrures luxueuses qui le constituaient venaient des corps de ses ennemis, mais il devait mentir. La plupart des démons n'avaient pas d'aussi belles fourrures.

« Mari ». Quel mot stupide c'était. « Épouse ». Ça l'était encore plus. Les deux termes connotaient un tel poids d'attentes toxique ! Elle ne supportait cette association que parce que Zal était un elfe-démon, que Teazle était un démon et que ce mariage de nature démoniaque n'avait rien à voir avec la stupidité intense de sa culture humaine. Certaines personnes, d'après ce qu'elle en savait, considéraient le mariage et ses rôles comme un drame plaisamment rassurant. Un frisson et la vision de ses parents, hurlant l'un après l'autre dans un brouillard alcoolique, accompagnaient invariablement ses pensées sur le sujet. Quand sa mère perdait des fortunes au jeu et se morfondait dans les tourments de la culpabilité et de la haine de soi, son père devenait dévoué et doux, l'image même de la noblesse sacrifiée. Puis, quand leurs finances allaient mieux, Maman s'ennuyait de plus en plus et s'agitait dans la maison, pendant que Papa s'imbibait de vodka jusqu'à perdre son boulot. Alors Maman se chargeait de régler leurs problèmes en participant à divers tournois de poker dans lesquels, sobre et déterminé, elle se débrouillait plutôt bien, jusqu'à ce que l'insouciance reprenne le pouvoir et que le cycle reprenne... À quatorze ans, Lila avait abandonné depuis longtemps l'espoir que ce serait la dernière fois et que quelque chose de banal et de réconfortant prendrait sa place.

La mort avait baissé le rideau sur tout ça. Comme il était curieux que, dans la mort, ils aient si rapidement oublié ces occupations pitoyables qui avaient été des obsessions de chaque instant. Mais c'était le cas. Elle les avait rencontrés dans le monde d'après et c'était comme s'ils n'avaient jamais dû lutter. Son cœur se serrait à ce souvenir car, sur leurs visages, juste avant de faire le dernier voyage pour rejoindre les rivages inconnus de Thanatopia, elle avait vu leur certitude que leur vie terminée avait essentiellement été gâchée. On ne pouvait rien y faire. Rien du tout.

Et elle ne les avait pas sauvés.

Jusqu'à leur mort, elle n'avait jamais su que c'était sa mission dans l'existence. Son plan arrêté et pourtant inconscient avait été : avoir une carrière pleine de succès, économiser beaucoup d'argent, devenir socialement impeccable, épouser quelqu'un du même moule pour donner l'exemple et devenir suffisamment riche pour entraîner ses parents dans un programme de désintoxication réellement efficace... gagnant en cela leur amour et leur gratitude éternels et, surtout, leur attention. Non, cette motivation ne lui avait pas été révélée dans toute sa gloire misérable et martyrisée, pas avant qu'elle se retrouve dans ce qu'il restait de son propre corps et qu'ils aient disparu pour toujours.

— *Mais tu vas divaguer comme ça toute la journée ?* murmura une voix grincheuse dans son cœur.

Elle communiqua une bouffée de haine maussade à Tath, la présence dans sa poitrine.

L'elfe eut l'équivalent spirituel d'un haussement d'épaules. Son corps æthérique – le dernier fragment survivant de son être – circulait doucement à l'intérieur du cœur de Lila, dans lequel il vivait depuis sa mort physique, des mois auparavant. Il avait l'air aussi précis et froid qu'un professeur de mathématique sermonnant un étudiant un peu lent, même si – et, pensait-elle, probablement parce que – il avait été jeune et plein d'espoir à sa mort.

— *Les démons évacuent leur rage de manière plus créative. Faisons quelque chose d'excessif !*

— *Tu détestes les manières des démons.*

— *Je commence à les trouver curieusement libératrices. Au moins, ils ne se détestent pas plus d'une fois par jour.*

—Arrête de me harceler.

— Arrête de t'apitoyer sur toi-même.

—Trop de pathos pour toi ? J'ai droit à un moment d'apitoiement.

—Je n'en vois pas l'intérêt.

Lila épousseta sa manche, se débarrassant par la même occasion de ses commentaires, tout en regardant d'un air furieux le démon blanc endormi à ses pieds. Elle laissait à Tath sa supériorité, vu qu'il ne lui restait rien d'autre, mais il la poussait foutrement dans les cordes. Elle avait envie de hurler, seulement cela déclencherait une conversation avec les vivants autour d'elle.

Teazle n'était pas au courant du fait que Tath résidait en elle : son corps *andalune* soutenu par le corps physique de Lila. Seul Zal savait et elle était bien décidée à ne mettre personne d'autre au courant, mais Tath était malheureux et agité dans son hôte humain. Ce qui serait le cas de n'importe qui, enfermé et impuissant dans le corps de quelqu'un d'autre. Elle devrait faire preuve d'un peu plus de compassion envers lui, mais elle était fatiguée de sa présence perpétuelle, elle aussi, n'étant jamais sûre de ce qu'il connaissait de ses pensées ou de ses émotions. Cela rendait l'intimité avec d'autres difficile, alors même que, entre Tath et elle, la proximité forcée était une blessure qui pouvait s'ouvrir à tout moment, et devait être soigneusement protégée. Depuis que ses parents avaient été assassinés, Tath et Lila entretenaient une étrange trêve complice et, le temps passant, ils s'étaient peu à peu détendus. Elle n'aimait pas ça. Elle voulait continuer à être froide et mal à l'aise car c'était la seule attitude possible. Cela la rongeait que ces attitudes nonchalantes puissent mener à une vérité désagréable alors qu'elle se lançait dans un nouveau round de…

— *… dispute conjugale ?* dit-il, la devançant au poteau.

—Merci.

Oui, dispute conjugale, avec lui.

—Je ne t'ai pas épousée, humaine !

— Je ne t'épouserais pas, elfe, même si tu étais le dernier être vivant.

— *Heureusement, cette situation ne se présentera jamais*, dit Tath, assez glacial pour qu'elle s'interrompe et doute un instant de sa sincérité.

Mais elle était trop nerveuse pour y réfléchir, alors elle adopta une autre stratégie.

— *J'espère que cette nuit n'a pas été trop... dégradante pour toi.*

Elle était surprise du piquant de cette pensée, qui transmettait amplement son embarras et sa colère d'être toujours espionnée, que ce soit volontaire ou pas. C'était une lutte de ne jamais permettre à un souvenir de faire surface : elle voyait clairement une image de Zal nu.

— *J'ai tenu ma promesse. Je n'ai pas idée de ce dont tu parles. Vous vous êtes adonnés à une orgie ? Qui aurait cru qu'une innocente petite chose comme toi serait capable d'autant de débauche ?*

La colère et la peur de Lila s'évaporèrent soudain dans un éclat de rire.

— *J'en ai trop fait ?*

— *Tu es nul en puritain*, lui dit-elle. *Ce n'est pas dans ta nature.*

Tath grommela, mais elle sentait qu'il était content. Elle était sûre qu'il n'avait rien raté. Au moins avait-il été totalement discret, et c'était peut-être la seule miséricorde qu'elle aurait.

Elle pressa un instant son visage contre la pierre fraîche du pilier qui soutenait l'arche de la fenêtre. Sa solidité était rassurante. Son esprit s'emplit de souvenirs d'une autre sorte : ses parents s'éloignant vers le bateau qui les emmènerait vers l'infini ; une vision imaginaire de la première femme de Zal, Adai, partant pour le même voyage, désolée, sur un vaisseau aérien aux ailes blanches. Ces images, comme toujours, s'accompagnaient d'un flux de tristesse et de culpabilité. Puis d'autres idées, plus sinistres et moins définies, se formaient et s'approchaient vers elle en catimini le long du pont du soupçon : elle n'était pas la première personne à être transformée par la technologie des failles de la Bombe. Il y en avait eu d'autres. Évidemment. Que leur était-il arrivé ? L'existence des mécanismes de contrôle à distance avait été prouvée, mais elle ne savait pas combien il y en avait ni de quel genre. Les intentions de ceux qui les détenaient étaient tout aussi mystérieuses. Et combien de temps pourrait-elle tenter d'embrasser la vie démoniaque alors qu'elle n'était pas démon ? Ou une vie elfique en n'étant pas elfe, ni quoi que soit d'autre qu'elle-même... Et même cela n'était pas non plus ce dont elle avait rêvé encore quelques mois auparavant.

Un mouvement attira son regard, elle leva les yeux et aperçut le diablotin. Truc2magie, bondissait entre les paniers sur le balcon, se dirigeant vers la porte. Il pressa son petit visage hideux contre la vitre en la regardant fixement ; l'animal de compagnie qui ne pouvait pas entrer. Sur le tapis, Teazle bâilla et joua des griffes d'une manière satisfaite, qui allait avec sa posture alanguie, mais qui révélait qu'il était parfaitement alerte. Teazle ne souffrait pas longtemps la présence des diablotins, probablement moins de dix secondes.

Dehors, Truc2magie était occupé à une démonstration élaborée de mime. Quand elle fronça les sourcils en le regardant, il partit et revint rapidement avec un oiseau mort. Il arracha la queue et l'accrocha à son derrière puis tint la tête molle devant son visage. Ensuite, il laissa tomber ses accessoires et agita les doigts devant ses yeux avant d'étirer le bras vers l'extérieur, désignant toutes les directions. Satisfait des changements qu'il lisait sur son visage, indiquant qu'elle avait compris, il recommença à arracher les rubans des paniers pour en lécher les traces d'æther.

— Il a raison, murmura Teazle sans ouvrir les yeux. (Sa queue s'agita.) Tu devrais aller la voir. Il est temps.

— S'il est temps, pourquoi est-il toujours là ? (Elle croisa les bras et observa les activités du diablotin.) Je suis certainement encore en Enfer s'il n'a pas disparu de son propre gré.

Teazle grommela.

— Contrairement à la plupart des diablotins, il semble avoir des projets qui vont plus loin que le simple tourment des damnés. (Il avait l'air intrigué, mais très vaguement.) Si ce n'était pas le cas, je l'aurais déjà mangé. Mais il n'est pas monté sur ton épaule depuis une semaine et c'est suffisant. Veux-tu y aller seule ?

Elle connaissait assez le démon blanc pour savoir qu'une question de sa part était toujours une occasion de raillerie. Si elle disait « non », elle descendrait dans son estime et son pouvoir sur elle – un facteur qu'il fallait toujours prendre en considération, même avec des démons avec lesquels on avait des relations intimes – augmenterait. En Démonia, s'abandonner à sa peur avait de terribles conséquences.

— Je vais m'habiller et prendre un vol, dit-elle avec nonchalance, alors qu'elle n'avait aucune envie de rendre cette visite.

— Zal et moi nous amuserons, murmura Teazle, laissant entendre par là qu'il avait un projet élaboré incluant de nombreuses activités mortelles. (C'était sans doute le cas. Lila se demanda combien de temps ils pourraient survivre à des vacances en Démonia.) Ne torture pas ta tête humaine avec ça.

— Je n'ai pas une tête humaine, dit-elle en se retournant pour se diriger vers la salle de bains.

— Ton cœur, alors, dit le démon avec une tendresse surprenante. Je sais que tu l'aimes. Je ferai en sorte d'être le premier à mourir.

Ne trouvant pas réplique adéquate, elle alla prendre son bain.

Achevé d'imprimer en juin 2010
Par CPI Brodard & Taupin - La Flèche (France)
N° d'impression : 57818
Dépôt légal : juin 2010
Imprimé en France
81120365-1